U0542438

ZHONGGUO XIAOSHUO
100 QIANG

中国小说 100 强（1978—2022）

生 存

尤凤伟 著

北京联合出版公司
Beijing United Publishing Co.,Ltd.

图书在版编目（CIP）数据

生存 / 尤凤伟著. -- 北京：北京联合出版公司，2023.9

（中国小说100强）

ISBN 978-7-5596-7101-1

Ⅰ.①生… Ⅱ.①尤… Ⅲ.①长篇小说－中国－当代 Ⅳ.①I247.5

中国国家版本馆CIP数据核字(2023)第117944号

生　存

作　　者：	尤凤伟
出 品 人：	赵红仕
出版监制：	张晓冬　范晓潮
责任编辑：	周　杨
特约编辑：	和庚方　郭　漫
封面设计：	武　一

北京联合出版公司出版

（北京市西城区德外大街83号楼9层　100088）

北京兴星伟业印刷有限公司印刷　新华书店经销

字数202千字　650毫米×920毫米　1/16　21印张

2023年9月第1版　2023年9月第1次印刷

ISBN 978-7-5596-7101-1

定价：68.00元

版权所有，侵权必究

未经书面许可，不得以任何方式转载、复制、翻印本书部分或全部内容。
本书若有质量问题，请与本公司图书销售中心联系调换。
电话：010-65868687

中国小说100强(1978—2022)丛书

编委会

丛书总策划

张　明　著名出版人
张　英　资深媒体人

编委主任

吴义勤　中国作协副主席
　　　　中国小说学会会长

编　委

吴义勤　中国作协副主席、中国小说学会会长
宗仁发　《作家》杂志主编
谢有顺　中山大学教授、中国小说学会副会长
顾建平　《小说选刊》副主编
张　英　资深媒体人
文　欢　作家、出版人

总　序

"中国小说100强"（1978—2022）是资深出版人张明先生和腾讯读书知名记者张英先生共同策划发起的一套大型文学丛书。他们邀请我和宗仁发、谢有顺、顾建平、文欢一起组成编委会，并特邀徐晨亮参与，经过认真研讨和多轮投票最终评定了100人的入选小说家目录。由于编委们大多都是长期在中国文学现场与中国文学一路同行的一线编辑、出版家、评论家和文学记者，可以说都是最专业的文学读者，因此，本套书对专业性的追求是理所当然的，编委们的个人趣味、审美爱好虽有不同，但对作家和文学本身的尊重、对小说艺术的尊重、对文学史和阅读史的尊重，决定了丛书编选的原则、方向和基本逻辑。

从文学史的角度来说，1978年以后开启的新时期文学是中国当代文学的黄金时代，不仅涌现了一批至今享誉世界的优秀作家，而且创造了许多脍炙人口的文学经典，并某种程度上改写了20世纪中国文学史的版图。而在中国新时期文学的经典家族中，小说和小说家无疑是艺术成就最高、影响力最大的部分。"中国小说100强"（1978—2022）就是试图将这个时期的具有经典性的小说家和中国小说的经典之作完整、系统地筛选和呈现出来，并以此构成对新时期文学史的某种回顾与重读、观察与评判。呈现在读者面前的这套丛书是对1978—2022年间中国当代小说发展历程的一次全面、系统的整体性回顾与检阅，是中国当代文学经典化的重要成果，从特定的角度集中展示了中国新时期文学在小说创作方面的巨大成就。需要说明的是，与1978—2022年新时期文学繁荣兴盛的局面相比，100位作家和100本书还远远不能涵盖中国当代小说的全貌，很多堪称经典的小说也许因为各种原因并未能进入。莫言、苏童、余华等作家本来都在编委投票评定的名单里，但因为他们已与某些出版社签下了专有出版合同，不允许其他出版社另出小说集，因而只能因不可抗原因而割爱，遗珠之憾实难避免，而且文学的审美本身也是多元的，我们的判断、评价、选择也许与有些读者的认知和判断是冲突的，但我们绝无把自己的标准强加于别人的意思。我们呈现的只是我们观察中国这个时期当代小说的一个角度、一种标准，我们坚持文学性、学术性、专业性、民间性，注重作家个体的生活体验、叙事能力和艺术功力，我们突破代际局限，老、中、青小说家都平等对待，王蒙、冯骥才、梁晓声、铁凝、阿来等名家名作蔚为大观，徐则臣、阿乙、弋舟、鲁敏、林森等新人新作也是目不暇接，我们特别关注文学的新生力量，尤其是近10年作品多次获国家大奖、市场人气爆棚的新生代小说家，我们禀持包容、开放、多元的审美立场，无论是专注用现实题材传达个人迥异驳杂人生经验、用心用情书写和表现时代精神的现实主义作家，还是执着于艺术探索和个体风格的实验性作家，在丛书里都是一视同仁。我们坚信我们是忠实于自己的艺术理想、艺术原则和艺术良心的，但我们并不认为自己的角度和标准是唯一的，我们期待并尊重各种各样的观察角度和文学判断。

当然，编选和出版"中国小说100强"（1978—2022）这套大型丛书，除了上述对文学史、小说史成就的整体呈现这一追求之外，我们还有更深远、更宏大的学术目标，那就是全力推进中国当代文学"经典化"的历程和"全民阅读·书香中国"建设。

　　从 1949 年发端的中国当代文学已经有了 70 多年的发展历程，但对这 70 多年文学的评价一直存在巨大的分歧，"极端的否定"与"极端的肯定"常常让我们看不到当代文学的真相。有人认为中国当代文学达到了前所未有的高度和水平。王蒙先生在法兰克福书展上就说：中国当代文学现在是有史以来最繁荣的时期。余秋雨、刘再复甚至认为中国当代文学的成就远远超过了现代文学。也有人极端否定中国当代文学，认为中国当代文学都是垃圾。他们认为现代文学要远远超过当代文学，中国当代文学连与现代文学比较的资格都没有。比如说，相对于鲁（迅）、郭（沫若）、茅（盾）、巴（金）、老（舍）、曹（禺）这样大师级的人物，中国当代作家都是渺小的侏儒，根本不能相提并论，两者比较就是对大师的亵渎。应该说，与对中国当代文学的肯定之声相比，对当代文学的否定和轻视显然更成气候、更为普遍也更有市场。尽管否定者各自的角度和出发点不同，但中国当代作家、作品与中外文学大师、文学经典之间不可比拟的巨大距离却是唱衰中国当代文学者的主要论据。这种判断通常沿着两个逻辑展开：一是对中外文学大师精神价值、道德价值和人格价值的夸大与拔高，对文学大师的不证自明的宗教化、神性化的崇拜。二是对文学经典的神秘化、神圣化、绝对化、空洞化的理解与阐释。在此，我们看到了一个非常有趣的悖论：当谈论经典作家和文学大师时我们总是仰视而崇拜，他们的局限我们要么视而不见要么宽容原谅，但当我们谈论身边作家和身边作品时，我们总是专注于其弱点和局限，反而对其优点视而不见。问题还不在于这种姿态本身的厚此薄彼与伦理偏见，而是这种姿态背后所蕴含的"当代虚无主义"。这种"虚无主义"的最大后果就是对当代作家作品"经典化"的阻滞，对当代文学经典化历程的阻隔与拖延。一方面，我们视当下作家作品为"无物",拒绝对其进行"经典化"的工作,另一方面又以早就完全"经典化"了的大师和经典来作为贬低当下泥沙俱下的文学现实的依据。这种不在同一个层面上的比较,不仅毫无意义,而且只能使得文学评价上的不公正以及各种偏激的怪论愈演愈烈。

其实,说中国当代文学如何不堪或如何优秀都没有说服力。关键是要进行"经典化"的工作,只有"经典化"的工作完成了才有可能比较客观地对当代的作家作品形成文学史的判断。对当代的"经典化"不是对过往经典、大师的否定,也不是对当代文学唱赞歌,而是要建立一个既立足文学史又与时俱进并与当代文学发展同步的认识评价体系和筛选体系。当然,我们也要承认,"经典化"问题是一个非常复杂的问题,并不是凭热情和冲动一下子就能完成的,但我们至少应该完成认识论上的"转变"并真正启动这样一个"过程"。

现在媒体上流行一些对于中国当代文学经典化冷嘲热讽的稀奇古怪的言论,其核心一是否定中国当代文学有经典、有大师,其二是否定批评界、学术界有关"经典化"的主张,认为在一个无经典的时代,"经典"是怎么"化"也"化"不出来的,"经典化"是一个实实在在的"伪命题"。其实,对于文学,每个人有不同的判断、不同的理解这很正常,每一种观点也都值得尊重。但是,在"经典"和"经典化"这个问题上,我却不能不说,上述观点存在对"经典"和"经典化"的双重误解,因而具有严重的误导性和危害性。

首先,就"经典"而言,否定中国当代文学早就不是什么新鲜事,对当代文学的虚无主义态度在很多人那里早已根深蒂固。我不想争论这背后的是与非,也不想分析这种观点背后的社会基础与人性基础。我只想指出,这种观点单从学理层面上看就已陷入了三个巨大误区:

第一个误区,是对经典的神圣化和神秘化的误区。很多人把经典想象为一个绝对的、神圣的、遥远的文学存在,觉得文学经典就是一个绝对的、乌托邦化的、十全十美的、所有人都喜欢的东西。这其实是为了阻隔当代文学和"经典"这个词发生关系。因为经典既然是绝对的、神圣的、乌托邦的、十全十美的,那我们今天哪一部作品会有这样的特性呢?如果回顾一下人类文学史,有这样特性的作品好像也没有。事实上,没有一部作品可以十全十美,也没有一部作品能让所有人喜欢。在这个问题上,我们应该明确的是,"经典"不是十全十美、无可挑剔的代名词,在人类文学史上似乎并不存在毫无缺点并能被任何人所认同的"经典"。因此,对每一个时代来说,"经典"并不是指那些高不可攀的神圣的、神秘的存在,只不过是那些比较优秀、能被比较多的人喜爱的作品而已。从这个意义上说,当今中国文坛谈论"经典"时那种神圣化、莫测高深的乌托邦姿态,不过是遮蔽和否定当代文学的一种不自觉的方式,他们假定了一种遥远、神秘、绝对、完美的"经典形象",并以对此一本正经的信仰、崇拜和无限拔高,建立了一整套关于中国当代文学的伦理话语体系与道德话语体系,从而充满正义感地宣判着中国当代文学的死刑。

第二个误区,是经典会自动呈现的误区。很多人会说,是金子总是会发光的。但对文学来说,文学经典的产生有着特殊性,即,它不是一个"标签",它一定是在阅读的意义上才会产生意义和价值的,也只有在阅读的意义上才能够实现价值,没有被阅读的作品没有被发现的作品就没有价值,就不会发光。而且经典的价值本身也不是固定不变的。如果一个作品的价值一开始就是固定不变的,那这个作品的价值就一定是有限的。经典一定会在不同的时代面对不同的读者呈现出完全不同的价值。这也是所谓文学永恒性的来源。也就是说,文学的永恒性不是指它的某一个意义、某一个价值的永恒,而是指它具有意义、价值的永恒再生性,它可以不断地延伸价值,可以不断地被创造、不断地被发现,这才是经典价值的根本。所以说,经典不但不会自动呈现,而且一定要在读者的阅读或者阐释、评价中才会呈现其价值。

第三个误区，是经典命名权的误区。很多人把经典的命名视为一种特殊权力。这有两个层面的问题：一，是现代人还是后代人具有命名权；二，是权威还是普通人具有命名权。说一个时代的作品是经典，是当代人说了算还是后代人说了算？从理论上来说当然是后代人说了算。我们宁愿把一切交给时间。但是，时间本身是不可信的，它不是客观的，是意识形态化的。某种意义上，时间确会消除文学的很多污染包括意识形态的污染，时间会让我们更清楚地看清模糊的、被掩盖的真相，但是时间同时也会使文学的现场感和鲜活性受到磨损与侵蚀，甚至时间本身也难逃意识形态的污染。此外，如果把一切交给时间，还有一个前提，那就是对后代的读者要有足够的信任，要相信他们能够完成对我们这个时代文学的经典化使命。但我们对后代的读者，其实是没有信心的。我们今天已经陷入了严重的阅读危机，我们怎么能寄希望后代人有更大的阅读热情呢？幻想后代的人用考古的方式对我们这个时代的文学进行经典命名，这现实吗？我不相信后人对我们身处时代"考古"式的阐释会比我们亲历的"经验"更可靠，也不相信，后人对我们身处时代文学的理解会比我们亲历者更准确。我觉得，一部被后代命名为"经典"的作品，在它所处的时代也一定会是被认可为"经典"的作品，我不相信，在当代默默无闻的作品在后代会被"考古"挖掘为"经典"。也许有人会举张爱玲、钱钟书、沈从文的例子，但我要说的是，他们的文学价值早在他们生活的时代就已被认可了，只不过很长时间由于意识形态的原因我们的文学史不谈及他们罢了。此外，在经典命名的问题上，我们还要回答的是当代作家究竟为谁写作的问题。当代作家是为同代人写作还是为后代人写作？幻想同代人不阅读、不接受的作品后代人会接受，这本身就是非常乌托邦的。更何况，当代作家所表现的经验以及对世界的认识，是当代人更能理解还是后代人更能理解？当然是当代人更能理解当代作家所表达的生活和经验，更能够产生共鸣。因此，从这个角度来说，当代人对一个时代经典的命名显然比后代人更重要。第二个层面，就是普通人、普通读者和权威的关系。理论上，我们都相信文学权威对一个时代文学经典命名的重要性，权威当然更有价值。但我们又不能够迷信文学权威。如果把一个时代文学经典的命名权仅仅交给几个权威，那也是非常危险的。这个危险表现在什么地方呢？就是几个人的错误会放大为整个时代的错误，几个人的偏见会放大为整个时代的偏见。我们有很多这样的文学史教训。在这个问题上，我们既要相信权威又不能迷信权威，我们要追求文学经典评价的民主化、民主性。对一个时代文学的判断应该是全体阅读者共同参与的民主化的过程，各种文学声音都应该能够有效地发出。这个时代的文学阅读，最理想的状态应该是一种互补性的阅读。为什么叫"互补性的阅读"？因为一个批评家再敬业，再劳动模范，一个人也读不过来所有的作品。举个例子：现在我们一年有5000部以上的长篇小说，一个批评家如果很敬业，每天在家读二十四小时，他能读多少部？一天读一部，一年也只能读三百部。但他一个人读不完，不等于我们整个时代的读者都读不完。这就需要互补性阅读。所有的读者互补性地读完所有作品。在所有作品都被阅读过的情况下，所有的声音都能发出来的情况下，各种声音的碰撞、妥协、对话，就会形成对这个时代文学比较客观、科学的判断。因此，文学的经典不是由某一个"权威"命名的，而是由一个时代所有的阅读者共同命名的，可以说，每一个阅读者都是一个命名者，他都有对经典进行命名的使命、责任和"权力"。而作为一个文学研究者或一个文学出版者，参与当代文学的进程，参与当代文学经典的筛选、淘洗和确立过程，更是一种义不容辞的责任和使命。说到底，"经典"是主观的，"经典"的确立是一个持续不断的"过程"，"经典"的价值是逐步呈现的，对于一部经典作品来说，它的当代认可、当代评价是不可或缺的。尽管这种认可和评价也许有偏颇，但是没有这种认可和评价，它就无法从浩如烟海的文本世界中突围而出，它就会永久地被埋没。从这个意义上说，在当代任何一部能够被阅读、谈论的文本都是幸运的，这是它变成"经典"的必要洗礼和必然路径。

总之，我们所提倡的"经典化"不是要简单地呈现一种结果，不是要简单地对一个时代的文学作品排座次，不是要武断地指出某部作品是"经典"，某部作品不是"经典"，不是要颁发一个"谁是经典"的荣誉证书，而是要进入一个发现文学价值、感受文学价值、呈现文学价值的过程。所谓"经典化"的"化"实际上就是文学价值影响人的精神生活的过程，就是通过文学阅读发现和呈现文学价值的过程。可以说，文学的经典化过程，既是一个历史化的过程，更是一个当代化的过程。文学的经典化时时刻刻都在进行着，它需要当代人的积极参与和实践。因此，哪怕你是一个对当代文学的虚无主义者，你可以不承认当代文学有经典，但只要你还承认有文学，你还需要和相信文学，还承认当代文学对人的精神生活具有影响力，你就不应该否定当代文学经典化的重要性。没有这个"经典化"，当代文学就不会进入和影响当代人的生活，就失去了存在的意义。每一个人，哪怕你是权威，你也不能以自己的好恶剥夺他人阅读文学和享受文学的权利。

从这个意义上说，当代文学的经典化当然是一个真命题而不是一个伪命题。在一个资讯泛滥的时代，给读者以经典的指引是文学界、出版界共同的责任，而这也是我们编辑出版这套书的意义所在。

最后，感谢张明和张英先生为本套书付出的辛劳，感谢北京立丰天文化传播有限公司、北京金圣典文化有限公司的资金支持，感谢全体编委和北京联合出版公司各位编辑，感谢所有对本套丛书的出版给予大力支持的作家和他们的家人。

是为序。

吴义勤
2022 年冬于北京

目 录
Contents

生　存____1

蛇是怎么毒死自己的____78

为兄弟国瑞善后____179

中山装____190

鸭舌帽____244

苹　果____310

生　存

深夜，赵武被一阵狗叫惊醒，他翻身坐起，支着耳朵倾听街上的动静。这时他心存警惕却不曾想到一桩对他今后命运影响深重的狞厉之灾正向他走拢。他没有预见未来的本领，他的警惕只是一个抗日村长在战乱年月里的通常反应。狗却能先知先觉，夜半狗叫总是与"有情况"连在一起。抗日队伍三令五申要老百姓杀狗，可狗们总是杀不尽绝，就像菜园里的韭菜割了一茬又生出一茬。而狗的存在实际上便标志着他这个村头儿的失职。赵武怀着对狗们无限憎恨的情绪将目光投入窗子。窗纸还黑，腊月的夜晚总是一黑到底。他猜不出是什么时辰，只约莫觉得离天亮还早，据点里的鬼子一般不在夜间行动；二狗子胆更小，大白天出动都心惊胆战；至于抗日队伍，也一般不跑到这偏远地方和日本人交手。他猜不到伴随狗叫究竟会有什么"情况"发生，没准是狗日的狗无事生非吧。他这么想，心弦便松弛下来，打个哈欠准备倒头再睡。而就这一刻，他听到了敲门声。是那种具有暗号特征的敲门,这敲门如同一场戏的开场鼓点,使他由此进入了角色披挂上场,且从此再难脱身。于是他就牢牢记住了"民国三十三年腊月十三"这个于他于石沟村都极其不祥的日子……

赵武跟报信民兵走在街上狗叫便停止了。狗怕仇人赵武,怕得听到他的脚步声便立刻屏声顿息。村子一下子寂静下来。天是阴着的,不见星月。赵武和民兵沿黑乎乎的村街往村中赵家祠堂走去,不久便走到近前。即使在黑下看,这祠堂也很有些气势,壮壮的,像一只巨兽匍匐在那里。赵武推开虚掩着的大门进到院中,看见四五个黑影站在柏树下面,黑暗中看不清这伙人的面目和装束,却看见个个手里都有家伙。民兵低声对他们说村长来了。我是赵武,赵武同样压低声音对他们说。一个手持短枪的黑影走到赵武身前,伸手拍拍他的肩。我们的吴队长,另一个黑影介绍说。赵武说吴队长和同志们辛苦了。吴队长说为抗日辛苦也是应该的。赵武说吴队长有事只管吩咐。他这么说,心里却在嘀咕:可别是来要给养的啊,眼下正是青黄不接,许多户已经断顿儿,没断顿儿的也顶多挨过年去,要给养可是难张罗啊。但他的担心很快便被排除了,吴队长未提给养的事。吴队长问,这里安全吗?我是说鬼子和二狗子经常来骚扰吗?赵武说咱这地场偏僻,又穷,兔子不拉屎,鬼子和二狗子从村边过了几遭,都没进村。吴队长说这很好。赵武问同志们要住下来吗?那赶紧派房子。吴队长说不住,我们有项重要任务要交给你们完成,交代完就走,天亮前必须赶回山里。赵武说,吴队长,有任务你只管交给我们,保证完成。吴队长说,好!时间关系只能简单说,我们侦察队抓了一个鬼子和一个汉奸,往根据地带时与鬼子队伍遭遇,鬼子发现抓了他们的人,紧追不舍。仗打得难解难分,俘虏带不回根据地。只好由陈队长带人将鬼子引开，我将俘虏转移，就带到这里。既然你们村一向不被敌人注意，就把俘虏暂交你们看押。这就是你们村抗日政府的任务，清楚了吗？赵武听是听清楚了，可心中不免慌乱：将俘虏押在这里，一旦走漏风声，让鬼子知道，全村百姓就得遭殃；再说他们也缺乏看押人犯的经验，要让人犯走脱便无法向抗日队伍交差。吴队长见赵武不吱声，有些急躁，又问听清楚了没有？赵武说听清楚了。吴队长说有什么困难吗？赵武说没困难。他心里明白即使有困难也是说不出口的。身为抗日村长，接受抗日任务必须无条件，不能讲价钱，也不能暴露畏难情绪。他说，没问题，就交给我们吧。赵武说着向四周黑暗中寻觅俘虏，却没看见。吴队长说俘虏未带进村，留在村外的树林里。他让赵武和民兵跟他去那里交接。

吴队长说的地点在村了的东面。他们沿街匆匆走去，天幕显得比先前明亮。赵武忽然止步，向吴队长问询以后咋办。吴队长一时没明白过来，问，什么咋办？赵武说：俘虏，我们看押到啥时为止呢？这个嘛，吴队长想想说，半个月以内我们会派人来接走。赵武问，是半个月吗？吴队长说是，你们要保证不出任何问题，出了问题你们要负全部的责任！吴队长说完，又大步流星朝村外走。赵武理解吴队长的急促心情，若再耽搁下去，他们就无法在天亮前越过敌人的封锁线了。

再往前走过去，赵武就看见被绑在树上的两个黑色人影，都捂了眼。这是赵武头遭同敌人这么近打照面，不由打个战栗。

曙光里，石沟村迎来不凡的一天，揭开村庄抗战史崭新的一页。在这之前，由于此处偏远贫瘠，交战双方都没将这个猴腚大小的地盘看在眼里，将其排斥于战争之外。小村人对于战争的体验仅是遥听天边隆隆炮响以及远眺扛膏药旗的日本鬼子从村外过兵。初时，人们是心惊胆战的，害怕鬼子走着走着一头扎进村里来发疯。可没有，鬼子坚持对小村的无视与轻蔑，一次也没进村。久而久之，人们就宽了心，对过兵就不当回事了。自然，外面战争的消息还是不间断传来，传得最多的是鬼子杀人不眨眼的暴行。小村人对这些耸人听闻的传言将信将疑。早年间，村里在城里做事的人和日本人打过交道，有的就在日本人的洋行里做事。他们说那时见过的日本人和气得很，见人就笑，点头哈腰，老实得像猫似的。不信就是这些人一变脸就成了虎狼，成了恶魔，干出那许多伤天害理的事体？！总之，在这之前的石沟村，是战争汪洋大海的一个小孤岛，人们孤陋寡闻，不谙世情，也无所作为。而今日，一个鬼子的到来便打破了村子固有的沉寂，小村终于和战争沾上了边儿。小村将为自己本来平庸无奇的村史绘出闪光的一笔。

　　日头从赵武家院墙升起时，夜晚进村的人犯便暴露于光天化日之下了。他们被民兵看守在赵武院中。村里没有现成的牢狱，也没有可临时充作牢狱的空房。祠堂虽说空闲，但那是赵氏列祖列宗的居处，岂能派上这等用场？万般无奈，赵武只好将人犯关押在自己家中。冬日的阳光从院墙上斜照进院子，照在杏树下捆着的日军少尉和汉奸翻译官身上。少尉三十出头年纪，圆脸尖下巴，酷似一个倒置的葫芦，眼光不善，一副桀骜不驯的模样。汉奸翻译官看上去比少尉年轻，也英俊些，并排捆着比日本人高出半个头。他没日本人那副神气，惶惶的，没血色的脸像贴了一层糊窗纸。

　　按照吴队长临别的指示，赵武他们开始对俘虏进行审讯，之后须将口供送往根据地。这本不是村里应承担的任务，他们从未审讯过人犯，没常识也没经验。只因吴队长他们没来得及审讯，这任务便连同

生 存

人犯一并交给了村抗日政府。

与赵武一起审讯的有村国救会会长赵树勋（村人皆称"五爷"）和民兵连长赵志。记录口供的是小学堂先生孙一更。

审讯就在院子的杏树下。

赵武先审翻译官。

你抬起头，赵武说。

翻译官抬起头，怯怯地望着赵武。

你姓哈？赵武问。

姓周。

叫啥名？

周若飞。

家在哪里？

上庄。

是本县上庄吗？

是。

上庄我熟悉，你爹叫啥名？

周洪业。

大财主周洪业？

是。

恁好日子不过，操蛋给日本人当狗腿子！

我不情愿。日本人刀搁脖子……

你咋不跑？

我家就在日本人炮楼底下，跑了和尚跑不了庙。

你杀了多少中国人？

我没杀过人。

不能。

我要撒谎立马崩了我。

没杀人,坏事都干了啥?

我没干……

你没干坏事,日本人养着你白吃饭?!

要说干坏事就一样。

说!

就是把日本话翻成中国话和把中国话翻成日本话。

满世上人就属你个鸟嘴能!

我有罪。

他叫啥?

小山万太郎。

他是多大的官?

是少尉。

少尉算个啥官阶?连长、营长还是团长?

顶多算连长。

他杀了多少中国人?

不晓得。

你问他。

他不懂中国话。

你刚才不是说能把中国话变成鬼子话?

是。

周若飞向旁边的小山偏偏头,问他杀过没杀过中国老百姓。

小山把头一扬，答：杀过。

周若飞吓白了脸：不能这么招，说没杀。

小山不在乎：说杀了又怎么样！

周若飞恨恨地：你不想活命了？

小山晃晃头：大日本皇军性命是属于天皇的，生为天皇征战疆场，死为天皇捐躯尽忠。

赵武见鬼子叽里呱啦说个没完，有些不耐烦，问：他咋说？

周若飞答话，他说他没杀过中国人。

他胡说。

他是军需官，职责管给养，杀人轮不着他。

哼，喂饱了鬼子兵让他们杀和自己动手没两样。

这……总归是两回事……

王八蛋，你还护着他，他是你姐夫还是你舅子？

别杀他。

不杀留他祸害中国人？

日本人知道我跟他一块去征粮，杀了他我也活不成。

狗日的，你以为杀了他还会留下你。

饶命啊！

我问你日本人的情报你说不说？

说。我全说。

那你说！

是，我说，可有句话我不知该问不该问。

问啥话？

就是……坦白不坦白一样不一样？

不一样。

那我说。

……………

问完了周若飞口供，天就快晌了。赵武他们无法证实得到的情报是否属实，无非是据点里鬼子、二狗子多少多少，迫击炮、机关枪、三八大盖多少多少，孙一更做了记录。审完周若飞再回头审小山，小山却顽固对抗，什么也不说，只得作罢，留待以后再审。这时，审人的和被审的肚子都在咕咕叫。

吃饭就遇到了麻烦。

庄稼人在冬闲时一般不吃早饭。这不是风俗习惯，更不是养生之道，只为省粮。按说省粮最有效的方法是扎了脖颈不吃，可老不吃就要饿死人，于是庄稼人就将自己调理在吃与不吃的半死不活之间。这其实很难掌握，许多人家就因没掌握好提前断了顿，日子就被逼到讨饭、逃荒、死人这条绝路上了。

只因赵武没吃早饭这种意识，两个俘虏也就没吃早饭。审讯之后，俘虏被关进东厢房里。那是一间磨房，他们用铁链子将俘虏和石磨连在一起。这是一个笨且有效的办法，只要俘虏不能将上千斤的石磨拖跑，逃就没有指望。一切停当后，除留一个民兵在院里站岗，其余的人都回家吃饭了。赵武也回屋做饭。赵武过的是一种很苦的日子，老婆于两年前病死，没再续弦，八岁的儿子送到邻村的丈人家抚养，一村之长就成了"孤家寡人"。

午饭现成，在锅里热热就成，这是赵武几天前做的一锅地瓜面掺萝卜缨杂和饭。他总是做一锅吃上好几天，一为省事，二为省些火。他将饭热了，盛了两大碗端进磨房，放在磨盘上让两个俘虏吃。鬼子小山狐疑地朝碗里黑乎乎的东西看看，大概没看出个究竟，就端碗吃起来。不待咽下，就吐了出来，随之瞪眼朝赵武嗷嗷直叫。赵武一时不明就里，遂问周若飞。周若飞便如实相告，说小山嫌饭不好吃，说是猪狗食。赵武听了火冲头顶，大骂鬼子小山是狗杂种，说老子能吃他个狗日的俘虏倒不能吃！就这，爱吃不吃！告诉他，不吃就等着饿死！周若飞后悔不该把小山的话原样翻给赵武听，惹他发了怒。接受这个教训，他就不将赵武的话原样翻给小山听。他严肃地劝告小山，今年这一带遭灾，眼下又值青黄不接，粮食奇缺，村里家家都吃这种粗食，没好的给咱们吃，为了活命只能将就。而小山却死硬到底，坚持不吃，并放赖似的躺倒在草铺上。赵武铁青着脸问周若飞吃不吃，周若飞忙说他吃。这顿饭赵武没吃，他被小山气得肚子疼。他这是头一遭和日本鬼子打交道，以前曾听人说这些畜生很各色，难斗难缠，这遭他领教了。可气的是他们做了俘虏还不服软，还和你作对，真他妈该杀该剐！

石沟村是一个小村，小得没被绘入任何一本地图册里，于是就被以地图为指南的军事忽略。如果不是土地贫瘠，这里就真的是一个世外桃源。从天空向下看去，石沟村像一把泥瓦匠的瓦刀，刀刃向北，砍向村后那座不高的山岗。只是总没砍得出去，长久的闲置就使它蒙上一层鼠皮颜色的锈垢，在冬日下显得一无生机。

赵武亦是一无生机地走在村街上，脸上的颜色比鼠皮也差不了多少。街上空荡荡的，不见一个人影儿，甚至连一样会喘气的东西都不见。自日本俘虏押在村里的消息传开（消息扩散得如此快，令赵武深为担忧），村子就像是一个人突然间病倒，恹恹的，没了精神。家家户户都有种大祸临头的感觉，惴惴不安。上岁数的人严厉约束住自己的儿孙晚辈，不许他们出去招惹是非，不到万不得已不许出门。大家普遍在心里埋怨赵武，怪他不该将祸种引进村里。既然鬼子没来招惹过石沟村，就算老天保佑了，何苦再没事找事呢？

赵武往村西头走去，他要去万有家。风贴着地面将雪尘吹上半空，雪尘在日光下呈现出一条条五彩缤纷的彩带，真是一幅奇异的景象，美不胜收。赵武对此视而不见，只缩着脖颈走路。他心事重重，烦恼无边。那狗杂种小山竟和他较上劲儿，毫不退让。已经两天不吃不喝，躺在磨道的草堆上一动不动，死猪一般，任你怎样喊叫都不应声。这几天昆嵛山方向枪炮声不断，鬼子正在扫荡，抗日队伍的人近期肯定过不来。如这么挨下去，狗日的真会饿死，以后怎样向抗日队伍交代？何况到现在也没问出口供，怎么说都不能让他死。而要留住他的命，就只有给他换饭，弄些真正的粮食给他吃。可这真正的粮食又到哪里去弄呢？那只有借了。这个借字在脑子里一闪，他立马就想到了万有。

万有家门关得很严，他没推开，就敲门，敲了也没人出来，他就仰脖向院里喊："开门，我是赵武。"赵武这两个字就像一把钥匙，门开了。

开门的正是一家之主的赵万有，他很客气地把赵武往屋里让。他五十多岁，精瘦，眼小却有神。进了院，赵武就站住，不往屋去。他想在院里和万有单独说说。万有瘫在炕上的老爹是出名的小气鬼，叫他掺和进来准砸锅，避开为上策。万有家的日子一进院就摆在眼前：栏里有牛，圈里有猪，地上有鸡，样样齐全，真不亏他叫个万有。当然，你要说他是大财主也是高抬他了，不实际，可他家的日子在石沟村是上数的。赵武和万有是同辈，叫他哥。

赵武说："万有哥，你这个勤快人咋也在家闷着呢？"

万有脸上始终挂着惶惑，他晓得有句话叫"夜猫子进宅没好事"。

这年月村长就是夜猫子。他的亮眼看看赵武,没吱声。

赵武问:"你听说咱村押着一个小鬼子吗?"

万有点点头,说:"听说了,赵武你闹啥玄哩,小鬼子死凶死凶。"

赵武说:"不怕他死凶,我把他拴在磨上,想凶也没辙。再说眼下也只剩下一口气了。"

万有问:"咋?"

赵武说:"狗日的歪,不吃地瓜面杂和饭,闹绝食。"

万有说:"不吃饿死拉倒。"

赵武说:"我也是这么想,可不行,抗日队伍让留活口。"

万有说:"那咋办哩?"

赵武说:"只好给他换饭。"

万有说:"狗杂种。"

万有嘴上在骂,心里已猜到村长这遭是奔着他家的粮囤子来的,心就一下子提到嗓子眼里。

赵武说:"换饭就得有粮食,眼下咱村的情况是出人出力没问题,就是出粮食困难。"

万有说:"今年天旱歉收,谁家会有存粮呢?"

赵武说:"这不就来找你万有哥了吗?"

万有刚要张嘴,让赵武用手势止住,说:"你可别说没有啊,我知道你有,说没有我也不信。"赵武先发制人,是担心万有一口回绝就难回脖了,就硬邦邦地堵了他的嘴。

果然万有张开的嘴就僵住,卡在嗓门里的话把脸都憋红了。看他这副可怜相,赵武暗暗想:唉,都知道这年头借粮比借老婆还难,这么逼人家可不应该啊。

这时从正屋传出万有爹老迈的声音:"是赵武?进屋里吧,外面冷。"

赵武嘴里应声，却不动。万有爹仍一声连一声地吆，底气很足，像吃足喝足的人打出的饱嗝。这种感受就让赵武心里有些不自在了，同时也觉出自己的肚子咕噜咕噜叫起来。他开始烦躁，单刀直入地对万有说："村里要向你借粮。"

"不借。"

"咋？"赵武问，"是没粮？还是不借？"

"都不是。"

"咋说？"

"粮食不能说是一点没有，刚才你说了，我说没有你也不信。要是你赵武自己揭不开锅，我万有不说熊话，没多还有少。可你是闹歪，弄个小鬼子回来供养着。"

赵武说："这是抗日工作。"

万有说："我不听这个，反正想从我家弄粮食喂小鬼子没门儿。你这是成心糟践人哩。知道的是你村长从我家借的，不知道的是我赵万有通敌，救小鬼子的命。我落汉奸名声，以后谁给我洗刷？"

赵武被诘住了，他没想到万有会抓住这个理由拒绝借粮，也是够滑头的了。他想万有心眼子也是"万有"啊。但是且慢，粮食不论救谁的命，是通过我这个抗日村长的手，有啥罪名也落不到你万有身上啊。赵武盯着万有那双闪动着狡狯的小眼睛，心想他可真是他爹的种。他克制着心里的火气说："有罪名我来顶着。"

万有说："可谁又替你顶着呢？"

赵武说："我的事不用你管。"

万有说："话不能这么说，你自己都洗刷不清，又怎能替我洗刷清呢？"

赵武气更大了，直盯着他的眼说："万有你真的是怕担汉奸干系吗？那你干吗不赶紧把你家全保从莱阳叫回来呢？他在那儿干啥你心里不清楚吗？"

万有的脸唰地变了颜色，像涂了一层鸡屎。他咋会不清楚呢？他二儿子全保在西面赵保原的队伍里当兵，赵部虽不是正宗挂牌伪军，可干的勾当和挂牌的没两样，勾结日本人，袭击抗日队伍，糟蹋老百姓，五毒俱全。赵保原的队伍在胶东地面臭得像泡狗屎，跟他沾了一腚狗屎的万有在村里就有点抬不起头来，赵武的话正戳在他的心窝上。

他辩白说："全保干的不是伪事。"

赵武说："你咋知他干的不是伪事？"

万有说："全保说他们吃的是蒋委员长的饷。"

赵武说："可恶就可恶在这里，吃中国人的饭给小鬼子效力。吃红肉拉白屎。"

万有又说："全保干的不是伪事。"

赵武哼了一声，说："是不是伪事不由你说了算，抗日政府会有定论。万有，我可是先把话给你挑明了，以后要是全保摊上事，你可别来找我这个当村长的啊！"

万有害怕了，脸更灰了，嘴唇开始哆嗦。他早就为这事担忧，几次托人捎信叫全保回来。全保不听，说在外头顿顿馇馇猪肉粉条，享福，气得他直骂，可又不能去把全保拴回来。他想，眼下这码事不能为几斤粮食和村里闹拧了，以后没好果子吃，损失点粮食也只当是破财免灾吧。他仰头看看赵武，说："家里只剩下点苞米。"

这年月，苞米就是好吃食，可鬼子吃不吃苞米，赵武心里没数，要借了苞米狗日的再不吃还是犯难。他想了想，问："除了苞米没别的了吗?"

万有说:"还有星儿半点麦子,得留着过年。"

"行啊,就苞米吧。"赵武说。

"借,借多少?"万有哭丧着脸问。

赵武张嘴刚要喊出二十斤这个数,却又突然停住。他眼前浮现出一张黄瘦的小脸,他的心痛了一下。

"借四十斤。"赵武说。

赵武驴子样驮着粮径直往玉琴家走去。原本阴着的天有些放晴,风也小多了,这是冬日里难得的好天气。只是街上还很冷清,杳无人影。这也正合适了此时的赵武,他驮着粮食颠颠地走着。玉琴家和他家斜对门儿,她男人死了,一个人带着五岁的闺女单过。赵武和她已相好了一年多。一个是光棍,一个是寡妇,又情投意合,按说两家合成一家是没问题的,可是她的公爹阻拦这门亲事。公爹就是国救会长赵五爷。五爷有自己的算盘,他想让媳妇在自家"换马",转嫁给因腿残一直没说上媳妇的大儿子忠勇,正恋着赵武的玉琴自是不肯答应,事情就因此僵持着。因这种关系赵武就成了玉琴家的常客,不过多在夜晚登门,像今日这般于光天化日之下进门尚属稀罕。

"你咋这会儿来了呢?"开门的玉琴也很感意外,神情惶惶地赶紧把赵武让进去,又关了门。

"有公事。"赵武说,他将粮袋放在院子地上,"扣儿呢?"

"在屋里睡觉。"玉琴说,"不知是咋的,这几天她老是睡不醒,白天黑夜地睡,我怕是病了。"

赵武有些急,说:"去前亓把冯中医请来给她瞧瞧。"

玉琴叹了口气:"请来就得管饭,咱拿得出啥给人家吃呢?"

赵武就用脚碰碰粮袋，说："苞米不行吗？"

玉琴问："哪来的苞米？"

赵武就把小鬼子绝食和去万有家借粮的大致过程说给玉琴听，听得玉琴眼瞪得老大。

赵武又说："明日我就去请冯中医。"

玉琴点点头。

赵武进屋去看看扣儿，玉琴也跟着进去。屋里有日光照进来，很亮。赵武俯身向前，怜爱地看着睡在炕上的扣儿，伸手摸摸她黄瘦的小脸儿，叫了几声扣儿，没见应，就长叹了口气。

再回到院子，赵武就说了他的来意：他家的石磨拴了小鬼子和汉奸，不能用。请玉琴帮他把苞米磨了，赶紧做粑粑给小鬼子吃，把他喂活了。

玉琴说："要是小鬼子不吃苞米粑粑咋办哩？"

"他敢！那老子就真宰了他！"赵武动气地说。

"杀了他咋向抗日队伍交代呢？"

"真叫这狗日的治草鸡了。他要不吃苞米粑粑就真的一点办法没有了。"

玉琴的眼亮了一下，说："摊煎饼咋样？"

"摊煎饼？就是你娘家那地儿吃的饭食，像纸样的薄饼？"

玉琴点点头，说："煎饼吃起来像锅巴一样香，俺刚过门那时，整天想煎饼吃，就从娘家拿回个鏊子，现在鏊子还在。"

"这准行。"赵武拍手说，"那狗日的没吃过，吃个新鲜准行。就做这吧。"

女人点点头。

赵武松了口气，脸变得开朗了，他伸手摸摸女人的脸。

女人羞涩地后退道:"别,大白天的……"

赵武说:"好多天没靠你啦,真想。"

女人抬头看了他一眼。

这时,从南面传来很沉闷的枪炮声,像春季里的天空滚动的旱雷一样。赵武和玉琴只是侧耳听听,不当回事。战事波及不到他们石沟村,如同旱雷带不来降雨。

"对你说啊玉琴,这粮食一半归小鬼子,另一半归你和扣儿。摊出的第一张煎饼给咱扣儿吃,记住啊!"赵武临出门时向玉琴叮嘱。

玉琴没言语,泪模糊了她的视线,她看不见赵武怎样出门,只听见了门响。

起作用的不知是新摊煎饼的香味儿还是送饭女人柔和的语音,日本俘虏小山万太郎两天来头一次睁开了眼。只觉得眼前模糊,白茫茫一片,如置身于浓雾中。在他的家乡茨城,雾一年四季都笼罩着八沟山以及山下的田野和村庄,使人的视线看不出很远。也许正是这局促的视野,导致了人的心性的短浅与褊狭。他的父亲性情暴戾,喜怒无常,整日泡在清酒里。酒醉又使父亲加倍地狂躁,殴打老婆孩子是他醒酒的良方。十八岁中学毕业时,小山对母亲说要走出这讨厌的雾瘴。他走出了,而在若干年后,他却又走进另一道更浓厚的雾瘴:侵华战争。

那一时刻,他的神志一如他的视觉,一片迷惘,懵懂中他觉得是置身于日本家中。那香味儿,那女人的话语唤起他遥远的记忆。在父亲偶尔外出或酣睡于酒醉中时,他的家便呈现出一种难得的和谐气氛。母亲和她的孩子们围坐在桌边,边吃饭边议论着各种话题。他的大姐吉子总是在大家出现分歧时充当调解人的角色,柔声细语地讲述着自己的道理。这种时刻就给他们除父亲之外的一家人带来无限的喜悦。而离家出走后,这一切就成了经常萦绕于他梦境中的温馨的记忆了。

"你行了,小山,这遭行了。"周"翻译官"的声音,蹩脚的日本语。他听见这话的同时,眼前也渐渐显出了形影。他发现这里不是日本茨城的家,是关押他的肮脏不堪的磨房,面前站着那个审讯过他的中国人,他手里提着一个柳条篮,好闻的香气就是从那里冒出来的。

"周,是女人,她是谁?怎么不见了?"

"小山,别管那么多,都什么时候了还存那么多心思。"

赵武问:"你们叽里呱啦个啥?"

周若飞说:"他问是什么饭这么香。"

赵武哼了声,从篮子里拿出一叠黄灿灿的煎饼,递给周若飞,说:"给他,狗日的糟践中国人有功,吃小灶哩。"

"纸?"小山以惊疑的目光盯着从赵武手里传递到周若飞手里的纸样东西。

"不是纸,是饭,叫煎饼,你吃吧。"周若飞把煎饼递在小山手中,小山像捧刺猬似的怔怔盯着这怪异的会发出香味的纸,没吃的意思。

赵武有些紧张,他担心的事情正在酝酿着。他忍不住朝周若飞吼:"告诉他,这样的饭大财主都不得顿顿吃,他个日本俘虏还挑拣个啥!"

周若飞一边翻译给小山听,一边盯着对方手里的煎饼不放,他听见自己的肚子在咕咕叫。虽说这两天他一直吃那种难以下咽的地瓜杂和饭,不敢绝食,也不敢言声。可他吃得很少,基本是处于饥饿状态。眼下闻着这香喷喷的粮米味儿,从身体到精神都备受煎熬。他可怜巴巴地看了赵武一眼,说:"这个日本人从未吃过煎饼,不认,我吃给他看咋样?"

赵武一开始没听明白,明白过来就觉得又好气又好笑。教鬼子吃煎饼，亏你龟儿子能想出这等的好差事。就是有这种好差事也轮不到你啊！这念头在脑袋里一闪，他就觉得自己的肚子不可遏止地翻搅起来，十分难受。他压抑住自己的欲念，朝周若飞点了下头。周若飞心领神会，如同得了圣旨般飞速从小山手里揭了一张煎饼往嘴里塞，边嚼边对小山说：好吃，真好吃。他一连吃了三张才识趣地罢手。

"好吃的纸？"小山仍将信将疑。

周若飞教导他说："告诉过你这不是纸，是煎饼。煎饼是御膳之一种，御膳就是中国皇帝吃的饭，这个就是黄金饼儿。连中国皇帝都能吃的饭还委屈了你？吃吧吃吧，你不吃我就全吃光。"

小山又踌躇片刻，就吃了。开始吃得很小心，像尝药似的，可等吃出了滋味，就大咬大嚼起来，犹如饿狼扑食。赵武看了，气又不打一处来。可气归气，一块石头总算落了地。他就离开了厢房。

小山吃完煎饼又喝了一大碗水，"完"事大吉，脸上渐渐现出得意之色："周，我胜利了，胜利了，他们失败了。皇军是战无不胜的。"

周若飞不由得打了个寒噤，他一下子想到那则著名的《农人和蛇》的寓言，小山就是那蛇，不知好歹忘恩负义的蛇。他断定这个家伙往后还会死硬到底，那就把他连累惨了。想当初自己给日本人做事本不情愿，这遭被俘他希望能借机顺坡滚驴，弃恶从善，可小山一味地胡闹，会在很大程度上影响自己的命运。按中国人的说法，他和小山是一根绳上拴的俩蚂蚱。他心想，不能让小山由着性子来，人在屋檐下，哪能不低头！得制止他的不轨行为，警告他，对他晓以利害。他想了想，说："小山君，我问你一句话。往后你有什么打算？是想活着回日本老家，还是死在这中国小村庄？"

小山问："这话是什么意思？"

周若飞说："意思很清楚，是死是活到了需要选择的时刻了。"

"大日本帝国军人没有自己个人的选择。"小山说。刚吃饱饭的小山，似乎增添了力气，话音铿锵有力，"如果要有选择的话，那唯有服从天皇的意旨。"

周若飞问："那么此时此刻，天皇的意旨是什么呢？"

小山诘住，瞪了周若飞一眼。

周若飞继续说："谁都知道天皇对他的将士们的要求是要么凯旋，要么战死。你呢？被俘仍然活着，这实际上已经背叛了天皇。"

"胡说！"小山吼起来，"我没有背叛天皇，我想死，可我做不到。我没有背叛天皇，我想死，可我做不到。我没有武器，我被捆着，没有自由，无法自杀！周，你帮我，把我结果，行吗？"

周若飞说："行，我可以帮你。"

小山两眼直直地瞪着，眼光透出惶恐。他再问一句："周，你愿意帮我？"

"我愿意，"周若飞说，"但怎样帮得按我的意志行事。我们中国人有句话叫救人一命胜造七级浮屠，还有好死不如赖活着，意思都一样，把人的生命存在视为至高无上，所以我不仅不能帮你死，相反，我要让你活着回日本。"

"不可能，"小山说，"我必须死，懂吗？必须死。"

周若飞哼了声，说："既然你死的决心如此大，就死好了。人真想死是用不着别人帮忙的，没枪没刀也有办法。"小山说你教我。周若飞说："行，我教你。人活一口气，没这口气就完蛋。你停止呼吸，憋住，再憋住，直至心脏停止跳动。"

"这不行。"小山说，"任何人都无法抑制呼吸而死亡，做不到，完全做不到。"

周若飞问："你知道为什么做不到吗？"小山摇摇头，周若飞说下去:"这是因为人的意志归根结底是脆弱的,有一定的限度。对于死亡,在最后的一刻,人的求生欲望是不可阻挡的,包括你们的天皇。"

"我不许你亵渎天皇!"小山暴跳如雷,"我不许你亵渎天皇!"

周若飞说:"你们天皇将自己做不到或不想做的事强加于他的子民,这有悖于天道。"

"天皇高高在上。"小山说,"他的意志就是神的意志,子民自应唯命是从。"

"你死吧,小山君。"周若飞说,"你死了,天皇才会称心如意,吃得香睡得甜,你死吧。"

"我会死的。"小山说,"你不帮忙会有人帮忙的。"

"没人会帮你的忙。"

"我自有办法。"小山想想说,"我会叫村里的人杀死我。用激将法,骂他们,侮辱他们,他们就会把我杀了。"

周若飞冷笑说:"这一招不灵,你的话他们听不懂,你再吼再骂他们也只当是野兽嚎叫,不会理睬。"

小山一怔,随之说:"周,我要你教我中国话。"

周若飞问:"教你辱骂中国人的混账话?"

小山点点头。

周若飞说:"我不会教你的。"

"我要你教。"小山说,"你身为皇军的翻译官,这是你的职责。"

"被俘以前我是你们的翻译官,可现在不是了。"

"不,现在你仍然是的。"小山说,"我是军需官,你已从我手里领了这个月的饷。按规则,这个月以内还是皇军管辖下的人,皇军的命令你必须执行。"

周若飞十分气愤,也觉得好笑,心想你个小鬼子也欺人太甚,当了俘虏还想朝我发号施令，让我听从你的摆布，真是骑在人头上拉屎。这股火在心里窝着出不去，很难受。最后终于忍不住骂了句："我操你小鼻子八辈子祖宗啦！"

操八辈子祖宗这话，是当地人愤怒时最解气最顶尖的一句骂语，如果逢上有血性的对手，会以死相拼的。小山自是听不懂什么，眨巴眨巴眼，问："周，你讲的是什么呢？"

周若飞还想再骂，可这时脑子里忽然闪现出一个念头。他想何不将计就计，捉弄一下这混账的鬼子小山呢，一是出出心里的恶气，另外，也是最重要的一点：化解村干部对他和小山的怒气，得以宽大处理，保住性命。他看看小山倒挂葫芦样的脑瓜，说："我是说我答应教你中国话啦。"

"你答应教吗？"小山问。

"我答应。"

小山向周若飞竖竖拇指："周，你讲规则，是可以信任的人。"

周若飞说："我只是服从你的命令。不过中国话是很难学的，你能行吗？"

"我行。"小山说，"我的记忆力很好。再说我也不需要学得太多，你教个十句八句就够了。"

周若飞说："中国的语言如同汪洋大海般广阔无边，我不知道该怎样从中选择。"

小山说："周，我已对你讲过，我学中国话的目的是将关押我们的人激怒，让他们杀我。为此，你必须选择最恶劣最污秽最不妥协的言词，其邪恶其力量张口若枪弹出膛一般，你懂了吗？"

周若飞说："你可以对我讲一两个例句吗？我是说你先从日语中选择出能与之对应的几句话。"

"那好吧，你听着。"小山说，"头一句话，首先要表现大日本帝国皇军效忠天皇的武士道精神：杀了我也不会向中国人投降。再就是表明我们的大东亚圣战必胜无疑，和大日本帝国皇军作对没有好下场。还有，也是最重要的是侮辱他们的人格，用最肮脏最下流的话谩骂他们，诅咒他们，比如……"

"行啦。"周若飞止住道，"你已经把意思表达得很清楚了。我明白，就是你要在中国人眼里完全成为一个恶棍无赖浑蛋卑鄙无耻可杀不可留的魔鬼法西斯，是不是？让他们一刀将你结果，是不是？你就成了一个以死殉节的英武之士，是不是？"

"是的是的。"小山说，"那就仰仗周君啦，请多多关照。"

"我教你。"周若飞说。

他略作思谋便对小山教授起来。他说一句，小山鹦鹉学舌般学一句。小山也算个伶俐学生，一句话念上三遍，也就记住了。到晚霞从西厢房房顶照到东厢房窗上时，小山已学会许多句了。他有些沾沾自喜，当老师周若飞让他将学会的从头朗诵一遍时，他便像小学生背诵课本那般拖腔拉调地朗读起来：

　　我有罪——
　　我投降——
　　饶命啊——
　　别杀我——
　　杀我如杀狗——
　　我怕死，好死不如赖活着——
　　我是你们的儿，是你们的孙，晚辈小山万太郎——
　　…………

听着鬼子小山磕磕巴巴的认罪告饶声，周若飞先是觉得解气好笑，而后陡地打个战栗，感到身上冷得厉害，阵阵发抖，就像浸泡在冰水中。他深深意识到自己不可饶恕的罪愆。晚霞在他的眼前一下子变暗变黑，他觉得身子跌进了万丈深渊……

为请冯中医的事，赵武一早就去了玉琴家。进门就看见扣儿在院子里逗一只小猫玩，笑得咯咯的。赵武见了十分惊讶，问："扣儿好了吗？"玉琴说："扣儿已经醒过来了，不用再请冯中医了。"赵武朝扣儿走过去，把她抱在怀里问道："扣儿，你咋老是睡觉呢？"扣儿晃晃头，说她不是在睡觉，是在一片大野地里走，一个大人领她往河边去，可老是走不到。玉琴说："这事真是怪，扣儿硬说有个男人把她往河边领，告诉她河那边怎么怎么好。说那边有白面饽饽吃，有猪肉粉条吃，还有洋梨海棠果吃，样样都管够。我问扣儿那人是不是咱村里人，扣儿说不是。我又问她那人长得是啥模样，老天爷，扣儿说的那人的长相和她爹一模一样。可她爹死那年她才两岁，哪会记事儿？你说这事怪不怪呢？"赵武沉吟半晌，说："咋会有这种事？"玉琴眼圈红了，说："我知道我没把扣儿养活好，让她受罪，她爹就来领他的孩子。"赵武说："别瞎想，人死如灯灭，哪有啥鬼呀神呀的。再说孩子有病也怪不了你呀。"玉琴说："孩子不是病。"赵武问："不是病是咋？"玉琴说："是饿昏了。"玉琴流下泪。赵武问："你咋知扣儿是饿昏的？"玉琴抽泣说："我知道，是你送来的粮食救了扣儿的命。昨天摊出了煎饼，我叫扣儿起来吃，叫不醒，动了动又呼呼地睡。我就嚼了煎饼往她嘴里喂，她睡着觉还能往下咽，一气吃了五张煎饼。今早鸡叫头遍她就醒了，就说她跟一个大人往河边走，怎样怎样。"玉琴说着已泣不成声。赵武摸摸扣儿的小脸儿,心里酸酸的。他问玉琴家里是不是断顿了。玉琴说:"还有点白面得留着过年,这些天扣儿就和我吃一样的,我知道她吃不进去,可真没想到……"

扣儿从赵武怀里下来,又去找她的小猫了。玉琴领赵武进了屋,赵武伸手擦擦玉琴脸上的泪,说:"都怪我,我没想到你和扣儿已断了顿。这么小的孩子,吃糠菜怎么能行呢?"玉琴说:"怎么能怪你。这年头谁家有宽裕的粮食?"赵武说:"再难也不能饿坏了孩子啊!"玉琴问:"你家留根儿在他姥姥家好吗?""还行。"赵武说,"那村比咱村富庶些,他姥姥姥爷也拿他金贵。"玉琴说:"留根儿是有福的孩子。"赵武叹口气说:"有啥个福,要有福,他妈就死不了。""咳,也是的。"玉琴说,"就要过年了,你该去把留根儿接回来了。"赵武摇摇头,说:"不接了。"玉琴说:"不接不好,按老辈子的规矩……"赵武打断说:"这兵荒马乱的年月,还讲啥规矩不规矩的,能活着就不错了。再说家里还关着两个俘虏,到现在还不知下文,接回孩子咋办呢?"玉琴说:"放我这儿吧,让扣儿和他做伴儿。等抗日队伍把小鬼子弄走了,你再接回家过年。"赵武说:"要是年前抗日队伍不来人咋办?"玉琴说:"你不是说他们讲定是半个月的期限吗?"赵武说:"讲定也难说没有变化啊。"玉琴说:"真那样也不要紧,就叫留根儿在这儿过年,大年三十晚上你过来一块儿吃饺子。"赵武摇头说:"这不行,五爷知道该记恨了。"玉琴说:"说记恨也是早有了的。自他知道咱俩的事就恨上了。要想叫他不恨只有一样,咱俩拉倒,我和他老大成亲。"赵武就不再说话了。其实不用玉琴挑明,他和五爷之间的龃龉也是心照不宣的。他觉得这事很难办,真的很难办。"这先不说吧。"赵武说,"反正离过年还有十来天,要接也来得及。"玉琴说:"随你了,反正我是拿定了主意的,啥也不在乎了。"赵武抓起玉琴的手握着,说:"咳,要不是当了这么个芝麻粒大小的村头儿,我也会不在乎的。"玉琴说:"那就把这个小官让给别人当,你还稀罕吗?"赵武苦笑一下,说:"要讲稀罕,你也知道我稀罕的是你。可这村长的头衔不是热菜饽饽,想让就让得出去。这年月,精细人谁会来拣这么个苦差事干呢?"玉琴说:"让不出就丢了它。"赵武又苦笑道:"丢了村长这顶帽子,就要换来另一顶帽子。"玉琴问:"啥帽子?"赵武说:"动摇分子的帽子。"玉琴吃惊地问:"不当村长就是动摇分子啦?那么咱全村百十口子不都成动摇分子了吗?"赵武说:"两码事,从来没当过的不是。当了的撂挑子就是。就像当兵的在战场上后退,就是逃兵,该挨枪毙。老百姓遇上敌人跑得再快也没事。"玉琴说:"这事蹊跷,咱弄不明白。不干没罪,干上不干了就有罪。早知有这规矩,你为啥还要干呢?"赵武说:"不就为打小日本嘛。日本鬼子不打了得?"玉琴说:"这我也懂,叫咱俩的事到底该咋办呢?"赵武伸手摸摸她的脸,说:"小鬼子快完蛋了。等赶走了鬼子,咱就成亲。行不?"玉琴就不吱声了。她向赵武靠过去,赵武搂住她,手在后面拍拍她的腰说:"为了你,我也要抗日到底啊!"

　　赵武离开玉琴家,在街上被几个人堵住,一齐向他反映情况。情况又如出一辙——他们的小孩长睡不醒,像吃了蒙汗药一般,在耳边敲铜盆都醒不过来,要不是还喘一口气,和死了没两样。他们一致怀疑这与小鬼子进村有关,理据是鬼子没进村时都好好的,鬼子一来,孩子就得了这"怪病"。他们要求村长将那狗日的"孽障"驱逐走,以拯救他们的孩子。赵武默默地听他们说完,他对这怪病自是了然于心。扣儿的事刚从眼前过去。只是没想到这怪病在村里蔓延得这么快。他自是清楚,找他的都是村里最贫的人家。他怀着沉重的心情挨家挨户去看望这些一味睡觉的孩子,查询这些孩子吃的什么饭食。答案不是糠菜窝窝，就是糠菜糊糊。尽管各家有各家的做法，可下锅的都不是粮米。到此，赵武已深信不疑，这些孩子的病因和扣儿相同，是饥饿所致，与小鬼子无关。赵武心里这样想，可没将事情说破，那得费很多口舌。何况说破了，他们也未必肯信，得先救孩子要紧。他一下子便想到了煎饼，那是治这怪病的好药，他急匆匆回到玉琴家。玉琴正在鏊子前忙活，已摊好厚厚的一摞。看他进来，说："我正要过去送，你就来了。"赵武说："现在顾不上鬼子了，又有一拨孩子睡过去了，得赶快去救。"说着，拿起煎饼就走。

赵武走街串巷，把煎饼分送到那些有"睡孩子"的人家。"纸？""纸？"几乎家家都发出与鬼子小山同样的疑问。"不是纸，是煎饼。"尽管赵武一遍又一遍相告，还是有人不信，嚷"纸"不休。"像纸不是纸，"赵武耐心解释，"要说是纸也行，是粮纸、药纸。把这几张药纸嚼了喂孩子吃，孩子就醒了。"庄稼人一向是不肯轻信的。粮食奇缺，谁会败家子似的用它来做纸？说啥药纸，那更离谱了。谁都晓得，药材出自深山老林，金贵的有人参、灵芝，普通的有甘草、黄连，而且都是用药罐熬成药汤服用。像这种纸样的怪药，却是头一遭见识，难以置信，赵武不想再听这些人啰唆下去，便以村长的威严喝道："要想救孩子的就照我说的做，不想救的拉倒！"说罢，撂下几张煎饼就走，再去另家。毕竟救子心切，各家尽管仍然满腹疑团，可还是按村长的办法做了，也算死马当成活马医。

赵武分发完煎饼，就去找五爷和赵志，商量当前几件要事。走在街上，他抬头看看日头，天已晌午，他又想起两个俘虏的午饭问题。因早饭他仍然让他们入乡随俗免吃，午饭就得及时。他加快步伐，先去赵志家商量了民兵站岗的轮换办法，又去到五爷家商量再次审讯俘虏的事。因吴队长临走时有交代，要尽早把审讯口供送到根据地。汉

生 存

奸周若飞是有了口供,鬼子小山则没有,得抓紧时间再审。五爷一家人正在吃饭,炕头上坐着五爷、五婶和他们有残疾的大儿子忠勇。"不一块吃点吗,赵武?"五婶说。赵武听得出,这说法没真心邀请的意思,便摇摇头,在炕前那把太师椅子上坐了。"不一块吃点吗,赵武?"这遭是五爷出口的同样不含真意的邀请,他再摇摇头。至于忠勇,则连句假话都没有,头不抬眼不睁地吃自己的饭。赵武清楚,自己在忠勇眼里是个不折不扣的仇人敌手。其实,他在心里也有些可怜忠勇,他活得不容易。赵武想,假若玉琴有一丝想嫁给忠勇的意思,自己也绝不会与他争,那样不够仁义。事实是玉琴咬钢嚼铁不同意和忠勇的"换马亲",他也没有办法。赵武不由得向五爷家的饭桌瞅了一眼。庄稼人碰面打招呼一律是问"吃了吗",可见吃的要紧。他们串门时眼光也一律先瞅瞅人家的饭桌,看看吃的是什么饭食。这种陋习连一村之长的赵武也难以避免。他却没有看见,饭桌上盛主食的柳条筐被一块布盖住了。这显然是听见有人进门,临时盖起来的。其实,这种做法本身已说明了问题:他们吃的饭食是需向人隐瞒的——粮食。事实上,赵武一进屋便闻到了真正粮米的沁人肺腑的芳香,致使他在摇头回答"不一块儿吃点吗赵武"的询问时,竟连连咽下好几口口水。五爷在村里是个谁也不敢忽视的角色。他是赵姓一族的尊长,又是村里国救会会长。这家族与村政的双重身份,自让人不可等闲视之。连身为村长的赵武遇事也让他三分,许多事须五爷放话他才好定夺。论及家境,五爷在石沟村也是上数的。这主要得益于他经管的赵姓一族的十几亩庙产。大凡庙产皆属好地,收获颇丰,除却年节祭祖的费用,所剩皆归五爷一家所有。这是老辈子传下的规矩,合理也好,不合理也好,谁都不得改变,旁人眼馋也是白搭。其实,五爷大可不必遮盖自家的饭食,显得一族之尊是那么小肚鸡肠。关于俘虏,五爷同意下午再审。他主张无论小鬼子招不招供，都要派人去山里一趟，请求抗日队伍尽早将俘虏带走，继续留在村会使村民过年过不安稳。赵武同意。这事议完，赵武便说起有些人家的孩子饿得昏睡不醒的事。五爷摇头不信，说从老辈子起没听说过有这种蹊跷事。赵武说："五爷你去看看你的孙女扣儿吧。她是村里头一个饿昏的孩子。是她妈喂了煎饼才活过来的。"五爷阴沉着脸，半晌不语，后说："就算是这样，也是她娘儿俩自找的。我早就放话要她们搬过来一块住，可就是不听，那女娃对自己家的人生分，对外人亲，胳膊肘往外扭。别说我家粮食不宽裕，就是宽裕也不能送上门，叫她吃饱了好干那些见不得人的勾当！"赵武自然能听出五爷的弦外之音，五爷也相信他能听得出。囿于多种原因，他们之间的这层"窗户纸"一直没有捅破，谁都心照不宣。赵武很后悔，刚才不该提扣儿的事。玉琴和他都不指望五爷提供什么帮助，五爷的帮助必定要有交换条件的。这么想赵武就觉得心沉甸甸的，感到自己对玉琴和扣儿所承担的责任，当然也包括一村之长对全村老少爷们儿所承担的责任。刚才五爷否认村里过早出现的饥饿，事实上便是一种推诿，而他则是推诿不掉的。他的比一般庄稼人瘦削得多的肩膀必须担起这副重担。"我走啦，五爷，五婆，忠勇，耽误你们吃饭了。"赵武站起来说。他知道他说的不完全是客套。他不走，那遮盖饭食的布便不会掀开，五爷一家人的午饭就如同河水遇到了闸门，停滞在那里。他赵武就是闸门。

下午的审讯令所有在场的人都惊诧不已。一度气焰嚣张的小山突然一反常态说起了认罪的软和话，尽管面目不善眼光凶恶，可那一声连一声的号叫却确凿无疑，声声入耳："我有罪——饶命啊——我投降——别杀我——杀我如杀狗……"

乍开始，谁都以为是耳朵出了毛病。再一看，这些话确是小山那一张一合的嘴里冒出来的。于是疑惑再起：这畜生咋冷丁说起中国话？又咋一下子变成了熊包？百思不得其解。随后，人们一齐把眼光投在汉奸翻译官周若飞脸上，似乎要从他脸上寻找出答案来。

也是找对了人，周若飞是始作俑者，他对这一切心明如镜。这是一出戏剧，周若飞充当了导演。他教给小山台词，还给小山打圆场。他对在场的人说："军需官小山的确不是那种凶恶的日本人。自吃了煎饼，深感中国百姓的仁慈之心，也认识到他的国家对中国犯下的罪行，他本人愿意认罪求饶。为表示真心忏悔，他觉得非亲口诉说不可，就求我教他中国话。他想要说什么，就叫我教他什么。就这样，请相信。"

大家听了周若飞这番话，都不吱声，心里琢磨周若飞的话有无破绽。

过会儿，赵武问道："他口口声声认罪饶命，可眼里咋还露出凶光，哪看得出丁点儿的和善？"

周若飞赶紧分辩："对了对了，这就是日本男人的德行。他们从小崇尚武士道精神，一味地习武练功、逞凶斗狠，天长日久面目就变得如同石凿铁铸一般，一成不变，是哭是笑都没两样。他们这种面目，要想改变只有毁了另造。"

赵志恨恨地说："那就毁了他狗日的另造。"

周若飞不敢再言。赵志又朝周若飞说："光装熊包不行，问他招不招供，再不招供就拉出去毙了，连你一块。"

周若飞连忙答道："他说他招。"

五爷说："那就叫他招。"

周若飞问："叫他招啥呢？"

这自是废话。他这么问，不过是想拖延一下时间。因他知道已经遇上棘手的事。糊弄小山说几句熊包话好办，要让他如实说出日军情报可就难办了。要不说，他前面施展的伎俩就要露馅，那样他和小山就真的要被毁了另造了。

　　赵武打断了周若飞的沉默，说："那天叫你招啥你就叫他招啥。"

　　周若飞忙说："我懂了，懂了。"他嘴上这样说，脑子却在飞快旋转。周若飞是个心计能跟上趟的主儿，这一转就转出了救急的招法。他思忖：要说日军据点里的情报，五八四十也就那么多，小山知道的自己也大体知道。想要求个精确，就是把据点里的最高长官田原中佐抓来，他也说不清楚。军事行动本是一时一变的事情，无定规。军需装备大者如火炮机枪步枪也基本与队伍的建制相称，不过随战事增增减减而已。至于再详细如手雷多少、子弹多少，则是任何人也说不出来的，就像种田人谁也说不出地里有多少棵庄稼、囤里有多少粒粮食一样。所谓情报，就是这么回事儿。小山不招供，自己就替他招供。反正语言不通，使审人的和被审的中间像隔着一道墙，翻译的人说什么是什么。他主意定了，便放宽了心，转向小山说："人家问你据点里的情报，你到底是说还是不说？"小山说："你告诉他们，我什么也不会说的，当叛徒是皇军最大的耻辱。"

　　周若飞转向审讯人赵武说："小山交代：上庄据点的日军是一个中队的建制，伪军是一个大队的建制，日军中队长是田原中佐，伪军大队长姓陈，外号叫陈大膘子……"

　　赵武打断他的话说："这些人人都知道的还算得上是情报吗？再说这些你已交代过，叫他讲有价值的。"

　　周若飞说是，又转向小山说："小山君，中国有句古语叫'人在矮檐下不得不低头'。咱俩已做了俘虏，不投降只有死路一条啊。"小山晃晃倒置葫芦样的脑瓜说："我们日本也有句话叫'马死疆场驴耕地'，我小山万太郎就是马，是烈马，我就是死也不会投降的。"说到这儿，颇有点卖弄地重复着周若飞教他的那几句在他认为是至死不投降的中国话。周若飞不由得暗自得意。在这种节骨眼儿上，从小山嘴里冒出熊包话，无形中为这出戏增添了真实性。

他对赵武说："小山说他愿意把最有价值的情报讲出来，完全彻底，不留尾巴。他只是希望你们能根据坦白从宽的政策对他宽大处理，不要杀他这个认罪投降了的日本俘虏。"

赵武想了想说："行，叫他如实讲，我们会根据他的表现考虑怎样处置的。"

"是是是，"周若飞满脸谄媚地说，"我和小山一定好好表现，立功赎罪，争取宽大处理。"

以下，周若飞便使尽浑身解数，在两者间左右逢源，瞒天过海，为小山炮制口供。孙一更老师在纸上唰唰记录，小山的口供就出来了，白纸黑字是最让人放心的事，赵武他们松了口气。

周若飞同样也松了口气。当然，为这次审讯画一个圆满句号的还是小山本人，当审讯他的人走出磨房时，他不失时机地呼叫："我投降——饶命啊……"

赵武不由回头看了他一眼，心里有一种异样的东西在滚动。

愈近年根，石沟村就愈临近灾难的深渊。饥饿使村里的孩子一拨接一拨睡过去。玉琴家成了一个临时救助医院，大摊煎饼不止。赵武还给玉琴找来几个帮手，磨面的，烧火的，担水的，各负其责，关键环节——分发"药饼"（小村人独出心裁地将煎饼称为"药饼"）仍由赵武掌管，为的是避免可能出现的混乱与不公。尽管如此，可还是不断出现一些疙疙瘩瘩的事。比如有的病孩喂了药饼并不见功效，经详细盘查，原来那家给病孩喂药饼的也是个孩子，忍不住把大半药饼咽进了自己肚里，病孩"剂量"不足，当然治不了病；还有的人家让孩子躺在炕上装睡，谎报病情，冒领药饼。对于这些情况赵武则是十分为难，望着孩子那黄黄的瘦脸，终不忍心将其伎俩戳穿，照样发给药饼。使赵武犯难的是，从万有家借来的那点粮食很快在减少，他不知道一旦用完该怎么办。万有家当然还有可以出借的粮食，但要再次向他开口，恐怕就像上刀山下火海那般的艰难。除了万有家，还有余粮的就是五爷。

想到五爷，赵武眼前便现出他家饭桌上用布遮盖的柳条筐子，心想五爷连自己的亲生孙女都不管不顾，怎还会可怜别的与他毫无瓜葛的孩子？作为一族之长，五爷是很让族人心寒的。许多年前，族人便对他将庙产据为己有而提出过异议，并指出别的村子庙产收入除祭祀外，所余为族人所共享，丰收年景村里的庆典以及歉收年景对贫困户的接济都取之于此。村人觉得别村这种做法合情入理，为何至贫至穷的石沟村却抱着老皇历不放，让一家一户独吞？五爷也有自己的说法：别的村族怎样怎样是人家的事情，与石沟村无干，石沟村只能依照自己祖先流传下来的族规行事，不能更改。这是前些年的事。而后日本人打过来，五爷当上国救会会长，族人就更不敢多言了。

思前想后，赵武也就断了向五爷借粮的念头。但村里的局面还得由他这个当村长的应付，他无法推脱。他像一头筋疲力尽的牲口拉着石沟村这辆破车向前行走，没有方向，也没有目的地，只为寻找能赖以活命的狗日的吃食。

腊月二十八日这天，派去昆崙山送情报的民兵回了村，说在山里见到了吴队长和比吴队长官更大的首长。他们说石沟村抗日政府已经完成看押俘虏的任务，应予以表扬。但鉴于战争形势，抗日队伍去押解俘虏已无可能，而且也无必要了，他们指示村抗日政府将在押的人犯就地处死。

听到杀人，在场的赵武、五爷、赵志不由面面相觑，口吐凉气。石沟村自开天辟地以来就从未杀过一个人，不论怎么个杀法都没有。人们的生老病死都遵从着自然，再贫再病也不轻生，再恨再仇也不杀人。在他们看来，将一个活生生的人一刀砍死或者一枪打倒，简直不可思议。但命令就是命令，谁也不敢违背。他们只好商量处决人犯的各项事宜，如行刑时间、地点及行刑方式等等。既然是杀人，所涉及的一切都不可马虎大意。有一年小村宰牛，屠手一刀没捅准地方，牛疯了，挣断绳子先顶倒了那个背时的屠手，又瞪着血眼满街寻人，吓得村人屁滚尿流地乱奔，关门堵窗不敢动弹。直到那牛血尽而死，这事才了。小村人只要想起那桩事便心有余悸。杀牲口尚且如此惊险，又何况杀人？

见多识广的五爷对此更是忧心忡忡。他说民国十四年间，他在牟平城西刑场看过一遭秋决。沙滩上一拉溜跪着七个壮汉，一色的"胡子"。刽子手只有一个，手持大刀站在这伙死犯身后。他正琢磨该从哪头下手时，只见其中的一个对他吆，别愣着，先拿我开刀。刽子手问为啥？他说我是弟兄们的头儿，我要叫弟兄们看我掉下的脑袋还能骂三声狗官，叫他们明白今生没跟错了人，来世还跟着我干。刽子手说行，成全你。一刀向那匪首后颈挥去，那颗头就落在身前沙滩上。确实也奇，掉下去的头竟转了个方向，正对着那几个还没死的"胡子"，嘴果然张了几张。那伙"胡子"见状叩头不止，齐吆大哥慢走，弟兄们随后跟上。接着又一齐转头向刽子手吆喊，快动手！快动手！

那刽子手早被这场面吓住，软软地举不起刀来。监斩的警官见事不好，立马调来一挺机枪从后面将人扫了。

说到这里，赵志问了一句："五爷，你听见那颗头在骂狗官吗？"

五爷说："我离得远没听见，可很多人都赌咒发誓说听见了。"

好大一会儿，赵武才说："今天是腊月二十八，再过两天就是年三十。"

赵志说："可不？眼看着就贴年根了。"他转向送情报的民兵问："吴队长没交代是年前杀还是年后杀吗？"

民兵说没交代。

赵志说："没交代咱们就研究定吧。按说早比晚好，早杀咱们能过个安稳年，省得大年五更还得排班站岗。"

五爷说也是。

赵志想了想又说："可要过年了，杀人是不是不吉利啊！咱石沟村这些年够倒霉的了，天灾人祸不断，可别再叫这码事给丧门了。"

五爷也附和着说："年前杀人是不好，祖先们回来过年，闻见血腥味哪还吃得进祭品？"

赵志点头说："老祖先一年才请回来一次，可不能冲撞了他们啊！"

赵武问："那就年后咋样？"

五爷和赵志一齐点点头。

赵武说："咱都同意年后，就年后吧。"

这事就算定下来了。不知咋的，这结果使赵武从心里松了口气。他并不迷信，不相信过年杀人会犯什么忌、招什么灾。他只是觉得过年是人生在世的一桩顶顶重要的大事。这对谁都一样。他记得母亲还活着的时候，大年三十煮出了饺子就念念叨叨地说，人过年，畜类也过年啊。边念叨边端碗饺子去到院子，给驴几个，给猪几个，给鸡几个，反正养的牲畜都有份儿。这就使他觉得过年是满世界的事，谁也不例外。那么拉到近前，对于关在他家磨房的两个人犯来说，年应该也有他们的份儿，不论他是中国人还是日本人，都该过个年。让他们过了年再死，两方面（石沟村和待死的人犯）似乎都通顺。这就是赵武在附和五爷和赵志的说法时，自己的真实想法。尽管出于不同的考虑，留下人犯过年，终取得了一致的意见。既然如此，在哪儿杀、怎样杀这些问题就不必急着商量了。难弄的事还是放一边，别让它缠磨得过不好年。赵武表示大年夜那班岗归他，反正是在他家里，两不误。赵志担心会出事，赵武说不会，拴人犯的那盘石磨当年是四个壮汉搬进屋的，落地就像生了根，他俩挪不动半步。赵志说行，五爷也说行，这事又一致了。接着五爷就说起今年过年祭祖的一些事，和往年也没什么两样。五爷说了，赵武、赵志听了，也无非是说了听了，没人再有说道。说到底，过年是活着的人过，老祖先、老老祖先们无非是回来吃点喝点，再当仁不让地领受后人的几个响头罢了。族长五爷将祭品备得好好的，族人们把头磕得好好的，不就能打发个满意了吗？而活着的可要吃要喝，麻烦的事一大堆呢。身为一族之长的五爷，只顾死人，不管活人，也太他妈的了。赵武心里想。

　　转眼也就到了除夕。庄户人不叫除夕，叫年三十或大年三十，都一样。这天天气很好，有日头没有风。从早晨起，街上便熙熙攘攘，大人来来往往忙年，孩子三五成群地玩耍。谁家孩子（十有八九是像万有家那类富户）炫耀地提前放起了鞭炮。年就在噼噼啪啪的响声和飘浮在天空的硝烟里显出模样。死寂了大半个冬天的小村，像一个久病的汉子，强打精神走出了家门。

　　赵武没听从玉琴的意见将儿子接回，他实在顾不上，也不愿给玉琴添麻烦。玉琴告诉他,她公公要她带扣儿回去过年,她拒绝了。赵武说:"按常规是应该回去的。"玉琴哀怨地说:"按常规他应该逼我再嫁他老大吗?"赵武叹了口气。他清楚,她不去公婆家过年,主要是不愿他一人孤孤单单过年,她要和他一块。他何尝不这样想呢?那才是像模像样让人心满意足的年哪。说心里话,若不是五爷从中作梗,他也早就和玉琴结成夫妻了,何至于一年到头野狗似的溜门跳墙不得安逸呢?想想这些,心里着实不是滋味。

怎么说年还是得过的,不为自己还为玉琴和扣儿哩。赵武和民兵打个招呼就出门了。他要去赶龙泉汤集,置办点年货回来。年三十的集叫半半集,只有一上午的交易,天一晌集就散了,卖的和买的都匆匆赶回家过年。半半集的规模比较小,赵武从集这头就望见了集那头。买卖多是过年现用的货品,鱼、猪肉、粉条、烧纸、香、鞭炮以及水果等。这些也正是赵武要置办的东西。正如俗话说的,挣钱好比羊上树,花钱如同鳖下湾。只一会儿工夫,赵武就把仅有的一点钱花得精光。有的东西还没买齐,有的东西买了双份,比如鞭炮、猪肉和水果,他这是准备回去时绕一下路去一趟丈人家,多的一份就是给儿子过年的。钱了心事了,不齐的也就不齐了。他把东西装进小车篓里,推着离开了集街。

刚走出不远,赵武听见背后有人喊他,认出是小古庄的民兵连长古朝先,就停下脚等他。古朝先小时候放炮仗崩瞎一只眼,日本人打来时,他报名参加抗日队伍,人家不收。他不服气,说一只眼打枪瞄准更方便。人家见他决心大,就收了。后来打仗果然显出独眼的优越性,一枪撂一个,成了神枪手。在一次战斗中腿负了伤,没治利索,就回小古村当了民兵连长。他也推着个小车,小车随着他的残腿一瘸一拐,就像一只小船在风浪中颠簸。赵武等了好一会儿,"船"才靠过来。赵武问他也是来买年货吗？古朝先说他是来卖年货的，两人并排往前走着，赵武问他卖啥，古朝先说卖猪肉。赵武朝他的小车篓里扫了一眼，问："没卖了吗？"古朝先说："肉卖了，下水剩下，天晌了，不等了。回家过年了。你的年货置办齐了？"赵武笑笑，心想这人说话就像念"了"歌似的，说："齐不齐的就这么回事了。"古朝先问买下水了吗？赵武说没。古朝先说："我这些你要了吧。"赵武说："我不要。"古朝先问："咋？"赵武说："罗锅上山前（钱）上紧哪。"古朝先一笑说："想要就赊给你。""真的？"赵武动了心，他想要是有一副猪下水过年，这年可就不一样啦，玉琴见了一准合不上嘴。于是，他赶紧说："老古，当真能赊给我吗？"古朝先说："人丈夫一言既出，驷马难追，我信得过你老赵，你不是那种吃了把嘴一抹不认账的主儿。"赵武说："行，承你老古好意，我要了。不过下来麦子前我没钱还你。"古朝先说："那就下来麦子还，给钱也行，用麦子折也行，随你。"赵武应了声好，就停脚放下小车，把古朝先车篓里的猪下水搬进自己的车篓里。行了，这遭行了，赵武心里充满由衷的喜悦。

　　这就走出了镇子，镇子里的温泉那股刺鼻的硫黄味渐渐远去。赵武如释重负般大口呼吸着田野里的清新空气，对古朝先说："这温泉味真顶人哪，镇上的人一天到晚怎么受得了？"古朝先说："习惯了就没事了。我刚打枪那时，也恶这股硫黄味，呛得头疼，后来就不觉得了，再后来闻不见味倒不自在了，就像抽大烟上瘾那样，想闻。"赵武突然想起什么，向古朝先问道："老古，你杀过人没有？"古朝先笑了，说："你个老赵装糊涂咋的，远近谁不晓我老古是杀鬼子的神枪手？"赵武说："我不是指那个。"古朝先问指啥？赵武说："我是问你枪毙没枪毙过人？"古朝先侧脸看看赵武："枪毙？你是说处决犯人吗？"赵武说是。古朝先摇摇头说："我杀人都是在战场上。可这没啥两样，战场也好，刑场也好，都是将敌人结果掉。"赵武说："一样也不一样。战场上杀红了眼，见了敌人就搂枪机子，想咋样打就咋样打，可在刑场上枪毙人就不能乱来，那有一些套路。"

古朝先说："这倒也是，从古至今这方面都有规矩。像古时候出斩犯人要等到秋天，斩前管一顿酒肉，想骂想吵想唱由犯人的性儿，而且都是一刀之罪，一刀杀不死就得赦免……"赵武打断说："古时候的事书里戏里都有，我是说现在杀人有些什么规矩。"古朝先说："我没在刑场上枪毙过人，见是见过不少遭，有的和古时候一样，有的不一样，反正判决文书是要有的；要五花大绑；要插亡命旗，也有不插的；用单发枪不用连发枪；朝后脑打，这样犯人死得快……哎？老赵你咋忽然问起这个来了？"赵武连忙说："没啥，咱不是拉呱儿拉到这档子事嘛。"古朝先就不再说什么了。不多时就到赵武拐向儿子他姥姥村的路口，两人各走自己的路了。

一种长存千百年的无形力量驱使所有的人（也许还包括那些死去的人的灵魂）于除夕前回归到各自出生的那座小院落，过年。这是一种血缘的大归队，宗族的大聚合。从那一刻——日头落下山去，家就变得神圣不可侵犯了。一律地紧闭大门，自成一体与外界彻底隔绝，专心致志过"自家"的年。如果少了一个家庭成员，心里便充满失落，年就过不圆满。而如果多出了一个两姓旁人，心里就十分的厌烦，不对劲，就像一碗醇酒兑上了凉水，年就走了滋味。总之，庄稼人的年，极其讲求亲情，又极其排外。一切都约定俗成，不容篡改，不容残缺，也不容走味儿。别的可以通融，唯独过年不行。

以此而论，今年赵武家的年就过得完全不成样子了，不仅不合规矩，简直是乌七八糟。在这座宅院里"过年"的大小五口——玉琴、扣儿、小山、周若飞以及赵武本人，对过年而言就完全是些互不搭界的人。他们不仅不同宗同族，甚至也不同国同种。真是东风西雨南辕北辙，葫芦搅茄子茄子搅葫芦，混杂不清。这是其一。另外，除却血缘宗祖不论，这伙凑在一块儿过年的人还从属着两个敌对的营垒——鬼子、二狗子和抗日百姓。前者的小山、周若飞仍被拴在厢房的石磨上。他们怀着啥鬼胎，也许只有鬼才知道。而后者的赵武从天黑接了民兵的班，就一直顶着寒风在院子里站岗，即使偶尔进屋，眼光也绝不离开厢房门。这就是赵武家不伦不类、稀奇古怪的年。

　　天已经黑下了许久，时辰正一步一步逼近"年根"。整个村子寂静无声，听不见惯常的狗叫。狗在年前又被打过了。这遭不是赵武的部署，而是买不起猪肉的人家自行对狗们进行一次彻底的扫荡。苍蝇也是肉。用狗肉上供和包饺子总比见不着一点肉星儿强。今年各家炮仗也放得不多，间隔很长的一响，如同人攒足了劲儿放出来的响屁，烘托不出年的热闹气氛。这一是孩童们拥有的炮仗原本不多，即使多些的如同万有家那类宽裕人家的孩子也早跟他们的长辈学会了节俭，深晓在暗中放炮仗完全是一种浪费，是把钱往黑影里扔。等留到大年初一白天在大街上当着众多孩童的面放，才最值得最风光。于是乎，小小孩童的老谋深算就使这本该热闹的年夜变得冷冷清清。

　　不像过年的赵武家，玉琴是唯一真正忙年的人。她天刚擦黑时带着扣儿和过年的东西来到这宅院，一搭上手便忙得团团转，做菜肴，包饺子，收拾屋，俨然是这个家里的利落能干的主妇。她确是幻想着能早日真正走进这一角色中，眼前的一切权当是一种演练。还有扣儿，她同样把这里当成自己的家，把心爱的小猫也带来了。屋里照着一盏很亮的马灯，光线从门射出去又将院子照得很亮。不知从啥时起，又飘起了雪花，站在露天地里的赵武浑身蒙上一层白，像个会动的雪人。

厢房门半敞着，这样便于监视人犯的动静。屋里点着一盏油灯，是长明灯，同样作用于对人犯的防范。石磨和油灯是赵武执行看押任务的两大法宝，尽管有点"庄户耍"，倒还真是起了作用。此时，鬼子小山和汉奸周若飞默默坐在草堆上，身上盖着一床赵武腾出来的旧棉被，各想着各的心事。经过十几天的关押，囚犯就显出了囚犯相，头发蓬乱，胡子拉碴，面目焦枯，眼光暗淡，映着如豆的灯光，冷丁看去，简直就像是两个活鬼。如在往常，这时辰他们早已埋头睡下。今晚反常，似乎也在惦记着过年。

又不知过了许久，炮仗声兀地变得密集。这是一个信号：年来到了，实实在在地到了。这是人们最兴奋、最紧张的时刻，是三百六十五天中的大高潮。敬神供祖，烧香磕头，摆酒席，下饺子，晚辈给长辈拜年……过年的喜气就从这一应有的仪式中溢出。

赵武家的"怪年"在玉琴的操持下终也见出了模样，几样菜已做好，饺子也下了锅。当炮仗骤起时，屋里的玉琴和院里的赵武不约而同地互相望望，似在告诉对方：过年了，这遭年是真正来到了。扣儿懂事地奔到院里给她的"武伯"拜年。赵武怕扣儿在露天地冻着，赶紧催促她回屋。

突然间，赵武的耳朵分明听到一句："大哥，过年好，给你拜年了。"他怔住，不待脑子转过弯来，紧拉又听到另样的怪异腔调："拜年拜年！拜年拜年！"这又几乎使他吓了一跳。他赶紧循声望去，看见的是厢房里一齐对着他的两张鬼样的脸。

啊！过年——赵武张嘴说，可年字刚出口就断了下音，他听到自己嗓眼里咯咯咯咯地响了几响，那个本欲出口的"好"字就被咽下去了。哪能给鬼子汉奸拜年?! 即使回拜也不可以。赵武庆幸自己话收得快，不然可真要混淆了敌我阵线。他又向厢房里看了一眼，昏暗的油灯下，两张鬼脸上的眼珠还在一眨一眨地盯着他。可怜巴巴，他忽然觉得心里有一种说不出来的滋味向外溢出。

年饭摆上了桌，这宅院里的"怪年"就又遇上怪事体：团圆年饭不能团圆吃，赵武不能离开院子回屋。按说人犯用铁链拴在石磨上，很牢固，撤一会儿岗也无大碍。可赵武很警惕，坚持不肯撤岗回屋。他要玉琴和扣儿先吃，而玉琴又不依。若吃年饭时将赵武撇在一边，她又何必和扣儿来这宅院里过年？一个不进屋，一个不先吃，这事就难办。另外还有鬼子和汉奸，既然是过年，吃年饭也自该有他们的份儿。这从一开始，赵武和玉琴就打了他们的谱，可他俩的年饭又该怎样吃？还像以往那样送到厢房里？这又实在不像过年的样儿。再说他俩在屋里吃，让又冷又饿的赵武站在院子里看，玉琴心里过不去。没想到一顿年饭成了一道人难题。

最终还是赵武拿了章程：将年饭分成两份，一份玉琴和扣儿在屋里吃，另一份赵武和小山、周若飞在厢房里吃，这样赵武就吃饭和值勤兼顾了。玉琴本不愿意，但想想实在没有更好的办法，也只好同意了。

"大嫂过年好，给你拜年了！""拜年拜年！拜年拜年！"在玉琴往厢房送酒菜时，周若飞和小山又及时奉上了拜年词。玉琴始终低着头，不应声，只顾往磨盘上摆菜。她以往来送煎饼时曾和这两个坏蛋打过照面，可没像现在隔得这么近。她心里惶惶的，搁了菜就赶紧抽身出屋。

"拜年拜年，拜年拜年！"玉琴送一次菜过来，小山就不失时机地说一遍，两只小眼亮亮的。周若飞的确狡猾，他总有办法让小山的狗嘴吐出象牙来。

赵武进厢房入席。

"过年了，喝吧。"赵武端盅说，似自语又不似自语，他仰脖一口干了。在院里站了大半宿，浑身差不多被冻僵，一盅酒下肚，就觉得有一把火在身上蹿起，舒服极了。

周若飞和小山也端起盅干了，接着就狼吞虎咽地吃起了菜肴。几盘菜一会儿工夫就一扫而光。玉琴又端来了饺子。

吃了饺子，就算过了年的门槛。

原本议定，过了年就对人犯执行死刑。但在日期上没有具体的限定，是过了初三，还是过了初五？没定准。这样，处决的事就一天天地拖下来。这拖，实在是没有理由、没有必要，而且还有危险。在拖的过程中说不上什么时候会出现意外。可一俟村头们凑在一起研究杀人的具体日子，个个都像放枪放了个臭火，没声响。憋急了，又一齐说些着三不着两的话。什么大正月杀人不干净啦，还是交给抗日队伍处置为好啦，等等。总之，谁也不愿在这事上拿章程，一口喊出个杀人的日子。后来五爷干脆提出回避，理由是刑法上的事与国救会的工作无涉，属村长和民兵连的管辖范围，说这事他以后就不参加研究了。五爷有了定规，赵武也无奈，这事也就不再找五爷。这样，剩下的他和民兵连长赵志就成了一根线上拴的俩蚂蚱。

日子最终还是定下来了。正月初七，上午，地点也选定，在村后的山岗前。赵武和赵志也分了工，赵武负责有关杀人文牍方面的事情，也还包括着人犯受刑前的饭食供应。赵志的民兵连负责临场行刑，也还包括着人犯受刑前的看押与警戒。于是就分头行动。赵武先去小学堂找到孙一更老师，让他替抗日政府起草两份死刑判决书。起初，孙一更不甚爽快，认为没这种必要，既然抗日队伍的首长已下达了命令，执行就是。但赵武坚持己见，说杀人毕竟不敢轻易，不可潦草行事。反正还有一整天的准备时间，应尽力而为之。孙一更只得答应。说起来，这孙一更虽为人师长，被称为先生，可他教授的不过是这穷乡僻壤里的一群毛头孩子。就他的"学问"而言，领着读"羊，大羊大，小羊小，大羊小羊山上跑，跑上跑下吃青草"尚可胜任，真要让他弄出一份符合法律规则的文书，却不是易事。他像憋学生那样将自己憋了好久，眼珠都快掉出来，笔也没往面前的宣纸上掉下一个字来。后来冷丁想起那句"天下文章一大抄"的至理名言，才使他茅塞顿开。这战乱年月里，处死人犯的布告贴得到处都是，照抄一份换了姓名即可，何苦待在家里绞尽脑汁呢？他对赵武说毛笔用秃了，写不出好字，须找邻村的先生去借，遂出了村。事情总算圆满解决。在天黑前，孙老师将判决布告交到了赵武手中。赵武布置的别的任务，也已就绪。

亡命旗如期做出，立在墙根剑样地刺向空中；埋死尸的坑也掘就，用不着毙了人现挖。赵武是事情不做便罢，做则不肯马虎。

只是赵志分到手的任务遇到了障碍。他手下的民兵没人愿当行刑枪手，找到谁都无一例外地推托，理由如出一辙——家里的老人不让。对此，赵志并不怀疑。自古曰"耄耋者至善"，平日他们看儿孙杀鸡也要背过脸去，口中念叨一声：鸡呀鸡呀你别怪，你是盘里一道菜。杀鸡尚且如此，何况杀人。年轻人也并非全无血性，参军出去的，家里都接到过立功喜报；即使这伙在村里当民兵的，一旦有机会和敌人交手，也会向前冲锋，也会向敌人开火。可要叫他们把枪管正对着一个人的后脑勺搂火儿，就没那个胆量。有的人甚至听赵志一说就吓得牙齿捉对儿，脸色如同死人。大家还互相攀比，说几十号人为啥单看准了他，叫他干这个凶差。还有人指出某某人枪法最准，某某次之，故他俩是最合适人选。赵志气愤地抢白：抵着脑袋开枪，还谈个鸟枪法！赵志就这么东家进西家出，磨破了鞋底，磨破了嘴皮，终是无济于事，没找到愿担此任的人。无奈中他想出了一个办法：抓阄。谁抓到是谁，公平合理。赵志就吹哨将民兵集合起来，让人做了阄，放在一只大碗里，让民兵以单兵通过的队列一个接一个地抓。结果，抓到"中"字的是叫赵顺和赵福来的俩民兵。赵志一看，顿时傻了眼。这赵顺和赵福来是民兵连里最怯懦的两个人，每次遇上夜班岗都不敢站，只好找人替换，咋偏偏把这两个熊包推上了英雄路。果然，不待赵志言声，赵顺和赵福来就号啕大哭起来，哭得鼻涕眼泪一把把地甩，那架势让人觉得不是要他俩去枪毙别人，倒是别人要枪毙他俩，整个地颠倒。气得赵志大吼一声："快滚！解散！"抓阄的办法以失败告终。队伍解散后，赵志站在原地发怔，他想，弄来弄去这狗日的差事只剩下一个人选，那就是他赵志自己。他连帮手都没有，打碎一颗脑袋还得掉转枪口再打碎另一颗。想想那脑花相继喷溅的情景，他便感到不寒而栗。到这时他才明白，自己与英雄也相去甚远。

　　赵武听了赵志的叙说半晌无语，他也不知该如何是好。枪毙人找不到行刑枪手，就像杀猪找不到屠手一般荒唐！石沟村也委实太窝囊了。赵武真的从心底里犯了难。三人中五爷已经抽身，不肯担干系，赵志虽还在，可眼下的事也只能"孩子哭抱给他娘"，唯他赵武没退处，也没"孩儿他娘"可找。哦！赵武不由暗自叫了一声，说到"孩儿他娘"，他倒突然想起一个人来。对处决人犯来说，那人确算得上是"孩儿他娘"了。那人就是小古庄民兵连长古朝先。就是赶半半集赊给他猪下水的古朝先。那是个使枪的老手、杀敌的勇士，何不把他请来帮帮石沟村这个忙呢？赵武把这想法对赵志说了，赵志赶紧说行，他说他也了解古朝先的底细，能把他请到，别说一两个人犯，就是十个八个也一起办了。接着两人就商量怎样去请古朝先，自是赵武出面为好。今天来不及就等到明天。这样，原定的行刑日期又得往后拖下去。

借刀杀人这话正应在前往小古庄的赵武身上。他天刚亮就起身离村，急匆匆往小古庄赶。走得急，肚里没饭食，到小古庄时出了一身虚汗。让赵武大失所望的是古朝先不在家，走亲戚去了。大正月走亲戚，归时无定规，赵武不能等，就悻悻地回了。

刚进村，就有人向他飞奔过来。说村里死了人，正等着他回来处理。赵武问谁死了。那人说是赵先全的两个双棒儿。赵武听了着实吃了惊，问咋死的？那人说这兄弟俩昨晚翻墙进到祠堂里偷吃祭品，吃得太多，就翻不过墙了，直到白天五爷开祠堂门，才发现倒在院子里，一块儿撑死了。赵武果然看见十字街祠堂外聚集了很多人，吵吵嚷嚷，还有哭声。他赶紧奔过去，分开人群进到祠堂院里。院里也挤满了人。他认出仰脸躺在地上的是赵先全的双棒儿，连升和连起。死后小哥俩还像活着时那般的酷似，一样的猫似的瘦脸，一样的像高粱秆扎就的胳膊腿儿，一样的破衣烂衫，还有，吃下去的祭品将肚子撑成一样的圆球。他看见赵先全的老婆和两个闺女趴在地上怪腔怪调地恸哭。赵先全没哭，僵尸般地立着，那样子像比他儿还早死了一百年。赵武还看见了站在祠堂门口的五爷。他铁青着脸，一副痛心疾首的样子。赵武猜不透五爷心疼的是死了的孩子还是被他俩糟践了的祭品。

操他妈！赵武在心里骂了一句，不知是冲别人还是冲自己。说起来石沟村死人本是在劫难逃的事，这谁都知道，哪次灾荒年茔地里不添些新坟？可他没想到这刚过了年，人就开始死了，而且不是饿死，是撑死，真是他妈妈的蹊跷。赵武冷丁想起年前的一件事来，那是他往有"睡孩子"的人家送药饼。走在街上，连升连起兄弟俩跑到他跟前讨吃。他现在还记得两兄弟那副可怜巴巴的样子。当时他就犹豫了一下，可终是没给，药饼实在不够分。现在想起那一幕，心便像刀割般地疼。人都死了，他这个当村长的又能怎样"处理"呢？不管是饿死还是撑死，都是死都得埋。处理就是埋。赵先全一家剩下的人做不了这件事，赵武就叫赵志找几个民兵帮忙张罗。人得先抬回家去，再说别的。可要抬人时，赵先全的老婆和闺女紧抱着尸体不放，说什么都不松手。僵持了很久，在场的女人便上前规劝，你一句我一句，说人死了，哭破天也活不转，再说他兄弟也算是有福之人，临死还吃了个肚儿圆，到阎王那里也是个饱死鬼。凭这点，当爹妈的也该知足才是。说得实在，也占理，赵先全的老婆和闺女似乎被打动，渐渐松了手，人就被抬出了祠堂院。

　　按照当地的规矩，没成人的孩童死了不能进族里的茔地，只能埋"乱葬岗"里，而且当日死须当日埋，不能过夜。这规矩立在何时，道理何在，现在活着的人怕是谁也说不清楚，只知老辈子延续下来的事理就是事理，不容后人斟酌，也不容更改。双棒儿连升、连起没过十四岁生日，划出去的人，赵家茔地没他们的位置。可这两个小死鬼的爹赵先全一反往常的怯懦，找到族长五爷，坚决要求将孩子葬进赵家茔地。五爷不应，除再次向他陈述族规外，又说这两个孩子和祖宗争食，已惹祖宗生气，断不能再把他俩送到祖宗跟前去。赵先全不听，大闹起来，且出言不逊，说他的双棒儿是死在五爷手里，要不是吃了五爷家的祭品，孩子就不会死。这自是歪理，这话勾出那压在五爷肚里的怒火。他说："那些祭品本可以一直供到正月十五。经双棒儿这么一折腾，吃的吃了，毁的毁了，十五的祭品就得重备，费了东西费了工夫。不让你赵先全包赔已够宽容，还要倒打一耙？"赵先全心想，我儿都死了两个，还惧你五爷个屁！便结结实实地与五爷大吵了一场，然后去找村长赵武给他做主。

　　本来就一脑门子官司的赵武又添了一桩乱。

赵武又去了五爷家。这时天已近傍晚，原先落在院里的月光正一点一点地收拢，使人觉得阴森森的。五爷蹲在猪圈墙上，面对着猪圈。开始赵武以为他在侍弄猪，仔细一看是在呕吐。

"病了吗五爷？"他站在五爷背后问。

五爷没应，依然呕吐不止。五婆闻声出来，上前为五爷捶背，一边捶一边转脖对赵武说："你瞧你五爷让人气成什么样子啦！你这当村长的也不管一管！你还算赵家的后人吗？"

赵武没吭声，心想自己真成了风箱里的老鼠，两头受气。直到五爷不再呕吐，从猪圈墙上下来，他才说了句："五爷，好些了吗？"五爷没接这话茬，抹抹胡子没好气地问："你来干啥？啊，干啥？！"

赵武是个不会拐弯抹角的人，本来该躲躲五爷的气头再说，可他没有。他说："五爷，赵先全到现在也不肯埋他的双棒儿，非进茔地不可，你看……"

"不行！就是不行！"五爷不等他说完就咆哮起来，"除非老祖先从坟里出来说行，不然谁说也不中！"

赵武被噎住，心想五爷已将话说绝，怕再讲也没用处了。他想退出去，可一想退出去赵先全还会来找他，他还是不得清闲。想到这儿，就没挪脚，看着五爷，几乎用哀求的口吻说："五爷，赵先全惹你老生气是他的不对。可你想想他是一下子死了两个儿，他心里难受，他可怜，那双棒儿也可怜……"

五爷又打断他的话，哼声说："有啥可怜的，吃了一肚子鸡鸭鱼肉白面馍，享了大福啦，可怜个啥！"

赵武就不再说什么了，只觉得脊背一阵阵发凉。他快步离开了五爷家。

天黑了。

这一夜，整个石沟村的人都觉得极不寻常。天气变得十分恶劣，没星月，窗上不见一丝光亮，外面飞沙走石，噼噼啪啪作响，一会儿听到兽叫，一会儿又听到呜呜的哭声。连一向睡觉最死的五爷，也被这怪异的声响惊醒。到了半夜时分，全村几乎没有一个还在睡觉的人。所有人，都心怀恐惧地倾听街上的动静。人们听到街上有说话的声音，开始是细声细语，听不清说的是什么。后来话音渐大，听得出是孩子，啊，是双棒儿。耳尖的人首先分辨出来，接着另外的人也确认说话的就是赵先全的双棒儿连升和连起。人们不由联想到白天的事，难道是双棒儿未去的鬼魂？人们加倍地恐慌，又加倍地想听，一齐支起耳朵。他们听见两兄弟互相询问着，反反复复都是那么几句话：饱了吗？饱了。你饱了吗？饱了。饱了吗饱了吗饱了吗？饱了饱了饱了……听得所有的人都毛骨悚然，胆小的赶紧拖被子盖住头。这饱了饱了的声音，一直持续到公鸡打鸣才终止。石沟村度过了一个无限恐怖的夜晚。

如果不是全体石沟村的人做证，这鬼呀魂呀的事简直就是有人凭空的臆造，无稽而荒唐。可石沟村的人不这么想，他们相信亲身经历的事都真实，无可批驳。他们一下子变得虔诚，相信祖先流传下来的禁忌俱不是没来由的。如果双棒儿当天被埋掉了，也就不会出现这种让全村人惊吓的事。这一点连同样听到亲生骨肉在寒夜的大街上絮絮叨叨的赵先全两口，也不存半点怀疑。他们知错改错，不再坚持原先的奇思异想，当天上午就着人将双棒儿抬到村外乱葬岗里埋掉了。

后来的夜晚就果然平静多了，小村人可以安安稳稳一觉睡到大天亮。但这并不是说双棒儿就从此一去不复返了。石沟村毕竟是他俩的出生地，有还活着的他们的一家人，他俩隔三岔五还回来一趟。这时，人们就又会听到他俩打出的响亮饱嗝，以及饱了不饱的相互询问。这自是后话不提。

生 存

一场大灾难到来之前，总会伴以某种特殊的征候，给人以提示与告诫。人的死亡也自是如此。这几天，尽管谋划行刑事宜一概是瞒着当事人小山与周若飞，但他们已感觉到死神正一步一步向他们追逼。岗哨由原来的一个增到两个，还有岗哨望他们时的那种不难破译的眼光，都很说明问题。只是在小山和周若飞之间，周若飞对此的警觉更甚，死亡的巨大阴影将他笼罩，使他夜不成眠。他一遍又一遍琢磨着如何能幸免一死，逃脱这场劫难。结果又是一遍又一遍地绝望。一切都不可挽回啦，他对自己说。他知道自己（也包括小山）错过了一次机会，不，更确切地说是放弃了一次机会。那就是大年夜村长和他俩在磨房一起"过年"的时候。那可真是天赐良机，他本可以与小山一起将村长置于死地，然后弄断锁链逃脱。他现在还记得当这机会到来之际，他的心情是何等的兴奋与恐惧。他知道这样的机会绝不会再有第二次。但他最终没有那样做，是因为那一刻，他觉得冥冥中有一个神灵不断向他提出告诫：你听着，不能那样做！不能那样做！那个机会就这么放弃了。

在双棒儿连升、连起在街上游荡叫喊的那个夜晚，关押在磨房里的周若飞和小山是村中唯一没听到动静的两个人。这或许因为他们是"外人"，村子的内部事务与他俩无关。然而也就在那个夜晚，他们嗅出了死神的气味儿。因此，那个夜晚于他们同样是极不平静的。夜已深了，两人都没一丝睡意，蜷缩在草堆上，眼光在"长明灯"昏暗的光线里闪烁不定。这时候周若飞对小山生出一种强烈无比的愤恨。从出门征粮到被抓，全部的倒霉都与这狗日的军需官有关。他是勾命的小鬼！唉，当初日本人刀搁脖子逼他就范，他一是怕死，二是怕连累家人，就苟活当了汉奸。这遭又要为当汉奸送命，这因果关系就像月落日出那般明确无疑。他并非不知道自己罪孽深重，也并非不知道汉奸当有的下场。有言道没吃死羊肉,还没见活羊走?那么多汉奸的下场都历历在目,连伪县长都被抗日队伍用计赚出城枪毙了。这些他都心如明镜。可一旦联系到自身,死,就不是他心甘情愿接受的了。他不由想到大年夜放弃的那次逃脱机会。尽管这放弃是受了诸多"综合心理"的引导,但一个重要因素却是客观存在的,即他和小山的命运当时并不明确,起码是他们自己不明确,他们还看到一线的生机。但现在就不同了,他已经像狗一样嗅到自己血的腥味了。他想,假若现在那机会再来,他会不会再放弃呢?他难以回答自己。

缘于绝望,周若飞突然起意要与"勾命鬼"小山进行一场较量。要么亲手杀了他(这样的行为说不准会博得人们的好感而饶恕自己的死罪),要么在精神上把他击垮,让他在最后的时刻与自己配合(比如真正地认罪,交代有价值的情报)。以此将功折罪,求免一死。总之,无论是仇恨还是功利,都令他执意要将这个狗日的日本人制服,打垮!

关押到如今已二十余天,周若飞已完全熟悉了周围的环境。身旁的石磨,石磨上面的油灯,屋角空空见底的粮囤,还有从半敞的屋门看到的在院中不断跺脚驱寒的岗哨。当然,还有身旁命运与他系之一处的小山万太郎。日渐一日,他发现小山本来就丑陋不堪的面目变得更加惨不忍睹,像个糜烂了的葫芦。他甚至能嗅到一股刺鼻的糜烂味儿。小山成了一个货真价实的日本"鬼"。这鬼不住地眨巴着眼皮,故作镇定从容状,这副嘴脸就使周若飞愈发憎恨。

"小山君,在想什么呢?"周若飞问道。自然是用日语。不论是白天还是夜晚,他和小山交谈,岗哨一般不予干涉,有时甚至还好奇地侧耳倾听。

"你在想什么呢,翻译官?"小山反问道。

"别再叫我翻译官好不好?"周若飞说。他真的感到翻译官这个词很刺耳，像块一触即疼的疮疤。

"为什么不能这样叫？以前不都是……"

"以前是以前，现在是现在。"

"那好吧，就随你。"小山说，"感谢周君打破这长夜的寂寞。这几天我们一直沉默，沉默对人没有益处。"

"我们中国有句名言叫沉默是金。"

"你们中国的名言太多，我从你这里就学会了不少。可我觉得这句沉默是金不对，至少对我俩不对。要死的人了，话留在肚子里只能带到坟墓里去。"

周若飞听了小山这么说倒真的沉默起来。

"周君，你问我想什么是不？我又问你想什么是不？这说明人都有一种窥视别人内心的欲望。"小山说，"我可以和盘托出我的内心所想，反正就要死，无所顾忌。我希望你也能够同样。这样才对等，也有趣味。"

"我同意。"周若飞说。

"那好，那么，"小山显得有些兴奋，说道，"你先问的我，我就先说。我想家，真的很想家，想我的母亲和姐姐，一闭眼她们就在眼前出现。要是能见她们一面再死，也心安了。"

"就这？"

"还有，想喝酒，想喝得酩酊大醉。还想再吃一顿过年吃的饺子、猪肝、猪胃、猪心。我们日本人一向不知道家畜的五脏能吃，全丢了。这次吃了，才知道好吃，是美味……"

小山絮絮叨叨地往下说着，后面的话周若飞没听见，他在想着自己的心事，并斟酌着如何回答小山。他惊疑地发现，自己此时此刻的向往与小山所道出的竟然那样相似。在死亡无可奈何的背景下，他同样是刻骨铭心地想自己的家,想在日本人炮楼底下担惊受怕的家人们,除此便是由饥饿而反射出的对美味的渴求。他出身于富裕的家庭,从未领受到饥饿的滋味,这些时日他是真正领受到了。他感知到饥饿是侵蚀人体最猖獗的一种恶疾,是另外一种意义上的死亡。同时他开始理解那些被饥饿折磨的人何以会做出种种有失理智、有失体面,甚至有失人格的行为。小山的话勾起了他对那顿年饭的美好的遐想。

你怎么啦,周君?小山向发怔的周若飞问。

没什么。他说,你讲到哪里啦?

讲到吃。

哦,还想什么你接着说吧。

你还让我继续往下讲?

是。不是讲好了不许有保留吗?

这个嘛……再往下讲就会把你吓一跳。

咋?

想……想女人。

操你妈!周若飞在心里骂了句。

做年饭的那女人很美丽,撩人心。真想……

闭住臭嘴!周若飞吼叫起来。

周君,你咋啦?!

你浑蛋!没那女人你早死了,你不思报,倒想歪!是畜生!

周君你真怪……

别说了,我不听。

行，我住口，你说吧。

我不说。

轮到你说了。

我不说。

你毁约？

我说出来也能叫你吓一跳。

你……想什么？

杀了你！

…………

明白吗？杀了你！

这个……我也猜得到，你想将功折罪救自己。

不完全。

还有啥？

想帮你。

帮我死？

帮你成全效忠梦。

这……

我看你苦苦求死而不得，我不帮你实在不忍心。

你想怎样取我命？

用手掐，用棍子敲，抓住脑袋往石磨上磕，样样成，任你拣一样吧。

我不挑拣。

不挑拣我就看着办。窗棂上挂着把镰刀，用它割脖子，死得痛快，不遭罪。

不……我不死。

你不死?

我不死,人死万事空。

这么说你先前的那一套是假的,是虚的。现在我才明白你们的劳什子武士道是臭狗屎,是蛆虫……

你住口!

你让我住口就得让我用镰刀砍下你的头!

你……你说吧,你说吧,想怎样说就怎样说,行了吧。小山口气变软了。他权衡了一下,觉得宁可忍受羞辱,也要暂时保住这条命。于是一度气焰嚣张不可一世的小山终于低下了那颗倒置葫芦样的头,蔫蔫的没了精神。

赵武第二次去小古庄就见到了古连长。听赵武说清了事由,古连长笑了,道:"我说上次你干吗老是问枪毙人这样那样的事,原来真有这档子事啊,不过今日才晓得你们石沟村是个吃斋念佛的庙堂地啊。"赵武被说得很难堪。可挖苦归挖苦,古连长还是答应了赵武的请求,只是说这几天太忙,不是来亲戚就是走亲戚,等一忙过就往石沟村去一趟,办这事。这时候天晌了,古连长挽留赵武吃饭。赵武早觉出了饿,就不再客气,留下了。吃饭间,赵武又提起那副猪下水的事,说收了麦子就来还。古连长说你这人也是太认真了,说到底不就是一口袋麦子的事吗?不还,一家人就扎着脖颈不成?赵武连说不行不行,赊就是赊,有了就得还的,古连长叹息说真是一文钱难倒英雄好汉,你这当村长的也够难了。赵武摇头长吁一声,说难还在后头哩。

赵武却没有说对,难不是在后头,而就摆在他面前。他由小古庄回村，又像上次那样，刚进村就听到死人的凶信。这遭不是孩子，是老人。不是撑死，是饿死。而且一死就是七口，像被一镰砍倒的庄稼。赵武怔在街上，心里一遍一遍地念咕：毁了，石沟村毁了。从眼下到麦收还有三个多月，这三个月石沟村可要不停地出殡，操他妈！

刚回家不久，玉琴就惶惶地进门，说扣儿又睡不醒了。赵武一听，拔腿就往玉琴家跑。扣儿躺在炕上，眼闭得紧紧的。赵武心里一酸，连唤几声，扣儿仍是一味地睡。摊煎饼！赵武吆。不见回应。赵武转头见玉琴在暗自垂泪，就闭口了。他自是清楚的，借的那四十斤苞米年前就用光了，年后鬼子小山也不再有煎饼供应。那鬼东西好像也明白没啥指望了，不声不吭地吃起了地瓜面杂和饭。

说起来也是奇异，扣儿就像是村中孩童的首领，她一行动就一呼百应。上次她开始长眠，别的孩子也随她睡去，这次也是同样。睡孩子的家长走马灯似的一拨一拨去找赵武讨要"药饼"。可赵武再也拿不出。他告诫睡孩子们的家长，不能再指望村里了，也不能指望别人，各家要想各家自己的办法。他向大家交底：上次发的"药饼"是粮食做的。救治孩子的睡病凡是粮食皆可入药。其实这话等于没说，如果有粮食又何须于今日把粮食当成药物来寻？不过家长们终是救子心切，没别的指望就只好靠自己。女人们结队外出讨饭了，这自是要冒很大的风险。日本鬼子一向将女人视为他们的猎物，只要抓到便不肯放过。女人们用锅底灰将脸抹黑，一村一村地讨要。她们明白，讨要的不是饭食而是她们孩子的命。只要讨到一点用粮米做成的饭食，便飞奔回村，嚼了喂进孩子口中。男人们也在尽自己的所能。有的在村外挖掘鼠穴，以鼠样的行径从鼠口中夺粮；有的在林子里捕刺猬，网麻雀；还有的人在池塘打捞鱼虾，擒拿冬眠的青蛙和蛤蟆。到这种时候，庄稼人才晓悟到天地间可入药之物竟是如此之广泛，可以说整个世界都是一座大药库。睡孩子们在大人不遗余力的救治下开始一个一个苏醒。可另一拨儿孩子又接班似的变成了睡孩子。救治只能再继续下去。就这么睡了救，救了醒，醒了再睡，真是摁倒葫芦起来瓢。

有的人家则是祸不单行，既死了老人又睡了孩子。出殡和救治便在这一家人中同时进行。那份悲苦、艰难自不待言。长久的饥饿使人的体质日渐虚弱。出殡的人家难以请到挖墓坑和抬棺材的青壮。愿干的人也只为能吃上人家的一顿丧饭。在从村子到茔地途中，扛夫们踉踉跄跄的行进犹如舞蹈，几里远的路好像永远也走不到头。时而发生扛夫们晕倒的情形，那就得赶紧让后备扛夫顶上。吹鼓手也没有足够的气力吹奏，时断时续，时高时低，弄得腔不成腔调不成调，如同怪兽呜咽。冬天的阳光照耀着一行行穿白衣的出殡队伍，成为这偏远地面上惯常的一景。

人挪活，树挪死。逃荒的人开始陆陆续续离村。到哪里去，能不能再回来，连他们自己都十分茫然。反正食物是召唤，活着是彼岸。走前他们都和赵武说声，算是告别。赵武不加挽留，只说等年景好了就赶紧回来。金窝银窝不如祖先留下的穷窝。说得要走的人泪水涟涟。

在正月十五的前一天，万有在赵保原队伍当兵的儿子全保突然回来了。他没穿军服，腰里却别着匣子，神气活现地在街上转悠。他说这次回家一是探亲，二是从村里为他所在的赵部招募新兵。他把在赵保原队伍里享的福说得天花乱坠，不仅馇馇猪肉粉条管够，还每月关饷。关饷不关饷倒在其次，有饭吃却是对饥肠辘辘的人不可抗拒的诱惑。青壮年中许多人被他说得心旌摇晃，一齐围着追问他说的是真是假。全保赌咒发誓说是真。他让人轮流捏捏他的胳膊和大腿，说不吃猪肉粉条能长出这等坚硬的疙瘩肉吗？这倒也是。许多人当即表示愿随他去莱阳，过了十五就走。这其中许多人是村里的民兵。这事很快传到赵武的耳朵。他没阻拦村人外出逃荒，可对要去参加赵保原队伍的人却表示了坚决的反对。他指出，赵保原的队伍与正宗汉奸队伍没啥两样，谁去谁要沾一腔狗屎，到时候后悔就来不及了。

赵武的这些话传到全保耳里，他大模大样地来找赵武，说："赵武叔，你当的这个小小村长不过是井底之蛙，外面的事懂得什么？敢对赵保原司令满嘴的不敬。你赵武叔要算得真正地抗日，咋连杀个日本俘虏都不敢下手？"全保一边说一边从腰里拔出枪，说即刻去将在押的鬼子汉奸结果，叫村里人看看他赵全保在外面是不是抗日。赵武大怒，挥掌朝全保掴去，这才把全保震住。但在过了十五之后，全保还是带着一伙惦记着饽饽猪肉粉条管够的青壮去了莱阳。

死的死睡的睡走的走，石沟村像一个被风刮落的鸟巢，支离破碎了……

经一拖再拖，村抗日政府终于决定于正月十七日这天将两名在押人犯处决。数算起来，人犯押在村中已一个月零四天，大大超过抗日队伍指示的处决期限。年后的拖延主要是等"刀斧手"古朝先的到来。原以为他很快会来，没想到过了十五仍不见他的人影。赵武心里犯疑，猜不透他是忘了还是改了主意。可他不想再去请第三遍。上次古朝先的嘲笑虽没有恶意，可后来一想起心里就发虚，不自在。还有狗日的全保，他说的那混账话更刺痛他的心窝。咱石沟村自己干！他发狠似的对赵志说，不能当熊包让别人耻笑。咱自己干，谁也不用找，你和我一人毙一个，咋样？赵志说行。这事就定了。

这天早晨天气阴晦，冷风飕飕刮进院里。赵武起来后破例给两人犯做了早饭。按照"规矩"，这顿饭应准许人犯可着心意讨要。可不行，要了他也拿不出来，依旧是地瓜面萝卜杂和饭。饭端上石磨，赵武想想又将过年剩下的酒倒了两盅，算是补偿。这几天，人犯小山和周若飞已是惊弓之鸟，见今早反常，有饭又有酒，立刻明白今天就是死期，顿时蔫了。饭没动，酒喝了。这时赵志就带着临时成立的行刑队进了院。一色荷枪实弹的民兵，两个人手持白色亡命旗。气氛顿时变得紧张，杀气腾腾。五爷没来，叫过他，他不肯来，理由还是这码事不归他管。孙一更老师来了，由他向人犯宣读死刑判决书。尽管一切都难以正规，可赵武仍坚持按章法行事。他向孙一更老师点点头，孙一更便开始宣读。许是天冷的缘故，孙一更宣读时身子不住地抖，声音也抖，并不时念错。赵武不满，却也无奈。也许孙一更对自己的表现感到无地自容，念完就赶紧退到人后面去了。

赵武冲周若飞问道："刚才念的你听见了吧？"

周若飞不应，面目和身子都僵如石木，似乎已被那一纸文书杀死。

赵武再问："你还有什么话要说吗？"

周若飞仍没有动静。

赵武又说："有话只管说，给你家里人带话也行，让孙老师记记，以后给转过去。"

这时，周若飞的眼珠动了动，"哇"地大哭起来，边哭边嚷："你们不能杀我！不能杀我！"

赵武说："你当汉奸罪有应得。"

周若飞哭道："你说话不算数，头一遭审问，我问过坦白不坦白一样不一样，你说不一样，我就坦白了，什么都交代了，咋还要处死刑？"

赵武一时诘住。那次审讯的过程他是记得的，情况确如周若飞所说，他是那样问的，他也是那样说的。可是……这时，赵志接话说："告诉你，你和小鬼子的死罪不是村里定的，是抗日队伍定的，我们只是执行。懂吗？"

周若飞闻听止住哭，说："要是这样，我要求当面向抗日队伍陈述。"

赵志说:"现在连我们都见不到抗日队伍的人,你又怎么能见?"

周若飞说:"我可以等,我可以等……"

赵志哼道:"你能等,我们可不能等。村里的人一个接一个地饿死,拿啥给你吃着等?"

周若飞急急说:"吃的没问题,叫我爹送,我写信……"

赵志打断说:"住嘴,少耍些花招吧,事到如今说啥也没有用处了。"

赵武说:"周若飞,你把判决书翻译给小山万太郎听,没啥说的就跟我们走。"

周若飞不肯翻译给小山听,痴痴地瞪着眼。

"走吧。"赵武说。

行刑队伍出村时,天上飘起了雪花,雪花很大,一朵一朵像梅花。没有风,雪落在人身上就沾住了,个个成了雪人,变白的行刑队俨然是一支出殡的队伍在行进。事实上这也是出殡,不同的是下葬的人此时还活着,是两具还在行走的活尸。

这是通往村后山岗的道路(山岗前面是他们选定的刑场)。在山岗近侧的谷地,是赵氏一族的茔地。茔地是另一种意义上的村落。这条山路将分属阴阳两界的村落连接。这条路便犹如人生历程的浓缩。路两边都有稀疏的山林,林子里有许多人向这边窥望,那是在捕获猎物的村人。他们看见了村长赵武和民兵连长赵志,也看见了插着亡命旗就要被毙掉的两个人。他们不吭声,默默地望着这支队伍从他们面前过去,然后继续着先前的作业。世界上怕没有任何事能让他们的旨在救治亲生儿女的作业停止。

行刑队伍却停止下来,是鬼子小山首先驻足。他回头向周若飞咕哝了几句,周若飞也和他咕哝了几句。事情蹊跷,队后面的赵武、赵志赶忙奔到前边,厉声喝问周若飞弄啥个鬼!周若飞说小山要他的帽子,他害冷。帽子?赵武不由朝小山觑觑,果然发现他光着脑壳。"帽子在哪儿?"他问。"在你家磨房。"周若飞说。"操他妈个巴子。"赵武在心里骂道,脑袋都快掉了还惦记着帽子。他想,狗日的八九是要耍伎俩吧。可到底该咋办,他没了章程。他看了赵志一眼,赵志朝他摇摇头,意思是不管。赵志冲周若飞道:"告诉他,就要到地方了,冷也冷不多会儿,快走快走!"小山执意不走,叽里呱啦地嚷。周若飞成了小山的代言人。他说:"小山说,他的脑袋一向怕凉,一受凉就感冒咳嗽。"赵志说:"你告诉他,这遭不用怕,以后他不会再感冒咳嗽了。"周若飞显然是站在小山一边,横竖是那句小山坚决要帽子,不给帽子就不走。僵住了。赵志向赵武使个眼色,意思是就地行刑,可赵武摇了摇头,说给他取帽子。赵志虽想不通,但还是听从赵武,命令一个民兵跑步回村给小山拿帽子。

行刑队伍就这样停在半路,停在冰天雪地的山野中间。人们身上少衣,肚里缺食,本来就冷,一停下来,更冷得不行,浑身瑟瑟发抖,只好在原地搓手跺脚,往手心里哈气。有的结对相撞,以抵御刺骨的寒气。这难挨的折磨,只为那顶狗日的帽子,说来也真有点荒唐。

约莫一袋烟工夫,小山的军帽取回来了。那个民兵跑得上气不接下气。他将帽子交给赵志,赵志替小山戴在头上。小山咕哝了一句,周若飞说他说这遭暖和了。事情解决了,小山挪步走起来,整个行刑队伍开始向前移动。赵武、赵志又回到队尾。赵志压低声说:"掉个帽子,这里头肯定有鬼。"赵武点头说提高警惕,死囚如虎。

走了一会儿,小山又故伎重演,停了下来。赵志从后面怒喝一声:"往前走!"小山不理,和周若飞叽里呱啦说话。

赵武赵志不敢疏忽,快步奔过去,赵武问:"咋又停下来?"

周若飞说:"行了,这遭行了。"

赵武不懂，问什么行了。周若飞说小山说他要投降，彻底投降，他有重要情报要交代。

"你说啥?"赵武一怔，抬眼看看身边的赵志，又看看小山。

赵志凶狠地盯着周若飞："他不是已经交代了吗?"

周若飞摇摇头。

赵武喝问："是咋回事的?!"

"是这么回事，"周若飞说，"小山以前的口供都是我编造的，这是为救我自己。"

赵武说："你撒谎。"

周若飞说："死到临头我哪还敢撒谎。是真的。日本人死硬，要他们投降可不容易。这遭小山是真心要投降。"

赵武说："他口口声声说他有罪，他投降，别杀他。先前不真的想投降，咋会这样说?"

周若飞说："那是我糊弄他，让他反话正说的。"

赵志说："鬼话鬼话，没人会上当的。早不投降晚不投降，快到刑场要投降!"

周若飞说："有句话叫不见棺材不落泪，中国人这样，日本人也这样。小山见这遭真要死了，就慌了，他家有八十岁老母……"

赵志愤愤道："晚了晚了，事到如今说什么也不管用了，叫他走，你也走!"

赵志说着用枪管顶周若飞胸脯，把周若飞顶个踉跄。

周若飞顺势坐在地上，迸着哭腔说："小山这遭不是要花招，是真的。我担保，他真的有绝密情报要交代。你们要查出来是欺骗，先杀我。"

赵武想想说："他想交代就交代。叫他现在说。"

周若飞摇摇头，说："绝密情报咋能当着这么些人的面讲?"

赵志呵斥说："得了吧，老子不信这套鬼伎俩。再不起来走，就在这里毙了你！"说时拉开枪栓将子弹推上膛，枪口对着周若飞脑瓜。说来也奇。从押进村就一直唯唯诺诺怕得要命的周若飞，在死之前竟一反常态，陡然咆哮起来，大呼道："开枪吧，开枪吧。你们心里只有一个念头，毙人！毙人！！毙人！！！好像把毙人当成了过节！"

赵志吼道："放你娘的屁。俺们要真像你说的那样，你狗日的早成鬼啦！"

周若飞针锋相对说："既然是这样，再晚一天有什么要紧！失去该到手的情报你们要后悔的，又怎么向抗日队伍交代？"说着，指指行刑队伍，"他们都是见证人。你们要是在这件事上犯错误，以后他们会向上级报告的。"

这当间，赵武心里一直很矛盾。不知该如何是好。他似乎也听人说过，在刑场上死犯喊冤，或者有话要讲，是不能置之不理的。另外，周若飞的话对他也确有触动。他想，假若小鬼子真的有重要情报要讲，放弃是不应该的。以后真的让抗日队伍知道，也会怪罪。当然，赵武犹豫还有另一个因素，就是那次审讯他确是对周若飞说过，坦白不坦白不一样。这事理上，他觉得心里有点亏。

行刑队伍停滞在茫茫大雪中，像一条被冻僵的蛇，蜷缩在崎岖的山道上。

"周若飞，"赵武说，"你帮小鬼子欺骗我们不止一遭了，你自己也招认。谁敢保证这次就不是？"

"这次要是欺骗，让天火烧死俺全家人。"周若飞起毒誓。

赵武想了想，说："是不是欺骗，得让小山自己证明。"

周若飞赶紧说："好的，我告诉他，叫他说。"

赵武说："俺们听不懂他的话。"

周若飞说:"我翻译。"

赵武说:"你翻译俺们信不过。"

周若飞傻了眼。

"这样吧。"赵武说,"你对小山说,他要真的想认罪,必须有实际行动来表示,叫他对着前面的大山跪下。只要他肯跪,俺们就信他的话。"

"这个……"周若飞现出茫然神色,但还是点了点头。他从雪地上爬起来,用鹰隼样的眼光逼盯着小山,威严地吼道:"跪下,想活命就跪下。听见了吗?!想活命就跪下!跪下!"

如同做出榜样,周若飞率先跪下了。

小山迟疑着,迟疑着。眼光像风中的灯火一明一暗地闪烁,后来一暗便不再明亮。他跪了,并肩跪在周若飞身旁,面对着远处风雪弥漫的山峦……

这一晚赵武心乱如麻,大瞪着眼一直到天亮。庄稼人一向不知道什么叫失眠,这情形在赵武三十五年岁月里也是头一遭。白天从刑场趸回村审小山,小山果然交代出一些十分重要的情报。其中关于一个秘密存粮点的情报,令在场的所有人喜不自禁。而出人意料的是,小山利用这些情报做筹码讨价还价。

那个秘密存粮点总共有多少粮食?

大大的,足够你们全村吃一年。

在什么地方?

在得到你们的答复前我不会说。

那里有军队看守吗?

有。

有人看守你咋样把粮食弄出来?

我是军需官,调运粮秣归我管。你们只要放了我,我保证三天之内把粮食送到村。

这不行,放了你也就放了鹰。

可不放我又怎样给你们弄粮食?

这个嘛……

再说这公平,我用粮食换我这条命。

你妄想。

粮食同样能换回你的命。说到底咱这交易是命换命。

我们饿死,也不和你个小鬼子弄啥命换命。

是不是说你们的命不值钱?

你胡说。俺们中国人的命比你小鬼子的命要值钱,要金贵。

这么说就叫人想不通。

你到底交代不交代存粮点?

不放我,你们知道存粮点在哪儿也没用。

你想咋?

还是我说的命换命。

这……谁敢担保你不是要伎俩?

这好办,你们扮成运粮民夫跟我一起去存粮点,等粮食到手再放我。就是你们说的不见兔子不撒鹰。

这个嘛……

你们想想吧,这交易真的很公平。

…………

整个晚上，白天的审讯在赵武的脑子里不知过了多少遍。开始还清晰，后来就变得模糊而混乱。到天明时耳边只剩下三个字在轰响：命换命！命换命！！命换命！！！

这真的是一件大事，大到与全村人生死存亡攸关，这也真是一件乖戾事，乖戾得会让人怀疑其真实性。是梦幻？是呓语？却又都不是。

像往常一样，每有重要大事，赵武便想到五爷和赵志。他先去找赵志，又和赵志一起去到五爷家。五爷刚刚吃过早饭，饭菜的香气还在屋里面弥漫。落座后，赵武将昨天再审小山的情况向五爷做了讲述。五爷听了沉吟无语，过了一会儿方问赵武、赵志怎么想。他俩都说还没有个定型意见，来就是要和五爷商量。五爷听了冷笑道：年前队伍首长就下达了处决命令，可如今过了正月十五鬼子汉奸还活得好好的，早毙了咋会冒出这档子事来？我不管，该咋样办你们俩拿章程！赵武赵志听了哑口无言。既然五爷有了定规，他们就不好再说别的，于是不待板凳坐热，便走出五爷家门。

走在街上，赵武听到一阵凄惨的哭声传来，他的头"轰"的一响。又是出殡。作为一村之长，他自是清楚出殡的是哪一家。照东他爹。他朝赵志说句，便沿街向东走去。赵志亦跟在后面。

出殡的队伍不走五爷门前的街。响彻村子的哭声渐渐向村东移去。

赵武、赵志走到村头时，就看见出殡队伍已停在村外河边，按惯例在那里进行最后一次祭奠。赵武、赵志便不再向前走，默默看着死者的晚辈们依次向棺材下跪叩头。这时候女人们哭得更加悲伤。村外风大，贴着地面刮起的雪尘一阵一阵将祭奠的人淹没。赵武、赵志一直望着出殡队伍在风雪中渐渐走远。

刚要回村，赵武看见一个人影一颠一颠地向村子走来，还背着一杆枪。他认出那是古朝先，是姗姗来迟的"刀斧手"古朝先连长，他不由叫了一声。这时他心里说不出是什么滋味，他没动，等着，一直等到古朝先船样地摇晃到他跟前。古朝先也认出了他和赵志，连声说对不住，说自己一直忙着抽不开身。接着又问人犯是否已经处决。赵武摇摇头。古朝先说这好，我还没来晚，那就在今天执行吧。赵武又摇了摇头。古朝先诧异地问，咋啦？赵武说，一句两句说不明白，到家里再说。

赵武没将古朝先领到自己家，而是领到玉琴家里。因那日同玉琴说话说起古朝先，玉琴说古朝先是她老姨的干儿子，曾在老姨家见过。这么说也算得上是亲戚了。开门后，玉琴见来了这么一伙人，脸上立刻绽出了笑，忙把大家让进屋。扣儿在炕上，再次醒过来后就一下子掉了精神，整日抱着小猫一声不吭，赵武、赵志唤她也不应，也不让抱。古朝先以亲戚自居，给她压岁钱她也不肯接，只瞪眼痴痴地看。赵武难过地摇摇头，对玉琴说：再也不能让扣儿睡过去了，那样就没救了。玉琴眼里闪着泪花。

坐下后，赵武就将这些日子村里发生的事情对古朝先一五一十地说了，没一点保留。从小孩子长睡不醒说到双棒儿的死，从找不到行刑枪手说到天天有人家出殡，最后又说到小鬼子提出的命换命交易。赵武说这遭真遇上一件忾头事，既然你古连长来了，就帮帮俺们拿拿章程吧。

古朝先一边听赵武说一边摇头不止，等赵武说完，他长长叹了一口气，说道："这事可以应。"

赵志听了急道："古连长，你是说可以和小鬼子成交易？"

古朝先点点头说："这种事古来有，交换战俘不就是命换命吗？"

赵志说："小鬼子、汉奸是俘虏，俺石沟村百姓可不是俘虏呀。"

古朝先说："不是日本人的俘虏，可是阎王老子的俘虏哩。"

古朝先这么一说，赵志便不言声了。屋子里的人互相看，像在梳理古朝先说的这古里古怪的话。

过了一会儿，赵武说："老古说的是个理。再这么下去，咱石沟村就毁了。挨到麦收就剩不下几个人了。"

古朝先说："老话说，留得青山在，不怕没柴烧。咱保住人，以后不是照样可以杀鬼子汉奸吗？这遭放了两个，下遭咱消灭他们二十个，二百个，你说上算不上算哩？"

古朝先一番话说得赵武、赵志连连点头，大有一种拨开乌云见青天的感觉。

赵武以下决心的口吻说："就这样吧，咱干。"

赵志点点头，说："赵武，咱干。"

只是玉芩还有些担心，说："不会出啥事吧？"

古朝先说："只要定下来要干，具体问题就要仔细讨论了，必须做到万无一失才成。要是你们不嫌我老古腿瘸，我就算一个。"

赵武连忙说："有你老古参加，俺们心里就踏实了。"

为免夜长梦多，行动定在一两日之内。这当间有许多环节需要准备和斟酌，当夜古朝先留宿在石沟村。

头晌，由石沟村十几个人，古连长以及小山、周若飞组成的运粮队离村上路了。叫运粮队有点不确切，可又找不到更恰当的称谓，好在对此也无人计较，便如此这般地叫了。

天上下着雪，没有风，真正下雪的时刻总是没有风，雪花心平气和地从空中向下洒落。这时候人的视线看不出多远，四周一片白茫茫。今年冬天古怪，雪集中在年后下。往年可不是这样，往年大雪封门总是发生在腊月里。无休止的大雪使赵武忧心忡忡，他们已经等了两天。

见雪仍没有停下来的迹象，便不再等，也实在不能等，上路了。

队伍出村后向西行走。开始是一片平坦地，没雪的时候，能看见道路一直通向山根底下，现在道路被雪覆没，只能靠两旁稀疏的树木辨认出道路的轮廓。运粮队伍踏雪行进，速度缓慢。从外形上看，这确是一支被日军驱使的运粮队。日军军需官和翻译官走在最前面，后面跟着运粮的民夫，看不出什么破绽。因考虑到古朝先的腿不方便，赵武特备了一辆驴车（驴和车都是从万有家借的），"车夫"古朝先坐在车上，他的枪隐藏在身旁。驴车后面是一色的小推车。

天地间寂寥无声，踏雪行进的队伍亦悄无声息。这沉寂不由使人心生疑云，有种向陷阱坠落下去的不祥预感。铤而走险，巨大的诱惑与巨大的恐惧像两只凶猛的野兽在人们心中撕咬、争斗。赵武紧跟在驴车的后面，两眼一眨不眨地盯着前面的小山和周若飞，白亮的雪刺得他眼疼。他是整支队伍中最不敢松懈的一个，可以说整个行动的成败系于他一身。说来，计划是十分周密的，每一个可能出现问题的环节都做了应变考虑。出发之前，他和古朝先、赵志一起与小山做了最后一次谈判。他严肃告诫小山，既然双方达成协议，便须信守不贰，小山的任何不轨皆需以生命为代价，这一点毫不含糊，确凿无疑。为了让小山感到威慑，出发前在街上，古朝先举枪射杀了一只落在房顶上的麻雀，小山看了神色黯然。至于汉奸周若飞，他表示已无退路，唯有按照赵武他们的命令行事。即使如此，赵武心里仍然忐忑不安。

运粮队越过了七八里路远的平坦地，视线中便出现一个村庄的轮廓，如同雪原上凸起的座座相连的大雪堆，这是离石沟村最近的埠后村。晴朗日子，两村可以相望。此时，他们需穿越埠后村再往西去。为防止陡生事端，赵武带队伍绕过村庄。道路开始倾斜，这就走进了山谷的入口。

这是一条东西走向绵延十余里的大峡谷。从空中往下看，峡谷呈喇叭状，中间有一条河，不封冻时流水潺潺。赵武对这里十分熟悉，从小时候起，每年冬季他都跟他爹和村人们进山搂草。一直到现在小村人仍然沿袭进山搂草这个传统，如同村业余剧团演出的保留剧目是《苏三起解》一般。可以说，赵武对山里的一草一木都十分熟悉。也正缘于此，当小山详细交代那个秘密存粮点的位置以及周围环境特征时，他便不存怀疑。他相信确有此事。小山说的那座山神庙是搂草的村人们打尖的地方。现在那里成了日军据点之外唯一的粮库，存放着日军抢掠而来的粮食，也存放着他儿时许多的回忆。

峡谷里的河已经封冻，冰面覆着很厚的雪。打眼望去，白展展好一条宽阔大道。"大道"一直向上通往风雪弥漫着的大山深处，原本进山的路傍着河边，狭窄、坑坑洼洼，运粮队走在上面跌跌撞撞，不时有人滚进路边的雪坑里。无奈，他们只得放弃道路，走上河面，踏冰而行。冰面虽然很滑，但由于覆了一层厚雪，只要稍加小心，也便畅行无碍。这样，队伍渐渐进入被当地人称为枣园山系的腹地。

山里面终归不同，两边的山崖石壁般地矗立，在雪光的折射下有一种摇摇欲坠之势，显得阴森可怖。山里雪大，雪朵也大，落地铮铮有声，气温也比山下地面寒冷。愈往山里走，人们愈觉得寒气刺骨。赵武也感到冷得不行，他看看驴车上的古朝先，见他缩成一团，像个大刺猬。古朝先坐在车上不动，比别人更够呛。赵武紧赶几步傍着驴车，偏头问道："老古，咋样？""操他娘。"古朝先说，"还有多远？"赵武说："顺河再走五六里，再爬一道山梁子就到。咱走得慢，要不差不多快到了。"这时赵志也从后面傍过来，对赵武说："看不见日头，约莫天快晌了。"赵武说："晌天不晌天都不能停，按原计划回来时去于家夼吃饭。"古朝先说："这么冷的天，要命不能停，一停就冻僵了。"赵武说:"老古,俺们只担心你。"古朝先说:"没事,我扛冻,在队伍时练出来了。"赵武便不再说什么,又退到驴车后面走。

山谷渐渐变得狭窄,两边的山势显得更为陡峻。起风了,这是山谷自身形成的大风道,是"小气候",与外界无关。风将冰面上的雪吹走,露出光滑滑的冰面,行走变得困难。河床的地势也变得复杂,布满大大小小的石头,这是夏天山洪暴发时从上面冲下来的,有的生根站住,有的有待以后的洪水继续向下游推送。队伍在这些石头中间小心穿行。

小山和周若飞都没有异常,他们徒手行走,步履稳重得有些生硬,像两个木偶似的向前一步一步迈腿。按规定,在路上不准交谈,他们也遵守不怠。按照这次行动的要求,临行前赵武让他俩把脸刮净,将衣冠穿戴整齐,这一来倒真使他俩进入了"角色",露出真面目来。出发前站在街上,竟将过往村人吓得失魂落魄,有的掉头便跑,以为真的来了扫荡的"皇军"。

山谷现出"Y"字形分岔,一条拐向西南,另一条拐向西北,小山显出很熟悉路径的样子,不经指点便向右首拐弯。赵武知道他走得对,没吭声。也就在这一刻,驴子被一块凸出冰面的石头绊了下,晃了几晃就摔倒了。古朝先像被人掀了一下那般从倾斜的车辕上骨碌在地上。赵武和另一个民兵赶紧撂下小车去扶。古朝先倒无碍,只是额头撞出个大包。驴子可惨了,几个人把它从地上抬起,接着又倒下去,它的一条前腿折断了,疼得嗷嗷嘶叫。所有的人都傻了眼,无所措手足,队伍便停止在Y形山口,进不得,退不是。

驴子是废了,没驴车拉不得老古,回来也拉不得粮食,即使不拉老古不拉粮食,这头受伤的驴咋办?留在这冰天雪地里活活地冻死?赵武与赵志、老古商量,唯一的办法是把驴送到附近的村子里,再从村里借一头驴。总之，有了驴车才能多拉一些粮食，还有老古。赵志说："行是行，可那要耽搁不少时间。"老古说："也只能这样办了，最近的村子隔这儿有多远？"赵武指指通向另一个方向的山口说："那边的涝夼村离这儿二里多路。"老古说："要去就快。"赵武点点头，立刻让人把驴抬到车上。本来想将小山和周若飞留在原地，再留下几个人看守，想想又怕生出事端，便改了主意，让所有人都将小车撂在原地，拉着驴车一齐去往涝夼村。

　　雪下得愈来愈大了，山谷里积雪足有半尺厚，人拉驴车艰难行走，一步一挪。老古就更惨了，那简直就像在雪地上滚。这时，无论是赵武还是赵志都有些后悔，心想不该在这种天气出来弄粮食。但，悔之已晚，事到如今只能按计划行事。大约走了一个多时辰才进了涝夼村街。人又饥又寒，十分疲惫，赵武不晓村长是哪一家，便胡乱地敲门，门敲得山响，也不见人出来。他有些急，又让人敲别家的门，同样敲不开，整个村子像一座死村。赵武疑虑的视线从小山身上扫过，他不由啊了一声，他明白自己办了件蠢事，万万不该将小山带进村。老百姓从门缝里看见是日本鬼子进村，哪个还敢开门！赵武将这现实对老古、赵志一说，他俩也都是连声叹气，不知该咋办才好。后来赵志想出个主意：向老百姓喊话，告诉他们小鬼子是俘虏，不用怕，叫他们开门出来。赵武想想，觉得不妨试试，便向赵志点点头。赵志便大声呼喊起来，别的人也跟着一齐呼叫。仍然无济于事，仍然家家柴门紧闭，无声无息，只有寒风在村庄上空呼啸。"我们又错了。"这遭是老古说，"鬼怕恶人，我们要是喊皇军来了，哪家不出来迎接就杀他个片甲不留！这般门也就开了。"大家听了都点点头。赵志说："要不就这么试试？"赵武赶紧摇头否定，说："这样敌我不分成什么道理，说不准会惹出乱子来。"老古点头称是。赵志便不再言。

无奈只得离村回去，大家商议：将驴留下，待他们一走，村里人出来看见这头伤驴，不管出于哪种考虑都会弄回家医治饲养。别的只能留待以后再做计较。他们将驴抬下车，放在街面的积雪上，他们听着驴一声连一声的哀鸣出了村庄。风雪已将他们来时的脚窝埋没，他们只能重新踏着没膝的雪一步一步地挪。赵武和赵志架着老古的胳膊，像在雪地上拖着一个大包袱。这时人人都已饥饿到极点，很多人早晨没吃一口饭，有的人仅吃了几口糠菜，肚里早已空空。赵武也同样，早晨他热了地瓜面杂和饭给小山和周若飞吃，轮到他吃时见锅底已空，只得作罢。其实他也考虑去弄粮食的这伙人的饭食问题，这样冷的天，肚里没饭食可真是不行。他知道五爷家有十五撤下来的祭品，别的不说，白面馍馍就是在数的那么多，他曾想去向五爷说说，求他将这些馍馍给运粮队带上当干粮。可他又断定五爷不会给，说也白说，也作罢了，不得已才想出个去家夼吃饭的主意。历尽艰难终于回到Y形山谷。几个民兵像到家似的一腚坐在雪窝里，再也不动，有的干脆躺在雪上，大口大口地喘气。像传染，又有许多人坐下或躺下。赵武自己也想坐下歇口气，哪怕一会儿工夫也成，可他没有。他强支着身子。所谓的运粮队只有他、赵志、老古还站着，还有小山周若飞也站着。小山倒有些精神，正朝前方山谷处的山峦凝望，并不时向身旁的周若飞指指点点。赵武知道小山在指那座存粮的山神庙，也顺那方向看去，他什么也没看见，只有满眼的风雪以及遍体披雪的山峦。他心想，到山神庙还有好几里远，在这样的天气里不到近前是看不见的。这时他忽然觉得天地间有些异样，雪不再刺眼，像落上一层灰尘，周围山峦的颜色也变得昏暗，他不由心生惊疑，天要黑了吗？咋黑得这么快呢！他大声问赵志是不是天要黑了。赵志说是要黑了。赵武立时恐慌起来，大声吼道，起来！快起来走！有人闻声爬起，有人还不动。

赵志火了，破口大骂，边骂边用脚朝地上的人踢。对赵志的粗暴，赵武并不干涉，他知道到了一个生死攸关的时刻，这时刻容不得任何温情。赵志终于将地上的人都驱赶起来了，各人找到自己的小推车，队伍又开始前进了。

冬日天短，又在大山里面，天说黑就黑。这样情况就与原来的计划有变。黑天到存粮点运粮，看守的鬼子会不会发生怀疑？赵武边走边和赵志、老古推敲这个问题，可谁也拿不准。解铃还须系铃人，只得让周若飞去询问小山。小山则一口咬定没问题，一点没问题。好像怕人不相信，又一再地解释，说夜间运粮的情况以前有过多少次，因为经验证明夜晚比白天更安全。接着小山又说起日军在这个山旮旯建存粮点的因由。当初日军扫荡到这里时，一股抗日队伍以山神庙为依托顽强抵抗，致使日军伤亡严重。为除后患，扫荡结束后，要将山神庙炸平。就在炸前的那一晚，站岗的日军说看见山神爷显灵。报上去，上面竟然相信，没敢炸。后来日军打算在这里建一个军事据点。施工前运来大批粮食做后勤保障。但不久，据点移址，粮食就留下没运走，派一支队伍在这里驻扎，任务一是看守粮食，二是担任警戒。其实这些情况小山在交代时已经说过，他旧话重提无非是想进一步说明看守日军是一伙没啥战斗力的郎当兵，对他们用不着担心。此时此地小山不厌其烦地表白这些，倒增加了赵武他们的疑心。狗日的没准是想将他们引入陷阱？形势确实严峻，是进是退须当机立断。赵武的脚步不由自主地停下来，但也就是停了短短一瞬又迈步走了。这一瞬他想明白了一件事情：只能进不能退。进还有一线的生机，退就只有死路一条了。他想想又紧赶两步，让周若飞再次警告小山：耍花招必死无疑！小山诺诺。

山里天黑得早，却黑得慢。暝色笼罩着谷地，似一成不变。队伍在这茫茫暝色中向前移动。谷底已不再有冰，卵石隐藏在厚雪下面，不时听到车轮与石头的撞击声。这时人已不再有饥饿的感觉，甚至也不再有寒冷疲劳的感觉，精神好像已离体而去，只剩下僵硬的躯壳，机械地向前挪动。

一声狼嗥，像骤起的狂风在谷间蹿起，刮向四周。这瘆人的声波令些僵硬的躯壳冷丁一颤。接着又是一声长嗥，所有人的眼都在苍茫的雪谷中搜寻。老古眼尖，他首先看见那只立在前方谷地中间的狼，它正瞪眼望人，不肯让路，大有一夫当关万人莫入之势。老古下意识地从车上捞起枪，向狼瞄准。"不行啊老古。"赵武连忙阻拦。"不打死它，它会招来一大群的。"老古说着推上了枪栓。狼还站在那里不动，见人停下来，它竟示威般又向前走了几步。人们屏声顿息地盯着它，等着老古的枪响。可枪一直不响。"咋啦，老古？"赵武忍不住问道。"操他妈，完啦！"老古生硬地说，"手指僵了，怎么也勾不到枪机。""啊！"所有听见老古话的人都不由惊叫起来。小山闻声不知发生了什么事，遂问周若飞。开始周若飞并没意识到事情内中的意义，遂如实相告，说："那人的手指僵了，压不到枪机。"昏暗中小山的眼倏地亮了一下，他沉静一下，对周若飞说："周，你看见前面半山腰的灯光了吗？"周若飞点点头，他看见小山所指的地方有灯光在闪烁，虽然光亮很微弱，但在昏黑的山峦背景下清晰可见。小山不等他回答又说："那里就是皇军驻扎的山神庙。周，他们的枪没用处了，真是天赐良机！咱们一起往山上跑吧，我们行的。"周若飞听了小山的话，头嗡的一响。这瞬间，他的眼前陡现大年夜的情景。那是他和小山失去的一个机会，不想现在机会再来。他的心激动得狂跳，简直要跳出嗓眼一般。他不由朝身旁的人群看看，他们都一齐盯着仍然无法射击的老古，无暇顾及他和小山。"周翻译官，跟着我跑，听见了吗？！"

小山向他低吼。他看见小山眼里那久违了的凶光，这凶光像利刃一般刺得他身体一震。"不行！"他说，"我们和他们是有交易的，不能单方面毁约。""笨蛋。"小山咬牙切齿道，"他们完了，管他的傻瓜交易！"小山为赢得时间遂放弃对周若飞的鼓惑，独自拔腿朝前跑去，直冲着那只拦路的老狼。待周若飞呼出一声："鬼子跑了！"小山已奔到那只狼面前。那狼冷丁见有人奔它而来，且气势强悍，竟怯懦地向旁边山壁处逃窜。直到小山跑出二十几步远，这边的人才明白发生了什么事情，立时惊恐万状。赵武向古朝先大吼："老古我操你妈！开枪！快开枪！！"老古嘴里发出要哭的声音，可枪还是不响。赵武一把将枪从老古手里夺过来，一边追鬼子小山，一边瞄准。"完了，这遭完了。"赵武在心里哀号，他的手指同样按不到枪机。他不停止追赶，鬼子小山跑得很快，瘦小的身影在暝色中一跃一跃，像一只灵巧的狼。赵武紧追不舍，后面的赵志也带着人上来，还有一瘸一拐的老古。老古行为怪异，奔跑时将一根手指含在嘴里，这让人联想到那类喜欢吃手的孩子。他吃得还很执着，即使摔倒在雪地上，也保持着那一成不变的姿势。渐渐进入山谷的内里，夜的阴影四合，映着雪光，仍可看到那个逃逸鬼子一跃一跃的身影。半山腰山神庙里的灯光已十分清晰，静夜里还听得见里面叽里呱啦的叫喊。这对于鬼子小山无疑是旗帜，是召唤，激励着他向那里疾速投奔。后面的赵武却已经体力不支，十几步开外都能听见他呼哧呼哧的喘息，而且一次又一次地摔倒。爬起时可看到他的身体摇摇摆摆，像另一个老古。"老赵，"他听人在后面喊，"你停下，把枪给我。"是老古。可他不肯停，像没听到老古的呼喊。直到再次摔倒在地，老古才追上他。还有赵志。"我行了，这遭行了。"老古说着从赵武手里夺过了枪，以极其熟练的动作卧倒在地，并迅速向远处已开始爬山的鬼子小山瞄准。接着枪就响了。一缕火花在黑暗的谷地闪电般地耀亮,又闪电般地熄灭。鬼子小山的身体在山坡上凝固了一瞬,随之像一块石头滚落下去……

不知是什么时辰,也不知到了哪里,赵武只是机械地在雪中向前爬行。他的周遭是雪的世界,一个无天无地、无边无际的大雪窝。他的神志已不太清醒,只朦朦胧胧记得自己告诉大家不要在雪谷中停留,要拼尽最后一丝气力赶往于家夼。他和于家夼的村长是拜把兄弟,找到他就有饭吃。现在他已不知其他人的去向,茫茫雪夜里各自去寻自己的生路。他也无力顾及别人,此时归他管辖的只是自己那具已接近于僵硬的身体。雪还在不停地下着,过不了多会儿,便将他埋住了。他只能用驴打滚的办法从雪窝里爬出。可这要耗费掉好多的气力,后来他就渐渐爬不动了,他感觉自己的腿、胳膊已失落在雪地上,只剩下一副无法向前挪动的躯干。后来雪又将他覆盖住,他就不再动了。他顿时产生一种全新的感觉,他觉得在雪里面要暖和得多。是的,暖和了,像盖被躺在热炕头上那般。不动了,就这样了。他心满意足地想。这时他本可有充裕的时间想想一些事情,想想死去的老婆,想想儿子留根儿,还有新女人玉琴和早被他视为亲生女儿的扣儿。可没有,他没想这些,稀奇古怪,他想的竟是死了多年的爷爷,他想起自己小时候头一次跟爷爷进山搂草的一桩事。头一次进山使他十分的兴奋,也十分的卖力。他和爷爷一起搂草,山上的草很厚,全是起硬火的松毛,他和爷爷搂了满满一车。傍晚要下山回家的时候,他对爷爷说要拉屎。爷爷问他能不能憋住回去拉在自家茅坑里。他说憋不住了。爷爷火辣辣地向他吼了句:"败家子!"接着又以长者的身份对他教导:"咱今日吃的是干粮,一点不掺假的粮食,这样的屎是长庄稼的屎,拉在外面真可惜了,可惜了!"他说他真的等不到回家了,不管爷爷怎么阻止，还是拉在了山上。他回想这件事时，耳边不住响着爷爷那垂头丧气的话："可惜了，可惜了，真的可惜了。"他就在爷爷无限痛惜的絮叨声中入睡了。

自正月二十村长赵武带着运粮队离开了村子，从此一去不返，其余的人也一个不见回村。村人大惊，料定是出了事情。特别是失踪了亲人的人家更是大悲大恸，一齐去找国救会会长五爷要人。连古朝先连长的家人也来到石沟村。这场变故之后，五爷成了村里唯一的主心骨，他也十分着急。他从村里挑出几个青壮，组成一支寻人队伍。为确保寻找成功，又忍痛拿出祭祖撤下来的供品让他们饱餐一顿，然后打发他们沿运粮队去时的方向寻找，他们没有白吃五爷的饽饽，尽心尽力搜寻，后来就走进那条喇叭状山谷。经几天几夜大风雪的山谷已完全改变了面目，整个地变成了一个大雪谷。他们在雪谷里几进几出，转悠了整整一天，既没有找到一个活人，也没发现一具死尸。放眼望去，通条山谷都是平展如绸的雪面，雪面之上光光亮亮，生灵无踪杂草不存，干干净净，他们只得失望而归。

春天雪融，山谷由白变黑，当地人在谷中发现了尸体，陆陆续续总共发现了十几具，正是运粮队失踪了的数目。尸体一点也没有溃烂，完好无损，面目栩栩如生。但有心人很快发现了一个奇异的现象，尸体的位置虽很分散，有的相距几里路远，可他们的头都冲着同一个方向，冲着隐于山谷豁口处绿树丛中的一个小村落。当地人自然知道，那村子是于家夼。

蛇是怎么毒死自己的

我是一九六〇年春由河北清水塘劳改农场转到黑龙江兴湖劳改农场的，那时全国范围的大饥饿正在迅速蔓延。犯人在各个劳改单位间转移遣发通称转场。在我总共二十二年的劳改生涯里，这种转场经历了不下七八次。按惯例，犯人一般不可在同一劳改场所待三年以上，据说这是担心时间久了，犯人和管教干部熟悉了会导致预料不到的情况。就是说犯人不断转场是劳改制度中的一个环节，是安全措施上的防患于未然。尽管这样的动机不会见诸任何文字，更不会对我们犯人（大概也包括管教干部）明说，事实上大家对此皆心照不宣。犯人转场均在严格保密情况下进行，其状况可与军事行动相提并论。在犯人到达目的地之前，任何人都不知道将要被转移到何处（知道了也没有任何意义），几百名犯人挤在几节硬板车厢里，白天黑夜耳朵里都响着哐当哐当的车轮声，无休无止。同一种声音单调地重复，就是优美音乐对人的神经也是一种折磨，何况我们每个人正经受着不测命运的折磨。从清水塘到兴湖是我的头一次转场，当时我心里很惶恐，也抱有幻想，希望到了新单位生活境况会有所改善。但一到兴湖，幻想就破灭了，希望变成了失望。这里的一切就像随同火车从清水塘原封不动搬过来的：一样肮脏的监房、一样高强度的劳动和一样少得可怜的食物……这种种的不变会使你觉得犯人的待遇是从上帝那里颁下来的，天南海北都得照章行事，不得走样儿。当然大同之下的小异还是感觉得出来的，比如气候，清水塘的四月已是春暖花开，而兴湖这里冰雪还没完全融化；再比如伙食，同样的杂和面窝头，清水塘的发黑（地瓜面为主），兴湖的发红（高粱面为主）；还有管教干部的口音也明显不同，初听东北口音怪怪的，脆中带柔，唱曲儿似的，再严厉的训斥都让我们犯人感到很温和，很有人情味儿。仅凭这一点，我还是觉得兴湖好，别的犯人也觉得兴湖好。如果此时让我们返回"故里"，大家肯定是不情愿的。"月是故乡明"对我们犯人可不切实际。

但——我在兴湖农场只劳动了两个月又接到转场的命令。"收拾东西"，管教只说了这四个字。我摸不着头脑，不知出了什么差错。我立刻反省自己（劳改最大的收获是知道遇事先反省自己），回顾到兴湖后的一言一行，看是否违反过场规，是否冒犯过管教，是否放松了改造。我像晒谷物一样在领袖思想的阳光下一遍一遍翻晒着自己的肉体和灵魂。两个月的头一个月是兴修水利，情况与清水塘的农闲时节差不多，具体说是修一条贯穿农场的"反修渠"。我努力劳动，不偷懒服管教，也积极参加学习，不断批判自己的资产阶级右派思想。虽然有时心里也有牢骚和委屈，可没表现出来（改造的另一个收获是知道将与外界不合的东西包藏住）。后来天暖了播种时节到了，就搁下水渠开始播种。农场幅员辽阔，比清水塘农场大得多。有一眼望不到头的地面，见不到山岭，土地连着土地。春播工作量很大，农场进入

"战斗"状态，管教干部以种种行之有效的办法激励我们积极表现。"考验你们的时候到了，表现好的摘帽解教（摘掉右派帽子解除教养），表现不好的后果自己知道！"我知道这是句大实话，无论哪里的管教干部都喜欢同犯人讲大实话，讲硬邦邦的大实话。我们犯人也听惯了大实话。当然，也并不是所有管教都这么把话说得响当当硬邦邦，有的很温和入耳，有位姓邢的副队长还在队前讲了他家乡的一则农谚，说是"春天累掉裤子，秋天撑破肚子"。这有趣的话把队前的管教都逗笑了，可我们犯人都没笑，因为谁都清楚"累掉裤子"和"撑破肚子"于我们犯人没有因果关系。即使秋天打的粮食堆成山，我们该吃多少还是吃多少，没"撑破肚子"一说。但那段时间我们可真正是累掉了裤子，天不亮就被哨子吹起，然后列队到营外的大田"战斗"。肩扛"武器"的我们行走在夜色未退的天地间，会让人联想到一队秦兵汉勇的破晓征战。我们同样是征战：战天斗地。拉犁，刨地，耙土……累得上气不接下气，可谁都不敢停下休息片刻，我们每个人的表现都在管教的监视之下。我们并不怨恨，因为我们不是初到农场改造的雏儿，我们清楚自己是被管制的人，清楚累掉裤子才是好表现。为节省时间，早饭由伙夫（同样是犯人）挑到地头，一人一个形状、大小、颜色都像猪心的窝头，吃了一直干到天晌。午饭还是一人一颗"猪心"，再就一直干到天黑。这时人人都饥饿疲劳到极点，全身像散了架，五脏六腑都像被掏空，心情也极坏，谁都不理谁，用凶凶的眼光盯人，连管教这时也睁一只眼闭一只眼不愿多事（清水塘农场曾出现过管教在这时刻训斥犯人被殴打的事件）。回营区的路上不时听到有人摔倒的声音，就像一口袋粮食从驴驮子上重重掉到地上。许多人倒下再也起不来了。晚饭还是不差样的"猪心"，各人吞下肚就立刻趴在铺位上睡觉，睡得死猪一般，连鼾声都像猪哼哼，我们犯人都怀疑是顿顿吃"猪心"吃得人也变成了猪。

我回想在兴湖头两个月的所作所为无非是为自己的"反常"转场寻找原由,我没有找到。事实上找到了也毫无意义的。在管教干部向我宣布"收拾东西"十几分钟后,我便走出了营区大门。这时我被告知:这次属本场内部拨调,新地方是农场边缘被犯人称为"御花园"的附属地。

"御花园"离农场中心四十多华里,步行大半天路程。这里也被称作"小场"(对兴湖大场而言)。打眼望去,所谓的"御花园",实际上是一大片沼泽地包围着的一块小平地。时下沼泽地一片泛绿,足足的春天景象。粗略估计,沼泽地有几万亩面积,而"御花园"不过十几亩。"御花园"这名字很容易使人想到是一块花卉苗圃地,实际上不是,"御花园"里种植的是庄稼。与整个农场方圆百公里土地相比,区区"御花园"实在算不上什么,完全可以忽略不计。而场方却不肯忽略,其一,这里土质肥沃,且被沼泽包围长年湿润,利于作物生长;其二,也是最重要的:这里是一块不在册的土地,确切点说是场部的一块自留地。自留地的作用自然用不着解说,尽人皆知,犯人将它称作"御花园"已道出其中含义,但这多少显得不厚道。在人人饿肚子的大灾年,管教干部想法子多弄几斤粮食养家糊口也实是情有可原。"御花园"通常有三个犯人劳动,以人均耕种土地面积衡量,比大场的犯人要轻松。我被遣发到这里是因为不久前逃跑了一个(我后来看看周围的环境,觉得在这里最容易干成的一件事就是逃跑),逃者是北京 S 大学历史系三年级学生。我顶替了他的空缺。这里的另外两个犯人:一个姓陈,叫陈涛,二十四岁,S 大历史系学生;另一个姓龚,叫龚和礼,北大物理系的教授,一头半白头发,使人一下子看不出他的实际年龄（后来他说他四十四岁）。他俩被劳改的案由同我一样：五七年的老右。

龚教授、陈涛和我可以说是整个兴湖农场数千个劳改犯中最幸运的人。只要对我们的境况稍作介绍，你就会相信我说的一点也不夸张。我们脱离了农场的管制，来到这块自由的天地，天蓝地阔，空气流畅，没有铁丝网电网的圈围，没有警卫的日夜监视，甚至一个管教干部也没有（场部只不定期来人检查工作），不知根底的人从沼泽地外面向这边望过来，会以为这里是一户平常人家。却也不错，是由三个劳改犯人组合的特殊人家。我们过自己的"日子"，地由我们自己安排耕种，伙食也由我们自己料理，没有硬性作息时间，想干就干想歇就歇，可以随便说话，大声说话，高兴了也可以唱上几嗓，拉屎尿尿也不用请示报告……够了，这就够了，仅仅这些就足以让大场的犯人羡慕一千年。"御花园"是我们三个人的小天堂。如果不是还穿着劳改服，我们会忘记自己的犯人身份。好好干啊，好好表现。满意中我告诫自己。人交了好运总希望与别人分享。到"御花园"的当天我就给家里写信，我在信纸上不停笔地写：新地方好，新地方真好，新地方太好了。我恨不能一口喊出一千个好。只可惜这里寄信困难，好消息家里人至少晚知道一个月。

陈涛是我们三个人的头儿，这是场方宣布的。只是让他负责却没明确职务。是"御花园"劳改组组长？还是"御花园"劳改小场场长？还是别的什么什么长？不清楚。我刚来不知该怎样称呼他。不论大小，是官就不宜直呼其名，笼统地喊他"头儿"难免有嘲讽意味，以年龄论叫他小陈既恰当又亲切，只是亲切有余恭敬不足了。瞧我们犯人遇事就是这么思前想后的没出息。后来我听龚教授叫他老陈，我也就叫他老陈。这么叫心里却不住地嘀咕：我新来乍到姑且不论，龚教授无论年龄和资历都比陈涛高，为何场方不用龚教授而用陈涛？如果陈涛是"内矛"也情有可原（前面说过，劳改部门如有需犯人担当的差事，大多派给刑事犯），而他和我们一样都是"敌矛"。另一种可能是陈涛所犯错误（罪行）比较轻，因此获得场方信任。后来龚教授告诉我陈涛是从陕北老区考上S大的，一九五七年鸣放，他就他家乡对革命做出的贡献说了一通话，末尾加了一句"革命成功后，毛主席一次也没回陕北"，这话是事实不假，但难免不叫人觉得话中有话，果然就有人指出这话是影射毛主席、共产党忘本。本质一经点出，问题一下子就严重了，把他打成了右派。他不服，慷慨激昂地为自己辩护，他说那天他没把话说完，后面要说的是"革命老区人民从心里想念毛主席"，可这话还没出口就被别人打断了。但没人同意把他没出口的话狗尾续貂接到上面去，何况接上去，革命的也抹杀不了反动的。他的话没人听，他继续为自己申辩，后来问题就升了级：将他批捕劳教。他的问题就这样。平心而论，陈涛本质上是个很单纯的青年人（只要看看电影电视上他的陕北父辈们那一张张憨直的脸，他即使存心复杂恐怕也复杂不到哪里去），他的心术不坏，处事也算公道。以他的负责人身份，他完全可以指手画脚不干活，可他和我们一样干；他掌握伙食，也不以权谋私多吃多占。可他也有不少叫人讨厌的地方，一是咋咋呼呼口出狂言，再就是以领导身份自居动辄训人。这一点我来到"御花园"的当天就领教过了。他先是向我打探场部情况，问我听没听到政府为右派摘帽解教的消息。我们犯人都关注这个问题，"摘帽解教"这个时代词语就像一轮明晃晃的太阳悬在我们头顶上，给我们热量、光明和希望。犯人在睡梦中笑醒十之八九是因做了被摘帽解教的梦（而不是"做梦娶媳妇"——有些作家在写精神与身体都极其虚弱的劳改犯人的生活与心态时总是将性饥渴写得轰轰烈烈如火如荼），但梦境与现实又是那么遥远，两不相及。我在清水塘的两年里，只听说有一个作家因表现出色而被批准摘帽和按期解教，而众多的右派犯人却没有他那样的好运。我们的刑期被无限制地延长着。想想最倒霉的还是那些劳教犯，他们原本三年的教养期从一九五七年一直延续到一九七九年，创造了教养二十二年的吉尼斯纪录——这自是后话。"御花园"与世隔绝，信息不畅，所以我一到这里，陈涛和龚教授便迫不及待向我打听这方面消息。我如实相告：没有什么好消息。以前关于"中央政策放宽"的传言随着中苏关系的紧张烟消云散，新的小道消息说：打算给右派摘帽的主意是国家主席刘少奇出的，庐山会议后政治形势突变，毛主席提出"千万不要忘记阶级斗争"的口号，刘少奇主张为右派分子摘帽，就是"阶级斗争熄灭论"的表现，不但被毛主席否定了，还因此受到批评。这是流传在兴湖的普遍说法。我将我所知道的情况无保留地说出来，龚教授听了只是摇摇头，没再吭声。而陈涛听后脸唰地变成了死人样，两只透出绝望和愤怒的眼珠凶凶地盯着我，就像摘帽解教大权归我掌握，偏偏我又不肯高抬贵手那样。我被他盯得不知所措，我说老陈……你先闭嘴！陈涛把手一挥，随之将眼光转向在油灯下看书的龚教授，说，老龚你出去一下。出去？龚教授抬眼看着陈涛。出去。陈涛口气很横。老陈这么晚了叫我出去干啥？龚教授满脸疑惑，不动。我心里也纳闷，不晓得陈涛要的是啥威风。只听他说老龚，叫你出去你就出去，我要和老周谈话。他把"谈话"两字咬得很重，我不由一怔，不由想起流传在劳改犯人中间的一句话：天不怕地不怕就怕管教找谈话。管教干部找谈话准没好事。可陈涛是管教干部吗？他有什么资格找我谈话？况且还霸道地把另一个人赶到黑乎乎的野地里去。我说这样吧老陈，咱俩到外面，老龚用灯光……不行,陈涛斩钉截铁地说,我也要用灯光,做记录。这时老龚没说什么就走出我们住的窝棚。陈涛占领了龚教授原来的位置,并摸出本子和笔摆在面前,板着面孔,一副审人的架势。我心里很反感,也感到屈辱,自从当了劳改犯,不仅失去了自由,失去了个人前途,也失去了做人的起码尊严,在任何人(犯人同类除外)面前都得卑躬屈膝,将自己装扮成摇尾乞怜的狗。而今天这个狗日的同类也狗仗人势耍"官"威。我不言声,等着他信口雌黄。他说老周,你也别太紧张,咱这是按常规行事,是场部的指示。我在这里负责,须掌握这里每一个人的思想状况,你刚来,有些情况我得知道,不然领导来一问三不知,也不好交代。不过你放心,我绝不会在领导面前说你的坏话。虽然你是山东人,我是陕北人,但咱都是犯人,犯人的心是相通的。他这番话叫我丈二和尚摸不着头脑。我还没言声。他这时扭开钢笔帽,笔尖对着纸页,说,我问什么,你要如实回答。我说好。询问开始(如果不叫审讯的话):

姓名?

周文祥。

出生年月?

一九三五年六月二十三日。

民族?

汉。

籍贯?

山东福山县万瓦乡周家店村。

家庭成分?

中农。

捕前所在单位?

K大中文系。

学历?

大学三年。

家庭成员?

父周峻青,母周彭氏,大哥周文起,二哥周文来,大姐周文娟,弟弟周文吉,妹妹周文彩。

主要社会关系?

大叔周峻山,小叔周峻杰,大姑周峻英,大姨焦彭氏,小姨彭玉敏,舅舅彭玉泉。

个人简历?

三五年出生于原籍周家店,四五年随父去烟台上学,五四年高中毕业考入K大。

婚姻状况?

未婚。

说说被打成右派的原因?

原因?我咬起嘴唇,不知该怎样回答。陈涛见我闭口不言,以一种被冒犯的不满眼光盯着我。但我清楚自己不是回避问题,都走到今天这一步还有什么回避的必要呢?我只是觉得一言难尽。被打成右派的人,情况是不尽相同的,有的一句话就能说清根由,有的则复杂,不是一句话两句话能说得清楚的。我的情况即属于后一种,所以我不知道该从哪里说起。陈涛等了一会儿,见我仍不开口,就很严肃地做我的思想工作,说思想改造可不是一句空话,要有实际行动,这就是……我说老陈,咱都改造好几年了,这个还能不懂?可,我的问题……陈涛问，你是言论问题吗？我摇摇头。陈涛又问，那是什么问题？我明白不说是不行的，但又没心情说详细，便简单扼要地向这位"御花园"的犯人头报告起我被戴帽判刑的缘由过程。我说到K大的鸣放，说到我贴的第一张大字报，说到《大地》期刊与绿叶文学社，也谈到K大外文系党总支以不正当手段从冯俐舅舅家骗取了《大地》稿件。这就有了后来的所谓《大地》反革命小集团。叙说这些的时候，我的心情很沉重，好像不是在向头儿报告，而是自己对自己进行往事的回忆与梳理。陈涛听后顿了一下，问我的女友后来怎样。我说她也被打成了右派，判了劳教。由于态度强硬，后来又被判了刑。陈涛问，她现在在哪里呢？我说在黄河边上的一座劳改农场。陈涛问：怎么会在那里呢？我说这个说起来话又长了，老陈你对冯俐的案子也需要了解吗？听我这么说，陈涛便不再问下去了。最后告诫我今后要好好改造，争取早日摘帽解教。说到这儿，大概他才想起自己的犯人身份，情绪突然低落下来问，老周，刚才你说的那个情况是真的吗？我问，我说的哪个情况？他说就是毛主席不同意为右派摘帽解教。我想到刚才我说这事时他那副沮丧样子，便故意加重语气说，是真的，而且已被事实证明了的。果然他的脸又变得像刚才那么难看。我说，没事了我去把龚教授叫回来吧。狗屁教授！陈涛使劲将手里的记录本合死，眼盯着我说，所有的事情都是让龚和礼这样的抗拒改造分子搞糟的，本来中央不想把我们关这么久，可有些人就是不识趣，自以为有点学问有个教授学者头衔就可以不买共产党的账，就可以摆清高拒改造，须知胳膊扭不过大腿的。这不到底是将中央惹恼了吗？真是一泡鼠屎坏了一锅汤啊！陈涛说得痛心疾首。末了转向我，教训道：毛主席说过，凡有人群的地方就有左中右，右派中间也有左中右，我们要做右中之左，切不可做右中之右，你可要站对自己的位置啊。

无论如何,"御花园"都是个自由宽松的天地。虽说陈涛以官自居假充积极很讨厌,可他毕竟不属于品行恶劣的那类人。他表面咋咋呼呼,实则有口无心。缘于他性情上的疏懒,体现在对"御花园"的管理也较懈怠。由于一个犯人的逃跑,劳力减少,这里的春播比大场拖后了些。我来赶上个末尾,干了三四天就结束了。之后便是打井。"御花园"本来有一口井,就在我们住的窝棚后面,水量可以满足我们三个人的吃用,但也仅此而已,场部让我们另打一眼是为了用于灌溉。说到打井,我倒是可以在这里施展一番才华的。经过在清水塘整一个冬季的实践,可以毫不夸张地说,我已成为这方面的行家里手。陈涛和老龚是不行的。看我一副很内行的样子,他们便把打井的"领导权"交给了我,我也就不客气,带领他们干了起来。打井是一桩很累的活,幸好这里的土质较松软,进度很快,劳动也相对轻松,与在清水塘打井以及在大场修渠相比,我们逍遥得多(逍遥更在于没人监督管理)。陈涛教导(毛主席教导的延伸)右派中间也有左中右,但对于我们三人而言,无论这右中之左、右中之中及右中之右怎样划分,"读书人"的角色却是一致的。我们读书的"臭"味相投,劳动之余,我们每人都手捧一本书在读。陈涛读的是社科类,主要是马恩列斯毛著作及古典章回小说;我读的是国内与国外文学方面的书。当然,除了读书,我还有其他的事情做,一是继续写"大事记"(这一部分写得较详细,已接近通常的日记了),再就是修改在清水塘写的纪实小说《回家》,另外我又开始构思一篇东西,以吴启都一家人的命运为线索,再进行一些必要的虚构,争取能写出一篇真正意义上的小说。我想无论如何不能白白荒度这个大好时机,对一个劳改犯人来说,这真是一个难得的空间啊!老龚只是一味地读书,身为物理学教授，读的却是生物学方面的书，且多是国外原版。如施莱登的《植物学概论》、达尔文的《物种起源》，海克尔的《生命的奇迹》及中国人朱洗的《生物的进化》等。我和陈涛都觉得奇怪，不知他从哪里弄到的这些书。问他为何对生物学感兴趣，他回答说不是兴趣，是学以致用。这更让人不解，继续追问何意。他沉思了一会儿，缓缓地说：物理学是作用于社会发展的科学，以我的年龄和我对国家前景的分析判断，我的专业恐怕在有生之年已无用武之地了，没用处了。而生物学与物理学是大大不同的，生物学是关系到人类生存的学科，说白了就是活命的学问。在以后的岁月里，我们中国人面对的最重大课题是怎样活下去，记住吧小伙子，是怎样活下去……

不久便证实"怎样活下去"这个命题离我们并不遥远，而是近在咫尺。在四月的最后几天，"御花园"断炊了。我们兴致勃勃的读书活动只能终止，在我们这里，书中没有黄金屋，没有颜如玉，更没有千担粟。

说到断炊须交代一下背景材料。古语曰，民以食为天。对于我们犯人，食不仅为天，而且为九重天。事实上每一个犯人从判刑那天起，便面对着怎样活下去的严峻现实。但具体状况还是取决于全国整个经济形势的，比如五八年我刚进清水塘农场时，犯人每月定量不低于三十斤，还有可观的蔬菜和副食，虽不能吃个肚儿圆，也差不多了（这样高的定量仍吃不饱，主要是劳动强度太高，消耗太大）；之后来了灾年，定量一次一次往下减，在我转场之前，每人每天只有不到半斤粮食。我们常说存在决定意识，这不错，但不全面，存在还决定着人的形态。在大饥饿的熬煎中，犯人的身体迅速向着两极分化，要么奇瘦，瘦得只剩一张皮贴在骨架上；要么奇胖（水肿），那胖法就像劳改农场一天有八顿饭吃。劳改农场成了瘦子和胖子的天下，看不见体态适中的人。幸运的是瘦子，看上去没活头了，却像墙头上的枯草摇摇晃晃总倒不下。胖子就不济，看模样富富态态的，可瞒不过阎王爷的眼，死人先死胖子。想想劳改农场大批死人的日子，现在头皮还发麻。那时犯人的一项重要工作就是埋葬饿死的犯人，这是一个犯人能为另一个犯人提供的唯一帮助。兴湖农场情况与清水塘大致差不多，到了"御花园"，情况也没多少不同，不同的是自己起伙，每月从场部把应得的那份口粮领来，怎么吃自己安排，问题也正出在这里。这又要说到负责人陈涛，他掌管每顿饭的下粮，每回都是对他意志的严峻考验。不仅是他，连我和龚教授也一齐用眼光鼓励他从粮袋多抓出一把，饿得快死的人是顾前不顾后的，"今日吃了明日的粮，该死该活鸟朝上"，这样到了月底就见出了缺口。"御花园"月底断顿还有另外一个原因，即管教干部每月几次检查工作，来就要管饭。对这一点场部有规定：依照管教干部在这里吃饭的顿数进行补偿，但补偿的与他们吃到肚里的却不成比例（出于讨好的目的，陈涛不厌其烦地劝来人多吃）。总之，不管怎么说，我们是完了，傻眼了。在领到下月口粮之前，我们只能扎起脖颈来。

我们鼓励陈涛去场部提早领回下个月的口粮，陈涛连连摇头。他说以前曾有过"寅吃卯粮"的企图，不仅没成功，反被场部狠狠训了一通。龚教授说，没成功是因为你没力争，在我们面前你本事一万，在管教面前就软成一摊泥水。反正你是这儿的负责人，饿死人你得负责。陈涛哼了一声，说，这儿饿死人我负责，那么兴湖饿死人谁负责？全国饿死人谁负责？要是有人站起来负责，我也负责。龚教授说谁说没人负责？中央早就指出有人要负全面责任。陈涛问谁？龚教授说赫鲁晓夫。陈涛张眼看看龚教授又看看我，笑了，说没想到你个老龚肚里长牙，竟敢讥讽党中央毛主席。现在看来尽管反右中你没言论，但打成右派是不多的。我来之后便发现陈涛和老龚心存芥蒂，经常唇枪舌剑地斗嘴，我不参与，但有自己的是非判断。而眼下正面临生死存亡的问题，不是吵嘴的时候。我说我们先说说怎么办吧，饿上几天怕连去场部背粮食的力气都没有了。陈涛仍不放过老龚：老龚说了，读生物学书是为了致用，现在就到了致用的时候了，那么老龚，你说你从书中找到活下去的办法了吗？老龚并不生气，平静地说：有哇。陈涛问啥办法呢？老龚说吃草。吃草？！我和陈涛面面相觑，又一齐把目光转向老龚。老龚一丝也不显调侃的神情，满脸肃穆地凝望着前面的绿色沼泽地。是的。他说，眼下能归我们所用的只有沼泽地里的青草，不是开玩笑，也不是说瞎话，谁要想活下去，就得学会吃草。陈涛说净胡扯。老龚说这是现实也是历史，从现实说，只能面对这种现状，没有别的办法；从历史说，人本来就是吃草的动物，是后来进化成食肉动物，现在人得按原路返回去才成。这叫返祖。懂吗，这叫返祖。听听，老龚饿傻了，说浑话了。陈涛对我说。

吃草是老龚的邪说，没人会当真，更没人会去实践，但草的嫡亲——野菜却一向是穷人度荒保命的宝物。无论在清水塘还是在兴湖农场，犯人们其实不是靠那一丁点粮食，而是靠野菜及其他杂七杂八的东西活命的。那时"吃"字是中国字典上最大的一个汉字，在吃的问题上连日理万机的伟大领袖都有十分具体的指示：闲时吃稀，忙时吃干。到后来不仅忙时不能吃干，连稀的也吃不上时，就另辟蹊径：瓜菜代。再后来瓜菜代又成了民间的稀世珍宝，就提倡吃代食品。我记得在清水塘劳改农场曾放映过一部介绍将茅草根制成代食品的科教片，画面是一群妇女推石碾粉碎焙干的茅草根，妇女们个个喜笑颜开（到现在我还不清楚拍片子的人是用什么高招让这些面黄肌瘦的娘们儿绽出心满意足的笑容，但也就是从那个时候起，我只要看见那些肩膀上扛机子的人便有一种本能的不信任）。影片画外音对茅草根代食品的营养是这样分析的：茅草根的营养价值相当于韭菜，韭菜的营养价值相当于菠菜，菠菜的营养价值又相当于粮食，这几个相当于就将茅草根与粮食等同起来。既然山上的茅草根海海的，营养又那么丰富，那还愁什么呢？这部科教片留给我的印象极其深刻，在以后的几十年里，只要遇到与吃有关的事情，我总会想到这部科教片。当时我们想到了野菜便立刻行动起来，三人一头扎进沼泽地里，从草棵间搜寻可以吃的野菜。刚刚开春，许多野菜还没长出来，只有星星点点的苦菜子、荠菜、野韭菜之类。在沼泽地里转悠半天也采不到多少，回去洗了下锅，一人就是一碗野菜汤。当时觉得肚中有物，可转身撒泡尿又觉得空落落的了。后来陈涛突然想起曾在沼泽地外面某处发现有一小片榆树，他兴奋起来，我和老龚也兴奋起来。榆树无论是皮还是叶都可食用，而且具有一种特殊的口味，百食不厌的。我们就立刻行动，朝陈涛指引的方向穿越沼泽地。还不到雨季，沼泽地里没有积水，但有些黏滑，这是冬季里的积雪融化所致。我们捡草地和干燥地行走，还免不了滑跤。老龚是我们三人中体质最差的一个，行走更艰难，不多会儿便摔成个泥猴。陈涛取笑说，看老龚返祖已返到猴子年代了。老龚不吭不睬。他本质上是个沉闷的人，不多言语，但有时喜欢卖弄自己的广博知识。陈涛说他没言论被打成右派不多，不多是不过分的意思。我还是从陈涛那里知道老龚被打成右派的经过的。系里召开整风会议请大家鸣放，他不发言，主持会议的人再三启发敦促，告诉他只有给领导提意见才是真正拥护党，他伸手摸摸脖子（这是他为难时的习惯动作），终也未开口，弄得主持人很尴尬。后来开始揪右派了，那位主持人没忘记那天的情景，他分析说龚和礼不发言摸脖颈是暗喻"不能说，说了共产党要杀头"。这般的"恶毒"可谓是无声胜有声了，于是罪加一等打成极右。后来我一直想"祸从口出"这句警世格言并不全面,起码对龚教授不适合。

我、老龚和陈涛终于走出了沼泽地,也终于找到了陈涛记忆中的那片榆树林。可我们来迟了,树皮树叶都被人剥光采光,放眼望去,日光下通体白亮的树林怪模怪样很吓人,冷丁有种置身冥境的感觉。我们搜寻捷足先登的"杀手",眼光不约而同投向前面不远处的一座小村。这时候的小村也像被人杀死了,无声无息卧在地面上。陈涛告诉我们那是小关村。希望落空,我们只有返回沼泽地。

这时已近中午,日光直射在潮湿的草地上,半空中飘散着一层薄薄雾气,散发出一股难闻的腥臭味儿,直顶脑门。我有一种想呕吐的感觉,可又吐不出来。失望加饥饿使我们无精打采往回返。"蛇!"走在前面的陈涛突然惊呼一声,吓得我和老龚赶紧止步。顺着陈涛的眼光我看见一条两尺多长的灰蛇横着从我们前面滑行,它似乎没察觉我们,从从容容在草皮上滑,一点声音也没有。是两头蛇。老龚说。我吓了一跳,再看就果然发现是条两头蛇,看了心里不由发怵。打死它!陈涛大声吆,并开始从地上寻找可以击蛇的硬物,可光秃秃的地面除了草什么也没有。陈涛急得团团转。打死它!我也吆,这是为自己壮胆,我从小怕蛇,见了蛇便逃得远远的。我听说过两头蛇的厉害:谁看见它就注定要遭殃。还听说过孙叔敖杀死两头蛇的故事:儿时的孙叔敖和小伙伴们上山割草看见了一条两头蛇,别的孩子都吓跑了,他没跑,用镰刀将蛇砍死了。回到家,他把这事对母亲讲了,问母亲他以后是不是要遭厄运。母亲问他为什么要把蛇杀死,他说杀了它就不会有人再看见它了,也就不会再有人遭殃了。他母亲说孩子你不会有事的,你的心肠这么好,老天爷会保佑你的。后来孙叔敖官至楚国宰相。我不知道当时我想杀死这条两头蛇的愿望是不是与陈涛嘴里念叨着"别让它跑了，抓了吃肉"有关。老龚将陈涛喊住，告诫他冬眠过后的蛇毒性大也好斗，不可造次。陈涛犹豫了一下止步了，但神情仍有一丝不舍。我问陈涛是否吃过蛇。他摇摇头。我说没吃过何苦要动这个念头呢？他不满地斜了我一眼，说听你这话好像你一天三顿吃得饱饱的了。尽管我对生物学没有研究，但我知道生物间的相互捕杀不是因为吃过吃出了滋味，而是为了各自活命。说着他转向老龚，说，老龚你是个半路出家的生物学家，你同意我的观点吗？老龚没吭声。他又问，龚和礼（他经常对我们直呼姓名）你吃过蛇吗？老龚说，蛇不属于人的食物链，我饿死也不会吃蛇的。陈涛不屑地向老龚望望，然后大步朝前走，走出几步又戛然止步，转身向老龚大声问道，龚和礼，你说蛇会毒死自己吗？也许这问题太突然、太古怪，也许老龚压根儿没听清，老龚没回答。陈涛又抬高嗓门，我问你，蛇会不会毒死自己？

老龚似乎怔了一下，但没做回答。

我们在等待，心里装着希望，这希望就是几天后从场部领回下月的口粮。这样的等待可真是度日如年啊。为了将消耗减到最低限度，我们调整了劳动时间。所谓调整，说穿了是减少劳动（打井）时间，我们每天只干两个多钟点的活，而且干活时间从上午十点左右开始，这也是陈涛应付检查的一种小狡猾，因为管教每次来大抵是十点以后到达。这样就保证不论管教哪天来都会发现我们在努力劳动改造，不松懈。如果干到天晌时分还不见管教骑自行车的身影在沼泽地尽头出现，就说明今天平安无事了。我们就立刻收工，转而到沼泽地里挖野菜以解决肚子问题。下午或睡觉或看书。我和陈涛躺在窝棚里，老龚则坐在外面空地上。后来发现老龚竟然脱了衣、裤，身子光光的，只剩一条裤衩。开初我们以为他是图凉快，没理会他这有些不雅的举动，可又见他被日光晒得浑身淌汗仍不挪窝，我们就觉出有些不对劲了。我们劝他移到树荫下面，他不动，他说他光身子不是图风凉。我们问图啥。他说不好说。我们又问为啥不好说。他说我说了你们也不会相信的。听出有点蹊跷，我们就鼓励他说下去，我们说我们相信。他这才说他这是从日光里摄取营养。我们说相信，事实是听了他的说法不仅不相信，倒十分诧异，头一次听说晒太阳能晒出营养来。见我们不以为然的神色，他说这是确实的。植物的生长靠叶片进行光合作用，人的皮肤也具有植物叶片的功能，只是这功能过于微弱，人们难以印证罢了。但在人缺乏食物时，是可以把自己当成一棵植物从日光中摄取一些营养的。因为我和陈涛对生物学是门外汉，且老龚又分析得挺"深奥"，一时我们难以反驳。只是问他这是书本上说的还是自己的研究成果，他说也算不上研究，只是对书本知识的举一反三。我们无话可说，可心里还是觉得老龚痴迷于生物学有点走火入魔了。

晚上，饥肠辘辘使我们睡不着觉。只有一盏油灯看书也成问题，就只能躺在铺上闲聊，话题海阔天空没定规。我看过一些描写劳改犯人的书，似乎犯人在一起只有两个话题：吃和女人。物质和精神两方面的会餐。我不是说没有这种情况，人缺少什么便想什么。但更多的情况下，我们都是尽量回避。饿中说吃会更饿，性饥渴中谈女人会更饥渴，何必自寻烦恼？我们也很少谈自己的事情，因为说这些也无益。"我们都是来自五湖四海，为了一个共同原因走到一起来了。"我们经常这么戏谑自己。幽默是有一些的，可其中包含着不尽的辛酸苦涩。说起来犯人和犯人的关系真有些特殊，有些古怪，大家本来没有任何社会关系（亲情、同事、朋友等），然而却在一起朝夕相处，形影不离。即使一个和睦家庭成员间也会有短暂的分离，而犯人们每天分分秒秒都厮守在一起,甚至都不能瞒着别人放一个屁。什么叫完全失去自由?把你定为犯人又把你和犯人关在一起就是。这时你的实际情况就像牲口和另一些牲口拴在同一个畜栏里。

只是人和牲畜毕竟还有些不同,牲畜永远以沉默相对,它们始终遵循那句伟大的处世真理:沉默是金。而人却不然,是他们归纳了真理自己却不愿遵循(要是遵循的话,全国会减少多少右派啊),大概这也正是人的本性所在。囚禁使人的生活变得十分单调枯燥,唯一的排解方式便是谈话,犯人间的斗嘴咒骂实际就是排解的方式之一。我没见过哑巴犯人,所以不知道将一群哑巴关在一起会是怎样一种情景。我们曾因为说话而招致灾祸,而现在又为活下去不得不继续说话。人可是要多贱有多贱的。也没有多少正经话说,说的大部分是废话、浑话、一钱不值的话。我、老龚、陈涛在饥饿的夜晚说的就是这一类狗屁话(你相信不相信我们确实谈论过狗屁是臭味还是臊味的问题,但最后未统一认识)。话题从一个跳到另一个,完全没有根由,没有过渡。像漫天飘着的雪花,抓到哪片是哪片。这晚的话题似乎是从全国各地人的特点开始的,因为劳改农场的犯人几乎来自全国每一个省份,他们的表现无形中便被认为具有地域性特征。比如一个湖北籍的犯人爱向管教打小报告,大家就说湖北人品性低劣;再比如一个安徽籍的犯人喜欢占小便宜,有偷盗狱友东西的行为,大家就认为安徽人有贼性,需提防。陈涛先说到河北人,说河北人很虚伪,也好炫耀。论据是他原来所在的那座农场有个姓齐的河北籍犯人,大家见他经常有香烟吸,很羡慕,都想跟他套近乎好吸他的香烟,可这河北籍犯人每回吸烟都和别的犯人保持一定距离。开始大家想这小子是怕别人向他要烟抽才躲得远远的,但后来就戳穿了他的鬼把戏。原来他每次点烟并不真把烟点着,装样子吸两口后又偷偷装进烟盒里。这样一盒烟他能吸好几个月。说到这里,陈涛把脖子向老龚一歪说,老龚,你们河北人是不是都这么爱面子?老龚说别问我,我不是河北人,我是天津人。陈涛说天津不在河北的地盘上?老龚说讲地盘,北京也在河北的地盘上。陈涛说我听说天津人每家门口都挂有一块猪皮,一家老小吃完了饭都用猪皮擦嘴,出门让人以为家境富裕顿顿吃大油水。老龚说想用一块猪皮脏天津人,没门。就算天津人有点爱虚荣,但虚荣心本身有进取性,不像你们陕西人,惰性十足,把种子撒进地里就不管了,整天晒太阳抓虱子。还有你们陕西人缺乏责任感,自私。陈涛打断说,你有什么根据?老龚说当然有根据,你们陕西人,我是指陕西男人,一遇上灾年,就丢下老婆孩子走人,什么时候年景好了什么时候回来。陈涛说你老龚根本不了解陕西,那叫走西口,是我们千百年的传统。老龚说我不管什么传统不传统,只讲实际,无论是走西口还是走东口,说到底是只顾自己活不管别人死。陈涛有些急,说老周你们山东人遇到灾年不是也下关东吗?我说我们那儿的人下关东都带老婆孩子。陈涛噎住了,半天不吭声。我又开头说起别的。我说头一年到东北,怕冬天受不了,要是有件皮袄就行了。老龚说以前北京有很多旧货行,羊皮袄只需十几块钱就买得。陈涛说要买就不能买旧货。我说咋?陈涛说旧货商都是些只知赚钱不知别的的二百五。老龚说旧货商又怎么得罪了你?他也是河北人?陈涛说你们没听说旧货商娶小妾的故事?我说没听过。陈涛说这个故事在他们那儿传得很广,人人都知道。说有个姓杨的旧货商瞒着家里的黄脸婆在外面娶了个年轻小妾,杨老头总是以到外面进货为由离家住在小妾那里。后来这事让黄脸婆知道了,这天她找到那小妾住的地方,叫开门,不管三七二十一将那小妾一顿揍,将小妾打跑了。这时天已经黑了,黄脸婆想了想,就脱光了身子上床睡了。没过多会儿,杨老头来了,进门也顾不上点灯,三下五除二脱了衣裳钻进被窝，什么也不说，抱着床上的女人呼哧呼哧干了起来。干完后，黄脸婆起身点上灯，张眼看着自己的男人，杨老头一看站在面前的是自己的老婆，先是一怔，接着就爬起来呼哧呼哧给老婆磕头求饶。他老婆不屑地哼了一声，说，你还算什么旧货商，连新货旧货都分不清。我和老龚都笑。陈涛说老龚你结过婚，你说新货旧货到底能不能分得清？老龚说你个毛孩子别和老头没大没小的。陈涛说，这算啥的，开开心嘛！再说论官衔我比你们大，我不摆官架子和你们平起平坐算高抬你们了。老龚你说呀，新货旧货到底能不能分得清？老龚被逼不过，叹口气说：三年多没照老婆的面了，还谈什么新货旧货呢，依我看，世界上所有的事情都是学问，术业有专攻嘛。比方那个旧货商，如果说他对货品的鉴别是专业水平，那么他对女人的鉴别只能算是业余水平。人无完人，他老婆没理由嘲笑他。陈涛又问：老龚你算过来人，你说对女人真的有很专业的男人吗？老龚说你看过《金瓶梅》吗？陈涛说那是禁书哪看得到。老龚又问：你看过《水浒传》吗？陈涛说看过。老龚说《金瓶梅》和《水浒传》里都有这个人物。陈涛问：哪一个？老龚说西门庆。陈涛问：你是说西门庆很专业吗？老龚说西门庆每回去找女人，手里都提着个工具箱，就像进作坊似的，你说这还不算专业？我和陈涛都笑了。过会儿，陈涛说：老龚，你为什么不让你婆姨来探望呢？叫她来吧，她一听说"御花园"这地名肯定喜欢，一准来。老龚说算了。陈涛说咋算了？老龚说你不是知道我已经离婚了吗？还提这干啥？陈涛说离婚也是假离婚，这个谁还不明白吗？叫她来吧，这回我给你想个办法：给你婆姨写封信，叫她不通过场部，直接到沼泽地东面的小关村。那村里我有熟人，你去小关村和她团聚，我给你批假，在这儿我有这个权力，只要别和你婆姨一块跑了就行。老龚说往哪儿跑？我说这个办法可以，老龚你明天就给嫂子写信。老龚不吭声，过了会儿说，算了吧，何苦招惹是非。我说这事我和老陈不说谁知道？老龚说办法是行，可现在来不是时候，她来了我拿啥给她吃呢？我和陈涛都不吭声了，因为这确是一个实际问题，总不能千里迢迢让她自己背干粮来。这话题就断了。过会儿陈涛问老龚：老龚，我问你句话你必须如实说。老龚说问啥？陈涛说鸣放时叫你发言你摸脖颈究竟是不是"说了共产党要杀头的"意思？老龚说深更半夜你问这干啥？陈涛说我只是好奇。老龚说你自己都进来三年了还好奇个啥哩。陈涛说，我自己的问题我自己心里清楚，可别人的问题……老龚打断说，我明白你的意思，你是说你清楚自己是冤屈的而不相信别人是冤屈的。是不是这个意思？陈涛说对，我一直是这么认为的。因为不这么认为，许多问题不好解释，逻辑上讲不通。我问怎么讲不通？陈涛说，如果右派中的全部或者大部分是冤枉的，那么只能是当局有意制造冤狱，有意陷害他的子民，那么这究竟是为了什么？没有道理也不合逻辑，所以我始终不相信别人和我一样是错案。老龚在黑暗中哼了声：所以你就是当领导的材料。陈涛说别嫉妒，你还没回答我的问题呢。老龚说，你今晚是一定要弄清我是不是用手臂反党的问题了，那我就如实告诉你，我没那个意思。后来的事实也证明共产党没公开处决一个右派嘛。如果当时他们将我的动作分析为：不能说，说了共产党要关你禁闭的。这样还有点谱。事实上当时我也没有这个先见之明，要有的话，我连脖颈也不会摸的。我说快别说这些事了，事到如今还说这些有什么劲呢？陈涛说，说说有什么要紧的呢，身子都掉进井里去了还差个耳朵了？说说心里痛快些嘛。老周你的问题……我赶紧说老陈，我的问题那天不都向你说过了吗？就那些了。陈涛说，我、你、老龚咱三个比较起来，你……我打断他说，说这些事情老陈你心里痛快吗？我心里可不痛快，换个话题吧。陈涛说行,既然你们都回避现实,那就说点现实之外的,古代的、外国的,或者民间传说、鬼神故事都行。我说陈涛你先说。陈涛停了片刻说,干啥都是领导带头?那我就先说。说的是我们村老辈子的一桩事,有个外号叫鼓王的人。这外号来自他打得一手好鼓,陕北腰鼓是远近闻名的。这鼓王敲打的那鼓也是远近闻名的。这就像老龚说的那术业有专攻,那鼓王敲鼓就是术业有专攻。这鼓王不仅鼓敲得好,为人也很仗义,村里人有了三灾八难都去找他借贷,他也是有求必应。借出去的钱粮,还就还了,不还也不讨要。正是天有不测风云,人有旦夕祸福。这一年鼓王得了绝症,他知道自己要死了,也知道这一死撇下的婆姨娃子日后的日子不好过了,他很忧虑,怎么也不肯咽最后的一口气。后来他盼咐婆姨,让她命人竖着挖掘他的墓穴,把他直立埋葬,还要给他陪葬一面鼓。见老婆点头应允,他就立即闭眼咽气了。生时婆姨对他是百依百顺,死了也一切都照他说的去做,不打折扣。就如此这般地把男人埋葬了。也平平静静的,没有什么出奇的事发生。过了一年,我们那一带大旱,庄稼颗粒不收,就出现了饥荒。忽然在一天夜里,村里的一个人家听到门外有鼓声,且一听那非同一般的鼓点就知道出自鼓王之手,绝不会是他人。这人家非常恐惧:鼓王死了好久,咋又到家门前闹鬼呢?莫非……那家的男人突然想起曾向鼓王借过几次粮,鼓王没讨要他也没还。他心想一定是鼓王的鬼魂替他婆姨讨要粮食了,鼓王死了还惦记着自己的婆姨娃子,真是个有情有义的男人啊。想到这儿,那男人就冲着大门说鼓王你放心回吧,天一亮我就去你家还粮。果然鼓声就戛然而止了。那男人没有食言,尽管家里也十分困难,还是想方设法还了鼓王家的粮食。但事情并没有完结,几天后的一个夜晚,又有人家听到大门外响起了鼓声。这时关于鼓王为婆姨讨债的说法已在村里传开了,传得沸沸扬扬。这人家听到鼓声自然什么都明白了,天一亮也去还了粮。从此以后,几乎夜夜村里都响彻着鼓王的鼓声。这一夜就敲到一个外号叫年糕的光棍儿门口。从这外号就知道这人不是等闲之辈,是个混混,无赖。他听了鼓王的鼓声置之不理,照常睡他的大觉。这鼓声就从天黑一直敲到天亮,后来就息了。第二天天黑后,鼓又在年糕家门外响起,且敲得更急更响,年糕还是照睡不误。就这么连着敲了三夜。鼓王执着,那位年糕更是强蛮。到第四天天亮,年糕扛着镢头去了鼓王的墓地,刨起坟来。这时闻讯赶来的村人一齐对他规劝,让他念鼓王生时对村人的那份情谊,不要做出这等伤天害理的事。年糕不从,说一定要刨出鼓王的鼓砸碎。他刨坟不止,不久便刨出棺材上面的那面鼓,一看鼓年糕一下子怔住了,村人也怔住了,只见鼓面上印着斑斑血迹。那天埋葬鼓王的人记起,由于疏忽,卜葬时只往墓里放了鼓,没放鼓槌,鼓王只得用手敲鼓,结果将手敲得鲜血淋漓,把鼓面都染红了。村人正嗟叹间,忽见年糕直挺挺地倒在地上,口吐黏沫,眼珠直翻,爬起后便抓起那面鼓敲起来。年糕本不会敲鼓,可他一下子会了,而且村人们听出他敲的和鼓王敲的一模一样,村人也就什么都明白了,从这一刻年糕便不停歇地敲鼓,走村串巷,从天明敲到天黑,再从天黑敲到天明,一边敲,嘴一边和着鼓出声:锵锵锵!锵锵锵!……人们听到的分明是:粮粮粮!粮粮粮!……

  陈涛的故事讲完了,一时窝棚里寂静无声。过了许久,我问后来年糕怎么样了,陈涛说死了,他敲鼓一直敲到倒地死去。我说他是罪有应得,人应该讲道义;相反,鼓王了不起,做了鬼魂还不忘记自己的责任。陈涛颇得意地说,刚才老龚不是还污蔑我们陕西男人自私、没责任感吗?听了鼓王的故事,老龚你有什么感想呢?是不是会考虑修正你对陕西人的错误看法?陈涛真是个不吃亏的人,讲了半天鼓王,原来是针对着老龚对他家乡的非议。小肚鸡肠。我说听了鼓王的故事我想起我老家的一个故事，这是一个关于女人的故事，可故事从男人开头。说一个男人外出做生意，发了财。回家的路上怕强盗抢劫，就扮成一个穷光蛋，衣裳破烂，满脸污垢，把金银财宝装在一只破麻袋里，背在肩上，一路上果然平平安安。到家后，老婆看出外的男人这么一副穷相，心想一定是将本钱赔光了，就很窝火。不给男人好脸子，连饭也不做。那男人见状叹口气将身上的麻袋丢在地上，金银财宝哗哗作响，那娘们儿一听什么都明白了，立刻脸上堆笑，嘴里唱道：元宝元宝满地转，我的哥哥我的汉，我刚要说话没得闲，你是吃饺子还是吃面？……陈涛问完了？我说没完，后面这女人又向男人报告家中情况：咱家的谷，收了二斗五，咱家的牛，下了个花脸虎……再下面我记不清楚了，反正这个故事对女人不利，揭露女人的薄情寡义、嫌贫爱富。陈涛说，我要是那个男人，二话不说，背着金银财宝走人，才不吃她的啥子饺子和面哩。哦不，吃是要吃的，吃了再走。我心里想，你陈涛这番话倒道出你和你的鼓王老乡可不是一种人哩。可我没说出口，怕惹恼他。我说老龚该你讲了。老龚说，我讲什么呢？我说不是讲好只要不讲现实啥都行。陈涛也说老龚你不能光听，我们讲你也得讲。老龚想想说，那我就讲则寓言吧，是一只蝎子和一只青蛙的一次不成功的合作。陈涛说老龚啥时都忘不了他的生物。老龚说下去：有一只蝎子想过河，但蝎子不会游泳，于是它找到会游泳的青蛙。蝎子对青蛙说：青蛙先生，我想过河，你能驮着我过河吗？青蛙想了想说：我要是驮着你过河你会蜇我的。蝎子回答说不会的，我要是蜇你咱们都会淹死。后来青蛙同意了蝎子的要求，可等到它游到半路上，就觉得背上火辣辣地疼，青蛙叫道：蝎子先生，你为什么要蜇我？我们两个都会淹死的。蝎子回答说：没有办法，这是我的本性。老龚讲完窝棚里又是久久的寂静。过会儿陈涛说，我还要问老龚那个问题：蛇会不会毒死自己？陈涛的思维就像大海里的浪花瞬息万变，一跳又跳到昨天在沼泽地遇到蛇时问老龚的问题。老龚说这问题我已开始研究，我正在读有关爬行动物的书，边读边思考。一谈到生物学上，老龚就来了兴致，完全忘了刚才陈涛对他的诘难。他继续说，蛇会不会毒死自己是个怪诞而有趣的问题，就像那个先有鸡还是先有蛋的问题一样，要弄清蛇会不会毒死自己，首先必须弄清蛇是怎么产生出毒液的。最早的蛇是没有毒液的，经过若干演化阶段，蛇的唾液，一种温和的助消化的、像我们人的唾液一样的液体，逐渐变成了甚至在今天也难以分析的毒液，就成了毒蛇。人们或许认为，唾液转变成毒液有一个固定的程序，其实没有。因为这一类毒蛇和那一类毒蛇产生的毒液很不一样，一种蛇的毒液作用于神经，像马姆伯斯大毒蛇和眼镜蛇；一种作用于血液，像蝰蛇、小蝰蛇和响尾蛇。比较起来，神经毒液是这两种毒液中较原始的一种，打个比方说，血毒液是一种经过改造了的新配方生产的新产品……老龚侃侃而谈，谈得很专注也很专业。尽管黑暗中看不见他的表情，但从他的声调中判断出他带有某种亢奋，像大多数老师在课堂上给学生讲课时的那种亢奋。我和陈涛听得津津有味，鼓励老龚讲下去。老龚继续说，那么另一个问题就来了，唾液变毒液，认为毒液是生存竞争的产物，实际上不是。无毒蛇不是也在地球上生存下来了吗？因此毒液对蛇来讲只不过是一种奢侈品，懂什么叫奢侈品吗？陈涛说：没有也行，有了更好的东西算奢侈品吧。老龚说对，无毒蛇捕捉动物需经过长久的搏斗，毒蛇扑上去咬一口就完事大吉，然后不慌不忙地享用，所以几乎所有动物都惧怕毒蛇，见到便躲得远远的。我问：为什么只有蛇的唾液能转化成毒液，而别的动物，像牛马猪鸡兔子之类却不能？老龚说这很神秘，的确很神秘，谁也说不清大自然为何单单在蛇身上调制出这样高效的毒液来。

　　那晚谈蛇的话题至今不忘，是因为不久蛇便进入我们的生活（更恰切地说是我们侵入了蛇的生活）。那场人与蛇之间丑恶的生死搏斗，今天想起来仍然毛骨悚然。我们靠每天从沼泽地寻觅一点野菜活命，总算熬到了月底。正满怀希望要去场部领取口粮，这时场部来人了，这次是一个姓栾的操南方口音的管教。他是来检查"御花园"春播情况的。栾管教来的时候，我们正在打井。井已挖下去三米多深了还未见到水，但泥土已很潮湿，这就离水层不远了。栾管教来先看了看打井情况，表示很满意，同时指出要加快进度，要保证春作物的抗旱。我们说没问题。接着栾管教又检查"御花园"的播种情况。几天前刚下过一场雨，玉米苗出齐了，地里一线一线的绿，这样的播种情况很直观，栾管教也表示了满意。接着栾管教又向陈涛询问了我们的改造思想情况，陈涛云山雾罩地胡诌一通（按他的汇报，我们的思想已进步得能当领导了）。之后栾管教很严肃地告诫我们，越是远离管教越要自觉改造思想，不能松懈，也不要想三想四。说到这儿他特意看了看我，接着说我透露一个消息给你们，从这儿逃跑的那个倒霉蛋四六最近被抓获了。我们听了面面相觑。陈涛问在哪儿抓获的。栾管教说在中朝边境线上，他想越境经过朝鲜叛逃到南朝鲜，真是痴心妄想。这时我不由想起清水塘的于队长所说"最后一道围墙在边境线上"的话，觉得一点不假。栾管教又说很快就押解回来了，倒霉蛋这遭要倒大霉了。都不吱声。栾管教就撂下这个话题，说再告诉你们一个消息：下月口粮在原来基础上减少一半（即每人每天二两半杂和面），而且须推迟一周再领取。消息？这是消息吗？不，不是，这是噩耗，是晴天霹雳，是告诉我们临近世界末日。我们三人一下子蒙了，瞪着栾管教的眼珠半天不转，死人一般。栾管教显得有些紧张，连忙解释，说场部做出这样的决定也是不得已而为之，是根据上级的指示。上面说省下粮食是为了支援解放军，苏修亡我之心不死，在边境屯守重兵，我们不能让亲人解放军空着肚子保家卫国。听着栾管教一番减粮支军的伟大言辞，我们无话可说，以前每次往下减粮都有这样那样的理由，支援灾区啦，支援国家建设啦，等等。就好像我们犯人最具支援能力，又最具崇高的共产主义风格一样。（要是这样，又何必从边界上分出兵力来看押我们？）我们无语还因为说什么都无用处。

克服克服吧，现在全国是一样的困难。（刚说完形势一片大好，转眼就"全国是一样的困难"。）栾管教边说边看看太阳，说天晌了，赶快弄饭，吃了我得回去。

陈涛犯难了。情况明摆着：粮食一点没有，也没有别的能下锅的东西，吃野菜得现到沼泽地里挖。管教大老远从场部来检查工作，叫人家吃野菜那怎么成，这可是扒着眼照镜子——自找难看的事。但这就是现实，是不可改变的现实，陈涛吞吞吐吐一阵子只得实话实说。

栾管教脸上泛出一丝不悦，似乎不大相信陈涛报告的事实，批评说吃粮怎么可以没有计划性呢？国家有大计划，我们得有小计划，吃光了扎起脖颈怎么劳动？陈涛赶紧是是的点头，保证今后吃粮有计划性，把吃和劳动思想改造联系起来。栾管教听后点了点头，说吃野菜，垫垫肚子能骑车回去就行了。他忽然想起什么，说我来时在沼泽地里遇见好几条蛇，去抓几条回来不就有东西吃了吗？我们听了都有些意外，一齐望着瘦瘦的栾管教。我问：栾管教敢吃蛇吗？栾管教平淡地笑笑，说有啥不敢吃的？从小就吃，蛇肉是美味哩。老龚说，蛇不可吃。栾管教问为什么？老龚说，蛇不属人的食物链。食物链？啥子食物链？栾管教疑惑地看着老龚。陈涛赶紧替栾管教打圆场，瞪着老龚说，快别谈什么食物链不食物链的，孤陋寡闻，人家管教那地方……栾管教打断陈涛说，我们那地儿，人三天不吃蛇就全身痒，在旧社会，财主家都养着一笼子蛇，随吃随杀，吃蛇就和北方人吃鱼一样。我们穷人家没这个条件，要吃蛇就到野地里现抓。我们小孩子抓到蛇就用火烧了吃，喷喷香哩。哎，你们没听说有人怎样吃活蛇吗？有趣得很哩。下地干活怀里揣一张饼，中午就近抓条蛇卷进饼里，上面露头下面露尾，先一口将头咬掉，然后往下吃起来，一边吃蛇尾一边在下面甩……我听着脊背一丝一丝往外冒凉气，我看老龚也死灰着脸。陈涛接栾管教话茬说：不仅中国人吃蛇，外国人也吃，我见报纸上报道伏罗希洛夫访问中国时在广州吃"龙虎斗"吃狠了吃坏了肚子。栾管教笑着说，你们可真是身在宝地不识宝啊，我要是早知道早就来了，走，你们一块跟我去抓蛇，学两手。陈涛连忙应着，说走，走哇，跟栾管教学两手。老龚说他去挖野菜，我也说挖野菜。陈涛不满地瞪了我和老龚一眼，跟在栾管教身后向沼泽地走去了。

我和老龚从不同方向进入沼泽地。

刚下过一场雨，沼泽地变泥泞了。低洼处水汪汪的，在日头底下一片一片泛着光。野菜只能在隆起的干燥地方找。时令延迟，荠菜已开花变老，不能吃了；苦菜子还能吃但很稀少，低头转悠半天也难见一棵。肚子空空，身体虚弱，头重脚轻，直起腰眼前便一片黑。本来可以蹲在地上，但这样危险，遇到蛇来不及躲避。随着天气渐热，沼泽地里的蛇也渐渐多起来，我们挖野菜时，经常能看见蛇在草尖上乱窜。这是一个适宜蛇类繁衍生长的地方，可以说是蛇的乐园。蛇生相丑陋，有的还有毒牙，对人造成威胁，但见得多了，就看得眼熟，原本对蛇本能的恐惧便减退了。一般情况下蛇不主动向人进攻，老龚说。最近老龚对蛇的研究已成绩显著，与书本对照，他能认出蛇的种类属什么科，是游蛇科、蝮蛇科还是眼镜蛇科以及其他什么科，属于有毒蛇还是无毒蛇及其生活习性。他喜欢对我和陈涛讲述，多少有些卖弄。但这一次老龚沉默寡言，好像也心不在焉。他不时抬头向陈涛、栾管教所在的地方观望，他们在我们的南面，离得挺远。看不见他们的所作所为，却听到他们一阵又一阵的呼叫，我们知道这是他们一次又一次的得手。这时刻我突然对人生感到十分迷惘，感到对人类的陌生。同时又意识到，在这生死关头，个人无论其理性还是感性，都面临着何去何从。

我不由想起刚才栾管教说的那头一个"消息"，那个从这儿逃走的S大学生的情况我所知甚少，觉得与自己没有多少关系（除了我顶替了他的位置以外），所以没向陈涛和老龚打听他的事。现在听说在边境线被抓获，我很为他担心。于是便利用这个机会向老龚询问他的情况，老龚就简单扼要地说了他被打成右派的经过。他的名字叫管勤，外号倒霉蛋四六。只消把这一外号的来由讲清楚，他的事情也就大体清楚了。S大历史系共有二百多名师生，经研究确定打右派一百名，正要公布时从市里来了一位领导视察工作，领导看了这份名单后问历史系一共多少师生，系领导如实回答。这位领导说这个比例过高，不符合上级精神。说完便拾起一支笔在名单中间画了一道线。说要上面的，这些就行了。这道线画在四十六与四十七之间。公布以后打成右派的认了，没打成右派的也放心了。可不知怎么后来领导画线这码事传出去了，而且很详细，说线上面最后一名（也就是第四十六名）是管勤。管勤听了心里非常不平衡，到各级领导那里去反映，说以画线的方法来确定人的命运太草率，太不负责任。还说仅此一点便说明反右运动是十分荒唐的。情绪一激动对反右运动进行了否定与攻击，问题就严重了，就当了极右，又被判了刑。倒霉蛋四六这个外号是到了劳改农场以后有人给起的，因为他不断讲他受到的不公平待遇，讲后大呼倒霉，就叫了倒霉蛋四六。老龚评价说如果从事物的表面现象看，管勤确实是不好接受的。一线之隔，第四十七名毕业后分到了科学院（此人后来当了科学院院士），而第四十六名的他"分"到了劳改农场。如果跳出 S 大历史系这个小圈子，从更大的范畴来衡量，管勤是应该认可这个现实的，因为比他更倒霉的大有人在呢。我同意老龚的观点，管勤是当局者。俗话说，当局者迷，旁观者清。

由于野菜比蛇更难寻觅，当我们返回"御花园"时，他俩已归来多时了。我们没看见他们杀蛇和烹饪的过程，只见锅里冒着热气，空气中飘着一种异样的气味儿，让人作呕。满面春风的栾管教用勺子敲打锅沿，半认真半玩笑地冲我和老龚说，社会主义分配原则：不劳者不得食。

我和老龚没吃蛇，即使是共产主义分配原则各取所需，我们也不会吃。

栾管教的到来一下子改变了"御花园"的生活形态，我们像掉进了冰窟窿，心里冷得直打哆嗦。前面说过，我们对于自己能在"御花园"这里劳动改造十分满足，尽管也饿肚子，但心里总还存有一种希望。现在我们的希望全消，完全断炊，没有了任何指望。我们都在心里念叨着：完了，这遭完了。"一是自力更生，二是自力更生，三还是自力更生。"栾管教临走时慷慨地将这一精神礼物连着送了我们三回，我们领情，可我们知道送一百回一千回也不管实际用处，该完还得完。填不饱肚子，我们陷入了绝境。

绝境面前，陈涛不再以领导者自居。他嘴里也念念有词：一是自力更生二是自力更生三还是自力更生。他说这个实际上是放弃了责任，让大家各谋生路。他自己是无忧的,他有蛇吃(他是栾管教来"御花园"最大的受益者),栾管教教会了他捕蛇吃蛇的本领,沼泽地里也有的是蛇,是蛇囤子。他到沼泽地里走一趟回来手里便倒提着三四条蛇。"陈涛变成了獴。"老龚这么形容陈涛。人也好,獴也好,他终归还是"御花园"的犯人头儿,有事就得找他。我和老龚敦促他去场部反映"御花园"的实际情况,要求领导发放一点口粮救急。陈涛拒绝。理由是既然场部有规定,况且以前也碰过钉子,去了也是白搭,反倒要挨批评。老龚说挨批评也要去,我们不能等着饿死。陈涛说按领导指示办:自力更生,自力更生就死不了人。老龚说你是行了,有蛇吃,我和老周咋办?陈涛说你们也可以吃蛇嘛。我带你们一块儿去沼泽地里抓。老龚说,你知道我和老周不吃蛇。我说我真的很害怕。陈涛说什么事都有个过程,那天跟栾管教去抓蛇,不害怕是假的,心像被一根小绳提溜着。可一想,不这么着不行,是死路,就死逼着干了。一干就知道没啥大不了的。打个比方,就像旧社会的刀斧手,头一遭行刑砍人肯定得横着一条心,以后砍人就像杀鸡杀鸭了。我说,陈涛你行我不行。陈涛说,那我就爱莫能助了。老龚火了,抬高声音说:看来我说你们陕西人缺乏责任感可真没说错了你,你知不知道你现在的行为就是走西口。陈涛被老龚说得直翻白眼。他火辣辣地说:你个老龚真他妈能胡联想啊,我咋是走西口?这是西口吗?西口快到老毛子地界了。你看样还没饿昏,离饿死差得更远。我说老陈,老龚的意思你没听懂,他是说你是这儿的负责人,负责人就是负责任……陈涛打断说:说这个我可不愿听,谁说我不负责任?今天中午我负责向你们提供一份高蛋白的食物——清炖蛇段,你们吃不吃?吃不吃啊?!最后反让陈涛将了军。

那段光阴真是不堪回首的,如果将陈涛比作蛇的天敌獴,那么老龚呢？我呢？老龚是只羊，这是陈涛回敬给老龚的称呼。老龚是向日葵，这是我对老龚的比拟。羊和向日葵都是取其一点，如果合起来就全面了。老龚一直坚持认为人与植物有相同的光合作用功能，并身体力行地加以实践。每天大部分时间都沐浴在阳光里，或看书或闭目养神。他永远面对着太阳，身体随着太阳的移动而移动，如同我说的"葵花向太阳"。陈涛说得损，说他是只"烤全羊"。说实话，我对老龚的理论将信将疑，对他的实践也不敢苟同，所以我不效仿。应该说一段时间里，我和老龚同属于一个营垒，这营垒不指思想形态，也不指共同的被领导地位，而是指共同的生活方式，即以吃野菜为生。我们和以食蛇为生的陈涛分道扬镳。陈涛的生活极有规律，天刚放亮他就走出"御花园"，像猎人那样手提武器（木棒）向沼泽地走去。他抓蛇一般需小半天时光，天快晌时提着猎物返回"御花园"。我和老龚对他有两点要求，一是要他远离住处杀蛇，二是单独用一口锅。他也乐得与我们划清界限。中午陈涛午睡，下午再次回到沼泽地抓蛇。但这次不杀光吃光，而是有所储存。这与栾管教有关。栾管教临走时除了告诫我们自力更生外，还半开玩笑对陈涛说好东西可不能吃独的。陈涛心领神会。他在住处附近挖了一个深坑，将蛇养在里面，留待回场部的机会带给栾管教。很快便有了可观的数量。陈涛没事的时候总愿到蛇坑那里去转转看看，就像农民喜欢到自家的谷仓旁转转看看那样。领袖教导：家中有粮心里不慌。陈涛是家中有蛇心里不慌，白天无忧无虑，夜里也睡得香。这就是陈涛一天过下来的大体情况。不知是出于对蛇的厌恶还是出于对陈涛的成见，老龚和我有意在生活节奏上与陈涛不同步。早晨陈涛去了沼泽地，我们滞留在"御花园"，老龚进行光合作用，我看书。这些日子里大事记还写着，小说是搁笔了。我已明显感到体力不支，人饿过了劲儿就失去了饥饿的感觉，肚子里永远像装满了沉甸甸的东西（而不是像人们说的空空如也），但却无着无落，浑身无力，脑袋晕眩，看任何东西都走形。精神上也趋于麻木，什么刑期，什么未来，什么幸福生活，统统变成空中的流云。总之一句话：人变成了一个干巴巴的躯壳。待老龚晒足了太阳我们就一起去沼泽地，这时陈涛也快返回"御花园"了。前面我说一段时间里我和老龚同属一个营垒，这"一段时间"是指我们一起以野菜为生的时光。后来沼泽地里的野菜日渐枯竭，老龚改为吃草，他真的开始实践他的"人要学会吃草"的理论。这个事件（我认为可视为一个事件）无论对老龚本人还是"御花园"，都有着划时代的意义。于是我们这个营垒便分化瓦解，不复存在了。一进入沼泽地，老龚便朝青草茂密的地方去，我则选择青草稀疏的地方，因为这种地方才有野菜。寻找野菜的过程是一个怨气填胸的过程，野菜久久不肯露面，便在心里怨恨老天的吝啬，连最下等的食物都不肯多给一些。这不是不给人活路了吗？我相信苦难中的人是不会真心膜拜神明的，也会失去对神明的信仰。既然上苍全知全觉魔力无边，为何对身遭劫难的人熟视无睹，不予救援？沼泽地里的野菜难觅，挖大半天也不够下锅，而且会越来越少。我真不知道以后的日子怎么熬。陈涛一如既往地动员我和他一块儿抓蛇、吃蛇，这不能说不是种诱惑，可我难以和他为伍。我并不同意老龚关于蛇不属于人的食物链的说法，不是因为这个才不抓蛇吃蛇，而是实实在在地怕蛇。如果让我在满世界无论是地上、天上还是水里所有生物中举出最惧怕的一种来，那就不是狮子，不是老虎和狼，不是鲨鱼鳄鱼，而是蛇。这种惧怕心理是根深蒂固的。记得小时候发生的一件事，村里叔辈一伙人黑下在村外大水湾里洗澡，到半夜时都又累又饿，有人提议抓鱼烧了吃。他们就下湾抓了许多鳝鱼。烧上火堆，在火上烧鱼，边烧边吃，吃饱了就回家睡觉了。第二天有人从水湾边路过，看见熄灭的火堆旁堆满了蛇骨，吓得飞跑回村，向村人诉说有人在湾边烧了蛇吃。立刻全村哗然。这话传到那伙叔辈的耳朵里，他们承认这事是他们做的，但说吃的是鳝鱼。目睹的人咬钢嚼铁说看见的是蛇骨不是鱼骨。叔辈们这才惊惧起来，立刻奔到湾边去看，果然看见的是绿色的蛇骨。他们当时就吓蒙了，死人似的直挺挺不动，而后便一齐呕吐起来，那是翻江倒海样的大吐，吐出了五脏六腑吐出了苦胆水。回家后都大病一场。再看见他们个个都脱了形，蔫蔫的一点精神没有，像掉了魂。这件事当时被当着一桩奇行凶为在周围一带地面流传，可见我们那里的人对蛇是怎样一种恐惧心理。我至今还清楚记得也同样说明这一点。所以我不敢想象自己去靠近一条蛇，追逐一条蛇，捉拿一条蛇，更不敢想象能用手杀蛇和张口吃蛇。每当进入沼泽地，意识里一方面对蛇回避，另外也打着别的生物的主意。饿极了的人看见所有的东西都与食物相联系，考虑能不能吃。眼下的时节沼泽地里除了蛇，其他的动物极少，一年生的动物大都是幼虫，如水湾里的小蝌蚪，蹦来蹦去的小蚂蚱、小蟑螂、小蟋蟀、小金钟儿、小油葫芦。在灾荒年里，我家乡的人有吃青蛙、癞蛤蟆、蚂蚱和螳螂的，我没吃过，现在会吃，只是这个季节它们还没有长大。也有人抓老鼠吃，我没吃过，现在也会吃。只是老鼠的穴很深，掘不出来，老鼠出洞时又总是跑得飞快（躲避蛇也躲避人），别说我身体虚弱，就是身强力壮也难能抓住它们，于是鼠肉也吃不成。沼泽地上空有各种鸟类。它们或是成群结队飞来飞去觅食，或是独来独往，啼叫声给沼泽地带来一点活气。我对这些鸟有着强烈的兴趣，看着它们就有些垂涎欲滴，可我找不到网，找不到枪。没有网和枪，吃鸟肉是妄想。在清水塘我们曾捉过雁。那是一位名字叫曹先佩的犯人的绝招。曹是狩猎方面的专家，不仅会猎雁，还会捅马蜂窝。他说捉雁最好的方法是智取：黑夜，成百上千只的雁群在麦地里栖息，有一只更雁在执勤。更雁多是失偶的"单身汉"，地位卑下，又被叫作雁奴。捉雁人朝警惕守护雁群的更雁划一支火柴，更雁见到火光立刻向同类发出危险信号，雁们从睡梦中惊醒仓皇起飞，但不远飞，只在空中盘旋，发现没有真实"敌情"便又落回地面，继续睡觉。这时捉雁人再对着更雁划一根火柴，更雁不敢疏忽，又再次发出撤离信号，后面的过程和前面就没有什么两样。这样一而再再而三，雁们不得安稳，于是便恼怒了，以为是更雁"谎报军情"，戏弄"全军"，便一齐去啄更雁，施以罚戒。更雁很委屈，要是它和人一样有思维准会大发牢骚，骂骂咧咧：操，你们睡觉，老子辛苦，反倒出力不讨好，啥世道哇。思维反映于行动便是更雁脱离了集体，独自飞去了。这时捉雁的机会便来到了，你可以大摇大摆走到雁群中去，抓到哪个算哪个，就像从地里拔萝卜似的。这几乎是发生在雁族中的"狼来了"的故事（可见许多事理不仅适用于人类，也适用于整个生物界）。用这种方法捉雁可称得上人类狩猎行为中的一绝，只可惜不适用于我们犯人，因为我们不能使用火光，那会被岗楼上的警卫发现，一旦被发现，我们就成被捉拿的雁了。我们唯有徒手捉雁，这办法同样奏效，但要历尽艰辛。在离更雁几百米的地方，我们匍匐下身子，慢慢向雁爬去，那是极其缓慢的爬行，不能出一点声响。这时要是遇到水湾也绝对不能迂回，得老老实实从水湾里过去。离雁愈近，爬的速度愈缓慢，完全像一只蜗牛，一丝一毫向前挪动，十几米的距离竟需一个多时辰。这样直到爬到雁的近前，雁也不会发现。它们将人当成了静止不动的物体，不加提防。捉雁的瞬间可以说惊心动魄，与爬行时的缓慢截然相反，伸手以迅雷不及掩耳之势将雁的长脖抓住，雁都来不及叫一声，就做了俘虏（我们戏谑地将捉雁叫捉俘虏）。那时候我们差不多夜夜出来捉"俘虏"，也天天晚上有雁肉吃。这是清水塘留给我的最美好的回忆。在沼泽地里想着这些时，我盼望着秋天和冬天早些到来，那时我会给老龚和陈涛露一手，我们就会吃到鲜美洁净的雁肉，那时的"御花园"就是真正的人间天堂。我不时抬头看看老龚，他在我左前方不远的地方，正一口一口地吃草。劳改农场是个没有"自我"的地方，任何行为都在别人的眼皮子底下进行，老龚吃草也不例外。他看好草地一般先巡察一番，看有没有蛇躲在草丛里，如果不放心，就用棍子搅动草丛——打草惊蛇。要是还见不到蛇，他就蹲下身子或坐在草地上，开始辨认各种草类混杂的草棵（我知道在这之前，他已对照着书本对各种草类的可食性进行了研究）。沼泽地土质肥沃，草也长得肥美，绿油油的，草叶上的露珠在阳光下闪闪发亮。老龚毕竟是人，他不像羊那样用嘴啃草，也不像羊那样搭嘴便吃，不加辨别。老龚吃草充分运用了人类的智慧，先用手掐下了可食草的嫩叶和草心，填进嘴里慢慢咀嚼。这是一个品味鉴别的过程，味觉对草的反应完全呈现在他的脸上：苦、淡、异、良好、尚可……我敢说这是我所见老龚表情最丰富多样的时刻。最后他将嚼过的草或咽下肚，或吐出来。看着老龚安静地吃草，我的心出奇的平静，以极其超然的态度看着眼前的一切，似乎觉得这是世界的一种惯常景象，不稀奇，用不着大惊小怪。正如老龚说过的，我们正面临人类进化史的新纪元，人必须按原路返回到进化的初始。谁要想活下去，就得学会吃草。现在想想老龚真是有先见之明，他是个大预言家。我知道在大饥饿中有相当多的人在吃草，说人吃草并不是耸人听闻，也不是诋毁"一片大好"的国家经济形势（我看过的那部科教片可为佐证）。但我不知道是否有人像老龚这般以最动物化的方式吃草。吃生草，坐在草地上吃草（这一点又与羊吃草很类似），吃不经过任何加工的草。如果没有第二个人，老龚便是先驱者，对昭示后人功不可没。在沼泽地里,饿得晕眩的人的思维竟出奇地活跃,不,不是活跃,是迷乱,真的是迷乱。我感觉自己全部的精神都陷入了泥潭不能自拔,也无援无救,绝望像一口大铁锅罩在头顶上。而老龚却不乱方寸,仍不慌不忙地吃草。有时抬头看看我,有时招手将我唤到他身边。这种情况大多是他在草间发现一棵野菜,他总是把野菜给我。自从吃草,他就不吃野菜了,似乎他的返祖过程已超越人吃野菜的阶段,对野菜已不再有兴趣,不屑于再吃了。当然也可能出于对我的友好,帮助我这个冥顽不化既不肯吃蛇又不肯吃草的俗人。不管怎样,我对他都是很感激的,我愿意在他身边多待一会儿。在近处看老龚吃草忽然就有一种不堪入目的感觉,从草的入口到咀嚼再到下咽这一连贯过程,以及他满嘴涂染草汁的绿色,都让人作呕让人心悸,我好像看到一只真正的老羊在吞食青草,我无法接受这个现实。记得有一次我直截了当向老龚提出问题:蛇不属于人的食物链,那么草就属于人的食物链吗?再说人毕竟已经进化到今天,能一厢情愿想退就退回去吗?老龚凝神一刻,说我累了,咱到那块干地方坐一会儿吧。坐下后,老龚两眼望天,问:老周你看看天上太阳在不在?我不知他为啥问出这个不搭界的问题,我说在,怎么会不在呢?老龚说你再闭上眼。我仍然不知道他想干什么,可还是照他说的做了,闭了眼。这时老龚说你现在能不能看见太阳?我说看不见。他又问,老周你说这时候太阳还在不在天上呢?我说这算什么问题?当然在天上。我睁开眼,见老龚狡黠地笑了,露出一口绿牙,他说老弟你错了,错了。我说错了什么?他说当你看不见太阳时,太阳已经不存在了,消失了。我惊奇地说这怎么可能呢?这违反物理学的常识哩。老龚说我是学物理的,后来教授学生物理课,我会不懂得物理学的常识吗?但是我告诉你,按照新的物理学学说:当你看不见某一物体时,这物体便是不存在的，而且人们还能通过计算和实验对这一理论进行验证。我说真是不可思议。他说我举一个例子吧。把一只猫和一个扳机同置于一个钢箱内，扳机有少许放射物质，它在一小时之内可能有原子衰变也可能没有原子衰变，两者的概率相等。如果有原子衰变，扳机将杀死猫。因此，一小时之后，箱中的猫死去和活着的概率相等，或者说，是死猫的概率是二分之一，是活猫的概率也是二分之一。这意味着猫处于死活未卜的状态。现在你打开箱子，发现猫还活着，这样猫的状态的概率分布发生了突变，死猫的概率从二分之一变成0，活猫的概率从二分之一变成1。于是，由于你的观察，半死半活的猫变成了完全的活猫。由此看来，猫的死活决定于"人眼的一瞥"。这是一个叫薛定谔的物理学家提出的定律，叫"薛定谔猫"。它说明，不是事物的客观状态决定观察者的主观认识，而是相反，观察者的主观认识决定事物的客观状态。你说是不是这样呢？我一时像掉进了云里雾里，难以判断是非。过一会儿，老龚说下去：这是个专业性很强的问题，你用不着深究，我说这个就是想说明一点：常识这东西不够用也不可靠，人必须认同常识之外的事物并找到合理的根据。比如吃草，既然非吃不可，为什么要把它想象得那么悲惨可怕？完全可以这么想：草和蔬菜没有根本的区别，在被人食用之前，所有的蔬菜都被看成草，就说蕨菜，原先叫蕨草，当人开始吃了就改叫蕨菜。后来皇上吃了，就叫了贡菜，被当成菜中珍品。世上事情无定规。我说草没有营养。老龚说不对，植物不但有营养，而且营养极为丰富，甚至超过肉类。我说这是海外奇谈，不可能。老龚说可能不可能要由事实说话，拿食肉动物和食草动物比较，以身体的大小论，世界上最庞大的动物是食草动物而不是食肉动物；以活的寿命论，世界上活得最久的还是食草动物，不是食肉动物。我惊奇老龚怎么有这么多的古怪念头，而且听起来总是有理有据的，叫你无可辩驳。这时我想起陈涛曾提出的"蛇能不能毒死自己"的问题，老龚一直没作回答，我也生出刁难他一下的念头，想想说：有的草有毒，人吃了会送命的，怎能辨别出有毒和无毒的草呢？老龚想想说：大多数的草都有一种草苦味儿，小部分的草没有味道，我不吃没味道的草，这样的草有毒的可能性最大。我问这是书本上说的吗？他说这个书本上没有，是他推断出来的结论。他说他坚信有毒的物质是无味的，无味才有欺骗性。要是毒药有异味，世界上就不会有毒死人的事情发生了。我无话可说，无法反驳他，也无法相信他。我觉得老龚太自负，走到吃草这一步仍以哲人自居，谈天说地，自以为是。知识分子怎么是这样的不可救药？

此刻，我实实在在地觉得，我、老龚和陈涛已经成为沼泽地上的生物了。尽管有人吃蛇有人吃草有人吃野菜，我们与人类已经没有关系了。我们属于北大荒里的这片沼泽地，是衍生于这沼泽地的新物种。

我不想说自己死过一回，不是那么回事。人生是一回，死也是一回，不再有多，大活人说死过一回其实就是昏过去一回，昏不等于死，但接近死。昏的过程是人在生死之间徘徊的过程，是生命的千钧一发，是命运的非此即彼，这状况大致相同于老龚所说"薛定谔猫"理论中的那只箱子里的猫。猫的生死决定于人眼的一瞥，而那天我的生死则决定于老龚和陈涛的一瞥。

他活过来了！我听出是陈涛的声音。很轻，像从天边飘过来的。也很悦耳，像出自笙管。

我看见了陈涛和老龚，同时产生了意念：我这是怎么啦？

陈涛告诉我，昨天打井我昏倒在工地上，是他和老龚把我抬回来的，昏迷了一天一夜。

老龚安慰地朝我笑笑，露出他的绿牙，说幸亏地面松软，没摔出硬伤,你现在感觉怎么样呢?

我说很累,想睡觉。

那就睡吧。老龚说。

再醒来,天还亮着,窝棚里只我一个人,我试着活动一下身体,觉得还听使唤,便慢慢从铺上起来,走到窝棚外面,看看天上的太阳,我知道是傍晚。

夕阳照耀下的沼泽地空旷而寂静。

真是奇怪,光天化日之下,我的意识突然闯回到梦境。我不知道梦是什么时候做的,是昏迷中,还是苏醒后的睡眠中?我不清楚。我属于多梦的那类人,几乎每觉必梦,哪怕是短暂的午觉也不例外。我一般不回忆梦境,我听人讲想梦会损害记忆力。但这次不同,我努力回想梦中的情景:我又见到了母亲(我这么说是因为我经常梦到母亲),是在家乡的河边(小时候我们兄弟姊妹随母亲住在原籍乡下,后来随父进城读书)。母亲坐在水边洗衣裳,用棒槌捶衣裳发出响亮的砰砰声。我想给母亲一个意外,抬着脚跟从后面向母亲走过去,走到母亲背后,她也没发现我,还是一下一下捶衣裳。从近处看,我突然发现母亲本来花白的发髻变黑了,当时我想:母亲怎么返老还童了呢?我把眼光转向四周,发现许多东西都变了模样,河堤上的桦树变成了柳树,河上的石桥变成了木桥……梦到这儿就断了,下面又接到我走在桥上,是向离村子去的方向走,桥上满是青苔,很滑,我很小心往前走,梦这时又模糊了,后来不知怎么又回到母亲洗衣裳的水边,母亲变成了冯俐,小冯头上绾了个像母亲那样的发髻。我非常疑惑,问小冯咋留了发髻?小冯说老人不都这样吗?我说你可不是老人。小冯说是的,我就是老人。我说净胡扯。这时小冯指指河水,说河里的鱼真多呀。我果然看见水里游着许多鱼。我一下子兴奋起来了,说凭着这么多鱼不抓真傻呀，咱们快抓鱼熬鱼汤喝。我正要下河，被小冯一把扯住，说你还是四肢发达头脑简单啊，想喝鱼汤还用得着抓鱼吗？我说你真怪，不抓鱼咋能喝上鱼汤呢？小冯指指河水，说鱼在里面，这不就是鱼汤吗？我心想小冯咋啦？尽说些不着边际的话。小冯走到水边，弯腰捧起一捧水举到我面前，说喝吧喝吧，这是正宗的鱼汤呢。我心里还在想小冯真怪，可还是听从了她，把嘴对着她的手喝了起来。这时就更奇妙了，我觉出满嘴都是鱼汤味，又鲜又美的鱼汤味儿。我大口大口地喝着。再往下又模糊起来，似乎回到了校园里，也似乎是个不熟悉的地方……我不再往下想了，我觉得头痛，心想头痛一定与刚才想梦有关。我不往下想梦，刚才想起来的梦境却老在脑子里转悠。谁也不会把梦当真，可谁都想从梦中寻找些什么。我敢说没人像我们犯人那样在意梦了，平时一个重要话题便是相互交流和诠释各人的梦，可以说梦是我们犯人生活重要的组成部分。因为唯有梦才能冲破关押我们的牢笼。日有所思夜有所梦，实际生活中实现不了的事情可以由梦来完成。尽管虚空也多少是一种安慰。当然有的犯人也因梦引发出许多麻烦。在清水塘农场管教曾暗示犯人要向当局报告同监室犯人夜里说的那些体现反动思想的梦话，于是犯人中那些"积极改造分子"闻风而动，一夜一夜地不睡觉竖起耳朵听狱友的梦话。这种事说起来像天方夜谭，却是事实。谁要听稀奇古怪的事情不要去找别人，就找我们犯人，怪事多得像沼泽地里的蛇。

　　傍晚时分，老龚从沼泽地回来，手里拿着一把野菜，是给我的。他像伺候病号那样将野菜熬熟，端在我的面前，叫我吃。我要分给他一些，他坚决不从，说已经吃过了。我自然知道他的"吃过了"是怎么回事。不知怎么，只要看到老龚，我的眼前便显现他趴在地上吃草叶的情景。我不想规劝他什么，因为这没有实际意义，但愿口粮能早点发下来，结束这一切。我问怎么不见陈涛，老龚说陈涛去场部了。我眼前一亮，问是不是为口粮去的。老龚说他是去给栾管教进贡（送蛇），顺便问问口粮的事。老龚后面这句话又燃起了我的希望，也许正是这希望使我的心情好转了。借陈涛不在场的机会，我向老龚询问一些事情，人在病中是喜欢唠叨的，无边无际地唠叨，也不管该说不该说，该问不该问。老龚倒不介意，我问什么他就回答什么，就像是审讯一般（类同于刚来"御花园"陈涛对我的审讯，当然要客气友善得多）：

老龚你真的是天津人吗？

天津郊区，离市里十几里路。

家中有什么人呢？

父母都去世了，有老婆——离婚了，有孩子——跟着他妈。

这到底是算有呢还是算没有？

说有就有，说没有就没有。

为什么要离婚呢？

为了孩子，也为了老婆。当然主要还是为了孩子不受影响。

不离婚就不行吗（这时候我想起吴启都一家的遭遇，心想离与不离还不是一样的）？

也不是不行。不过不离又有什么实际的不同呢？

以后你打算怎么办呢？

活着。活到从这里出去。

出去以后再怎么样呢？

教书。只要让我教书，我就不选择别的。

家庭呢？

要是那时候老婆还没改嫁,我就向她提出复婚。

她会同意复婚吗?

我想会的。

看来你们的感情不错,想怎么着就能怎么着。

也可以这么说。

老龚你说人是不是一定要结婚?

终还是要结婚的吧。

那太监不就是不结婚吗?

因为他们想吃皇帝老子的饭。

那和尚呢?

因为他们想吃老佛爷的饭。

我觉得太监和和尚是些活得明白的人。

但是你现在既当不成太监又当不成和尚啊。

我知道,只有老老实实当劳改犯。

是呀,别的甭想了,车到山前必有路。

…………

陈涛是在天黑以后回到"御花园"的,两手空空。他一天来回跑了四五十里路,疲惫不堪,情绪也很不好,嘴里骂骂咧咧的,说烧香引出鬼来了。原来他给栾管教送蛇被另外几个南方籍管教看见了,也向他索要,说什么要一视同仁。虽是玩笑着说,可他不敢玩笑着听。今后他得不断穿梭于场部和"御花园"之间送蛇了。我问他口粮情况如何,陈涛说根本没戏,说这次去场部在犯人中间听到一些情况,缩减口粮根本不像栾管教说的支援解放军,而是整个农场储粮虚空。去年向上报的产量太高,超出实际产量,上面按上报的产量调运粮食,自然就出现了虚空。另外，他的情绪低落还因为证实了我对他说的摘帽解教的前景黯淡。我和老龚问他大场最近有什么动态，陈涛听了愤愤说，什么动态？动态就是挨饿、死人，没这两样还算得上劳改农场吗？陈涛又说这次回场听见两桩新闻，头一桩是跑了一个犯人。我心想这算什么新闻呢！又问第二桩是什么。他说第二桩是这个逃跑的犯人又回来了。我说这家伙折腾个啥劲？神经病。陈涛说跑出去才知道不跑比跑好。我和老龚便不再问。

晚上睡觉前，陈涛突然对我说，老周，明天跟我一块去抓蛇吧。我听了一时没说出话来。陈涛接着说，天气热起来了，蛇越来越难抓，可我们需要更多的蛇，管教要送，我们自己要吃。

我们？我看着陈涛：我们指谁？

陈涛说：你和我，还有谁？老龚早说了饿死也不吃蛇。

我也不吃。我说。

你已经吃了。陈涛平淡地说，这事我没来得及告诉你，大概老龚也没说，昨天你昏倒的原因很简单，饿的，营养极度缺乏。我不是医生也诊断得出来，为让你活过来，我喂了你蛇肉和蛇汤……

啊！我像被蛇咬了那般惊叫一声，立刻有种急于呕吐的感觉，我赶紧向窝棚外面跑，但被陈涛一把揪住。他瞪着我吼：你他妈少来这一套！

你——我被他突如其来的横蛮震住了，向喉咙上升的呕吐也被压住，我不认识似的盯着陈涛，说，老陈，你——

你，你以为你是个人物吗？陈涛愤然打断我说，你以为你是谁？你是中央首长吗？你是省长是专员是县长吗？你是外国人吗？看把你高贵的，把你忘乎所以的。我给你提个醒，你他妈和我一样，什么都不是，只是个犯人，是一条关在笼子里的狗，快饿死的狗！

陈涛劈头盖脸地臭骂，把我骂蒙了。我木木地站在那里，嘴里蹦不出一个字来。

　　陈涛没骂解气，继续骂，但声调降低些了：人得识时务知道吗？识时务者为俊杰。人得有自知之明知道吗？人贵有自知之明。到了现在这份儿上，老龚你也给我听着，别他妈猪八戒夹着两刀烧纸混充斯文。都当劳改犯了，还自我抬高说什么"兴湖农场是全中国文化程度最高的农业单位"。文化程度高又怎么样？大学教授还不是向那些一个大字不识的管教警卫点头哈腰，屁颠屁颠跟狗似的。快收起这一套吧，别自欺欺人了。我告诉你老周，还有你老龚，咱"御花园"要是再昏倒了人，我老陈是不救的，死了也不理，我可是有言在先啊！

　　这一晚我没睡着觉。

　　栾管教再次来"御花园"视察完毕后将我带回了大场。开始他保守秘密，说把我带回大场是场部的指示，具体什么事不晓得。一路上我的心七上八下的，又像以往遇上这类摸不着头脑的事先反省自己。到"御花园"快一个月了，这一个月当中并没做什么越轨的事啊。当然，如果以在大场时的状况为基准，须检讨的地方还是有的，如劳动和思想改造都有些放松，甚至可以说是放任自流，还时常发一些牢骚，还有瞒骗行为。但这些问题管教是不清楚的，因此不可能以此向我问罪，而且撇开老陈、老龚单单向我问罪。又想会不会是陈涛向管教打了我的小报告？想想可能性也不大。我说过陈涛虽然是个有不少歪歪毛病的主儿，但人并不坏，有口无心，这种事还做不出来。后来我也就不想了，也无法集中精力去想。一是身体很虚，怕走了神摔跤；二是我手里提着陈涛送给栾管教的蛇，一旦摔倒了蛇就会伺机咬人。我基本上是提心吊胆走了一路，好像手里提的是一颗不知什么时候就要爆炸的地雷。

到了场部谜底才揭开，原来是有外调人员找我调查，这种事对我们犯人一点也不新鲜，在清水塘那一年多，我就摊上好几回。一次是K大来人调查姜池（问当初我给学报投稿是不是姜授意的）。一次是双山农场来人调查程冠生。还有一次苏英所在单位来调查苏英（在苏英第二次探视我之后）。这一次来的两个人穿便装，一下子难以判断是属于哪类人。但等他们一开口，身份也就明确了。不妨把开始的一段问询写出来，相信任何一个被判过刑的人都清清楚楚了。

问：姓名？
答：周文祥。
问：出生年月？
答：一九三五年六月二十三日。
问：民族？
答：汉。
问：籍贯？
答：山东福山县万瓦乡周家店村。
问：家庭成分？
答：中农。
问：捕前所在单位？
答：K大中文系。
问：学历？
答：大学三年。

下面依次问的是家庭成员、社会关系及个人履历。已了然于胸，来人是司法机关的正宗审讯员,不是劳改劳教单位的人,更不是社会单位的人。说心里话,一旦知道了他们的身份,我的心不由得揪紧了。俗话说,不做亏心事,不怕鬼叫门,可现在我们这些被整过的人,明知没有亏心事也害怕鬼叫门。想到可能牵扯到自己的生死攸关(当时确实这么想),原先那种松松垮垮的心弦绷紧了。我注意地观察他们一下,一个四十岁左右模样,小眼尖下巴;另一个三十四五岁样子,也是小眼尖下巴。冷丁一看就像是亲弟兄。

他俩也盯着我。开头是"老兄"向我发问。盯了一会儿,还是兄长继续发问。不等开口我便明白,下面该是告诫"竹筒倒豆子"了。他说,周文祥,我们已看过你的档案材料,你犯的是现行反革命罪,受到惩罚是理所当然的,这体现了党和人民对你的挽救。在改造期间应该努力劳动认真学习,服从管教遵守场规,争取早日把自己改造成对人民有用处的新人。你听明白了没有?我说我听明白了。他说,听明白了就好。下面我们向你调查一个人的情况(听他这话,我不由松了口气,清楚他们是外调,不牵扯我),你必须把你所知道的情况如实告诉我们,不许隐瞒,要竹筒倒豆子(我没猜错)!一旦我们发现你不老实报告事情,会加重对你的处罚,明白不明白?我说明白。心里在想一件尚不明白的事:这遭要调查哪一个呢?

"老兄"这才开始了正题,问:周文祥你认识一个叫冯俐的人吗?

冯俐?我脱口而出,急问:她,她又怎么啦?!

你别激动嘛。"老兄"眼里透出一丝不易察觉的笑意,说,回答问题,认识不认识?

我说认识。我不会说不认识。我刚刚松开的心弦又一下子绷紧起来,我觉出心在疼,像被刺的那种疼。事情的凶险是不难推敲的,如果冯俐在劳改农场,一般性的外调应由劳改单位来承担,而情况不是这样，是由检察机关（我直觉中觉得这两个人是检察官）直接插手，这是非同小可的。准是冯俐又犯了"天条"，惊动了检察机关。或者说检察机关要接手处理。这是我当时的判断。

你和她是什么关系呢？"老兄"继续问道。

她是我未婚妻。我答。

可从案卷中看不出，几次审讯你都讲你没有未婚妻。

我哑口无言，明白这事是难以说清楚的。可我心里清楚，头一次在草庙子看守所受审时冯俐还没被捕，我不想牵连到她。直等到了清水塘，我开始说出和她的这层关系，这时已不存在连累的问题了，而且我想利用这种关系对她施加影响。就这样。可现在我该怎样回答呢？

你说呀，怎么忽然跑出个未婚妻来了？"老兄"问。

不是一个而是两个呢。"老弟"记录中间插空补充。

听到这话，我知道和苏英的瓜葛他们也知道了，在这之前他们已去过清水塘农场。是这样的。这些人做事情总是滴水不漏的。

冯俐是我的未婚妻，苏英不是。K大的同学都知道的。我说。

我们不是不相信这个，所有事情都瞒不过我们，否则我们就不会跋山涉水到这儿来找你问冯俐的问题。"老兄"说。

我觉得自己的脑子很不够用，我真的用不着向他们强调冯俐是我的未婚妻，这是多此一举啊。

我没吭声，等他们的下文。下文才是最重要的。

你和冯俐最后一次见面是什么时候？在什么地点？"老兄"问。

这一问不由使我想起在草庙子看守所经受过的审讯，方式、口吻都很相似的，时间、地点、人物、所作所为，给你个囫囵枣去啃吧。

还得再提一次草庙子看守所的审讯锻炼了我的记忆力，我稍一思索,便记起了那"最后的一次":是我被捕前的那个周一,冯俐到宿舍里找我,问当天安没安排我的批判会。我说没有。她说她舅舅一家要迁返河南老家,让我和她一起去送送行。我想请假或许会被批准,可我不想去。《大地》稿件的事给她舅舅带来了麻烦,是不是就为这个戴的右派帽子不敢说,有影响是肯定的,我无法面对她的舅舅和舅妈。我说你去吧我不去。我催促她赶快离开宿舍,她不走。当时的情况与后来是大相径庭的,当时她总是不管不顾地去找我。而后来在清水塘,任凭我千呼万唤她就是不出头。记得那天她在宿舍里待了很久,直到黄伟、董建力回来才走。以上情形像闪电般在脑子里一闪而过。我如实向"两兄弟"报告了。

你们是什么时候开始认识的?"老兄"又问。

五三年九月份。我回答。回答时一个扎着俩小辫满脸潮红的小姑娘(也许应该称大姑娘)形象鲜明地出现在眼前。还有一个甜甜脆脆的声音"你是中文系的吗?"回响在耳畔。

你们是什么时候开始恋爱的?"老兄"又问。

我摇摇头。我不是想回避问题,而是我真的搞不清是从哪个具体时间我俩建立了恋人关系。

大一?大二?大三?"老兄"扳着指头问。

大二吧。我答。

就是说你们有三年以上的恋爱时间了。"老兄"说。

是这样。我答。

你们两个是很谈得来的是吧?"老兄"问。

是的。我答。

在一起经常交流思想,谈论国家大事?"老兄"问。

我开始警惕起来,一时不知怎样回答才合适。

她从什么时候起暴露出对领袖的抵触情绪？"老兄"急问。

我吓了一跳。心想为什么要提这样的问题？这是来不得半点含糊的事。我答，我从未发现她对领袖心存抵触情绪。不会的，她家是贫农成分。急切中我连她家的成分都报出来了。

高饶反党集团的成员大多出身很好嘛，到后来不是也走上反党的道路了吗？"老兄"说。

我无法反驳他的话，因为我不知道高饶反党集团的成员家庭出身究竟是什么。但反党是中央文件公布的，是铁定的事实。

她在你的面前曾暴露过对领袖的抵触情绪，这一点我们是掌握的。你要如实交代。"老兄"态度一下子变得严厉，两眼牢牢地盯着我。这时"老弟"也抬起头，以同样的目光向我发射威慑力。

我真的没发现她对领袖的抵触情绪。她是很热爱党热爱人民领袖的。我说。

她自己都交代了，为什么你还替她隐瞒呢？你怎么能这……这……这样呢？"老兄"很激动，很气愤。又说，你这，这是帮她还是害她呢？"老兄"的表情很诚恳。可他忘记了一点，我有将近一年的时间是在审讯（和做审讯的准备）中度过的，态度比"老兄"诚恳的大有人在，我也几度被"诚恳"所感动，将"豆子"一股脑倒了出去。可到了向你宣判的时候，"诚恳"就不见影了，一下子送给你九年刑期。

党的政策你清楚不清楚呢？"老兄"问。

清楚，坦白从宽抗拒从严。我答。

既然清楚为什么抗拒呢？"老兄"问。

我没有必要替她隐瞒的。我想想又说，夫妻本是同林鸟，大祸来临各自飞。何况我和她还不是夫妻，恋人关系也早断了。只要我知道她的问题，一定会揭发出来的。

但你说做不一哩。"老兄"一针见血地指出。

你们才真的说做不一哩，我心里想。到这个时候，我又横下了一条心，绝不会跟着他们的指挥棒转，绝不伤害冯俐。这么想的时候，我实在是愤慨到了极点，将一个弱女子判处劳教又改判劳改，仍不算完，到底想怎么样呢？真要将人置于死地而后快吗？

你必须揭发，不揭发是不行哩。"老兄"斩钉截铁地说。

我不说话，又一想这并不明智，不说话便是对抗。那就对应。往下任"老兄"再说什么，我都是这么一句话：我真的不知道，我没有必要隐瞒……

你，你出去吧，回去好好反省一下。我们还会找你的！"老兄"厉声说道。

事实上他们并没有找我，可能是对我已失去信心。

中午在食堂里吃了一碗瓜菜代，回"御花园"前我想去看看李德志，到了他的住处，我才听说陈涛说的那个跑了又回来了的犯人原来就是李德志。李德志刚从小号里出来，见了我一副很高兴的样子。在班里我俩随便说了几句话，他送我出来的时候，我冲他说道，李德志，你的事我听说了，你是坏了哪根神经做出这等傻事来？他说，我本来觉得跑出去总比在这儿受罪强，可跑出去我的大脑便清醒了。在这儿受罪可能活着，出去可是脑袋别在裤腰上哩。他又说其实这个账本来就很清楚的，只怪我一时糊涂。

没人押解，是我一个人返回"御花园"的。一路上我都为冯俐的处境揪心着，她究竟怎么样了？司法机关又究竟想把她怎样呢？我没底没落，真想大哭一场啊！

我终于与食蛇人陈涛为伍了，尽管很不情愿。可我知道我不是屈从于陈涛，而是屈从于我自己。那天早晨，陈涛带着捕蛇家什向沼泽地走去，没有喊我，的的确确没有喊我，甚至连看都没看我，是我自己跟在他后面的。那一刻就像神差鬼使似的，陈涛转身一笑，说老周你行了，行了。

我行了？行了什么呢？指已具有与蛇较量的勇气？指迈出这一步今后便无饥饿之忧？我不知道。

我只知道这头一次捕蛇心里极其恐惧，像随时会被蛇咬送命一般。陈涛很善解人意地慢下来和我并肩走，安慰我，鼓励我，说任何事情都有一个过程，迈过去就迈过去了。今天你不要动手，看我，我给你做示范。收拾蛇首先是胆量问题，得敢下手，然后才是技能。他这是经验之谈。

陈涛带着我穿越沼泽地，径直走，像有个目的地似的。我知道他对蛇在沼泽地的分布已了如指掌。走了大约有半个时辰，我们来到一大片洼地前。这里是龙潭。陈涛指着洼地对我说。

太阳已经升起来，很明亮。沼泽地上空没有了雾气，被陈涛叫作龙潭的大洼地很透明。

陈涛将一个包袱系在腰上，将一根"Y"字木棍交给我，说记住，要是有蛇向你进攻千万不要跑，你没有它跑得快，用棍子叉住它的脖子，它就动弹不了了。

陈涛说这话时，我好像感觉已经有条蛇向我袭来，我心悸地问，要是叉……叉不住呢？

那就干脆打死它。陈涛说。

打哪个部位？我问。

打哪儿都成。但要打准打狠，不要恐惧。蛇看样子凶恶，其实很脆弱。你捏着它的尾巴向上一提溜脊椎骨就脱臼了，就和死的一样了。

陈涛说。

我没再吭声。

陈涛又说，我估计前面这块大洼地隐藏着成百上千条蛇，虽然数量很多，但发现也不容易，蛇的习性好静，平时多待在窝里或草丛里，只有觅食的时候才出动。我归纳了抓蛇的四字经，一看二听三引四轰。一看……哎，老周你看见了吗？

我摇摇头。

人不抗念叨，蛇也一样，一念叨就来了。看那儿。陈涛一指。

顺陈涛的手指，我看见一条大灰蛇，有两尺多长，听召唤似的向这边滑过来。我的腿有些打战，欲退，陈涛将我扯住。

别退。陈涛说，蛇的视力很差，现在它还没发现我们，发现我们后就停下，然后拐弯溜走。

这是条什么蛇呢？我问，问是为了壮胆。

这得去问老龚。陈涛说，我不研究这些，不为这个费心劳神，没实际意义，你也无须知道太多。蛇是肉，肉能吃，知道这就得了。

没等蛇溜走，陈涛便迎上去，走到蛇前面，不是像教我的那样用叉子叉，是徒手擒拿，像随便从地上捡样东西那样把蛇捡起来，握在手里。往回走，陈涛手里像握着一张弓。我看得目瞪口呆。

七八两。陈涛掂着分量说。用空着的手从腰间解下包袱，丢给我，说，铺在地上。

你要干吗？我不解地问。

过会儿就知道了。陈涛说。

我满腹狐疑地照陈涛的吩咐去做，将包袱平铺在草地上。这时陈涛蹲下身子，用两手将蛇身子理直，掉角放在包袱上，接着开始卷包袱，三卷两卷就把蛇卷进去了，首尾全不见。然后陈涛就把蛇卷（我不知道还有什么更好的叫法）系在腰上。

我看得眼直，我敢说，如果不是我亲眼所见，这一幕任何人讲述我也不会相信的。

除此还能有什么办法呢？陈涛看出我的惊愕，多有得意之色。你试想，没有装蛇的家什，不能打死它，也不能弄断它的脊椎骨，当然也不能让蛇伤着你，可以说这是唯一能把它安全带回去的办法。

你怎么能想到这样呢？我余悸未消地问道，也是栾管教教的吗？

陈涛说，不是，但得承认是受了他的启发。你记得他讲他家乡有人用饼卷蛇吗？我想既然可以用饼卷蛇吃，为什么不能用包袱卷蛇携带呢？而且这样比用筐篓方便得多，走到哪儿带到哪儿，再抓了再往里卷。而且在夏季还有解暑作用，蛇是冷血动物，体温很低，围在腰上感到凉丝丝的，很舒服。不信你试试？

我信我信。我连忙推辞，不敢做这个试验。

我们开始往洼地里走去，陈涛在前面，我在后面跟着。我们都在"看"，不过陈涛是看前面，我是看脚底下，我生怕冷丁从草丛里蹿出一条蛇来，心里很紧张。但这时候并不像刚开始时那么恐惧，高手陈涛给我做出了榜样，他用实际行动证实了"蛇看起来很凶恶，实际上很脆弱"的话。"人是世界上最歹毒的动物"，这是我家乡的人常说的一句话，现在我也搬过来为自己壮胆。

走出百多米远，陈涛又发现一条蛇，是一条青蛇。蛇发现有人，立刻向侧方的草丛里逃窜。陈涛追上去把它捉住，然后用同样的办法将蛇卷进包袱里，"蛇卷"就粗了一倍，陈涛重新系在腰间。

我们往洼地纵深处走，地面愈来愈泥泞。我们小心翼翼地防止滑倒。如果很久看不到蛇，陈涛便蹲下，示意我也蹲下，他将一只耳朵侧向地面，屏声顿气地倾听四下动静，我知道这是他的"二听"，是在"听蛇",听蛇爬行时身体和草叶摩擦的细微声音。尽管我不认为这是陈涛在故弄玄虚,但他却没有听到蛇的行踪。几次都没听到。天热了,蛇懒得动了。陈涛说。又往前走了走,陈涛又蹲下身,这次他没有将耳朵对向地面,而是用手做筒状放在嘴上,发出"咯咯咯"的蛙声,叫得很逼真。他这是"三引",在"引蛇","引蛇出洞"——这一刻我脑际立刻跳出这四个字来。我们右派没人不晓这四个字是著名政治术语。这是反右中最行之有效的策略。但我断定,当时发明和使用这个术语的人并没见到自然界真正的引蛇出洞,他们应该到这北大荒的沼泽地里来见识见识,看看当年被他们引出"洞"的"蛇"今日又是怎样在引大自然的蛇出洞。

  咯咯咯咯咯咯……陈涛很有耐心,并不断变换"蛙声"的节奏。时而用手拍打地面,做出青蛙跳跃的声响。过了大约几分钟,一条蛇出现了,从远处昂着头向这边滑过来,匆匆忙忙就像来赴宴似的。直到近前发现有人,方晓悟不是那么回事,掉头溜弯,却已经迟了,转眼间便被拿住。我想蛇与同类之间一定是没有语言交流的,否则便不会这条蛇在陈涛手中龇牙咧嘴,而另一条蛇却一无所知地向这边赶来,啊,不是一条,是几条,形态各异,从不同方向向这边滑过来。俱急急匆匆,一副怕来迟占不到座位的样子。看到这么多蛇呼啦啦围拢过来,我的心又一下子提到嗓子眼儿,脚一点也不敢动,心里叫苦不绝:完了,这遭完了。老陈——我喊。陈涛将空着的那只手向我摆摆,让我安静,他不急于动手,静等蛇们继续靠近(后来他告诉我早动手将拾不过来)。咯咯咯,咯咯咯……陈涛大概怕蛇改了主意,仍不断制造出蛙声,且更加逼真。咯、咯、咯咯、咯、咯、咯咯……这时一条蛇停止了前进,侧头看看,看出了破绽,掉头而去。陈涛便把它拿起。之后陈涛连续拿蛇看得我眼花缭乱,他就像一条狗跳着脚转圈,一圈下来，五六条蛇就握在两只手中。陈涛兴高采烈，像耍蛇人那样爱不释手地晃动着手里的蛇，我知道他的喜悦不仅为丰收，更为在我眼前露了一手。师父是很在意在徒弟面前的表现的。

这次卷蛇就麻烦了些，但还是卷起来了。直到这时，我紧张的心才又平复下来。陈涛掂着圆滚滚的"蛇卷"对我说，老周，系在你腰上吧，这样我抓蛇轻便些。我连忙拒绝，说，老陈，这可不行，真的不行。陈涛就不说什么，重新系在自己腰间。

我们一路往前走，陈涛一路学蛙叫，故伎重演。这时候我就分心了，思绪执拗地将现实与历史拉扯在一起。"咯咯咯、咯咯咯"我听成是"说说说、说说说"，"咯、咯、咯咯"我听成是"说、说、快说"，我感到不寒而栗，感到孤独无助，感到对生活深深的失望。

整个上午，我们都在"龙潭"里与蛇周旋较量，我在极其复杂的心情中接受着陈涛对我的启蒙。我渐渐发现，陈涛捕蛇的技能并非无可指责，他对蛇缺乏理性认识。比如他难以对有毒蛇和无毒蛇进行区分，或者说只是一种模糊区分。他把头部呈三角形的蛇归于毒蛇类，对毒蛇陈涛不敢掉以轻心，在捕捉时小心谨慎，以专业水准衡量不免露怯。但尽管如此，陈涛在对付蛇（三角头蛇）方面还是自有一套的。在发现三角头蛇后不急于动手，先观察一阵子，然后从怀里掏出一条布袋，迂回到蛇行进的前方，将布袋抖开，蛇就感到有了威胁。这时，蛇改攻为守地跃起朝布袋攻击咬噬，一次又一次重复着跃起咬噬，每次都在布袋上留下一点湿迹，这是它注入的毒液。这样就消耗了它的毒液和力气。陈涛忙里偷闲地教导我。陈涛如此这般地斗蛇，使我自然地联想到西班牙斗牛，牛鬼蛇神，斗起来是何等的相似。结局正如陈涛所说，蛇终于耗尽了毒液和体力，软软地瘫在地上，对人已不存在威胁。陈涛这时的神色很有几分得意，说这是对付毒蛇的办法之一。

在没有布袋的情况下可以抓住蛇尾，蛇跃起探头向你攻击，你就扯着蛇尾向后一退，蛇扑空后就重重摔在地上，如此重复，蛇连跌带累，很快就瘫软了，乖乖做了俘虏。我听了无言以对，就像学徒对师父那样心存敬畏又甘拜下风。

中午时分，我们回到"御花园"，可以说满载而归。老龚不在，但我知道他在的地方。由于我的"变节"，"御花园"的形势也像国际形势那样发生了"大动荡大分化大改组"。可不是嘛，原来的龚周联盟变成了陈周联盟，食蛇族压倒了食草族。但这里有一点让人感叹，最懂得"适者生存"法则的人却不肯趋同于这一法则，甚至背道而驰。"生存不是一切。"那天在沼泽地老龚这么对我说，人为了生存，有的事情可以做，有的事情不可以做。他还说，我在一些资料上看到，历次大饥荒中都发生过易子而食的事例。我不相信这是真的，如果那样人就真的不是人了，而是野兽，啊，不，连野兽都不如——我们都知道"虎毒不食子"啊。

那天中午我没有杀蛇，但也没有回避，我眼睁睁看着一条条活蹦乱跳的蛇在陈涛手里瞬间变成了白肉条。那时刻我恐惧，我在心里咒骂该死的蛇：狗日的你也有今天啊！你在沼泽地里恶霸似的东游西走，见啥吃啥，罪行累累，今日活该着你倒霉！

在陈涛的言传身教下，我很快便成了捕蛇的行家里手。陈涛说得对，关键在于勇气，勇气在前，别的就在其后，迎刃而解。当然是循序渐进的，开始拿蛇须借助于工具，然后抓住它的脖子，蛇在地上跑时十分灵敏，一旦被拿住就失去了一切反抗能力（这主要缘于它的脊骨十分脆弱）。后来就可以像陈涛那样徒手拿蛇了。任何技艺最终必须达到出神入化的境界，这样才实用，才属专业水准。除了捉蛇，我也能像陈涛那样用包袱卷蛇，也敢于把"蛇卷"系在腰间。开始确实是提心吊胆的，有句话叫"如芒在背"，这时的感觉就是"有蛇在背"了。待我成了行家里手，没有了恐惧感，我便感觉到蛇身确实是凉冷的。在闷热天气里，围在腰间很舒服，很解暑气。有时我和陈涛争抢着"蛇卷"，为了使背部凉爽，我们还将"蛇卷"斜背在身上。从一种斜背再变成另一种斜背，什么叫游刃有余，什么叫术业有专攻？这就是。

也不是每次都有收获。有时候大半天看不见一条蛇，任你使尽"一看二听三引"招数也不奏效，这时候不得已采取"轰"的办法。说不得已是指"轰"的办法太费体力，也费喉舌，用木棒打草，以此将蛇轰赶出来。有时打草累得筋疲力尽，便放弃。将行为方式改为"君子动口不动手"（天才知道我们是不是君子）。我们扯着嗓子吆，声嘶力竭地吼。想吆什么就吆什么，想吼什么就吼什么，没人听得见，也没人来管。多少年没这样放肆地出声叫一叫喊一喊了，心里十分舒畅，好像将满肚子的郁闷都从喉咙里喷发出来了。

吼得久了，又觉得单调无聊，便琢磨将吼寓以适当的内容，这不难。我提议背诵唐诗，一人一首轮流着背。陈涛赞成。我背的头一首唐诗是《登鹳雀楼》：白日依山尽，黄河入海流。欲穷千里目，更上一层楼。这是我小时学的第一首古诗，是爷爷教的。不知怎么，我总是将第三句"欲穷千里目"念成"欲穷千里眼"。无论怎样更正，我都改不过来，认准是千里眼。气得爷爷都说我是对牛弹琴。现在爷爷早已不在人世，而他的不肖子孙却在这茫茫草地上对蛇吟诗了。陈涛朗诵的第一首诗是王昌龄的《出塞》：秦时明月汉时关，万里长征人未还。但使龙城飞将在，不教胡马度阴山。陈涛的陕西家乡口音很重，他"走西口"出来在北京不到二年就到劳改农场了，普通话没来得及学好。平日说话是陕西普通话，而朗读诗由于发音太高，陕西口音就突出出来了，听起来很像秦腔戏中的道白。当时我想，如果蛇当中也有"走西口"来到这北大荒的，没准会出来会会它的陕西老乡的，只是难保陈涛会念及乡情而放过他这乡党一马。我和陈涛你一首我一首地比赛着朗诵古诗，"听众"却无动于衷，不肯显形露影。

后来陈涛说这么一首首地背诵太单调，没意思，不如只背古诗中的名句。我知道他的古诗底子很厚，也知道他是想借机炫耀，有与我叫板的意思。而我是不惧的，前面说过，我从小在爷爷的严教下像受刑罚似的一首接一首背古诗，在大学学的又是中文，我自信不会败在陈涛手里。我表示同意。看来陈涛与我较劲的意向是明显的，又提出不论谁先背诵，后面背的开头一个字必须与前面背的头一个字相同。其实这也是小儿科，我说行。陈涛说他先背我跟上，若是跟不上算我掉一分，他再起头背我跟上。我说随便你。于是陈涛一马当先，以一字开头背起来——

陈：一川碎石大如斗，随风满地石乱走。
周：一代风骚多寄托，十分沉实见精神。
陈：一年好景君须记，最是橙黄橘绿时。
周：一道残阳铺水中，半江瑟瑟半江红。
陈：一行书信千行泪，寒到君边衣到无。
周：一更更尽到三更，吟破离心句不成。
陈：一骑红尘妃子笑，无人知是荔枝来。
周：一掷千金浑是胆，家无四壁不知贫。

陈涛见难不倒我,又变换规则:相同的首字只许使用一次,且轮流为先,十次为满。我仍同意。我让他再为先。

陈:人生自古谁无死,留取丹心照汗青。
周:人言落日是天涯,望极天涯不见家。
陈:九月天山风似刀,城南猎马缩寒毛。
周:九州犹虎豹,四海未桑麻。
陈:三万里河东入海,五千仞岳上摩天。
周:三分春色描来易,一段伤心画出难。
陈:大漠孤烟直,长河落日圆。
周:大鹏一日同风起,扶摇直上九万里。
陈:小荷才露尖尖角,早有蜻蜓立上头。
周:小楼一夜听春雨,深巷明朝卖杏花。
陈:山重水复疑无路,柳暗花明又一村。
周:山围故国周遭在,潮打空城寂寞回。
陈:天高皇帝远,民小相公多。
周:天道有迁易,人理无常全。
陈:不识庐山真面目,只缘身在此山中。
周:不知细叶谁裁出,二月春风似剪刀。
陈:今人不见古时月,今月曾经照古人。
周:今来县宰加朱绂,便是生灵血染成。
陈:从今别却江南路,化作啼鹃带血归。
周:从来好事天生险,自古瓜儿苦后甜。

好了,我领完了。陈涛说。原来他是扳着指头的,不多不少领完了十次便打住。我说该我领你跟了。陈涛说你领吧，大点声，像蚊子叫样蛇可听不见。我说好。

周：世事洞明皆学问，人情练达即文章。
陈：世胄蹑高位，英俊沉下僚。
周：西风吹老洞庭波，一夜湘君白发多。
陈：西塞山前白鹭飞，桃花流水鳜鱼肥。
周：百代兴亡朝复暮，江风吹倒前朝树。
陈：百里西风禾黍香，鸣泉落窦谷登场。
周：同是天涯沦落人，相逢何必曾相识。
陈：同来望月人何处，风景依稀似去年。
周：朱门沉沉按歌舞，厩马肥死弓断弦。
陈：朱门酒肉臭，路有冻死骨。
周：多情只有春庭月，犹为离人照落花。
陈：多少绿荷相倚恨，一时回首背西风。
周：江东子弟多才俊，卷土重来未可知。
陈：江山如有待，花柳更无私。
周：鸡声茅店月，人迹板桥霜。
陈：鸡虫得失无了时，注目寒江倚山阁。

我在心中暗暗惊讶，一个S大历史系二年级学生对古诗词竟如此的熟悉。看他对应诗句时的得意之色，再联想到平日他对我和老龚的那种居高临下的姿态，我就生出教训一下他的念头，我努力从古诗中搜寻不易对应的句子。

周：丑女来效颦，还家惊四邻。

陈：丑……丑……丑……

果然，陈涛对不出来了。但他不甘认输，这，这是你自己胡编的，谁能对得上来。他自己找台阶下，可我不让他下，我说怎么是我胡编的呢？这有出处。"丑"句出自李白《古风五十九首》之三十五：丑女来效颦，还家惊四邻；寿陵失本步，笑煞邯郸人……太生僻了，太生僻了。陈涛打断说，这句不算数，你重来。我说行。我吟道：

远看大山黑乎乎，上面细来下面粗。

陈涛怔了一下，随即打断说：得了吧老周，越说越没谱了，这算什么诗，算什么名句，古诗中根本没有。我说，诗本上是没有，但我们山东人对这诗却是家喻户晓，这是曾为山东父母官的韩复榘的大作。老陈，你知道韩复榘其人吗？陈涛说不就是那个不抵抗日本人被蒋介石枪毙了的山东省主席吗？我说对。这首诗是他游览千佛山时所作，当时天已昏暗，韩主席远眺朦胧山脉，诗兴大发，吟出一首七绝，全诗为：远看大山黑乎乎，上面细来下面粗；有朝一日倒过来，下面细来上面粗。陈涛听毕大笑不止，几乎笑岔了气，笑罢说，文如其人，从这首诗可见出韩复榘是个实在人，山本来是上面细下面粗，倒过来可不就是下面细上面粗吗？人都说山东人实在，却不晓得这实在原是省主席带的头。我也忍不住笑了，说老陈你可找到糟践我们山东人的机会了。别忘了，这诗你还没对上呢，快对吧。陈涛想了想问，换个对法行不行？我问，怎么个对法？陈涛说就以刚才你吟的李太白那首"丑女"诗为对应，我吟一首写照韩主席的诗。我说可以。陈涛点点头，略一沉思，便吟道：笨官充斯文，吟诗唬子民；本末强倒置，笑煞陕西人。陈涛吟毕一脸得意神色，看着我。我以为诗对得算不上有水平，但眨眼间能对成这样子，也算不易了。特别是最后那句"笑煞陕西人"对得还蛮机智。我说老陈你意识中永远忘不了你是陕西人，陕西人真有什么可自豪的吗？陈涛说当然有，陕西矿产丰富，煤储量全国第一，有"陕西黑腰带"之称；陕西的省会西安是全国六大古都之一，延安是中国革命圣地（这时我一下子想起陈涛在鸣放时说过的那句叫他遭殃的话）；从文化方面说，陕西的秧歌、民歌信天游、秦腔戏……哎，老周你看过秦腔戏吗？我说看过。陈涛说，秦腔是全国诸多剧种中最有味道的，干脆咱俩唱段秦腔吧。陈涛的思维就像雨天的闪电，东游西走，瞬息万变，从对诗又一下子扯到了唱戏。我说我不会唱秦腔。陈涛说那就唱你们山东的地方戏，你们的地方戏有哪些呢？我说很多，吕剧、茂腔、柳腔、五音戏……可我一样不会唱，我不大爱好。老陈你很爱好秦腔吗？陈涛说爱好，从小听。就像人从小吃奶，就一辈子对娘亲。外面的戏班子常到村里唱，村里也有自己的业余戏班子，每逢年节就扎台子排演。秦腔的剧目很多，如《一字狱》《三回头》《赵氏孤儿》《三滴血》《审坛子》《山河破碎》《雪鸿泪史》《李寄斩蛇记》……哦，说到这儿陈涛叫了一声，停下他如数家珍般的开列剧目。他把眼光从我身上移开，转向茫茫沼泽地。我猜想一定是他刚说出的《李寄斩蛇记》这出戏令他的思维回到了现实，回到了沼泽地上。果然他很快又把眼光转向我说：就唱出李寄斩蛇怎么样？太贴切了，我们现在不就是在斩蛇嘛！我说是陈涛斩蛇，戏曲新编。陈涛不理会我的调侃，说：这出戏说的是越庸山有一大蛇，盘踞山谷，攫食人畜，为害百姓。地方官吏无能为力，听信巫祝鬼话，每年用重金购买一童女供蛇吞食。官、祝、巫互相勾结，从中渔利，勒索百姓，百姓苦不堪言。只说有一个叫李涎的人，生了六个女儿，最小的一个叫李寄。她聪明勇敢，自告奋勇去填蛇口。祭日晚，她带一只狗一把剑，隐于蛇洞口，蛇出后，犬咬剑刺将蛇杀死，为民除了一害。却不料众巫祝买通了郡都尉，诬陷李寄父女，打入牢狱中。下面我唱李寄父女在狱中的唱段，你欣赏一下。我说好，我欣赏。陈涛清清嗓子便唱起来：

> （李涎）见都尉说的话这般混账，
> 妖巫们气昂昂稳坐两旁。
> 狗奸贼和妖巫勾结一党，
> 连年的害百姓不得安康！
> 论心肠你与那毒蛇一样，
> 只不过把人皮披了一张。
> 我女儿为救人自投罗网，
> 杀蛇魔无功赏反倒遭殃。
> （李寄）叫声爹爹不要过于悲伤，
> 古来事自有那天理昭彰。
> 这般人一个个兽心人相，
> 将来会与毒蛇一样灭亡。
> …………

我得承认陈涛唱得确实不错，唱出了秦腔那怪怪的韵味儿。特别是一人唱男女二声，很见些功力。他见我听得很有兴味又连着唱了几段。后来停住，硬要我给他唱一段山东地方戏。他说凡事得讲个公平合理，不能光他唱我光听。我再次讲明我不会唱戏曲，要唱只能唱新歌。陈涛想想说行，就唱新歌。我又说我的嗓子不好，要他和我一块唱。陈涛倒也通融，说就一块唱，这样声音响亮，唱他个惊天地泣鬼神，不信轰不出蛇来。我们开始选择歌曲，这并不容易，我会的陈涛不会，陈涛会的我又不会。最后总算选了一个两人都会的，是《黄河大合唱》组歌里的《河边对口曲》，两个人唱对唱再合适没有了。我们扯着嗓子狂唱起来：

> 张老三，我问你，
> 你的家乡在哪里。
>
> 我的家，在山西，
> 过河还有三百里。
>
> 我问你，在家里，
> 种田还是做生意？
>
> 拿锄头，耕田地，
> 种的高粱和小米。
>
> 为什么，到此地，
> 河边流浪受孤凄？
>
> 痛心事，莫提起，
> 家破人亡无消息。
>
> …………

唱完《河边对口曲》，我们又唱了其他一些革命歌曲，比如《抗日军政大学校歌》《毕业歌》《怒吼吧黄河》等。我们引吭高歌，唱得极投入，唱得声嘶力竭，如同要把五脏六腑全倾倒出来。遗憾的是我们的听众——蛇却无动于衷，不出来就是不出来。它们好像识破了我们的阴谋，也好像在开着一次重要会议，会议期间任何个体不许外出。

　　这晚睡眠中被外面的一种声音惊醒，或者说是被老龚喊醒，我们一齐支着耳朵倾听，声音愈来愈响，让人犯疑，谁会在大黑天跑到这大沼泽地里来呢？来行窃？到这儿来行窃可是瞎了眼睛，这里是真正的无产阶级领地。来杀人？我们这几条贱命并不值得有人来杀。那瞬间脑子里想到这些足以证明心里并没有恐惧感。陈涛说会不会是野兽呢？要是有只狍子、羚羊什么的上门犒劳，咱就阔了。还没等陈涛说完便听见推窝棚门的声音。陈涛厉声喝问：什么人？！外面说，老陈是我，开门。陈涛冲口说是管勤？门外答是我，老陈，开开门让我进去。管勤的突然到来使我们不知所措，半晌没有反应。过会儿老龚擦根火柴点亮了煤油灯。我们赶紧穿衣，下了地，又一齐走到窝棚门前。老龚要开门被陈涛拦住。陈涛问：管勤你不是被抓获了吗？怎么又跑到这儿来了？外面答：开门吧，我会把一切说清楚的。门开了，灯光下我看到撞进窝棚里的像一个鬼，浑身泥水，蓬头垢面。进门后一下子瘫坐在地上，然后呼呼地喘气。看样子他是累得筋疲力尽了。这种情况下陈涛大概又记起自己是这儿的头，以责备的眼光盯着他的这位前部下，发问：管勤你不是被抓获了吗？管勤说，我一会儿全告诉你们，我快饿死了，给口吃的吧。陈涛说这儿早断顿了，哪有啥给你吃。管勤大瞪着恐怖的眼睛看看陈涛、看看老龚，又看看我。老龚说老管真的是断顿了。管勤眼里尚有的一丝乞怜的光熄灭了，透着绝望的灰暗，嘴里念叨着我完了，完了。他这副样子实在太让人可怜了，我脱口说句：你，吃蛇吗？他听了赶紧说，吃，吃，我吃。从陈涛丢向我的眼光，我明白他是怪我多嘴。他说吃蛇也得等到天亮，黑灯瞎火的谁敢到坑里去拿。管勤说行，行，先给我口水喝吧。喝完用感激的眼神看着我，说，小老弟你是刚来的吧？我点点头。他说到这儿好。陈涛气呼呼地说，这儿好你为啥还跑？你不知道你跑了要连累别人吗?！管勤说，我知道会连累大伙儿，可，可要跑就管不了那么多了。我想管勤倒也说了实话。老龚说老管你起来坐炕沿上吧。管勤便从地上爬起来，却没坐炕沿，大概怕身上的泥水弄湿了炕上的被褥，只捡一个小板凳坐下了。陈涛还黑着个脸，继续冲管勤询问：你得说清楚，你被抓获了咋又跑到这儿啦？管勤说他又跑脱了，回这儿是拿点东西。陈涛问拿什么东西。管勤说拿他自己的东西。陈涛说他的所有东西都让场部来的人拿走了。管勤说他逃跑前把几件衣裳埋在窝棚外面的地里，他回来就是来拿这个。陈涛疑惑问：你千里迢迢从中朝边境跑回来就是为了拿这几件衣裳？管勤说，我想再往中苏边境去，也正从这儿路过。再说这衣裳对我很重要哩。这时老龚问：老管你这次过了边境线没有？管勤说过去了。老龚说过去了怎么又被抓获了呢？管勤一脸的苦相，摇头不止，说谁叫咱是倒霉蛋来着，倒霉的事都叫咱逢上了。陈涛说你如实说。管勤就把他这次越境过程概略说了说。他说他往朝鲜跑是因为听人说有个犯人经朝鲜去了南朝鲜，他就动了心。他从这儿跑出去后走了两天两夜看见了铁道线，爬上一列往南去的货车。在快到图们市的一个草甸子上跳下车，又绕过图们市到了江边。开始没敢贸然过江，先观察了两天，主要是搞清楚边防军巡逻的规律，后来就搞清楚了，每隔一个半小时从西往东沿江堤过一次，再过一个半小时又从东往西过一次。这样他就知道有一个半钟点可供他渡江,足够了。江面上已封冻了,他很安全地到了对岸。然后往南方走,走了大约七八里路遇见一个朝鲜男人,他多少会几句朝鲜话,他向这个朝鲜人打听路,那个朝鲜人说跟我走。他觉得也许碰上了个好人,要把他带回家款待一番。不料那个朝鲜人把他带到一个军营里,这时他才知道这是一个边防哨所。当场就把他关押了,一直关了四天。说到这儿,陈涛问道:他们给不给你饭吃?管勤说给。陈涛问吃的是什么?管勤说是大楂子、高粱米及大米混合饭。陈涛又问管吃饱饭吗?管勤说先给一大碗,不够还可以要。陈涛说朝鲜还挺富的呢,哎,你怎么又回来了?管勤说,他们审讯了几天,审明我不是特务,就把我递解过来了,交给了咱中国的边防军。陈涛问你是怎么又跑出来的呢?管勤说跳火车。陈涛说你跳火车很有技术啊。管勤说犯人要想逃跑,最好选在乘火车的时候,等车停下来,你也就跑远了。陈涛问你打谱咋办呢?管勤不语了。陈涛说只有一条路,回大场去自首,按照你的情况也就是加十年刑期。管勤还不言声。老龚问:老管你为啥要跑呢?你不是只剩下两年刑期吗?管勤说是不到两年,可我叫倒霉鬼缠住了。老龚问咋叫倒霉鬼缠住了?管勤说,你还记得我逃跑前被传到大场去了一趟吗?还关了两天小号。老龚说记得,怎么?管勤说,是找我外调。老龚问外调有什么问题?管勤说真他妈是大晴天叫雹子打破了头。那外调的公安人员问我在一九四九年那一年对我表弟说了些什么话。我说记不得了。公安人员说你表弟揭发了你,你必须如实交代。我说我真的记不得了,干脆你们给我指出来得了。公安人员说我们指出来就不算是你主动交代的了。我说行。公安人员说,既然这样我们就指出来,你表弟说你对他说,东方红,太阳升,中国出了个……下面的话我不多说了,还不交代?我听出那话的意思,吓了一跳,赶紧否认,说我没说过这话。公安人员说指出来了你还不承认,说明你的态度很不老实。先关你的小号,好好反省一下。在小号里,我确实在努力反省自己,就是没想起我说过这话,我怎么会说这种话呢?可我知道不承认是不行的,不承认只有受罪。我就交代了,说我是说过那种话。在材料上签字画了押就回来了。这事我没对你和老陈说,可我越想越害怕,说不定什么时候就会来人把我带走,也说不定会判枪毙。我就想只有逃跑这条生路了。陈涛问你一九四九年多大年纪呢?管勤说十二岁。陈涛说十二岁还是个吃奶的孩子呢,未成年,法律是不追究的。管勤说表弟比我小两岁,要说我是个吃奶的孩子,那他还是个吃屎的孩子呢。他揭发的算数,我哪能没事呢?陈涛不吱声了。三人都沉默着,只有管勤连声叹气。我觉得他被追究的可能性很大,就这件事来说,年龄是次要的事。我记得在K大有一次和同学议论系党总支书记孟广琦的年龄问题,孟是解放前入党的,按年龄推算那时他也就十二三岁的样子,有人不解地说咋共产党连吃奶的孩子都要?可见年龄无关紧要。过会儿陈涛问管勤,你打谱咋办呢?管勤说,我清楚我现在没有别的路可走,只有继续跑。陈涛问从这儿拿了东西就跑?管勤点点头。陈涛的脸色又一次严肃起来,盯着管勤说,你要是不返回到这儿来,不叫我们看见,你跑你的,与我们无关,可你跑回来了,再跑我们就担干系了。管勤警惕地看看陈涛,又看看老龚和我,说老陈你这话是什么意思?陈涛说意思很明白,让你跑了我们就犯了罪。管勤说你们要把我抓起来?嗯?!陈涛说不是抓,是送你去大场自首。这样对你对我们都好,按惯例对逃犯一般加十年刑期,处死刑的在少数。管勤嚷道,不行不行,我不能去自首,自首非没命不可,我清楚我就在那少数里头,啥时候我都最倒霉。陈涛说你跑就一定有活路吗?管勤说跑终归是命运握在自己手里,再往后怎么的也认了。老龚插言说老管你得明白，跑得脱是不易的，藏人不是藏东西，埋进地里就行了。就像临走时你藏的衣裳，你不回来挖谁又能找到呢？一个大活人吃喝拉撒麻烦事多，跑脱不易啊。我也表示同感，说是这样的，没听说有几个跑得成的。管勤听这些话时一直摇头不止。后说反正事情不摊在你们身上你们是不知道厉害的，我是要跑的，死也要跑的。陈涛有些发火了，说管勤我们可是为你着想啊，别执迷不悟好不好。再说我们能眼睁睁看着你从这儿跑出去吗？管勤、我和老龚一齐盯着陈涛，陈涛的意思是很清楚的，当然如果设身处地为陈涛（也包括我和老龚）想想，管勤从这里跑出去会受牵连的，怂恿逃犯出逃，知情不报，罪名都现成。可我们能为洗刷清自己而把管勤抓起来上交吗？这样十之八九要送掉管勤的命。这一层管勤也是明白的，他冲陈涛说，老陈你知道这样做的后果吗？陈涛不语。管勤又说老陈，不管怎么说，咱一个锅里摸勺子一年多，总还有点交情吧。陈涛说，我和你讲交情可人家不和咱讲交情。管勤说，陈涛你可以把我抓起来去邀功，可这样你就扮演了杀人凶手的角色。咱们当右派并没有真罪行，可把一个无辜的人送上断头台，就是真正犯了罪，成了千古罪人。陈涛你一辈子会受到良心的谴责的，你好好想想吧。我、老龚，也包括陈涛都没料到管勤会说出这么一通话来，眼光又一齐转到他的脸上。我发现管勤的脸生动起来，也有了光泽，抬头一看，晨曦已从窝棚窗口照进屋里，天亮了。但升起的太阳并不能驱散我们心中的阴影，局面是严峻的，也是不可捉摸的。我猜不透别人心里的真实想法，可我清楚我自己的。我觉得无论如何是不能把管勤推向死路，那样真的会像管勤所说的，一辈子都会受到良心的谴责。我看着管勤那张差不多已由鬼变成人的脸，说老管你从这儿跑出去要是被抓住，能不说你到过"御花园"吗？管勤说，我不会说，肯定不会说。陈涛哼了声，说现在许诺什么都是靠不住的，攻守同盟这一套对付日本人和国民党还行，对付共产党可是打错了算盘。管勤急了，眼盯着陈涛说，老陈我对天发誓行不行啊，以后出事我要是把你们供出来就天打五雷轰，叫我死无葬身之地！陈涛不语了，不住地摇头叹气，过会儿说，老管你当我老陈是铁石心肠吗？人心都是肉长的嘛，可……老龚打断说，老陈有你这句话我就往下说了，咱都是有良心的人，不是做恶事的人，以前咱和老管相处得也很不错，不能看着他往悬崖里掉。陈涛又打断老龚说，可这遭乱事摆在这儿，叫咱咋办好哩。老龚说，关键是看我们想怎么着，打什么谱，有了谱办法总能想得出来的，不信咱们就找不到一个既让老管离开这儿，咱们又不会担干系的办法。又应了姜是老的辣那句话。经老龚这么一说，我和陈涛不由对视了一眼，我说会有一个两全办法的。陈涛说，那就想想看吧，反正我还是那句话，想糊弄共产党是不容易的。

说起来陈涛还是讲交情的，他杀蛇款待了管勤，之后我们又帮管勤从他的藏匿点刨出了衣物。在这个过程中，所谓的"两全"办法业已在头脑里成熟。再之后，我们便在"御花园"窝棚门前出演了一场除我们当事人外，任何人都不会有眼福看到的人间戏剧（是喜剧还是悲剧，难以判断），每个人的台词都十分精彩：

陈：管勤，逃跑是罪上加罪，党的政策你也很清楚，你打谱咋办呢？

管：我愿意去大场自首，听候上级处理。

陈：这很好，这是摆在你面前唯一的光明大道。

管：是。

陈：老龚、老周，你们说是现在立即把管勤押送大场呢，还是等到下午，看管教今天来不来，来了让管教带走，不来咱们就送了去。

龚：等下午。

周：等管教来了好。

陈：那好吧，可咱们上午干活，该把他怎样处置呢？

周：把他绑在树上。

龚：这办法好，我绑。

陈：（向管勤）要老老实实的。

管：我不跑。

陈：老龚你动手吧。

我们在打井工地干了一会儿活，回来后管勤不见踪影了。我们并不吃惊，只是相互嘟囔几句：咋叫这小子跑掉了呢？但每个人心里都透明，该演的戏是演过了。这戏既是演给自己看的，也备以后说给管教听。有什么办法呢？这就是现实。

这是个会永远留在记忆里的日子。这一天收到了场部发放口粮的通知，这一天老龚病倒了，这一天陈涛被蛇咬。

老龚并不是一下子病倒的，他的身体是一天一天虚弱下去，光合作用和营养丰富的草没能阻拦住垮下去的步伐，到十日这天早晨，他没爬起来。

本来我和老龚一起去场部运粮，老龚一病不起，陈涛就让我留下来照顾老龚，他说那十斤半（能领多少我们早就算得一清二楚）粮食他自己也背得回来。他到"御花园"后面储养蛇的地方卷了一条很粗的"蛇卷"系在腰上，就出发了。他说今天一定要赶回来，保证老龚当天能吃到药（粮食）。

上午天空晴朗，中午开始变阴，沼泽地上空低垂着浓黑的乌云，冷风一阵阵从"御花园"后面方向刮来，将窝棚刮得吱吱响。看情势下雨是不可免的，只希望能等到陈涛回来再下。但老天不从人愿，傍晚时分雨飘下来，不大，淅淅沥沥。我站在窝棚门口望着通向场部道路的蒙蒙雨帘，心急如焚。

老龚一整天都躺在铺上，时睡时醒。醒来时，我便坐在他身旁说话。这时我不知怎么把他和崔老联系在一起。应该说他俩是完全不同的两类人，一个是阅历丰富、性格锐利的军人，一个是知识渊博、性格怪僻的教书先生，可我从这不同中感受到相同的东西，那就是堂堂正正的人格以及柔软和善的悲悯之心。他们都把我当成一个晚辈，以各自的方式对我施以关照与体恤。我终生都不会忘记崔老临走时对我说的那番肺腑之言，我也不会忘记老龚在吃草的时候把野菜剔出来留给我。想想这些我是既感动又内疚的，在草庙子胡同看守所，我没能为崔老做些什么，如果我能对昏睡中的他悉心照料，那么孝子也就插不上手了，因此也就不容易骗取崔老的信任而得到所需要的东西，从而将崔老置于死地。在这里，老龚身患重病，我却什么都不能做。陈涛让我留下来照顾老龚，这谈不上的，面对虚脱的老龚，我束手无策。陈涛说得对，眼下粮食就是治老龚的药。可我不能为老龚做一口饭，做一碗汤，只能一遍一遍让他喝水（"御花园"里有一口井，水取之不尽用之不竭）。我动过为老龚杀条蛇吃的念头，就像当初我昏迷时陈涛做的那样，可思考再三，觉得这样是对老龚最大的亵渎和伤害，便放弃了，将全部希望转向陈涛即将背回来的口粮。

老龚睡睡醒醒，醒醒睡睡，睡的时候十分安静，如果不是见到胸脯还在起伏，你会误认为他已经死过去了。老龚醒来后话很多。平时他寡言少语，现在倒成了健谈之人。他把他的许多事告诉我，他的童年，他的第一次恋爱，他的婚姻，他的父母兄弟姊妹，以及他对社会人生的诸多见解。也许是受到他这种袒露心胸的感染，我也向他倾吐出我自己的心声。我着重谈了我和冯俐的关系，他是过来人，我希望他能向我提出一些建议。记得有一次我向他吐露出对婚姻的失望情绪，说过向太监和和尚看齐的话。当时他持否定态度。一个婚姻的失败者，却对婚姻仍心存企盼，这多少让人觉得不可思议。前几天从大场回来，我只是轻描淡写说接受了一次外调。不知什么原因，我或多或少还是对陈涛有种戒备之心。趁陈涛不在，我将在大场外调人员逼迫我揭发冯俐的情况原原本本告诉了老龚。老龚听毕哼了一声，说这不奇怪的，什么叫各司其职？这就是嘛。庄稼人多打粮食是丰收，工人多造机器是成果，司法人员多抓人多判人也是他们的工作成绩。老龚如此抨击社会的话可以说是惊天动地的，连我听了都有些心惊肉跳。我想老龚敢于出口，一是说明他相信我不会告密，另外，大概那时他便清楚自己不久于人世了，他用不着担心阎王爷追究什么。当然也知道发感慨于事无补，后来就说到了一些具体问题。老龚问我冯俐判了几年刑，我告诉他是三年。老龚说得设法告诉她，在这个时代里，一个弱女子当不成思想者，要好自为之，平安度过刑期。我点点头，心里却在想，问题是我无法见到她啊。老龚又说怕只怕你的朋友是夏天生长的昆虫，过不了冬啊。我吓了一跳，问是什么意思。老龚说世界上有些生物无法适应冬天的寒冷，便在冬天来临时纷纷死去。有的可以越冬，像人、马、猪、狗都属这一类。还有一类是需要借助冬眠来度过冬季，像蛇、青蛙这一类就是。现在看来人也是需要进入冬眠的。我说你是说躲避政治气候的严冬？老龚点点头。说尽管不是人人都有所意识，而事实上劳改农场所有的犯人都已进入了冬眠状态，等待着春天到来后的苏醒。老龚的话使我半晌无语，他打了一个多么恰切的比方啊。他总是能从他掌握的生物学知识中领悟出人生的意义来。我只是担心他自己能否像他说的那样平安过冬。

陈涛是黑天后回到"御花园"的，他撞开窝棚的门，我和老龚都惊呆了。昏暗的灯光下，我们分明看见一个赤身裸体的泥猴。快看看粮食湿没湿。听声音是陈涛，这时我们看见他扔在地上的一个水淋淋的大布包。我上前解布包，发现布包是他的衣裤，他是脱了衣裳包粮食防止被雨水浸湿。谢天谢地粮食没湿。陈涛长长地嘘了口气，接着说出了那个让我们惊骇万分的消息：我叫蛇咬了我完了！陈涛说完便倒在地上。我没有这方面的经验，一时间惊慌失措，张着手不知怎样才好。老龚慢慢从铺上爬起，对我说：快弄盆水来给老陈擦擦身。我诺诺照办。擦身子的时候，陈涛不时"我完了，我活不了了，我要死了"地叫唤，声音十分凄凉。我们也顾不上安慰，全力以赴给他擦身之后，把他抬上铺。这时老龚问他蛇咬了哪个部位，他说左脚背。老龚让我把灯端来，借着灯光我们在陈涛左脚背和脚脖子相连处找到了伤口。两颗"八"状的牙痕十分明显，淤着紫血。

原来事故发生在回"御花园"的途中，也就是在刚刚踏进沼泽地时，陈涛发现一条蛇在泥水中缓慢爬行，当时他犹豫了一下，意识中清楚此刻不是捉蛇的时候，但终是经不住诱惑，决定将其捉拿。他追蛇捕蛇时不慎滑倒在地，这时蛇瞅准时机咬了他一口，逃走了。当时天已快黑，雨还下着。返回场部就医已不可能，只好回到"御花园"。这就是陈涛被蛇咬的全过程。

你不能断定咬你的是有毒蛇。老龚说。

是毒蛇，长着一颗三角形头。陈涛说。

这不完全说明问题，长三角形头的蛇不见得都是有毒蛇。老龚说。

陈涛开始发烧了,浑身很烫,又冻得在被窝里打哆嗦,完全是中蛇毒的症状。对此老龚也不再怀疑。但我们没有对症下药,只能硬撑,我和老龚都清楚陈涛能不能过这一关,取决于他自己的生命力。

我完了,老周。陈涛用绝望的目光看着我,那天咱们还唱打回老家去,看来我回不去了,我要死在这儿啦。

老陈,你别胡思乱想,不是所有中蛇毒的人都没救,关键是要有活下去的信心,精神是第一位的。我极力安慰他,我知道自己的话有多么苍白无力。

龚教授,平日里我对你不尊重,没大没小,这都怪我政治觉悟不高,我现在提前向你道个歉,否则我死了……

你不会死的,老陈,你好好睡一觉,明早就会好的。老龚安慰地说。

我不要睡,我知道一睡就醒不过来了,我,我才二十七岁呀,我还戴着帽子,我还没结婚,呜呜……陈涛说着哭泣起来。

我和老龚都不知怎样安抚他,只是木木地看着他。

我知道,是我作了孽呀!我杀了那么多蛇,这是报应啊!呜呜,我发誓,只要别叫我死,以后就不再杀蛇了,呜呜。陈涛边哭边说,像是对自己,又像是对沼泽地里的蛇们,我怀疑他的神志已有些不清楚了。

这时老龚也有些支撑不住了,他本来就虚弱,加上刚才一番折腾,额头往下掉着大颗汗珠,身体也摇摇晃晃,我赶紧把他扶到铺上让他躺下。老龚闭了一会儿眼又睁开,让我把油灯挂在他头上的墙上,他从枕边摸出一本书看起来。

陈涛渐渐安静下来,慢慢合上眼。

雨下大了,雨声很响。

陈涛又睁开眼，把头歪向老龚的铺，声音微弱地问道，龚教授，你说神经性蛇毒和血液性蛇毒哪样厉害呢？

我说，老龚讲过血液性蛇毒厉害。但你中的肯定不是这一种毒。

你有根据吗？他问。

有，根据就是你现在还活着。我说。

陈涛将信将疑地盯着我，看得出我这句话很入他的耳。

这时老龚将目光从书本上移到陈涛脸上，问，老陈，你看见咬你的蛇了吗？

陈涛哭丧着脸说：看见了，要不是当时顾脚就能把它抓回来了。

老龚说，这本书里有各类蛇的照片，你看看有没有咬你的那一种。老龚说着将书递给我。我交到陈涛手里。陈涛就看起来，过会儿摇摇头说没有。

都不说话了。

这时雨下得更大了。电闪雷鸣，春季里下这种大暴雨是罕见的。在闪电耀亮的瞬间，我从窗子里看到沼泽地白花花汪洋一片，随之而来的雷声好像要把我们的窝棚震垮。我不知道雨继续这么下会不会吞没了"御花园"，我感到恐惧。

陈涛陡然坐起，瞪着眼说，老周，我想吃饭。

我一怔，你说什么？

我想吃饭，咱有粮食了，我真馋粮食啊。龚教授你也别睡，咱一块儿吃，老周你也吃，今晚吃上一顿饱饭死也闭眼了……陈涛认定自己是死定的人，死也要做个饱死鬼。

我的心一酸，险些掉下泪来，我说，老陈，我给你做饭，让你吃饱。我转向老龚，老龚，你也吃，这些日子……我没往下说下去，大家都心明的事情说出口是多余的。

我看看搁在枕边的手表，时间是上半夜十一点零五分。我开始做饭。"御花园"有一个小煤油炉，来路我不清楚，因为煤油短缺，平时基本不用，我决定这次派它的用场。领来的口粮还是以高粱面为主的杂和面。做烙饼还是做粥？利弊是很好权衡的。吃饼过瘾，可太费，喝粥不解馋，可细水长流。我一时拿不定主意，就问陈涛想吃干吃稀。陈涛不假思索地说吃干。陈涛的回答使我顿生疚责，他差不多是个快死的人了，还有奄奄一息的老龚，在这生死攸关时刻，我还管他妈的什么细水长流，我算个什么东西！我说吃干，咱吃干，吃烙饼。窝棚在风雨中剧烈摇晃，闪电横扫，雷声震耳，水从天降，世界似乎到了末日，我无疑在制作"最后的晚餐"。

饼做好了，满屋香气扑鼻，我喊陈涛和老龚起来吃饭，却没有回声。再喊还没有回应，一看，见他们都紧闭着眼，我的心猛一沉，有种不祥的预感，刚才光忙做饭，没顾上注意他俩的动静。我首先到陈涛的铺前，把手按在他胸上，啊，他还有呼吸，很微弱。他还活着。这时我又一次想起老龚的"薛定谔猫"。按照老龚的推理，陈涛原来处于半死半活的状态；当我把手在他胸上一按，半死半活的陈涛就突然变成了活的陈涛。难道事情是这样吗？我不懂物理学，但我不相信事情会是这样。事实是，在我按陈涛的胸之前和之后，他都活着；但只有通过这一按，"陈涛还活着"这一事实才被我所认识。这里确实有一种突变，但突变的是我的主观认识，而不是陈涛是死还是活这样的客观事实。回头再看"薛定谔猫"，情况也是这样，"箱中的猫是死猫的概率是二分之一，是活猫的概率是二分之一"，说的是观察者的主观认识，而"箱中的猫处于半死半活的状态"说的则是猫的客观状态。老龚把这两个概念给混淆了，这才得出"太阳在没有人看时就不存在"的奇谈怪论。烙饼的香味给了我灵感，我终于摆脱了老龚的这一难题带给我的困扰。我不知道别人怎样评价我的这种想法，反正我自己理清了思路。

无论如何，此时此刻陈涛还活着。是睡着了还是昏迷了，我无从判断。我又走到老龚身旁，他睡得很熟，呼吸很均匀。我知道老龚一直神经衰弱，睡眠不好，可现在倒睡着了。莫非是烙饼的香气将他催眠了？我同样无从判断。我不忍心叫醒他，让他醒来便吃上期待已久的食物也是一种莫大的幸福。现在又有了问题，问题是我，我怎么办？今天我没吃任何东西，早已饥肠辘辘。还有做饭这一过程已唤起我不可遏止的食欲，可说是一发而不可收。现在我该怎么办呢？在陈涛和老龚无知无觉的情况下，我吃不吃独食呢？人生要面临许许多多的选择，小到丢不丢弃一条脏手帕，大到放弃不放弃一个王位。就是说大人物有大人物雷霆万钧的选择，小人物有小人物无足轻重的选择，但在某种特殊情况下，无足轻重就成了雷霆万钧，比如我此时此刻的"吃还是不吃"的抉择，其意义和分量完全不亚于哈姆雷特的"是生存还是毁灭"的抉择。我承认自己是个小人物，是个俗人，小人物和俗人的特征是欲望总要占理性的上风。我吃起饭来，大口大口地独自吞咽，我的嘴巴和头脑分工合作，嘴负责将饭送到肚里，头脑负责找理由为自己的行为开脱。但在意识深处，我清楚任何开脱都是苍白无力的，都不能将"小人"开脱成"君子"。"御花园"那个风雨大作的夜晚，我经历了人生两种截然相反的体验，我一方面得到了无与伦比的饕餮之足，另一方面，心灵上受到了难以愈合的创伤。

早晨雨停风止，明媚的阳光从窝棚窗口射进来，一扫昨天的阴霾景象。晚上睡得很好，很踏实，不用说与睡前吃饱了饭有关。吃饱了饭真好，吃饱了饭睡觉更好，吃饱了饭睡觉醒过来感觉赛神仙，浑身每个毛孔都舒畅，都消停，透着满足。

我醒来头一件事就是看陈涛，看他是否还活着。昨晚吃过饭，我守护了他一阵子，后来实在困得不行，就睡了，一觉睡到大天亮。我是陈涛冒雨背回粮食的头一个受益者，蛇又咬了他，生死未卜，我不该只顾睡觉，我为自己未能尽责而感到内疚。我走到他的铺边上，心一下子提起来。我曾做过一次箱里的猫，而这遭轮到了陈涛，他的死活决定我的一瞥。这是多么残酷的一瞥。我简直就像一个刽子手回头一瞥他的刀下人那般把目光投到陈涛身上。啊，谢天谢地，他还在喘气，身上的被子随同他呼吸的节奏起伏，很微弱，却说明了他活着。我放下心来，伸手摸摸他的额头，仍然很烫，烧没有退。大概是我的抚摸给予他感知，他嘴里发出呜噜呜噜的呓语，像对我诉说什么。是说别担心我还活着？我不再管他，又去看老龚，这一刻日光正通过窗子照在老龚的上身，聚光灯似的，我陡然发现老龚铺上换了一个人，一个陌生人：圆圆的一张大脸（老龚的脸是长形的），绽着光亮（老龚的脸像树皮般灰暗无光）。这瞬间我惊讶得叫出声来，这叫声惊醒了睡觉的陌生人，他睁开眼，四目相对中我一下子明白过来：是老龚，不是别人，是肿了的老龚。我的心忽地一沉。在劳改农场犯人本不把肿当成一回事的，一是大家都肿，再是一时半时死不了人，一旦补充上营养也就没事了。问题是肿与肿不同，有人是一点一点地肿，有人是突然肿，犯人都清楚突然肿是很危险的，十有八九没救。老龚一定是看出我的神色异常，问，老周，你咋啦？我连忙掩饰，说没什么，一切都好好的，老陈也没事儿，还睡着。老龚朝陈涛看看，那陌生的圆脸现出让人无从揣摸的表情，说不知他是睡着还是昏迷。我说咬老陈的大概不是毒蛇吧，要是毒蛇，老陈早就完了。老龚说叫毒蛇咬了过十几天才死也是有的。我问为什么同样被毒蛇咬，有人立即死，有人拖几天死，还有人能活过来呢？老龚说，这与蛇毒的类型和中毒的程度有关。当然，也是因人而异的。生命力顽强的人活的希望大，老陈体质一向不错，我想他能坚持过来。我点点头，我觉得老龚的分析是有道理的，从哲学上说就是决定事物状态的主客观两方面因素。我希望老陈能战胜毒蛇，同时也希望老龚能战胜水肿。我想老龚若能从镜子里看到自己的模样，他就会明白死神离他并不比离陈涛遥远。我考虑是否把老龚的真实处境告诉他，可嘴张了几张终是没出声。我赶紧拿出昨晚烙的饼让老龚吃，老龚看见饼犹豫了一下，还是接了，他说你也吃。我说我吃过了。他又问陈涛吃没吃。我说陈涛那一份留着，等醒了就给他吃。老龚就吃起来，可刚咽下一口，就哇的一声吐出来。我赶紧给他擦干净，又让他继续吃。老龚摇摇头，没说任何话，重新躺下了。当时我想：是不是老龚吃"草食"吃得不接受"人食"了？但只是一闪念，我便否定了这种想法，我明白老龚已病入膏肓了，心里不由生起一股悲哀。

　　我走到门口，推开了门。眼前立刻呈现出一派让人魂惊魄动的景象，极目远望，昨日的沼泽地已变成一片茫茫大水，浩浩荡荡看不到边际，水面极平，日光照在上面反射出镜面样的光亮。"御花园"的田地庄稼已全被大水淹没，只剩下窝棚所在的高处露在水面上，我们的脚下成了汪洋大水中的一处"孤岛"。我不由感到惶恐，感到茫然。我慢慢收缩目光，将目光停在大水与"孤岛"连接的那条水线上，那里离我站立处只有几步距离。这时我突然大叫一声：啊，蛇——蛇——我惊呼着连滚带爬倒退回窝棚里。一定是我的声音太尖厉，老龚和陈涛都从铺上坐起来，一齐以惊疑的目光盯着我，刚醒的陈涛显得更为恐惧，两眼瞪得溜圆，嘴哆哆嗦嗦：蛇，蛇在哪儿？！我镇定了好一会儿方说蛇在外面，就在外面。老龚从铺上下来，向门口走过去。陈涛也壮着胆子下铺，站在地中间，当他和走过来的老龚打照面时，他盯着老龚呼叫起来：你，你是谁？老龚也怔了，一时不知怎样作答。陈涛又转向我：老周，他，他……我向他使个眼色，嘴里说老陈你干吗大惊小怪的，他是老龚，老龚呀，你连老龚都不认识啦？老龚叹口气说，老陈的神志不太清。在我的不断示意下，陈涛也很快意识到老龚是怎么回事了，忙掩饰说，我，我被蛇咬傻了，不认人了。我们三人一齐走到窝棚门口。

蛇，不是一条也不是几条，而是数不清的蛇。蛇全部聚在水线上，下半身没在水里，上半身露在陆上，一条一条排成一大圈，就像水边筑起了一道五颜六色的箭状铁栅栏。我们三人过去都没见过这么可怕的蛇阵，不由毛骨悚然，全僵在那里，一动也不敢动。

"我，我完了，这遭完了！"陈涛透着哭声嘟囔，"蛇是冲我来的，找我报仇……我死定了……"

我紧咬牙关不言声，可心里也极紧张：冤有头债有主，我是陈涛的同伙，蛇不放过陈涛，也同样不会放过我。我并不迷信，不信鬼神故事，但动物不是鬼神，是活生生的生物。有灵性，有智力，羊和牛被宰杀前都会感知到末日来临，下跪落泪以求生。民间关于动物向人复仇的故事很多，不能说没有夸张，不能说没有以讹传讹，但绝不会完全虚假。眼下，任何人看了水线上排列有序的庞大蛇阵都不会怀疑它们是有目的而来。我感到一股阴冷的杀气从水边升腾而起，森森逼人。

我们完了，要倒大霉了。我在心里对自己说，同时将求援的目光投向老龚。

这都是些旱蛇，陆地上的蛇大都属于旱蛇。老龚说，大水淹了沼泽地，这些蛇不能在水中生活，必须寻找陆地栖息，就聚集到这儿来了。你们说它们不到这儿还能到哪儿呢？不是冲着谁来的，不是报什么仇，它们是求生。

求生？我和陈涛互相看看，又看看老龚，迎着大自然的亮光，老龚肿起来的脸像贴上去一层透明纸，白里透青，死人样的吓人，说几句话就累得不住地喘息。想想老龚的话也似乎有道理，但毕竟眼前的情景太阴森可怕，我仍然心有余悸。

老龚喘息了一会儿又说，万幸的是雨没继续下，要是水涨到窝棚底下，蛇就会一股脑儿钻进窝棚里来，那时……老龚戛然止住。

我的想象力却不肯戛然而止，我的眼前映现出千百条蛇缠绕窝棚的恐怖情景。我的嘴里呼呼直吐冷气。我下意识地转头看看陈涛，陈涛的身子摇摇晃晃，我赶紧把他扶住，问：你咋啦，老陈？

我，我不行了，陈涛有气无力地说，我发晕，头痛，蛇毒一定是跑到脑子里去了。

我要把陈涛扶进屋里。我也不想再面对这些可怖的蛇了。

等等。老龚伸手拦住。我看见他眼里的一抹亮光，他指指水边那排"蛇栅栏"，以命令的口气说，老陈，你从里面指出来咬你的那种蛇。

陈涛瞪着老龚，不动。

老龚严肃地说，老陈，这可是个机会，认出来我就知道是哪样蛇咬了你，有益处。

我明白了老龚的意图，觉得眼下确实是个机会，不应错过，便帮着老龚动员陈涛认蛇。

在我和老龚的一再劝说下（最主要的还是人的求生欲吧），陈涛同意认蛇。我们三人紧靠在一起跨出窝棚门，极慢极慢地向蛇驻守的水线挪步。我感觉到陈涛的身体在剧烈地颤抖，他此刻的怯懦与往日捕蛇时的骁勇判若两人。真可谓是一朝被蛇咬，十年怕井绳啊。我们肩并肩向蛇阵靠拢，这种怪异的冒险，我敢说是前无古人后无来者的，要不是我亲身经历，任别人说破天，我也不会相信世间会有这等事。而这就是我、陈涛和老龚落难犯人的共同经历。当我们走到离蛇阵三步远光景时，我们站住了，这时已能看清蛇的模样。我轻声问老龚前面的这些蛇会不会蹿上来咬我们，老龚说关键是不要惊吓了它们，只要它们没觉察到有危险，便不会向人进攻。我又问老龚怎样认出毒蛇无毒蛇。老龚说这可不是一时半晌能教会的。从头、形体、花纹颜色都能分辨出来，不过最简捷的方法是看它的眼睛，看它的眼睛是凶恶还是平和，凶恶的就是毒蛇，平和的就是无毒蛇。我惊疑地问是不是奇谈怪论？老龚说不是。其实不仅仅是蛇，世上任何生灵（包括人）都能从它的眼睛里看出是善是恶有毒无毒。我说人也有有毒的吗？老龚说人毒最歹毒，伤人没救。老龚总是有奇谈怪论，到了这种时刻仍然不改初衷。老龚伸手指着正前方一条把头昂得高高的黑头褐身有红色窄横纹的蛇，说这是条赤链蛇，属无毒蛇。捕食鱼、蛙、蟾蜍和蜥蜴，分布于我国从南到北几乎所有的地方。陈涛，就以这条赤链蛇向两边一条一条地看仔细。陈涛诺诺，将怯怯的眼光投向前面水边上的"蛇栅栏"。这时，老龚就指着蛇阵为我和陈涛介绍着蛇：看，这是乌风蛇，游蛇科，无毒蛇；这是黑眉锦蛇，游蛇科，无毒蛇；这是龟壳花蛇，又叫"烙铁头"，蝰蛇科，毒蛇。你们看它的眼是不是同别的无毒蛇不一样？不一样，陈涛说。不一样，我说。我们两个人的声调都有些抖，两眼紧盯着被老龚指出的那条毒蛇，生怕它一跃而起向我们袭来。恐怖中，我听老龚问陈涛发现没发现咬他的那种蛇，陈涛说没发现。老龚说那就只有绕着窝棚往前找了。听老龚这么一说，我和陈涛顿时吓得目瞪口呆，两腿打战。绕窝棚找蛇，实际上就是绕着蛇阵转圈,那状况就像检阅一支水陆两栖仪仗队一般,人与蛇可以说是擦肩而过,一旦有了事变就完全猝不及防没有退路,老龚怎么能想出这样的主意?盯着老龚那张变形变得可怖的脸,我们没动。老龚见状只好作罢。他想了想,说前面没有,那就从窝棚后窗看有没有,反正得认出那条蛇来,不然不好办。这倒是一个安全可行的办法,我们立即响应,退到窝棚里,又一齐趴在后窗上往外看。看到的情景和在前面看见的一样,也是沿水线铺着一排五颜六色的"蛇栅栏"。这就意味着我们的窝棚已被蛇们包围得水泄不通。这种处境让我们不寒而栗。我看见了!陈涛突然凄声叫道:就是它!就是它!这瞬间我像突然被蹿上来的蛇咬了口似的跳了一下脚,用手使劲搂抱着一边的陈涛和另一边的老龚。此时陈涛的身体抖得更凶,眼睛里透出极度恐怖,好像这条被他认出的蛇会前赴后继为它的同类再咬他一口那般。老龚很冷静,朝陈涛指的那条蛇看看,然后说,把窗关严。

你没事了,咬你的不是毒蛇。老龚说。他的精神已有些不济,说话有气无力。

老龚你,你不是骗我吧?陈涛仍不敢相信。

咳,我骗你干啥哩,要骗你还用得着费这么大的事吗?老龚说。

我问老龚,不是毒蛇,为啥老陈有中毒症状呢?

陈涛很警惕地听老龚的回答。

老龚喘过几口气后说,老陈是重感冒,昨天淋了雨,又以为叫毒蛇咬了,连惊带吓,主要是心理作用,就……据说癌症病人十有八九是吓死的。

我点点头,说要是找不到这条蛇老陈没准也会……老陈,这遭没事了,放心吧。

陈涛仍将信将疑,又连着追问老龚是不是骗他。当他认定老龚不是给他吃定心丸,而是真真实实的,才完全解除了心理负担,顿时焕发出精神来。他拍拍自己的脑袋说,哦,不晕了,也不疼了,真怪,人的心理作用怎么这么有效呢?

我觉得陈涛被蛇咬就像演出了一场悲喜剧,让人哭笑不得的。我问老龚咬陈涛的究竟是什么蛇。这时老龚已合上了眼,他闭着眼回答说,那是条滑鼠蛇,游蛇科,无毒……

说着,老龚睡过去了。

这时陈涛想起我昨晚烙饼的事,问:老周我真的饿透了,饼烙出来了吗?我把饼拿给他,他就坐在铺上狼吞虎咽起来。我知道这与昨晚是完全不同的,昨晚他是为死而吃,现在则是为生而吃了。老陈吃饭的时候,我心里老装着一件事:蛇将要把我们围困多久呢?

或许人们会以为下面将是一个人与蛇之间惊心动魄的故事了,这不对,没有什么惊心动魄。"惊心动魄"这四个字历来都不属于我们犯人。说到底,就算我们"御花园"的三个犯人在与群蛇的搏斗中被咬死,也不会被认为是什么大不了的事情。而后人们提到时只会平平淡淡地说一句:三个犯人被蛇咬死了。就这样。

老龚睡觉(或许是昏迷)的时候,我和陈涛倚在各自的铺上想心事。有道是"人心隔肚皮",是说谁也不知别人心里是怎样想。但此刻我和陈涛都知道对方在想些什么,就是怎样渡过眼前这一关,包围我们的大水和蛇什么时候能退走。陈涛解除被毒蛇咬的恐慌后确实兴奋了一阵子,但很快,兴奋消失了,脸上布满了愁云。咬他的那条蛇自然已不在话下,可大批蛇正盘踞在窝棚四周,"蛇"网恢恢,疏而不漏。躲过了初一又能躲过十五?我和陈涛都感到自己的命运未卜,或许已到末日。

生 存

天快晌午时,老龚醒来,说要喝水。我连忙拿暖水瓶想给他倒水,可提起水瓶发现空了。我对老龚说稍等,立刻烧水。而我去水桶装水时发现水桶也是空的。那时我的脑子还未反应过来,提起水桶要去窝棚后面的井里打水,但走到窝棚门口时我的头轰的一声炸开了,完了,我们完了。我心里绝望地叫道。是习惯害了我们,平日我们没有储水的习惯,随用水随从井里提。现在水桶空了,水井被大水淹没,而周遭森森大水又被蛇据守着,无法取来。这时陈涛和老龚也从我的惊恐中明白了我们的处境:我们断水了。

置身大水当中却须面对干渴,与大水近在咫尺却像隔着万里之遥,谁能说这不是倒了八辈子霉的人才会遇到的事?望着水线上密密匝匝的蛇们,我似乎觉得这一切都是天意。我们束手无策。

退回窝棚,放下水桶,倒在铺上我闭上了眼睛,一种从未如此强烈的心灰意冷袭上心头。奇怪的是,这时我竟又想到了上帝,想到《圣经》中记载的一个故事(我在上大学的时候读过《旧约全书》)。摩西和他的希伯来族人被埃及法老的军队追赶到红海边,在这危急之时,摩西向他的上帝求援,上帝施法力劈开了海水,让摩西带领他和人民从海底逃出了埃及。对于希伯来人,上帝总是这么万能又无所不在,可对于我们,上帝却总是销声匿迹。我想如果上帝真的全知全觉又大慈大悲的话,就应该劈开"御花园"外面的大水,让我们这几个可怜的犯人逃生。我这么胡思乱想时,听见老龚和陈涛在探讨着从外面大水中取水的办法,办法想出了许多,可要么无法实施,要么不可实施。比如用一根长竿挑起衣裳,从窗口伸进水里浸透,然后挑回衣裳从中榨水。这办法可行,但无法实施。因为窝棚里找不到足够长的竿子,这办法只能作为一个办法被搁置。再比如用一根绳子系着水桶,从窗口将水桶扔进水中,然后将水桶拖回,桶里总会存留一些水。这办法同样也有合理性，问题是没有可行性，因为拖水桶经过蛇阵时必然会惊扰了蛇，被惹怒的蛇会向窝棚发起进攻……这时我一下子从铺上坐起，说我有办法。老龚和陈涛一齐看我，我说我们还有半桶煤油，浸在布上点着扔到窝棚门外，把蛇烧跑，烧出一条通往水边的通道。说出口，我便明白这更不是个好办法，我这么说更多的是出于对蛇的义愤，果然老龚和陈涛都摇头否定。

我们于干渴中谋划着解除干渴的办法，尽管绞尽了脑汁，最终也没有找到什么良策。没有水的后果是清楚的。没喝的，也没吃的（连饭也做不成）。唯一的希望寄托天上下雨，接雨水饮用。但这又会产生新的问题：下雨会使包围我们的大水继续上涨，水上涨，蛇又会更逼近窝棚，最后终归会与我们争夺窝棚栖身，那时的情景是连想都不敢想的。福兮祸所伏，祸兮福所倚。我们像走进了一个生死迷宫，刚找见一条生路，又随即被堵死。

俗话说天无绝人之路。我相信这句话。老龚说。我发现他的脸似乎更"胖"了，"胖"得把眼都挤成一道缝。他喘息了一会儿，又说，只要努力就会绝处逢生，我给你们讲个故事吧。

我和陈涛相视着摇摇头，都什么时候了，老龚还有心思讲故事。

这是一个外国故事，发生在巴拿马的丛林里。老龚说。由于缺水，他的噪音沙哑，一个叫特里的总工程师带一伙人在丛林中勘探，晚上他们睡在各自的睡袋里。早晨总工程师特里和助手瓦尔加斯及印第安人向导起来，发现工程师艾尔还睡在睡袋里，特里便走过去喊他。走到近前，特里发现艾尔大睁着眼，并且眼珠拼命地转动，他的脸像柴灰一样灰白，他的嘴动了动，朝人吐出一个字来：蛇。

啊，蛇，蛇，又是蛇！陈涛嘴里嘟囔着。

听老龚说下去。我说。

生 存

特里的眼睛顺着艾尔的目光，朝他的肚子上的一团东西看去，顿时全身血液凝固了，他看见艾尔的前胸上卧着一条很粗很丑的蛇。特里不敢出一点声，那条蛇随时会进攻。他一点一点地退了回来，他把看到的情形和瓦尔加斯、印第安人向导说了，两个人都吓得张口结舌。但为了救艾尔，特里等三个人又朝艾尔走过去，踮着脚尖，像踏在羽毛上一般。他们默默地朝睡袋里的蛇看去，发现那是一条巨蝮——世界上最毒的蛇。瓦尔加斯伸手取枪，但艾尔的眼睛从左转到右又从右转到左，意思是：不要这么干。瓦尔加斯立刻明白，要是一枪打不中蛇头，蛇就会咬艾尔。他没敢放枪。但有什么办法能把毒蛇从艾尔身边驱逐出去呢？谁都没这方面的经验。人和蛇就这么僵持着，谁也不敢轻举妄动。突然印第安人打破寂静，轻轻吐出一个字：烟。他装出抽烟的样子，为了告诉他们关于他的意思，他在地上画了一个睡袋的轮廓，又拿出刀子，做出捅破睡袋的样子。特里和瓦尔加斯明白了，印第安人的意思是说在艾尔的睡袋上开一个洞，用烟把蛇熏出来。特里觉得可以试试，便绕到艾尔的脚下在那里用刀将睡袋开了一个橘子大小的洞，这时印第安人和瓦尔加斯在远处点起火来，用一个工具袋从火上储足了烟，然后来到艾尔身边，将烟袋靠在睡袋的洞口处。很快，艾尔的脸周围烟气缭绕，熏得两眼直流泪。突然蛇扭动了，它在动了。特里他们迅速跑开，等蛇从睡袋里出来。可不久烟消云散了，蛇不动了，它又在艾尔的肚子上安定下来。特里他们气坏了，急坏了，可没有一点办法。这时日头升高了，艾尔满脸大汗。特里见状突然想到艾尔曾对他说过的话：蛇是冷血动物，它的体温会随着周围的气温而变化。它们的体温升起来很快，在丛林烈日下晒半个小时就会晒死。这时特里知道该怎么办了。他招呼着另外两个人一起将睡袋上方的防雨篷皮揭掉，让太阳光直晒在睡袋上。毒辣辣的阳光照射着艾尔和睡袋,艾尔紧闭着眼,一副半死的模样。艾尔能顶得住吗?"只要再坚持一下。"特里为他祈祷着,瓦尔加斯和印第安人也在祈祷。蛇终于扭动了一下。阳光起作用了。特里他们奔进丛林中,向这边窥望,只见蛇扭动并弓起了身子,又平躺下来,接着它慢慢向艾尔的脖子游去,艾尔的脸颊边突然冒出一只凶恶的、沉甸甸的蛇头。蛇的脑袋来回摆动,然后那褐色丑陋的蛇身从睡袋开口处游了出来。它从艾尔的脸边滑行过去,并向附近的树丛游去。特里他们赶紧把浑身湿透的艾尔从睡袋里拖出,给他喝了水,将他放在一张吊床上,他几乎立刻就睡着了……睡着了……

老龚也睡着了。

如果在过去,老龚讲述的这个故事会吓得我毛骨悚然,但此刻——我们被成百上千条蛇围困的此刻,我的神经已经麻木。我只是在想,蛇已经使我们恼恨透了,老龚为什么又雪上加霜给我们讲蛇的故事呢?

老龚讲这个是什么意思呢?陈涛问我,是说任何时候都不要冒犯蛇吗?

我摇摇头。

是说外国人和我们一样对蛇心有恐惧吗?

我又摇摇头。

沉默。

这时日光从窝棚门直射到屋里来,天晌了。我觉得饿从中来。我问陈涛饿不饿,他说饿。我说那只有吃生面了。陈涛点点头。我们从铺上下来,开始用餐(多么文明的说法啊!)。从粮袋里抓出生面往嘴里掩,用唾液将生面拌湿往肚里咽,开始还行,后来怎么拌也拌不湿了,干面呛到嗓子眼里,呛得不住地咳嗽,眼泪都咳出来了,只得作罢。望着门外的泱泱大水，我们真他妈的无可奈何。

老周，你说人活着有什么意思呢？陈涛突然蹦出这么一句。眼没看我，直勾勾盯着窝棚顶。我吃了一惊，惊的不是他说的什么，而是这一刻我脑子里也转悠着这一个问题。我也在想人活着真是没劲。从早晨开始，我便发现我们俩的思维几乎完全同步，都好像钻到对方心里头看了看，这究竟是怎么一回事？我只听说孪生弟兄之间的思维有同步现象，而我和陈涛不仅没有血缘关系，还一个山东一个陕西，南辕北辙。我们唯一共同之处都是劳改犯人。

我说，人和人也不一样的，有人活着是受罪，有人活着是享福，享福的人就活不够。

陈涛点点头。

我又说，像我们这类人死是一种解脱。

陈涛再点点头，无疑是我说到他心里去了。

又是沉默。

老周你说，要是我们死了，我们这一辈子到底算怎么回事呢？陈涛问道。

怎么算怎么回事呢？我一时不解其意。

换个说法，要是我们死了，别人会怎么为我们写悼词呢？

悼词？你可真会造句，放心吧，不会有人为你和我写悼词的。我冷冷地说，说这话时，我的眼前闪现出一大片苍凉的坟墓，那里长卧着无以数计病饿而死的知识者犯人。

我知道。我是说假如，假如总是允许的吧？陈涛很固执。

现实中是没有假如的。我比他还固执。

老周，你说的不对，假如……

假如个鸟哩！不知怎的，一股无名火突然蹿上我的心头，我恶狠狠地盯着陈涛，劈头盖脸地臭骂着：假如你他妈的早出生十年，跟着刘志丹闹革命，你今天就有个师长旅长的当当哩；假如你他妈的不想三想四出来读大学，你今天还在陕西地区，"老婆孩子热炕头哩"；假如你他妈的当初发言没漏了那句"陕北人民从心里想念毛主席"，你就成了反右积极分子，运动后能弄个主任副主任干干哩；假如……假如是想多少有多少哩，想多么好有多么好哩，可现实是怎样呢？你不仅没当上师长旅长主任副主任，倒是当上了反动派劳改犯人，你还有什么话说呢？

陈涛被我骂蒙了，用盯蛇的那种眼光盯着我，直到我住口，他的嘴唇才鼓了鼓：你，你……

我不吱声了。

你，你咋啦？我，我惹你了吗？……陈涛仍然盯着我。

我摇摇头。我说，老陈，对不起。

陈涛叹了口气，也不吱声了。

窝棚里的光线起了变化，由明亮变暗了。天阴了，乌云遮住了太阳。我和陈涛对对眼光，都告诉对方：要下雨了。

这现实让我们惶惑。突然一道闪光将窝棚内外照亮，雷声瞬即从天而降。这是春雷，春雷总是一鸣惊人，不同凡响，像要给人某种警示。

雷声唤醒了老龚。我和陈涛靠到他的铺边，关切地看着他。抑或是一种错觉，我觉得老龚的脸一分一秒都在增大。一张本来和善可亲的脸变得很怪异很狰狞。

场部来人了吗？老龚睁开眼即问。

我和陈涛摇摇头。从一开始我们便盼着场部来人，解救我们于危难之时，但又清楚这不可能，场部不会想到沼泽地会储起这般大水，更不会想到蛇会出来作祟。

我好像看见栾管教、陈管教还有于管教……老龚说。我和陈涛只是听，不作声。

雨下起来了，声音很响。我和陈涛不约而同走到门口，只见雨帘将整个天地间迷蒙住，闪电起时才撕开一道缝隙，我们极担心雷电雨会激起蛇们的愤怒。静观了一会儿，没有异常动静，蛇还据守在水边，只是暴雨将它们的队形冲得有些凌乱。

我回屋拿出水桶接雨。不论以后会出现什么局面，水解决了是个大问题。我们感到一丝欣慰。"生活总是有问题的"，这是我在一本书中看到的一句话，我很赞同这一精辟之见。人不能一下子解决所有问题，即使都解决了又会有新的问题产生。操他妈，"该死该活鸟朝上"，先吃饱喝足再说，我这么想。日他婆姨，今朝有酒今朝醉，管他明日死与非。陈涛又再次与我"心往一处想"了，不一样的是我操人家他妈，他日人家婆姨。老龚没有反对的意思，默默地看着我和陈涛。我们立即行动，开始做饭。陈涛点煤油炉子，我和面，用刚接到的雨水和面有一种与上苍十分接近的感觉，呈一种天人合一的境界。事实上不正是这样吗？也许我们即将由脚下这块方寸尘界腾起升往宽广灿烂的天界。做饭的过程是宁静的，吃饭的过程也是宁静的。我和陈涛轮流喂老龚稀粥，老龚像吃药般往肚里吞咽。我们都清楚这"最后的晚餐"具有一种怎样的性质。雨继续下着，天完全黑了。我们点上油灯，将窝棚的门窗封死，将墙上的每一道缝隙堵死。这是做水没窝棚的准备。一旦出现这种情况，让蛇们只能攀附在窝棚外部，进不到里面来。当然这仅是我们的一厢情愿，窝棚破败不堪，千疮百孔，蛇又是无孔不入的。我们这么做，说到底是一种"尽人事"之举。后来我们就一齐倒在铺上。

喝了一点粥,老龚的精神好些了,话也多了,他问我和陈涛读没读过英国作家儒勒·凡尔纳的《八十天环游地球》那本小说。又来了。我和陈涛苦笑笑,到这般地步这龚老夫子还谈什么外国小说,让人难以接受。我们回答了他:读过。老龚说船航行在海上没有了燃油,菲里斯·佛格便买下了那条船,拆下甲板以充作燃料,最后终于把船驶到港口。我记得这个情节,曾很为菲里斯·佛格的机智与气魄折服。老龚接着说,这个情节给了我启发,一旦水上涨到窝棚根,我们可以把窝棚拆了,造起一个木排。木排?我和陈涛眼一亮,这真是一个绝妙的好办法,造起了木排,还愁从大水中出不去吗?我们十分兴奋,眼前似乎现出一条金光灿灿的生命通道。但这条通道须臾间便垮塌了,老龚忽略了最可怕的现实,即蛇的存在。当木排造好了漂浮在水面上,那些该死的蛇还会谦让什么吗?它们会一拥而上抢先占领。难道人蛇能够同舟共渡?(这时我想起了老龚讲的青蛙背蝎子过河的故事。)我们否定了老龚拆屋造排的设想,有理有据,老龚也无话可说。

窝棚外面的黑暗世界响着排山倒海的水声,我们有生以来从未像此刻这样对水声充满警惕,充满了恐惧和恨意。水声像一曲挽歌,将我们的末日铿锵奏响。想想人真是可悲,不可救药,千苦万难活得如猪如狗,可一旦望见了死神,却惶惶退缩,硬是不愿舍弃这条卑贱的命。就说我们劳改农场,死人的事是经常发生的,大多死于病饿,也有的是逃跑被子弹击毙的,但很少有人自杀。自杀率本应最高的地方实际情况却是相反,连我们自己都感到羞愧。活下去,总会有出头之日的。大概这就是老龚所说的"冬眠",大概这就是照耀我们、温暖我们身心的希望之光。就是说我们活着不是为了今日,是为了明天。

老龚、陈涛和我还会有明天?

今天是几号了?老龚突然问了这么一个问题。

我和陈涛相视一下，都摇摇头，答不出。我们一向忽略时日，因为对我们没有多少意义。

我说：大概快过端午节了吧？

陈涛说：起码还有一个星期。

我说：小时候最爱过的节一是年，二是端午节，有鸡蛋和粽子吃。

陈涛说：要是雨能停下来，咱今年就好好过个端午节，我保证叫你们俩吃上鸡蛋和粽子。

我不以为然，说：去偷？去抢？

陈涛说：不用偷，不用抢，会有人送上门。

我说：胡吹。

陈涛说：我老陈不是吹牛皮的人，真会有人给我们送，怕只怕……

我替他说下去：怕只怕咱们没有福气吃上，是不是？

陈涛点点头。

我说：能不能吃上是一回事，有没有得吃是另一回事。你说真的会有人给咱送吗？

陈涛说：真的有。

我转向老龚说：老龚，你听见了，到时候吃不上咱找老陈算账。

老龚说：行，咱等着吃老陈的鸡蛋和粽子。老陈，可得言而有信啊！

陈涛夸张地拍拍胸膛：我保证。

都不说话了。大家又一齐倾听着外面的雨声。不是别的，是雨牵动着我们全部的神经。雨声仍然很响，像不远处有一道瀑布向下跌落。我们的心也不住地往下跌落。

这个夜晚我们是无法入睡的。

过会儿陈涛又提起话头，说：端午节我想起《白蛇传》那出戏，白蛇在端午节那天现了原形,是因为许仙让她喝了雄黄酒。说明蛇也有忌讳的东西。咱们能不能想个办法将蛇驱走呢?

用酒吗?我说,可我们没有酒。

用煤油。陈涛说,绕窝棚边浇上一圈,煤油味儿烈,它们就不敢往里面钻了。

这办法可行。老龚赞同。

不知从什么时候起,老龚的话在"御花园"具有了某种权威性,大概是他知识渊博,值得信赖的缘故吧。此刻老龚说用煤油驱蛇可行,我和陈涛就立刻行动,我们争先恐后去拿煤油桶。

但煤油桶空了。我和陈涛傻子般钉在地上。希望——破灭,再希望——再破灭,这几乎成了我们命运的铁定公式,这究竟是怎么啦?

该诅咒的蛇!陈涛眼冒怒火。

诅咒?我冷丁一怔。

该诅咒的蛇!陈涛又重复一遍。

诅咒?哦,我记起什么了,记起了什么呢?稀奇古怪,我记起我的爷爷对付"老黄"的那桩事了。是在我七八岁的时候,那一年冬天南山上的"老黄"泛滥成灾,每到夜晚就成群结队到山下各村骚扰,见鸡咬鸡,见鸭咬鸭。百姓恨之入骨,却又无计可施。后来是爷爷提出由他来驱除"老黄",他说他从一位道长那里学了驱赶鬼怪异类的十字真言。村里人就请他来驱除。那天黑下,爷爷躺在炕上一遍一遍朗念十字真言,从天黑念到天亮,果然没听见"老黄"进村的动静。从此以后,村里再也没见到"老黄"的踪影。想起爷爷的这段功德事,我顿时生起效法他驱蛇解难的念头,这念头一发而不可收,真有点走火入魔的样子。我本来打算将我的想法与老龚和陈涛说,后来想想便作罢。我只是说头疼想睡觉,接着我便用被子蒙起了头。我在被窝里温习爷爷曾教我的十字真言。我自信不会忘记，也果然就是没忘。当记准后我便集聚起意念，默念起十字真言：奄叽咪辟痴吧哑哇讹啶，奄叽咪辟痴吧哑哇讹啶……我一遍一遍地默念，无休无止，也无限虔诚。这时我的精神上又呈现出那种天人合一的境界。不知念了多久，不知不觉睡着了，将十字真言、蛇、生与死及所有的一切都丢到爪哇国里去了。

到现在我也不知道是不是我祖传的十字真言发生了灵验，奇迹是实实在在出现了。早晨起来我们发现围困"御花园"的蛇一条也不见了，像接到什么总号令似的，撤退得无影无踪。陈涛和老龚惊奇，我更惊奇。我又一次想把十字真言的事对他们讲，想想还是作罢。说心里话，昨晚起意用十字真言驱蛇也是迫于无奈的"有枣没枣打一竿"，不想竟奏了效。当然这么想时心中还有疑惑：也许起作用的并不是十字真言，而是冥冥中其他的什么因素吧。但不管怎么说，威胁着我们的蛇逃遁了，这使我大有从死神手中脱逃的感觉，轻松无比。

只是老龚不行了。

沼泽地里的大水也于三天之后退去了。这么大的水说退就退，同样使人感到神秘。浩劫后的沼泽地一片疮痍。

这三天老龚大部分时间处于昏迷状态。我和陈涛轮流守护着他。就在大水退去的那天早晨，他醒过来，这次醒的时间很长，精神也显得很好。他说想吃一点东西，我赶紧烙饼，怕他咽不下去又做了粥。他吃了饼又喝了粥，尽管吃的喝的都很有限，但没有吐出来。我们很高兴，也很担心，我暗地里对陈涛说老龚大概是回光返照，要严加注意。我可以说的只有一句话，就是这三天是我生命中最黑暗的三天，是噩梦中的噩梦。

我不知道老龚对自己是否有预感，如果有的话，那么他对自己的死就看得很淡。他和我们说一些事情，都不是些重要事，多是些即兴性的，想到什么说什么。我忍不住问他知不知道自己得了什么病。他说知道。我问是什么病，他摇头不答。后来他像突然想起了什么，把头转向陈涛，说：老陈，你还记得你问我那个蛇会不会毒死自己的问题吗？陈涛说记得。老龚说：我已经找到答案，现在可以告诉你了，蛇不会毒死自己。为什么？我和陈涛同时问道。老龚咳了几咳，他说他太累了，想再睡会儿。他立刻睡着了，这一睡便没再醒过来。

老龚死了。

后来我们问了时日，老龚死这天是端午节的前一天。

依着我和陈涛，本想把老龚葬在"御花园"附近的沼泽地上，这里离我们近，我们一早一晚都可以来伴伴老龚。另外，这里又是老龚熟悉的地方（又岂止是熟悉？），但场方驳回了我们的意见，理由是大场有专门掩埋犯人的地方，一切都应该规范，井然有序。我们就不再说什么，又提出由我们两人送老龚去十里之外的犯人墓地，这个场方是同意了。"御花园"有一辆板车，是秋收后往大场送粮食用的，现在我们用它来运送老龚。我们在车上铺上老龚的全部被褥，将穿了全部衣裳的老龚放在上面，这时的老龚完全像一个大腹便便的"阔人"。我们拉着这位"阔人"离开了"御花园"，穿越泥泞无比的沼泽地，天快晌时才望见黑河边上的犯人墓地。那是一个青草茂盛的小山冈，我们拉着老龚走上了松软的草地。这时我的心里突然生出一种怪异的联想，是有关生物链的联想：草从地里生长出来，被牛羊吃到肚里，人又把牛羊吃到肚里，人死后埋在地下又被草类吸收。这就是三点一圆的生物食物链，亘古不变。但"阔人"老龚改变了这一点，他取消了一个中间环节，他直接吃草，然后把身体又归还于草（就像今天）。

谁又能说这不是一种伟大的创造？

尽管我们的条件有限，但还是尽我们所能把老龚的后事做好。我们挖了一个很像样子的墓穴，小心翼翼将老龚葬下。然后又在上面堆起了同样很像样子的墓丘，墓丘比周围的墓丘高出许多，用意不在于使老龚卓尔不群，而是便于我们记忆。也许有一天我们将把老龚的家人带到这里（我们记下了老龚的家庭地址及亲人姓名），那时我们不费力地直奔老龚的墓前。我们为老龚烧了纸（只可惜不是正宗的烧纸）。陈涛果然言而有信，将鸡蛋和粽子供在老龚的墓前。正是事实胜于雄辩，一贯吹吹呼呼的陈涛那晚说让我们吃上鸡蛋和粽子不是虚妄之言（后来陈涛说了他和那个送东西的农民间的一段生死之谊，在此权且不赘）。殡葬的仪式简而又简，之后我们便在墓前久久默立，大概这是人生最肃穆的时刻，我们回忆着和老龚相处的那些时光，想着老龚颇有些荒诞不经的言行，同时也感念着他对我们兄长般的情谊。这时候我们又听到了水声，不是"御花园"外面惊心动魄的水声（我终于忍不住说了"惊心动魄"这四个字），而是山冈下面那条黑河的流淌声。那流水像在鸣咽，我们都想哭，但终于没有哭，哭泣与欢笑同样都不属于我们。不知怎的置身于这大片埋葬客死他乡者的坟场，我和陈涛的思维再次出现同步：我们想歌唱，想放喉高歌。我们不约而同唱起了那天在沼泽地轰蛇曾唱过的那首《校歌》，更不可思议的是，我们又同时改动了一个字，我们唱起来了，一遍接一遍地唱着：

　　黑河之滨，
　　集合了一群
　　中华民族优秀的子孙
　　…………

（"御花园"废弃了。没人告诉我们原因，而原因又是实实在在摆在那儿：大水淹没了田地、水井和道路，要恢复重建并非是三两个人所能完成的。何况谁也不知道以后还会不会出现这样的大水。我和陈涛奉命撤回了大场，分到了不同的队。我们怀念在"御花园"的那段好时光，回想起来就像做了一场梦。在兴湖农场共待了二年七个月，我和其余二百余劳改犯一起转场到了山东双山农场。还要提及一点的是，陈涛转到另一农场不到一个月便死去了。据说是他研究了老龚留下来的生物书，他认定咬了他的是一条有毒蛇，而不是老龚所说的无毒蛇。这就给他的精神造成很大压力。他觉得留在他体内的毒素迟早会要他的命，死亡的阴影挥之不去，整日像丢了魂魄。后来开始疯言疯语，再后来就一卧不起，直至合眼死去。）

为兄弟国瑞善后

出门的时候国祥的女人问句,黑下回家吃饭吗?他说那得看跑完三个村到什么时候了。他想了想又说也许吧,中午前赶到李家高岗,在大舅家吃饭,再去埠后村二姨家,不待下,再赶到大苇子大姑夫家,要是日头不落山,就赶回来吃饭。女人说身上带那么多钱,路上千万小心啊。他烦烦地说知道了,你说过不止一百遍了,说毕推车就走,省得再听到女人没完没了的啰唆。

出了村头,满眼映进碧绿田野和青色山脉,春天的暖意阵阵扑面,国祥深深嘘了口气,他觉得一直紧揪着的心有些放开了。自从兄弟国瑞死后,他的心就一直紧揪着,就像被一根细麻绳捆绑着,勒得很疼,透不过气来。他走的是一条不达国道级别的平直大道,白沙路面保养得很好,隔一段时间便会看见一个养路人拖着沉重的胶皮耙子走在路中央,留在后面的路面就像被梳过一般。这条路有路经李家高岗的客车,一趟公家"大客",两趟个体"小客"。以前每回去舅舅家,他都是花三块钱坐公家"大客",半个小时的路程。今天因为从李家高岗要去不通汽车的埠后村,他就只能骑车了。自行车长久闲置,锈得厉害,骑上嘎吱嘎吱作响。

在殿后村后,他碰见从前的学生苗家起骑车从村里出来,车后座高耸着一摞五色布匹。看见他,苗家起忙不迭地跳下车,又恭敬又亲热地叫声于老师。国祥也下了车子,问苗家起是不是去赶上庄集。苗家起说是。他说苗家起你赶集去这么晚不耽误生意吗?苗家起用戴手套的手揉鼻子,嚷声说去早去晚都没啥生意的,反正闲着也是闲着,溜达一趟是了。他说也是的,如今什么生意都不好做。这时苗家起似乎犹豫了一下,小心翼翼问道:于老师……国瑞的案子……咋样了呢?他说国瑞死了。死了?苗家起瞪圆了眼,一脸的恐惧,说咋这么快,从抓到现在不是才两个来月吗?他说时候不好,从重从严从快。苗家起不再说什么了,脸上还残留着惊恐不定的神色。他说苗家起你走吧。苗家起点点头说老师想开点儿啊。他"嗯"了声,上了车子。

国祥适才刚放松的心遇见苗家起又揪紧起来,他不由在心里骂道,你个混账国瑞是自作自受哩,一向是鼠胆,咋刚进城就作起了大孽呢。盗窃文物你不知道这是犯大罪的吗?自从兄弟犯事,这话他不知在心里骂过多少回了,骂过之后眼就湿了。现在他的眼也同样湿了,眼前白茫茫的一片雾,他怕车子翻到路边,赶紧抬手抹抹眼。

此刻他是极不想再碰见熟人的了,一个月来兄弟的案子成了头号新闻,虽然人关在城里,各种传闻却在乡里四处奔走。乡间人说话多不存忌讳,见了面就问来问去,打破砂锅问到底。当然也会说几句安慰同情的话,可……嗨,现如今安慰也属多余的了,案子结了人死了。他还在想怎样避免与熟人见面的问题。他的熟人太多,他教完小多年,学生遍布这一带乡村,何况还有学生家长以及其他形形色色认识的人。

他不知怎么竟想到西方电影里的蒙面人，他觉得可以效仿，就跳下车，从口袋掏出手绢系在两眼以下、鼻子耳朵以上的位置，虽然没镜子照，他也知道自己成了副什么模样。他上了车子继续赶路，迎面相逢的人都无一例外地将目光盯着他看，是那种看怪物出动的神情。他想没准真的会让人把他往蒙面强盗方面想呢。可他顾不了许多，只管低头往前蹬车。

快到李家高岗村头，国祥跳下了车，他抬头看看天，日头已被云彩遮拦，看不出是什么时辰。他从脸上把手绢扯下来，这时一辆拖拉机从村街突突着黑烟奔过来。真是越怕什么越来什么，尽管他已侧向路边做出解腰带撒尿的架势，他还是听到"是于国祥老师啊"的呼唤，随之是马达熄火的声音。他无奈地转过身来，认出驾驶座上的人是李家高岗前任村主任李旗。李旗曾和他一起教过书，因有个当村委主任的机会，他便弃教回村，不料几年后改选时落选。从此官职教职两空，成了农民。虽然这样，每回相见国祥还是称他李老师。此刻他问李旗道，李老师，你去哪儿呢？李旗说去龙泉汤拉肥料。果如他所担心的那样，曾为人师的李旗说话也像一般庄稼人那般直来直去，他问，老于，你兄弟的案子有头绪了吗？国祥将眼光从李旗身上移开，望着田野，说人已死了。枪毙了？！李旗惊讶，不是听说那个保安人员被抢救过来了吗？他说是抢救过来了，一条胳膊残废了。李旗说人没死就算不上命案嘛，咋这样判？他说谁知道呢。他又说听说盗窃文物有死罪的。李旗又说，再说国瑞也不是首犯啊，他不是在别人的撺弄下干的吗？他看着李旗，几乎用哀求的声调说，老李，别说这个了行吗？这时李旗才意识到自己的疏忽，忙说好，不说了不说了，嗨，人都死了还有什么说的呢。过会儿又说，老于中午在我家吃饭吧，我一会儿就回来。国祥说他不能在这里久待，还得赶去埠后办事。李旗点点头，说那就以后吧，你现在哪还有别的心思？想开点吧老于，对兄弟你也算尽到心了，这个大伙儿都知道。国祥叹口气说，爹妈都不在了，兄弟的事我这个当哥的又能推给谁呢？李旗说就是。国祥说你走吧老李。李旗说你走吧老于。就都走了。拖拉机腚后的黑烟遮挡了国祥的视线。

舅舅家住在村头，国祥从外面扯一下门闩绳，然后提起自行车用车轱辘把门扇推开，之后就连人带车进到院子。这时舅舅应声从正屋出来，不先向他说话，倒先朝隔墙的西院吆一声先锋。进到屋里一会儿，表弟先锋就过来了，穿一身蓝西服。先锋也确实称得上先锋，他是乡村里从老辈子起头一拨穿西服的人，国祥是不穿西服的，可每当看到穿西服的农民，他都会想社会确实是前进了。先锋的先锋性还体现在他的经济头脑上，他也是农村里头一拨丢下锄头干实业的人。他一直做饲料生意，也不隐瞒自己赚了钱。这遭为国瑞的事儿，他很痛快地出借了一个大数。富了还没忘亲戚情分，这一点让国祥感动。先锋说国祥哥来了？他点点头，说先锋又耽误你的工作了。先锋说哥可别这么说。关于国瑞已死的消息，前几天他在城里已给先锋打过电话，正因为如此，见面后舅舅和先锋都没提国瑞的事儿，而内心的悲伤是心照不宣的。国祥问过先锋几句生意上的事儿，便抠抠搜搜从怀里掏出一个厚厚的纸包，双手递给先锋，声音发颤地说，钱虽没用上，也替国瑞谢你了先锋。先锋接过钱擎在手里，紧盯着他问，国祥哥钱咋没使上呢？他说晚了。先锋问晚了？他说是晚了。先锋将砖头样的钱捆丢在炕上，说不信案子能结得这般快。舅舅说老辈子都是秋后处斩——先锋抢白说爹干吗还提那老皇历呢？舅舅就不吭声了，他和先锋也沉默起来，所有的话都卡在嗓子眼里出不来。事情到了这一步就真的是无话可说了。过了许久先锋说国祥哥到西院去吧，爹也过去，丽华正在弄吃的，国祥却摇了摇头。本来是打算在这里吃午饭的，可

生 存

刚才在村头回绝了李旗，留下来让李旗知道就显得自己不实诚。再说他也不觉得饿。先锋说国祥哥你得吃饭，不吃饭不行啊。舅舅也留他，说天塌下来也得吃饭。他说还有几个地方要跑，天还不晌，到二姨家吃晌饭合适。先锋不无成见地说，我可从不在二姑家吃饭。他没说什么。先锋和舅舅见他执意要走，只好作罢。到了院子推起自行车，这时先锋问道，国祥哥，要不要我给国瑞兄弟扎点什么？他想想说，不麻烦你了先锋，该扎的东西，我一便儿扎吧。先锋说咱村就有一个扎匠，很便当的。舅舅说就叫先锋扎一点吧，多了比少了好，国瑞他干混账事儿不就是为置办结婚"大件"吗？人死了打发他个满足吧。国祥不语，觉得眼前又升起一团白雾。只听先锋说道，要不我扎台彩电再配上台 VCD 吧。国祥说那谢你了，说毕推起车子跌跌撞撞地出了门。

从李家高岗去埠后是山路，由于没专人保养，路面很糟，永远都有两条深陷下去的车辙蜿蜒向前。这条路是国祥的一条熟路，从记事起，每年正月都带着兄弟从这条路上走亲戚。他挎着装饽饽的篮子，兄弟甩着两手跟在他腚后，跟屁虫似的。那时候他觉得这条路很漫长，很见走，怎么走都不到，其实也就十几里的路程。成人后，兄弟俩就骑车走亲戚了，路途一下子就缩短了。三蹬两蹬就从家到了舅舅家，再三蹬两蹬又从舅舅家到了二姨家。此刻过这段路，国祥没有蒙面，也用不着蒙，这一带村子的小孩子不在他教书的完小上学，他不用担心碰上熟人。在一个叫石硼沟的地方，他跳下车。

石硼沟的得名无疑是因为山岙对着的路边耸着一块天然巨石。从李家高岗去埠后走到石硼沟正是一半的路程。国祥把车子支在石硼边儿上，锁上。他没有往石硼上攀登，只是抬头往上望了一眼，然后沿山岙向山上去。山岙里布满大大小小的石头，没有水。还不到雨季。

183

雨季里有山洪滚滚而下。大约走了十几分钟，山夼边上的一座院落出现在面前，那是一座很有名气的蝎子养殖场，也正是他借这次还钱的机会要去的地方。在春节之前，他曾与兄弟商量，凑点本钱办个家庭养蝎场。可兄弟不感兴趣，执意要去城里挣钱。现在兄弟已死，可他办养蝎场的心没死。国祥走到养蝎场房前，抬手敲了敲门。开门的是一个长疤癞眼儿、四十几岁的汉子。他知道这就是远近闻名的"蝎王"。他向蝎王说了来请教的意思。蝎王说进来吧，他就跟进了院子。从见到蝎王起，他便满脸堆笑，生怕对这位名人恭敬得不够。到了院子又赶紧从口袋里掏出一盒烟，抽出一支向蝎王献上。蝎王接过，抬手夹在耳朵上。国祥看出蝎王没有要吸的意思，已抓住打火机的手在口袋里悄悄松开。蝎王一开口便说到了正题，问国祥是不是想向养蝎业发展。国祥赶紧点头称是。蝎王说现在想向他学习取经的人很多，可他发明的养蝎新技术正在申请专利。国祥赶紧说他可以付费。蝎王疤癞眼儿一下一下地眨巴，说现在已不是单单出售技术的时代了，要搞就搞连锁场。国祥对"连锁"这个字眼并不陌生，对其中的意思也知个大概。他问蝎王咋样连锁。蝎王说我总场出技术你分场养殖，利润分成。国祥说合理。蝎王说你考虑一下想干今天就可以签合同。国祥说今天不行，得回去跟老婆说说。蝎王讥讽地瞧他一眼。他赶紧解释说未来的养蝎场不是他干是老婆干。蝎王问这次要不要参观一下。他说要参观。养蝎子的地方在屋后，若干蝎子坑一字排开。还没走到近前，国祥便听到一片窸窸窣窣的声音。蝎王将他带到一个坑前，指指说这批货品已可以推向市场。他打眼向坑内看去，开初只看到坑里一片黑，像堆集着满满一坑羊粪，而当眼里有了分辨，他就看清楚那是成千上万只蝎子在上下翻搅攒动，名副其实的毒虫堆。他不由打了个寒噤，一股冷气顺着脊背向后脑勺上蹿。从本质上说，他不是个胆小的人，平时见了蝎子、蛇之类的毒虫也怕不到哪里去，可眼前这毒虫大积聚的景象实在令人毛骨悚然。这一刻，他晓得自己不会再与蝎王签什么合同了，哪怕对方无偿提供新技术，他也不会在养蝎业上图发展。即使他能习惯与那些毒虫打交道，而他那个小胆气连老鼠都怕的女人是万万不行的，她会被眼前这样可怕的景象吓出神经病来。他客气地向蝎王道了别，为了不扫蝎王的兴，他说改日再来。直到骑上车子再登路程，国祥仍然惊魂未定。他的心情极坏，这坏心情一直持续到走进二姨夫所在的村庄才稍稍得到改善。

进门看到二姨夫一家人在吃饭，他知道到晌午了。看见他，手端酒盅的二姨夫即问，国祥你吃饭了吗？他顺口说吃了。无论如何，他是不想在二姨夫家吃饭的。二姨不信，说这时候哪会吃饭呢，快坐下一块儿吃。他说他在舅舅家吃过饭赶来的。就不再说吃饭的事。就问起国瑞的案子。尽管他一句话就能回答，但他不想在人家吃饭时报出个凶信儿。这无益。他说等吃过饭再说吧。

看别人又香又甜地吃饭，他依然没有胃口，到现在那一团团毒物还不时蠕动在眼前。他努力做到不去想。围桌吃饭的除了二姨和二姨夫，还有表弟媳妇和两个女孩。表弟在县啤酒厂工作，不属在家吃饭的人。对农村生活而言，二姨夫家的饭菜是颇为丰盛的，二姨夫的革命小酒不是天天醉而是顿顿醉。他是从县商业局副局长任上离休的。国祥一直对二姨夫的印象不佳。上次来借钱，二姨夫打官腔说往案子里使钱是不正之风，不能犯这个错误。当二姨坚持要借时，他又提出存折只差半个月到期，现在提款利息全瞎了。无奈只有等。兄弟死后，他对二姨夫一直耿耿于怀，他甚至觉得就是为等这份钱才耽误了兄弟的命。此刻见二姨夫一盅接一盅往嗓子眼里倒酒，他脑子里就跳出这四个字：为富不仁。

好容易等到吃完了饭，表弟的两个女孩去学校了，表弟媳妇将碗筷收拾下去，屋里只剩下二姨和二姨夫。涨红着脸的二姨夫边剔牙边问案子的情况。他说国瑞死了。二姨夫稍微愣了一下，以早有所料般的神情说他说过使钱是没有用处的，这不人财两空了嘛！国祥说没使上钱。二姨夫问钱没往上使？国祥点点头，说晚了，晚了。他故意将晚了两个字说得很重，像要把这两个字当成两颗铅弹往二姨夫身上射，以发泄内心的愤懑。这期间二姨一直怔怔的，好像没明白到底出了什么事，后来"哇"的一声哭号起来，眼泪鼻涕一把一把抓，很伤心。国祥知道二姨的悲伤是发自内心的，她一直是很亲国瑞的。他劝了二姨几句，便从怀里掏出同样报纸包着的钱，搁在二姨夫的身前。二姨夫拿起钱正要解包清点，又似乎意识到这般不妥，便讪讪地放下。国祥觉得他可以走了，就起身说他要走了。生活中许多事情往往是雷同的，同样是走到院子时，两眼红红的二姨提出要为国瑞扎几样"大件"。二姨夫听了也附声说扎。如果是单冲着二姨夫，他也就回绝了，可对于二姨，他不忍有悖她的真挚亲情，伤她的心。他说别的都有了，要扎就扎台洗衣机吧。走出二姨家，国祥眼前又是白茫茫的一片。他心里想的是若是以后哪天自己犯了死罪，是绝不允许女人到二姨夫这里借钱的。

出了埠后村，他看出天阴得重了，天地间明显地黑了许多，风里夹杂着冰冷的雨星。也许雨就要下了。整个春季都是坏天气，雪雨不断，再不就是湿漉漉的雾气。报纸上说是受厄尔尼诺现象的影响。有一次学生问他什么是厄尔尼诺现象，把他问住了。一般说来，坏天气不会对他这个教书匠有什么影响，但今年是个例外，为弟弟国瑞的事，他一直在坏天气里奔波，包括为国瑞善后的此刻。由于已将两份大钱归还于人，他感到心里轻松了许多。想到再过一会儿他就会把今天要还的最后一份钱送到大姑夫手里，就有一种如释重负的感觉。另外他还有一种缱绻之意，他是从内心里感激大姑夫的。大姑去世多年，按说在这种情况下亲情会相对疏淡。可大姑夫是个很厚道的人，他知道大姑夫的家境不富裕，借钱的事没去找大姑夫，钱是大姑夫闻知消息自己送上门的。尽管钱数不多，但他是很感激的。此刻，轻松心情转而又让他往善后的事上想，他首先想到的是能否为弟弟结门冥亲，让弟弟在冥世里不是孤身一人。但这想法只一转便被他否定了：弟弟犯的大罪，又死得凶险，哪个逝女的家人肯和这样的死鬼结冥亲？想结冥亲也难哩。想到这儿，一抹悲凉又升上心头，他重重地叹了一口气。

这一带的道路高低不平，一个山岭连着一个山岭，他骑车下得一个大坡，便看到道路左侧有一片茫茫水面，那是赵家奔水库。水库阴沉沉的水面与阴沉沉的天空在远处连成一片。疾速行驶的国祥突然手脚并用刹住车子，下车后他将车子支在路边，然后沿一条几乎被野草覆盖的路径向水库边走去。一会儿工夫，他的鞋和裤脚都湿了，凉凉的使他感到很难受。他后悔没从两块麦地之间的田垄上走。不知怎的，这时他想起那句"常在河边走哪能不湿鞋"的俗语。他知道已经湿了鞋就无须顾及什么了，大踏步地从草丛中间穿过。他看见远处一个男孩子挥舞着刀割青草，那是喜在水边生长又喜被牲口吃的青葱的芦苇。他朝割草的孩子喊声喂。小孩停下镰刀朝他观望。他问道，养鱼的还是那老哑巴吗？小孩子不答。他再抬高声音问，养鱼的还是那个老哑巴吗？小孩这遭听见了，说是老哑巴。接着又问句，你找老哑巴干啥呢？他说有事。心里却想咋连小孩子什么事都要打破砂锅问到底呢？他匆匆向前走了，快到水库边儿已经没有麦地了，两边全是半人高的芦苇，看到芦苇那蓬勃向上的长势会使人感到生命是如此昂扬而不忍砍割，而事实上这种砍割从未幸免。愈走近水边，水气便愈加浓重，散出一股淡淡的腥味，是鱼腥味。他终于走出了芦苇丛，刚才被两道苇墙遮成窄窄一溜的水面迅即向两边扩展开，又变成茫茫的一片了。不知怎么，这片无声的大水突然使他生出一种畏惧，这瞬间他感到自己是站在天涯海角，孤立无助。他缩回眼光，看到了搭在水边高处的一座低矮草棚——养鱼人老哑巴的领地。草棚孤零零屹立水边，破烂不堪，一无生气。不见老哑巴的身影。他朝草棚走过去，边走边吆有人没有？没有应声。他再喊，还没应声。这时他一下子意识到自己的荒谬：那养鱼人是个又聋又哑的正宗聋哑人，喊破嗓子他也是听不见。他走到草棚门前，抬手敲门，没人应，他刚要再敲，抬起的手却拍在自己的脑门上，他又一次意识到自己的荒谬：老哑巴听不见喊声，敲门声也同样听不见的。他就用手推门，推不开。他怔了一下神，再定睛一看，他看见门上挂着一把大锁。这般赫然一把锁怎么竟大睁着眼看不见呢？他感到愕然，感到不可思议。他的眼光回到茫茫水面，怅然若失。老哑巴今天是见不上了，怎么竟这般的事事不顺呢？他沮丧地转身往回走去，他知道向老哑巴请教的事只能等到以后了。他又走进了芦苇丛中，他心里想着将村外的那座水塘承包下来养鱼的事，如能承包到手就干脆辞职。其实从兄弟死后，他便告诉自己不能再教书了，连自己的亲兄弟都没教育好，还有什么脸面教别人家的孩子呢？在别人眼里，那不是误人子弟，而是害人子弟了。书是一定不能教下去了。能养鱼最好。改日专程来向老哑巴讨教……国祥这么想时却突然在芦苇丛中站定，直挺挺地站定，而后是一脸的怒气，一副怒发冲冠的样子，他像法官审讯犯人那般质问自己：你个鸡巴人今儿个是昏了头咋的，你向一个又聋又哑的人请教，他又能告诉你什么呢？你说说他又能教给你什么呢？他怨怨难消，又继续质问下去：你他妈今儿个究竟是怎么回事呢？荒谬事接二连三地出，就像掉了魂儿一般，好像死了的不是兄弟国瑞而是你自己。

  国祥重新上路。天色更加昏暗，全天没有露面的日头肯定已落下山去。右侧方原本看得清晰的昆嵛山已经融入黑暗中，这使本来便黑暗的天幕显得更加黑暗。雨终归没有落下来，让国祥宽心。他粗略计算出到大苇子村还剩下七八里路，多加点腿劲儿，天全黑前赶到是没有问题的，只是今晚是非住下不可了。想到这儿，他脑子里陡然跳出这样一个问题：要是大姑夫也提出要为国瑞扎点什么的话，那让他扎样什么呢？他觉得应该预先想一想，反正时间充裕，可以好好想一想……

中山装

走下舷梯，孟军一眼便看见摆渡车一侧停着一辆黑色奥迪A6，车前站着几个着公务员黑西装的男人。其中一年轻者举块上写"热烈欢迎孟总"的牌子，阳光下绽着一张同样写有"热烈欢迎"的脸。孟军便明白这是市里来接他的人，就走过去，先向一个五十岁上下、首长派头的人伸出手，道声我是孟军。对方满脸堆笑地与他握手，道句我是安向阳，欢迎孟总回到家乡。孟军略为一怔，他知道这安，便是家乡市的市长，虽只是县级市，却也是一方诸侯，亲自到机场迎接是他没料到的事。这么想时，又逐次与被介绍为市府秘书长的邵、办公室主任的邓以及举牌子的小司机陈握手寒暄。

离开机场，汽车先在高速上走了一段，下来后满眼便是层层叠叠的山岭。他知道这就是他从小到大无数次填写在履历表"籍贯"栏上的崮山——父亲出生、工作、战斗并获得无上荣光的祖居地。这一霎，他端地有些激动，且情不自已，心亦如眼前这块土地一下子贴近了。

这种游子回归的情愫对他既陌生又真实无讹，这大概就是人与生俱来的乡土情结吧。他不由深深吐了口气，目光又重新落在窗外秋日下色彩浓郁的山峦上。

正这时，他听到一阵清脆如爆豆的枪声在山间响起，间杂着炸药包、手雷沉闷的爆炸声，与此同时，一团团腾起的黑烟在山峦上方弥漫开来。他惊愕失声，怎么啦?！怎么啦?！身旁的安市长却平静如初，缓缓说孟总别担心，是拍电视剧的。他啊啊了两声，解嘲说，咳，我还以为起战事了呢。邵秘书长从副驾驶座转过脖说孟总不晓得，咱这常年剧组不断，枪炮一响，就把外来客惊一跳。安市长冲邵说句也不事先和孟总打个招呼，中午得罚你一杯。邵赶紧说认罚，认罚。孟军赶紧说没事没事，还不至于这么神经脆弱呀。都笑。A6一如既往平稳地向前行驶，行进间，安向阳简要向孟军介绍了这次向崮山战役纪念馆捐赠仪式的大体议程。对孟军能前来参加表示真挚的感谢。又说通过这次有巨大历史、现实意义的活动，孟老将军将永远活在家乡人们的心中。对了，孟总的哥哥听说您要回来也非常高兴，打算让您回村子看看。这个我们会专门做出安排……

哥哥?！什么哥哥?！孟军不胜诧异，一时竟开不得口，咋的凭空从天上掉下一个哥哥来呢？从未听说过，他，只知道父亲参加革命前在老家娶过一个小脚女人，但未有生育，解放后离婚，他知道的就这些。转念一想，莫非是父亲向母亲和他的子女们隐瞒了什么？这种可能性不能说没有。于是，心情便有些沉落，意识到原本轻松单一的家乡行变得有些复杂乖张了。而后当发现自己被安排进崮城最高级酒店的总统套房时，他再次感到有些不适，此番来只是将老父生前保留的几件战利品捐赠给纪念馆，并没有什么投资意向，对家乡也带不来什么真正的实惠，如此高规格的接待委实受之有愧。当然，这也是可想而不可说的事体，就客随主便了。

中午安市长设便宴接风，说是便宴，事实上也很郑重，菜品中"一鳄多吃"别开生面。饭后安市长说晚上于涛书记正式宴请，下午空当，孟总想不想看看市容？孟军说市容一定要看的，只是……安打断说不急，孟总先自便吧。又转向邵秘书长说孟总虽说是家乡人，也不常回，人生地不熟，为孟总服好务啊。邵连连点头。

待主人告辞，孟军先给老婆黄楠打了个电话，简单说了说情况。黄楠问他喝了多少，他说不多。黄楠说老家的人不是喜欢把人灌醉吗？他笑说那看对谁了。又问老妈怎么样了？黄楠说情绪还行，中午喝了点粥，吃了两口小菜，在看电视。他说我和妈说几句，又赶紧改口算了算了，晚上再说吧。黄楠问有什么事吗？他略略停顿，说今天遇上一件蹊跷事，想问问妈。黄楠问什么蹊跷事？他说一句两句说不清楚，再说吧，我想睡一会儿。

挂了电话，孟军没睡，又按了一个号码，等的时候，他的心跳不由加快，心口涌出一种可称其为甜蜜的东西。这些年，各种女人不断走进他的生活，甚至不胜其扰，但事后能有这种甜蜜回味的女人并不多。电话那边叫秦欢的女子就属其中之一。秦欢是到他公司实习时认识的，可谓是一见钟情，好了一年多，终是那"世上没有不散的宴席"的话，秦欢研究生毕业后随在崮城任教体文委副主任的丈夫而去，在一所中学教书，一晃七八年过去。这回他没打謄代表家族来崮城捐赠父亲的革命遗物，其中就有再续旧情这个因素。

电话终于接了。是秦欢。

晚上市委于涛书记正式宴请。笑容可掬的于将孟军迎进宴会厅。在官场，一把手出面接待的都是最重要的客人：上级领导或者来"大手笔"投资的商贾。自己呢自不是前者,算是后者今番也没有"大礼"相送,书记能出面宴请,也算最高礼遇了。他在心里思忖,莫非于有求于自己?似乎不会,在车上与安市长交谈,安透露于快"到点了",不日就调任大市干人大副主任,离开崮城。官员到了这个节点,除了在当地搞搞"善后",别的心思也就平了,不会……转而又想,于的姿态或许仅是冲着自家"老头子"吧。"老头子"是崮城地面当年参加革命的人中地位最高的人,礼遇他的后人,也是所谓不看僧面看佛面了。

  于涛染了发,脸色红润,看起来不像快六十岁的人。这许多年,孟军于公于私接触到许多不同级别的"一把手",而感受到的是一种相同的"气场":高屋建瓴、气定神闲、宽和亲切、侃侃而谈,还不时展现出幽默与机智。于涛书记开言亦是,他首先高度赞扬了"孟部长"一生从事革命事业的丰功伟绩,是家乡人民的骄傲,人们不会忘记他,所以这次捐赠活动要搞出声势,媒体已经做了报道,但不够,还要大张旗鼓地搞。除了宣扬老部长的革命功勋,还要宣传老人家一生清正廉洁的高风亮节,他刚刚知道,原来老人家还有一个儿子在原籍务农,也就是孟总的哥哥了,一个省部级干部的儿子还是一个普通农民,听起来简直是天方夜谭啊。老人家官居高位,解决一个儿子的工作问题,也就一句话的事嘛,可老人家就是严以律己、大公无私……

  后面的话,孟军就听不清了。一顿饭吃得混混沌沌。

  回到宾馆,孟军急不可耐给家里打电话,请老母接,他开门见山问:妈,你知不知道,崮城还有我一个哥哥?老母开始没回音,过了会儿问句:小军你说啥呢?孟军又重复一遍。老母陡地发起火来,喊叫:你个小军是不是叫酒灌迷糊了,满嘴胡话!他说:妈,我没喝醉,也没说胡话,今天这里的市长和书记都说爸爸在乡下还有一个儿子。

老母亲火气不减：去他娘的腿，几个儿子我还不清楚？简直胡说八道！他此刻倒无比地冷静，说，妈，这事是怪，可无风不起浪，你想有没有这种可能，爸爸和他第一任妻子曾有过一个孩子……"咔嚓"，那边把电话摔了。

过了片刻，黄楠把电话打过来，责问他说了什么浑话把老母气翻。他悻悻地摇头，遂把事情的来龙去脉对黄楠讲了，黄楠也觉得这事蹊跷，说要真这么回事，就是爷爷（黄楠一直以女儿的叫法相称）从一开始把这事隐瞒了，又说早不认亲晚不认亲，单等老头子过世了再认，看来这里面大有文章。

黄楠的话让孟军生出警觉。

门铃响了，他晓得是秦欢来了，便改换一种心情去开门，果然，秦欢在门外款款而立。虽多年未见，却未见有什么变化。进门后，秦欢看着他笑笑，问我胖了吧？他仔细端详了一下，倒真看出是胖了些，他走到她身前，说句我掂掂，说着便两手搂起她的腰，抱了起来，掂了几掂，放下，却仍拥着，欲吻时秦欢却转头避开了。他不勉强，一笑松开了她。

秦欢朝宽敞雅致的客厅看看，又移步向其他几个房间，不由"呀"了声说这么豪华呀。他眼不离她笑笑，说总统套房嘛。秦欢说真没想到，这么个小地方也有总统套房。他依然笑着说，有哇，这里就是嘛。秦欢问真会有外国总统来住？他说百年不遇吧。她说为百年不遇准备着？他说当然不是，我不就住进来了吗？人家是要让客人体会一下总统的待遇嘛，你不允许？秦欢说我有什么权利不允许。

落座后，孟军问秦欢要不要喝点酒，XO？法国红酒，或者茅台？秦欢摇摇头。孟军不勉强，给她冲了绿茶。这时他脑子里转着一个问题：接下来要朝哪个方向进行呢？当然他知道，决定权不在自己，而在秦欢。他还清楚，在看到秦欢的那一刻，他身体有冲动。对于不缺女人的他而言，这种冲动很难得。

饮了一口茶，孟军放下杯子，望着把杯子端在手上看的秦欢问，过得怎样？秦欢淡淡说，还能怎样？孟军从话中体会出来的意思是不怎么样。其实也是想象得到的，在以前的电话联络中，他得知秦欢的丈夫已调到大市担任教育局局长，而她本人并没有跟了去。问其原因，她含混着。他就意识到其家庭生活已出现了问题。他想夫妻有一方升了官或发了财，特别是男人，想不出问题都难。

孟军适时止住这个话题，既然自己不可能再娶秦欢，就不应再纠缠人家夫妻的瓜葛了，眼下自己要弄清的只是能不能把她搬到卧室那张巨人的床榻上，既不辜负此行，也不辜负白送的总统套房。当然需一步一步朝那个方向走。

孟军先把自己这次孟崮之行的来意告诉了秦欢。

秦欢沉静地听着，后问，仪式结束了就回去吗？

孟军说不一定。可能会待几天看看能不能做点什么。

秦欢：工程？

孟军点点头：也许吧，哎，秦欢，告诉我，欢不欢迎我来崮城发展，向崮城进军？

秦欢一笑不答。

孟军又问一遍。

秦欢叹口气说，我欢迎不欢迎不管用，得看市长欢迎不欢迎。

孟军心想尽管秦欢有些偷换概念，却也道出事情的根本，他问句，安市长这个人怎么样？

秦欢说老百姓反映还不错，干实事，也亲民，成天笑呵呵像个玉来佛，不过干得也挺辛苦。都知道他没啥后台，只能靠"政绩"说话。

孟军身在商场，对官场的一套门清，说如今走仕途，靠政绩能上到县处级到顶，再往上，没"根基"就没戏了。

秦欢问这么绝对？

孟军笑笑，说当然还有另外一种途径……

他做出点钱的动作。

这时秦欢的手机响了，接起来简短说句你来了？略一停，又说，知道了，十分钟以后下去。

有人来接秦欢，孟军的心像被什么撞了一下。又会是什么人跟腚追来？应该是她的"情儿"。至此也大体晓得此行和秦欢没戏了。一种挫败感油然而生。

秦欢起身告辞，孟军将前不久从巴黎"老佛爷"店购得的一块名表送给秦欢，秦欢接了，轻轻一笑，没言声。

孟军本想把秦欢送到宾馆大门外，但顾及到会给秦欢带来不便，就只送到电梯口。电梯下行后，他没立即回房间，怔了一会儿，然后踱到走廊顶头的窗子前，从这里能望见宾馆大院，一种莫名的情绪让他想看看把秦欢迷住的究竟是个怎样的男人。

他完全没料想到为秦欢打开车门的竟然是一个风姿绰约的女人。

他不胜惊诧。

原计划第二天上午进行的捐赠仪式因一个意想不到的事故而延迟，夜里骤起的大风将纪念馆外面的电杆刮倒，电线短路又导致变电设备烧毁，失去电力供应，使展室照明、电视录像及音响等诸多环节都无法进行。事故一大早报到市里，领导虽气恼也无计可施，只能将仪式延期进行。孟军接到邵秘书长电话时正在房间用早餐，邵一再道歉，说真是天有不测风云，又说看来是上天要挽留孟总在家乡多住几日了。孟军就说没关系的，没关系的，空几天正好办几件私事。邵说孟总的私事就是我们的公事，有什么需要效劳的尽管讲，我们全力以赴。邵诚恳的话倒让孟军脑子打了一个转，想许多事由政府出面会便当得多，便问句本地可有养藏獒的地方？邵赶紧说有啊有啊，还不止一个呢，孟总是不是要买？孟军说买不买得等看了再说。邵说按说我应陪孟总去的，可刚出的这桩乱子要张罗，就让办公室邓主任陪同吧，有什么要求只管对他讲。孟军道了谢，挂了电话。

从宾馆出发，越野车穿过不算大的市区，攀上了一条通往山区的土路，坐在副驾位的邓主任不时转头为孟军做"导游"，见山说山见岭说岭，不知怎的，看着邓把脖子扭得青筋暴涨，孟军心里很不舒畅，便趁邓停歇时赶紧摸出手机拨号，启程前与公司副总老徐通电话。事没讲完，现在正是可用时机，通了就不慌不忙地讲着，不时下达着指令。直到汽车拐进山坳里的一座院落，藏园到了。

显然事先已得到通知，藏园已有人在大门口迎候。邓指着一个四十多岁、面皮白净的男子介绍说这是亢总，孟军握握亢女人样软乎乎的手，不由得想如此一个柔软的人却热衷于摆弄比狼还凶狠的藏獒，也让人称奇。

这座藏园算有些规模的，一圈高高的院墙，临门有一座三层小楼，小楼对面有一排低矮的铁栅栏偏厦，当是獒舍。亢先将孟军一行请进一楼的客厅，客厅四壁挂着各种型号獒的彩色照片，显得阴森可怖。亢开始介绍他的獒园与他的獒。说他这獒园是省内最大的一座，有各种獒40余只，总价值过亿。其中一只叫"温哥华"的成年母獒——对了，就是这只，有人出价三千万都没舍得卖，他说永远不会卖"温哥华"，因为温与另外一只叫"马丁"的雄獒交配，生出来的小獒身价过千万，还供不应求。现在獒的市场十分广阔，他这獒园的规模会不断扩大。孟军好奇问怎么想起养獒来，亢说这缘于一次特殊的经历，那年与几个同学到西藏河曲旅游，晚上在山脚下野营时，帐篷被三只野狼包围，危难之时，一只红獒不知从什么地方冲过来，与三只野狼搏斗，最终战胜野狼，保全了大家的生命。由此，他决定要养一只红獒来做自己的贴身保镖，不料养起来便一发而不可收，最终有了现在这个规模。

他听着却怀疑亢所讲义獒相救故事的真实性，前年他在山西参观另一座獒园，其主人好像也讲述了类似经历，当然是真是假也不必深究。不过说到用獒当贴身保镖，他觉得就离谱了，光天化日之下，谁能让一条烈犬随行？从老辈子起，狗的用处就是看家护院，说到自己，自他的京西别墅进了一回贼，就一直想弄只看门的狗。

往獒舍去时，孟军的手机响了，是他哥哥的朋友兼生意伙伴——万祥集团的恭总，恭总说你在崮城吗？他说对，有事吗？恭说算是有。他说讲。恭说我听说那里的地产有商机，你找头头弄块地，咱合伙开发，做什么项目再议，他说和人家也没啥私交，不好张口。恭说冲老爷子的面子……他说人已经去了。恭说虎死有威，你此行不就证明人家把老爷子很当回事嘛。他说面上的事也当得了真？恭说如果项目真有大钱赚，干脆就请省座打个招呼。孟军说这种事最好别麻烦我哥。恭还要再说什么，被他打断，说这事我知道了，回头再议，我正忙着呢。

讲完电话，也到了獒舍，工人们正在给獒们配制午餐，除了主食饲料外，还有副食，如牛肉、鸡蛋、胡萝卜、苹果等。他问身旁的亢总养一只獒花费多少，亢总说一年少说十万元。他心想伙食标准不低，买粮食够三百人吃一年。

獒舍依山势呈弧形伸延，孟军在亢的讲解中依次观赏着一只只体态毛色各异的獒犬,在心里掂量着哪一只合自己的心意。后来就来到被叫"温哥华"与"马丁"的婚房前,孟军眼前陡然一亮,呵了一声,这对专伺造后的伉俪果然名不虚传,体形庞大,前胸宽阔,毛发浓密,口鼻方正,目光如炬……也就在这一刻,他心里已有了定夺:不要别的,就要一只温马的后……

中午亢留饭,说不远处有一地场,正宗的山珍野味。孟军正欲推辞,邓贴他耳朵悄声说:去吧,安市长说要赶过去。这刹那,他想起恭来的电话,想不妨借机向安探探口风,便应了。

驱车沿山路前往,到达方晓得此地场非同寻常,现于面前的是一幢富丽堂皇的现代山庄。周边山高水长,林木葱郁,车子驶进大门,院内奇石耸立,异木伸展,水花飞溅,如同到了人间仙境。

主楼前面已停了不少豪华汽车,仍有车络绎驶米。酒香不怕巷子深,何况又是醉翁之意不在酒。作为"圈内人",孟军深知此类场所的诡谲处,正如赖昌星津津乐道地谈他的"红楼"杀伤力:任何人只要上到第X层,个顶个都会败下阵来,乖乖当俘虏。

刚在宴会厅落座,安市长便赶来了。他告诉孟军,线路恐怕还得几天才能完工送电。既来之则安之,又说市里已派人把他的老哥接过来了,一是兄弟俩可借这空当好好叙谈叙谈,再是也请老哥一起出席捐赠仪式。孟军闻听别扭至极。本想当即告诉安这里他根本就没有一个什么"老哥",不要上了骗子的当。可他没把话出口,因这很唐突,也会引起误解,要讲也要找适当机会把话讲清楚。

一顿饭孟军吃得没滋没味,白费了亢总的一番美意。工程的事也未与安接上话,饭后安说要赶回去接待国家级贫困县评估团,责成亢陪同孟军在这里"放松放松"。孟军没有这种心情,托辞谢绝了。

回到宾馆，孟军立刻给大哥拨电话，事关重大，须让大哥知道，听听他的说法，他或许知道其中的隐情。从小到大，父亲一直对大哥很器重，说他稳重、善思，所以就让他走从政的路。电话响了好一阵子，方接起，是潘秘，这是常有的情况。潘这人很神，自己刚道了声"你好"他就对上了号，亲热说孟哥你好你好，省长正和财政厅长谈工作，不方便接，等谈完我立刻回拨过去。他说好。潘又说孟哥你过来嘛，省长常念叨你，大家也很想你。他说好的好的。挂电话没多久又振铃了，接起来是恭，还是撺弄他借机"拿地"，说辞是机不可失时不再来。他答应把这当回事。从内心讲，他是认同恭的，在大城市已缺少机遇的情况下，"老少边穷"倒正合其时。崮城既老（老区）又穷（贫穷），大有发展空间。

大哥的电话终于拨过来了，也不寒暄，开门见山问小军有什么事（这是大哥的风格）。他就把来崮城遇到的事原原本本讲了，问大哥知不知道父亲有个孩子遗弃在乡下，大哥想都没想就说没有，不可能。他说这就怪了，妈说没有，你说没有，怎么就生生蹦出这么一个人来呢？大哥说也许是误会了，张冠李戴。他说不会，都惊动了市长书记，人家满腔热情。大哥沉默片刻，说老爸刚走就出了这件事，要妥善处理。小军，两点：一是弄清这个人的真实背景，与其划清界限；二是事关老爸声誉，要低调处理，不能以势压人，那会适得其反。他说哥你放心，这事我会处理好。细想想大哥这两条"指示"可谓言简意赅。是出于历练的高屋建瓴。

弄清这个人的真实背景，弄清他的目的所在。虽然还没见这人的面，可市里已经把他当成了老父的儿子并周到地施以礼遇，接着还要让他参加捐赠仪式，如果真发展到这一步，就以讹传讹，不好收拾了。按说应立刻向市里说明情况，请他们出手予以澄清，可考虑到大哥所说不要损害老父的形象，还是要慎重，反正离开会还有几天时间，沉下心，把事情想周全些，以防节外生枝。人言可畏，对活人死人都一样，什么老革命老干部，当代陈世美而已。弄不好，这次活动非但不能为老父脸上贴金，反倒抹了黑。想到这一层，心便有些沉重，感受到一种实实在在的压力，同时也开始认真地思谋着如何化解这桩"他妈妈"的事。他觉得要弄清那个歹人的面目，在当下的信息时代并不是一件难事，难的是自己无法出面，一是人生地不熟，再是自己被市里当成"重点保护动物"，处处时时在人的眼目下，行动不得。像往常那样，每逢遇到什么难题，便会想到一个人——公司法律顾问也是他的好友常德在律师。就让他做好了。想定便拨了电话，他与常同样是那种无须客套的关系，接通后问句德在你抽得出身来吧？对方说还可以。他说那你就赶过来吧。什么时候？立刻。

下午，孟军在邓主任的陪同下参观了市容，也是应景般看了看，刚回到宾馆，便接到常德在的电话，说已经到了。孟军要他自己找旅馆住下，也不要找他，等他的电话。放下电话，他不由想到最近热播的谍战片《悬崖》，觉得自己似乎也成了地工，不由在心里苦笑笑。

晚上安市长设家宴款待孟军，所谓家宴并非到家里去，而是以个人名义到某个饭店请客。下了车，孟军被已候在那里的安夫妇引进一家挂有"草根食堂"招牌的饭馆，这很容易使人联想起早年间的大众食堂，可进到里面，便发现是一个极尽奢华的地方，与所谓"草根""食堂"根本是南辕北辙不搭界的事。孟军不动声色，只想在这么个申报国家级贫困的地面上竟然有如此让人受用的去处。安夫人曲老师的出面理所当然地将这次宴请定位于"家宴"上，其余的人如秘书长邓主任等实际身份也应该算是安的"家里人"。

唯一能体现出"草根"特色的当是率先打开的那瓶被誉为本地茅

台的崮城老烧。开席前，秘书长先讲了这崮城老烧的典故。说那年解放军围歼据守在崮山的国民党二十一师，敌军工事坚固，武器精良，解放军久攻不下，伤亡惨重，后来临阵指挥方团长下命令组织敢死队，清一色牛高马大的壮汉，身上挂满了地雷和手榴弹。攻击前，方团长让人抬来两坛子烧酒，亲自为敢死队队员斟上，一碗又一碗地敬，个个都喝得热血偾张。冲锋号吹响，壮士们从战壕一跃而起，摇摇晃晃扭秧歌般扑向敌人阵地，这伙人怪异的样子把敌人弄怔了，等清醒过来已冲到战壕前沿，就这么在山顶插上了红旗。

孟军静静听着。其实这段别开生面的崮山战事他曾听父亲讲过，当时父亲就在这支反击部队，担任团后勤部长。父亲扬扬得意讲那罐酒是他带人从一户老财家弄来的。今天，秘书长没提及却最应提及的父亲在这当中的作为，着实让他有些不解。

秘书长适时端起酒杯，说温故知新，这崮城老烧可是为革命事业立了大功……

安市长接说，还有人，那些为革命光荣牺牲的英勇战士。据说上去的那四十七名敢死队员最后只剩下八人，其中五人还负了重伤。来，我们向革命先烈致敬，是他们的英勇牺牲换来了我们今天的幸福生活。

安市长夫妇向孟军举起酒杯。

孟军一般不喝白酒，但听过这崮城老烧的革命佳话后，拒绝便是态度问题了，便与主人干了。酒很冲，可味道很正，咽下去有种滑爽感。是真酒。

而后邵秘书长、邓主任一干人轮番向他敬酒。

下面的话题又从革命先烈谈到刚过世的孟父"孟老将军"身上，讲他为革命为家乡做出的巨大贡献，讲家乡人民一直把他当成骄傲。此情此景，自是再恰当不过的话题。

安市长似乎动了感情，颤着声音重提老将军把儿子留在家乡务农的感人事迹。说可惜知道晚了，没能适时宣扬。孟军听着，心里很不舒服，他再次想借这个场合把事情澄清：老将军根本没有一个儿子在崮城乡下，全家人都不知这回事。那个以"儿"自居的人是个居心叵测的骗子。可不知怎么话在舌头根上打了几个转，终又咽回去了。

安市长又说：今晚本想把孟总的老哥一并请来，一块热闹热闹，可于涛书记另有构想，就是留待你们哥俩在捐赠仪式上相见，用这个平台，让媒体大张旗鼓地宣传老一代革命家的高风亮节，那会很感人很有教育意义。我完全赞同书记的意见。

邓主任说：我们不会慢怠老哥，今晚由李副主任单独宴请。

孟军开始出现惯性耳鸣，头也疼起来，他起身走出宴会厅。

从洗手间出来，他看见安市长也出来了，走到他近前说，咱们拼不过年轻人，找个地儿躲几杯吧。

安市长引孟军到大堂咖啡吧落座。

安笑说咖啡解酒。

他说是吗？

安点点头，说最有效的是蓝山。

他也点点头，心里清楚安不是带他来解酒的，当是有话要单独谈。此时他也不猜测安要跟他谈什么，他谈什么都可以，虽然喝了不少酒，他对自己要对安谈什么心里很清楚，就是恭总一再提到的"地"。当然要适时进入这个话题，以免唐突。

安首先埋怨起孟军，说孟总有些见外了。

他稍稍一怔说没有啊，安市长你不了解，其实我是个很实在的人。你们市长书记一遍一遍地请，按说用不着这么过礼，看我就一点不客气嘛。

安说不对。

他笑笑,怎么不对?

安也笑笑,说那就恕我直言了。孟总这次来,除了参加捐赠仪式外,心里应该还装着另一桩事。

他一怔,心想莫非他知道了自己和秦欢的事?除了捐赠,这次来还确实有秦欢这个因素。可他……

安哈哈大笑起来,说被我说中了不是?

他仍在心里想安是怎么知道这回事的,当然事本身并没多么要紧,就是安知道甚至全公开也没什么要紧,大家生活在同一个"宽松"时代,一切皆理解万岁。

安喝了一口蓝山,放下杯,抽一张餐纸擦擦嘴,说下去:我知道孟总做一个大公司,且以地产为主。京、沪、广州、深圳都有大楼盘。只是以我所知现今大都市已不好做了,地产业开始瞄上三、四线城市。从前被忽视的地方反倒大有商机。我想这一点作为圈内人的孟总一定比我还清楚。我所以说这个,孟总一定别误会又是招商引资老一套。其实最近以来有意进军崮城的大有人在,都应付不过来。我只是奇怪孟总怎么能沉得住气?就想一定是孟总爱面子,不好意思提出来。

孟军一时不知该怎样回答,所谓在商言商,起意来崮城时也打谱过来瞅瞅看能不能做上一两单,也只是一念,便排除了。在庄重严肃的捐赠活动中夹杂些"私货",难免让人诟病。基于此,恭总给他打电话陈说此事,他只是"哼哈"应着,并不走心。让他没想到,今天安主动提出来,这真是想吃饽饽来白面了,想困觉来枕头了。既然安表示他并非是为本地招商投资考虑,就等于表明他是以友情为重,为你谋利益。自然作为一市之长,也是说到做到的事。

他诚恳地说,十分感谢安市长的美意,只是……

安摆摆手，说没什么只是不只是，只要孟总不嫌弃我们这小地方，有想法只管提出来，我会全方位配合。

安已经把话说得很明确了。

安又说，据我掌握的情况以及判断，崮城目前有六七个不错的项目，孟总可从中选出一两个，改日我让规划局的人把项目情况给你透个底，再选就容易了。

孟军点点头，说那我就先谢谢安市长了。

安哈哈笑，说见外了不是？

孟军也笑了，说那首歌唱"谁不说俺家乡好"，真是这样啊，家乡对我们这些游子……咳，话到嘴边倒真不知该怎么说了。

安说那就什么都不用说了。

安停停又说，先把项目定下来，其余的事再说，比如融资……

孟军的身子动了一下，像被点了一下穴，眼下国家银根收紧，无论私企还是国企都运转不灵，上新项目更是有心无力，安提到融资，莫非……他看着安说，不瞒安市长说，我那公司看起来架子不小，实际上已开始周转不灵，若是……

安打断说，这一块我也替孟总考虑到了，别的不好讲，崮城这里我可以和银行打打招呼。当然，这个不急，先把项目立起来再说。

孟军不住点头，说安市长说的是。

回到宴会厅，孟军结结实实向安敬了三杯酒，心里喜不自胜，就想：见过帮忙的，却没见过这么帮忙的。安是个豪爽之人啊。

回到宾馆，孟军就给恭打电话，讲了安的态度。恭自是高兴，问他是不是马上赶过去？孟军说不着急，反正我在这儿。需要你过来再打电话。恭说行，无论如何要把这事盯牢，还有，该许诺的要许诺。

放下电话，孟军怔了片刻，想：都知道天下没有免费的午餐，安给予的"午餐"要什么回报呢？无利不起早，对谁都一样啊。

孟军是在大堂酒吧与常德在会面的，后者比前者年轻八岁，对前者向以大哥相称，实际上两人的关系也属于哥们儿弟兄，于公于私都无话不谈。点上饮料，孟军便把"崮城大哥"的事和盘托出，其愤恨、无奈溢于言表。常德在边听边乐，一副怡然自得的模样。孟军睃他一眼，说你觉得这有什么可笑的呢？

常德在敛住笑，说我是笑你那个乡下大哥，要认祖归宗，趁早啊，但等人不在了再认，不是脑子有病？

孟军说现在还不知他有什么企图。

常德在说，这个先放一边，得先弄清楚这个大哥是真是假。

孟军似没听懂，问什么意思？

常德在说，哦，我没说清楚，就是，这人，是不是与老伯真的有血缘关系。

孟军断言，不可能，完全不可能。

常德在说得有证据。

孟军问证据？

常德在说，对。你想一想，他一介农民，敢如此冒天下之大不韪，肯定有什么证据。打官司打的是证据。咱们否认，同样也需要证据。

孟军问：我妈、我大哥都予以否认。这不就是证据？

常德在说：这算不上证据。

孟军问：不算证据？

常德在点点头，说孟哥，别怪我说话直接，我们要把困难想在前面。有言来者不善善者不来，这事闹不好是要对簿公堂的，所以从现在开始就必须从法律的层面来考虑问题，否则到时会被动。

孟军沉着脸喝咖啡。

常德在也深沉下来,说:孟哥,首先声明,我绝不怀疑大伯的人品,大伯我见过,很正直很慈爱的长者。但许多时候人品并不能完全说明问题。特别在那个年代,兵荒马乱,什么事情都有可能发生,这个不说,只从捍卫老伯的声誉出发,对这事也不能等闲视之,先弄清事实,再面对事实,然后加以应对。

孟军不语,却明白常不是危言耸听,他的责任是为自己负责。他开始感到事情有些麻烦,挠头。

常德在向在远处的女服务员招招手,让她送一盒烟来。孟军知道这是常的习惯,平常不大吸烟的他一旦进入工作状态便烟不离口,他朝服务员交代:一条软中华。

点上烟,常德在的眼睛开始闪动,以律师对当事人的口吻询问道:孟总,请就你的所知,讲述一下孟老将军的人生经历。

孟军慢慢蹙起眉头,似进入回忆,缓缓说道:父亲属蛇,应当是1917年出生,念过私塾、念过公立学堂,在邻村三山口教过书。后来就参加了革命,在崂山与日本鬼子打游击,再后来参加解放战争,全国解放后历任军分区政委、大军区政委……

常德在看着他,让他继续讲。

孟军说下去:父亲在当教师时成了亲,女方是邻村人,他们一直没有生育,父亲参加革命后离家,全国解放后离了婚。1950年和我母亲结婚。

常德在问:老将军离家后回没回去过呢?

孟军说:没有。

常德在问:怎么知道?

孟军说:听我母亲说的。

常德在说：伯母也听老伯说的了。

孟军问：回没回家又有什么要紧？

常德在说：怎么没什么要紧，回家就有可能……

孟军打断说：行了，行了，你们当律师的脑细胞也太活跃了。对你讲，我父亲就大哥和我两个后，再无他人，这个，我敢打包票。

常德在说：你打包票没用的。

孟军问：那谁打包票有用？

常德在说：这种事谁打包票都没有用。包括老伯本人。

孟军彻底发火：你——

常德在赶紧道歉，说，对不起，我不是有意亵渎老伯，我是从法律上讲事情，比方讲，我是说比方，在法庭上那乡下大哥要提出做亲子鉴定……

孟军黑着脸说：人都不在了，还做个鬼鉴定？

常德在说：老伯不在了，可你和大哥还在呀，你们有义务配合法庭……

孟军眼里冒火：好啊，我配合，一定好好配合，要是DNA证明也是老爷子的后，我继续配合分一半家产给他！

常德在轻轻一笑，说：要是真出现这种情况，他自然也会提出财产要求。

孟军哼了声说：这当然是他所求，只怕没这个命！

常德在又点上一支烟，吸了一口，说：如果，我是说如果，如果这人是成心诈骗，那他真要吃不了兜着走。可要能叫他刮拉上，那还真能叫他肮脏着，对别人也许不打紧，可对清亮了一辈子的老伯就不一样了。有句话叫盖棺定论，而对老伯就是揭棺另论。非同小可，其影响不是钱所能衡量的。所以我们万万不可掉以轻心，必须做充分准备，拿出铁证。这样，我明天就下乡去，找相关人员调查，也巧，我与那镇上的王书记曾打过交道，请他帮帮忙……

常德在的一番话说得孟军情绪低落到了极点。

刚回"总套"，手机铃响。是秦欢。他调整一下情绪，问句秦欢你在哪儿？秦欢说在家。他说你过来吧。秦欢说不。他说要不我去看你？秦欢仍说不。他一时语塞，不知下面该说什么话了。秦欢问，你在崮城还能待几天呢？他说活动因电路故障后延，拖到哪天难说。有什么指示？秦欢说你这么大人物来了，总得请你吃顿饭啊。他的心放松了些，吐出口气，笑说，别搞错了咱俩，你可一直是大人物哪，我请你。秦欢说你请那就算了。他赶紧说好吧好吧，听你的。秦欢问想吃什么？他说想吃你，你又不批准，随便了。秦欢笑了一声，说吃全羊吧。全国都知道崮城的小尾寒羊，是吃青草喝山泉水长大。他说就吃羊。正这时，他听到从那边传来一轻柔声音，像是说了一家饭店的名字。他问是榕榕吗？秦欢说你的耳朵倒尖，哪里是榕榕，对你讲过榕榕在上海读书嘛。他又问，是你妹妹了？秦欢说我妹妹在深圳，怎么会是她。他索性打破砂锅问到底，那到底是谁呢？秦欢没好气地说，你查户口啊，谁，革命同志。"同志"两字像火花一样在头脑中一闪，油然想起他曾看到的那个来接秦欢的女子。同志？莫非……他的心像被什么撬了一下。

挂了电话，孟军的思绪久久集中在这上面，驱之不散。无论从直觉，还是秦欢说"革命同志"时的异样口吻，都让他怀疑秦欢有了新的性取向。老天，这可怎么说呢？他和她在一起时可没现一丝的端倪，相反她是一个不能再女人的女人，不仅性格温柔娴淑且性感也特别灵敏，那里都不能碰，一碰就雨水滂沱。若不是畏惧离婚那惨烈的后遗症，他会真的娶下秦欢。可他不是个敢作敢为的男人，自己都对自己失望，何况秦欢？也正因如此，秦欢毕业后没有留在北京，而远嫁崮城。如果自己的判断没有错，她目前的婚姻状况断不会好，作为已婚女子，只有对丈夫极度失望才会"转轨"成为"同志族"。其实，那天她已经对此有所表露，她与那局长丈夫早渐行渐远。他唏嘘不已。

线路未竣工。安市长责成规划局向孟军介绍项目。孟军本来以为会在宾馆的"总套"里谈，却不是，邓主任和规划局的江处长带一辆奔驰商务车将他拉走了。文质彬彬的江处长坐在孟军身旁，从公文包里拿出一叠规划图纸，展在膝上，说市长让我为孟总服好务，不胜荣幸。为节省孟总宝贵的时间，我们把程序合并，边谈边看。孟总您看这样行不行？

孟军说完全行，添麻烦了。

江处长说孟总太客气。

邓主任说孟总不是外人，进行吧。

江处长说好。局里接到市长指示后，从众多项目中筛选出了四个优+项目，现在我们去看第一号。一号项目的名称，我们暂称"崮城礼赞"，具体说，是在当年崮山战役旧址上打造出一座占地一万亩的老区生态园，集旅游、观光、商务于一体。既可供国内以至全世界的人来旅游瞻仰缅怀革命英烈，同时可供影视制作单位前来拍摄影视作品。老区生态园？孟军在心里思忖着，觉得这个项目的创意有些不同凡常。他记得在海南的风景点见过苗、黎族群众现场以真人秀的方式展示其日常劳作，如纺线织布、编席、捣米等，确给游人一种耳目一新的感觉，而家乡人意欲打造的所谓礼赞生态园，其创意绝不亚于前者，靠山吃山，靠水吃水，靠老区吃老区，可谓用心良苦。这一霎，心中便对这个项目有所接受。他似乎看到在生态园建成后,旅客与影视人络绎不绝的热闹景象。

江处长继续介绍着这个项目,随之展望将会带来的无限商机。津津乐道之际,车已开到山脚下,江处长把身前的图纸胡乱一推,说还是请孟总现场勘察吧,这比看图纸直观得多。

江处长在前面带路,一行人沿陡峭的山路往上攀登,时值深秋,遍山红叶在朝阳下闪着露光,美不胜收。孟军记得那年秋天去抚顺出差,被满山遍野的红叶震撼,而与之相比,眼前所见其壮丽美艳毫不逊色,"谁不说俺家乡好",民歌所唱已与他的心产生共鸣。

攀上山顶,眼前豁然开朗,远山近岭尽收眼底。江处长遥指前方一圆形山峰,说那就是举世闻名的崮山。崮山战斗惨烈无比,为消灭盘踞山上的蒋匪军,我们牺牲了成千上万名了弟兵,战斗结束,当地百姓几乎家家都挂上了烈属牌。孟军沉重地点着头,他知道这一切,父亲对他讲过,书上讲过,影视里也演过,说满山红叶是烈士的鲜血染成是毫不为过的。

这时邓主任走到孟军身边,先用手指向右前方山坳处显现于树丛间的白色调的建筑物,说那就是崮山革命历史博物馆。手往上抬抬,说那就是崮山战役英雄纪念碑。

孟军肃穆地凝望。

一阵山风吹来,孟军脚步有些不稳,身子晃了晃,江处长赶紧将他扶住,说秋天风硬,请孟总坚持一会儿,我抓紧时间汇报,说完把手指向崮山下一大片遍布村落的平坦地,说孟总看到了吗?这一区域就是我们未来老区生态园园地,面山靠城,是块风水宝地啊。

孟军的职业知性令他的心一动,血亦在身上奔涌。任何一个地产商面对一块属意宝地都会这般情不自禁。他想若安真能把这块地给自己,一定投桃报李好好答谢他。

他不动声色问:这个生态园市里已经批准立项了吗?

江回答:是,所以才有那么多开发商蜂拥而至,包括许多大有来头的人。这不,今天一上路我就把手机关了,不然……

孟军倒是相信他的话,点点头,两眼凝望着前方散落的已陷深秋疮痍的大小山村,问:百姓搬迁的事,市里已做了安排?

江答:不存在搬迁的问题。

孟军不解地看看江处长,江面呈得意之色,说市里领导高瞻远瞩,认为既然叫生态园,不妨就彻底些,弄成原始生态园。现有的一切,均保留下来,包括房屋、道路、田地,生产、生活设施,好在这里与几十年前没有多少变化,农民用小推车推粪,用扁担担柴草,用碾子压米,用石磨磨面,不折不扣的原生态。有剧组来拍战争题材的影视,基本不用改造环境,也不用从外面请群众演员,附近这几个村里的村民就能担当起来,既种地养羊,又演戏拿劳务,美着哩。

听着,不知怎的,孟军渐渐觉得有些不对味儿,心也随之沉重起来,眼前过起了电影,就是那些被称为"革命历史题材"的战争片,从长征到抗日,再到解放战争,几十年不停歇地打仗,只打得尸横遍野,血流成河。他曾从一个介绍红九连的纪录片上得知,该连从建连到全国解放的二十年间,前后共牺牲四千余人,这意味着每半年全连官兵就得全战死一回,再补充另一茬人。这情况是恐怖的,却又实实在在。说前仆后继也好,说视死如归也好,反正浩浩荡荡的大军,除了少数人万幸从死人堆里爬出来(如自己的父亲),其余的皆"青山埋忠骨"了,如果英灵地下有知,自己的儿孙辈现在几乎不用化装就能"原生态"地"出演"自己,又会做何感想呢?

当然,作为一个开发商,想这些就有些多余了。

他问：这个项目会对百姓的生活影响很大，征求过他们的意见吗？

江处说：这个倒没有，不过到时会给他们讲的，估计也不会有什么意见，帮他们加快脱贫步伐是大好事，能有什么意见？

他觉得有必要把事情讲在前面，说道：江处长做规划工作，经历过的事肯定很多，征地、拆迁、基建，哪样弄不好就会出乱子，特别是有些具体问题，不事先估计到难免会出麻烦。比方这个"崮城礼赞"项目，不拆迁，保有原貌，固然有特色，也省事省力，可要有农户偏要盖新房住，人家有这个权利，你能不让？可真要盖起来，以后无论旅游还是拍影视都会破坏"原生态"。那么，这个以"原生态"为亮点的"崮城礼赞"其纯粹性就要打折扣了。

江处点点头说：是这样，是这样，不过一般这种情况不会发生。

孟军：怎么不会发生？

江处长一笑，说：你想想，他们要是能盖新房早就盖了，不用等到现在吧。当然，凡事都有例外，假若有人执意要盖，我们的工作会跟上去，相信老区人民是识大体、顾大局的。爷辈父辈们为革命连命都不惜，自己还有什么权利为一点个人利益而斤斤计较？

孟军一时不知该说什么。

江处又说：当然，要是真有个别人不顾全大局，顶风上，我们会依法办事的。

孟军想：依什么法？中华人民共和国维护原生态法？

江处说总之，我们有执政能力解决一切问题，这个孟总大可放心。

听江处这么说，孟军倒真有些不放心了。在自己家乡搞项目，要是弄得剑拔弩张（弄不好再死上几个人），这是他不希望看到的。

他把眼光从江处身上移开，投向远处那条从崮山里流出来的观河，在观河紧贴山根的地方，一座小村隐现于树木中，那就是他的将军父亲走出来的小孟村，一阵伤感端的扑上心怀。江处再讲什么，他就听不见了。从山上下来后又把另几个项目看了，尽管孟军已不再用心，却也能评估出这些包括"礼赞"在内的项目皆属"积优"，是大有钱赚的。何况还无须融资。他在心里思忖：做呢还是不做？一桩本来条理清晰的事却颇费斟酌，只因其暗含不同寻常的乖戾。

邓主任将孟军送到那家"韩记"全羊馆。邓问几点来接，孟军说不用接了，你们忙自己的。江处说孟总别客气，有事请打电话。孟军说没问题。邓主任刚要迈步上车，又停下，转身看着孟军轻声说，孟总对"礼赞"项目的担忧是有道理的，可见孟总与那些唯利是图的商人不是一路人，我很敬重。孟军点点头，目送邓上车，说谢谢。看着车离去，孟军方进店内。此刻秦欢从大堂沙发上站起，朝他摆手一笑。这是他再熟悉不过的笑容，可以说当初正是这媚媚的一笑，令他心动，随后生发出一段令他难以忘却的恋情。要说人生不如意十之八九，那么不能与秦欢永结秦晋，便在这八九之中了。他不由叹息一声。秦欢明察秋毫，问句：好好的，叹什么气呀。

他赌气似的说：好好的？哪有什么好好的？

秦欢瞅他一眼，摇摇头。

是一处不大的雅间，小而温馨。坐下后，秦欢从包里拿出一个方盒送到孟军手里，笑说来而不往非礼也，我也送你件小礼物。孟军笑着打开盒子，见是一条老名牌皮尔卡丹腰带，遂问送腰带做啥，是让我把裤子系紧系牢？秦欢脸一红，抢白说谁管你系紧系牢的事？孟军说是啊，你是不管了，让我伤心。又说我腰带很多，干吗花这份冤枉钱？秦欢说不是买的。孟军意会地点着头，说明白明白，拆东墙补西墙。秦欢说去你的。孟军就笑，说秦欢我给你讲个小典故吧。咱们那友好邻邦的人民总是吃不饱肚子，领袖老金去"老大哥"那里救援。老赫说粮食谁都不富裕呀，还是扎紧腰带吧。老金说腰带也缺哪，要不，你先发一车皮腰带过来？秦欢被逗得直乐，说你腰带够用我再送你别的吧，说着又从包里拿出一盒化妆品，孟军连连摇头说，我要这个干什么呢？秦欢说送人啊。孟军说没人送。秦欢嘲讽说，别谦虚了好不好。孟军说我庄严声明，这次来是一个人来的。秦欢说现找一个也很容易的。孟军说，那你给我找一个？秦欢说要找也轮不到我呀。孟军问那有谁？秦欢说自然是接待方了。现在不是有这么种说法：带老婆来嘛，欢迎；带情人来嘛，保密；一个人来嘛，安排。孟军直笑。这段子他是头一回听说，可仔细一琢磨，还真他妈的贴近现实。前天中午自己要是留在"会馆"里"休息"，不也就"安排"上了吗？他看看秦欢，长长叹了一口气。秦欢一脸坏笑，说享受这么幸福的生活想不笑都难，叹啥气呢？孟军沉沉地说：勾起了我的一件心事来。这时服务小姐推门上菜了。

选这家菜馆，是基于秦欢对孟军的了解，他一直对羊肉情有独钟，同时也基于对"接待方"的了解，堂堂市长书记断不会让高客吃这难登大雅之堂的劳什子羊。而那些年自己在孟军的影响下，也渐渐喜欢上了这一口。记得那年元旦两人在一家宾馆相聚，天黑时，孟军陡地从床上蹦起，说要带她去吃涮羊肉。那天大雪飘飞，孟军不畏艰难，开车行驶了一个半小时，才赶到京郊的那家自称是"全羊人"的羊肉馆。大吃一顿后回到宾馆已接近午夜时分。开门的服务员听说他们冒大风雪跑了三个钟头只为吃一顿涮羊肉，摇头说宾馆对面就有一家羊肉馆呀。孟军说知道。秦欢问那为啥要舍近求远呢？孟军说让你品尝一下"正宗"多跑点路算什么？这端的让她很感动，就一直记着这档子事。此刻，她望了孟军一眼，一股暖流悄然涌上心头。

酒，孟军有意要的"崮城老烧"，就是邓所讲解放军喝了攻山头的本地茅台，为此，称为"革命小酒"真的是恰如其分。当两人干了第一杯，孟军突然记起"那时"的秦欢根本不敢碰白酒，一小杯红酒便晕乎乎。想想也真是岁月蹉跎、物是人非啊。

孟军告诉秦欢刚才规划局的人带他看了三个项目，一个是崮城礼赞，一个是崮城二环路，再一个是全省最高的八十八层摩天大楼。秦欢不屑地说什么都争强好胜，在小山城盖那么高的楼干啥呢？在上面晒地瓜干吗？孟军被逗乐了。

秦欢尽地主之谊连敬了三杯，抽张餐纸擦擦嘴，问孟军：刚才你说一桩心事，要不是隐私……

孟军摇了摇头，说也算不上隐私，闺女。为闺女害愁。秦欢问，闺女不是挺好的吗？聪明伶俐模样俊，上贵族学校，再说有你做坚强后盾，人生注定会顺风顺水。

孟军拖长腔说，可我能跟她一辈子吗？

秦欢说自然不能，但人家会有自己的生活。

孟军说，自己的生活？设想一下，怎样的生活？

秦欢说，这你就多虑了。女孩子总是要嫁人的……

孟军说，是要嫁人，可嫁给什么人？

秦欢调侃说自然要嫁给男人了。

孟军脸上布满愁云，是，要嫁男人，可如今满世界还能找到一个好男人吗？只兴别有权，别有钱，一阔脸就变。

秦欢说一竿子打翻满船人。也包括你？孟军苦着脸说应该包括吧，所以更有感触。

秦欢不语，神情一下子变得黯淡，从孟军的心事，勾起她自己的心事，或者是对自身婚姻的审度，当初那个对自己如哈巴狗似的男人，调到省里不久便"换马",还不止一匹。可笑又可恨的是,有了新欢便从她这里"全身而退",偶尔回一趟家,就像见了个传染病人,沾都不沾。有人把成功男对自家老婆的态度调侃为"一不做,二不休",自己亦享受如此待遇。仅从自己的婚姻状况,她就能体会到孟军对其女儿的担忧。

孟军拿出一包烟,试探地递给秦欢一只,秦欢亦接了。点上烟,两人四目相对,久久不语。

良久,孟军开口说道:大环境让人堪忧,无以为对,所以我想把女儿送出国,让她以后在国外生活,在那里成家。

秦欢问:国外的男人就没坏的?

孟军说:坏男人哪儿都有,可比例不同,程度不同。

秦欢问:怎讲?

孟军说:比方一筐水果,人家那里只是有那么几个烂的,而咱们这儿从中就挑不出几个好的。至于程度嘛,以克林顿为例,绯闻传遍世界,充其量一个莱温斯基,而我们这里,一旦成了个什么人物,就搞将起来,动辄几个,甚至十几个二十几个,你就不知道除了搞,他还有心干别的。

秦欢心想倒也没耽误人家登主席台夸夸其谈,讲带领百姓奔小康啊。又想孟军的这种忧患是现实存在的。而自己又何尝不是,虽然自己生的不是女儿是儿子,且还小,就已经在为他的未来忧虑了。

孟军说:我也晓得,送出去有送出去的问题,国外亲情淡漠,又隔着千山万水,难以沟通,弄不好这个孩子就是给人家美国养的,与你没啥关系了。

秦欢认同说:这种情况比较普遍。让父母很不好接受。

烤羊排送上来了,孟军端起酒杯敬秦欢,两人干了。放下杯孟军叹了口气，说：反正甘蔗没有两头甜，要甜，就甜孩子那头吧，只要她幸福，别的就在其次了，不去想。

　　秦欢动手为孟军撕下一条肋条，递在孟军手里，说：这个思路是对的。送出去是首选，何况不存在经济问题。孟军先把烤成暗红色的肋条放在鼻子上闻，然后吃将起来，边吃边说：美味啊，美味啊。

　　秦欢默默看着他吃，又问：孩子现在读高中？

　　孟军说：高二，争取过去读高三，强化一年外语，考大学，倒也顺，只是从小娇生惯养，自理能力差。一个人放出去不放心，她妈坚持要找一个陪读的……

　　秦欢问：保姆？

　　孟军摇头：不是请保姆，那太显眼，对孩子的成长也不利。

　　秦欢问：那怎样……

　　孟军说：目前流行这么一种做法：请一个同年级各方面优秀家庭条件却不允许出国的孩子，让俩人结伴而行，当然这孩子的一切费用由我们出，条件是在未来的几年中照顾好我们的孩子。

　　秦欢眨巴几下眼。她是头一次听说富人用这种方法送孩子出国，觉得很新奇，细想想也觉得可行，她不由想起那句"钱能解决的问题便不是问题"的话来。

　　秦欢问：一定是女孩子了。

　　孟军说：一般来说是这样。要是有一个男孩十分优秀，足以让女儿托付终身，那就不妨让他们以恋人的身份一起出去，一块完成学业，一块找工作，而后再正式结婚。

　　秦欢说：这种模式可能更好，只是得把人选好选对，还得有感情基础才行，否则会产生许多问题。

　　孟军说：是这样的，所以我们暂不考虑这个选项，就找一个女孩……

生　存

秦欢自言自语：女孩，优秀的穷女孩……

孟军突然两眼一亮，望着秦欢问：秦欢，你帮我在本地找一个这样的孩子怎样？

秦欢沉思一下，随之点点头，说倒可以试试，我的一个好朋友是做教育工作的，可以请她给物色物色。

孟军一听喜上眉梢，说：秦欢你帮这个忙，我太高兴了。来，为这个单敬你一杯。

对饮时"韩记"看家菜"烤羊宝"端上桌，俩人不由对视一眼。

傍晚常德在打来电话，讲他正往市区赶，问怎么见面？孟军说一起吃饭吧。

是一家韩国菜馆。离宾馆不远，孟军先到，在房间里用电话为常"导向"。不久常风尘仆仆赶到。刚坐定，孟军便问：情况怎样？

常说：算是清楚了。挺复杂。

孟军有些警惕，问：复杂？怎么个复杂法？总不能是我的真大哥吧？

常说：说真不能算真，说假不能算假，复杂就复杂在这里。

孟军一怔。

常律师看是饿了，菜一端上来便不顾一切地大吃起来，生菜将烤肉一裹，几乎不嚼便咽下肚。

孟军皱皱眉头，问：中午没吃饭吗？

常点着头，等着嘴里有空闲，说：那书记领着，一户一户找人谈，哪顾得上呢。

孟军耐心等着，常亦适可而止，擦擦嘴，又喝口茶涮涮嗓，就开始说起"情况"：老伯大名孟凤岐，乳名大成，属蛇，一九一七年四月三日生人。在本村读过三年私塾，后到邻村姜格庄读公立学堂，十六岁那年在镇上一家成衣铺当学徒，记账；二十岁到原先就读的学堂当老师，二十一岁娶妻孟王氏，二十三岁离家奔赴抗日前线……

孟军不以为然地听着，父亲的人生"履历"他早就烂熟于心，哪里用得着一个"外人"为他讲述？自己急于知道的是父亲是否还有另外一个儿子，换句话说，就是这个自称是父亲儿子的人是不是冒牌？无论是真是假，在这个时候跳出来又居心何在？

常自然晓得自己的委托人怀一番怎样的心思，只要他"直奔主题"，然而作为被委托人的他则必须周详陈述，不能把自己的辛苦工作丢进"黑影"里。于是便不顾忌孟军的感受，继续有条不紊地讲述着当事人孟凤岐的人生经历：大伯投笔从戎是受到他的同学刘起玉的召唤，刘当时在黄海边的崂山里担任抗日游击队的小队长，他晓得大伯数学过硬，算盘打得好，推荐他当了大队事务长。而后大伯就一直奋战在部队的后勤战线，直到抗日胜利时成为团后勤部长，解放战争时期……

孟军已是忍无可忍，黑着脸说：德在，对你讲，关于家父的革命业绩，一位作家正在撰写革命回忆录，以后你可以把这次调查所得提供给他，现在……

常德在说明白明白，咱就直接说"儿子"的事，关于这个人的"儿子"身份，还是前面说的那句话：说真不能算真，说假不能算假。

孟军压住心中的不快，说这种实打实叫硬的事，怎能模棱两可呢？

常德在说：是啊，一开始我也这么以为，可后来我也搞不清这到底算真还是算假。

孟军简直有些恼怒了，他克制着，说你们当律师的都有一种职业病，喜欢把话弯绕说。这样吧，我来提问你回答。

常德在点点头，端杯呷了一口酒。

孟军：我父亲参军离家前和孟王氏有孩子没有？

常德在：这个倒没有。

孟军：父亲在与孟王氏的婚姻存续期间发生过婚外恋吗？

常德在：这个也没有。

孟军：父亲从参加革命到和孟王氏离婚，这中间他回过家吗？

常德在：没有，这个许多人能证明。

孟军：这不就得了。一对不见面的夫妻又怎能生出孩子来？要是生出来了，那一定是孟王氏不安分，生出个野种孟培仁来。

常德在摇头：这个孟培仁不是孟王氏生的。

孟军惊讶：不是孟王氏生的？那他是从哪里来的？

常德在叹了口气，说这档子事年代久远，也只有少数老人才知根知底。说来话长，我简略说说这期间的过节。

孟军等着。

常道：说起来孟培仁还真是个野孩子哩，是大饥荒那年被孟王氏从村头捡到的，一岁模样，皮包骨头，奄奄一息。孟王氏可怜这孩子，就抱回家养着。到三岁时还不见有人来寻，便断定他爹妈不在了。于是就在族人的见证下，立下收养字据，正式成了孟家子嗣。取大名孟培仁。这就是孟培仁的来历。

孟军不住地点头，神情也放松了，说：原来是个鱼刺（如此）。事情已经清楚明了，这人虽姓了孟，入了嗣，但与家父是没有一丁点关系的。

常德在说：有的。

孟军：为什么？

常德在：这就说到事情的症结所在：无论从法律还是常理上讲，孟培仁是老伯的儿子，准确说是老伯与他的合法妻子孟王氏的共同过继子，因为老伯并没有和孟王氏真正离婚，直到现在。

孟军一怔，大声说：这怎么可能，这怎么可能？

常德在默然不语，拿起一根烤肉串往嘴里送，却让孟军一把抢下来，狠狠丢在盘子里，道：你个常德在闹什么妖，讲，闹什么妖？

常德在望着孟军郑重说：不是闹妖，我说的都是实情，是这一带乡下人谁都知道的实情。你是我的委托人，我必须与你说出真实情况，这样才好应对后面的事。

孟军急急说：不对，我看过爸爸的结婚证，他们是合法夫妻。

常德在摇摇头：从法律上说，在两个人婚姻存续期间，某一个人再婚便犯重婚罪。

孟军愤愤说：真他妈滑天下之大稽了，他们结婚快六十年了，到头来竟成了非法夫妻，可父亲说他和孟王氏是办理了离婚手续的。

常德在说：这个老伯没有说谎，他提出离婚，捎信给乡里，说工作忙不能亲自回来办理手续，请地方政府帮他解决此事。乡政府回信说没问题。只是因为后来邻村也有类似的情况，那女人想不通上吊自杀了，乡里就不敢再给老伯办了，想缓一缓，也不巧，经手的这名乡长调走了，也没跟别人交代这码事，就搁置起来。而孟王氏还一心一意等着老伯回来，后来觉得不对，便到乡里打听老伯的下落。一次一次地跑，弄得政府没辙，最后只得说孟凤岐在渡江战役中牺牲了，怕她难过才没告诉她。孟王氏大哭一场，终是死了心。尽管如此，却并不影响她与大伯的婚姻继续存在，理应受到法律的保护。她仍是大伯的合法妻子，孟培仁是大伯的合法养子。

孟军哼了一声，说：他合法，我和哥哥倒成了非婚子，不合法了。

常德在说：理论上是这样的。

孟军紧跟句：就是说老父去世，他这个养子比我们更有继承家产的权利。

常德在说：法律上是这样。

孟军点点头，说：是这样，只是他就这么钻了法律的空子。

常德在：我们现在还不能确定这人的用意所在。

孟军又哼了一声：怎么不能，其狼子野心昭然若揭。

这时，孟军的手机响了，是邓主任。告知说纪念馆的线路已经修好。捐赠仪式定于明天上午进行，问孟军可不可以。孟军稍稍迟疑一下，说可以。

常德在似乎听懂电话内容，却不语。

孟军的脸色很难看，说：老常，有句话叫嗑瓜子嗑出臭虫，就是这样。看来事情真还有点麻烦，必须认真应对，你看该从哪儿着手？……

常德在思忖着说：虽说我是你的律师，毕竟也是外人，意见不好拿，只能提供建议，供你参考。

孟军说：只管讲。

常德在说："文化大革命"时都喊一句口号，叫要文斗不要武斗。

孟军说是毛主席语录，都能背。

常德在：要不就照毛主席他老人家的话去做？

孟军等着常说下去。

常德在说：这个孟培仁想认祖归宗，其诉求应该是利益。穷山恶水出刁民，抓住一根稻草，就不会松手。依我看，不妨找他谈谈，摸摸他有多大的胃口，要小来小去的，不妨满足他，这样也省得闹腾起来坏了大伯的一世英明。

孟军皱眉思索着。

常德在说，要是孟总委实心里不平衡，就任他闹腾去，就算他诉之法律，想赢也不可能。我还是想事一闹大，媒体，特别是网络不好控制，必定搬弄是非，错误导向，就算咱最后打赢官司，舆论也会闹得满城风雨，这就因小失大了，"君子不和小人斗"的道理也就在此。

孟军半晌无声，也不想常德在的话，排除个人的义愤在外，其实事情的利弊在心里是很清楚的。捐赠仪式本是替老父歌功颂德的事体，这当中闹出是非，也就因小失大。哥哥的"指示"也是这个意见。于是，他冲常德在点点头，说：行，老常，就按你的思路办吧，只是要快，明天上午举行仪式，得赶在这之前把这事搞定。

常德在说：那就今晚会会那个孟培仁。

孟军说：对。阻止他明天出现在会场。我这就给邓主任打电话，让他把那人带到宾馆，咱一块和他谈。

邓的电话几度忙音，终是通了。孟军把想法告诉给邓，邓说他也要找"孟老哥"，没找到，不晓得到哪里去了。

孟军一下子放宽心，想如此明天的仪式他就参加不上了。

邓又说：对了，孟总，有件事我正要向你报告，明天的捐赠仪式又要往后推，安市长明天要去省里开会，只能再延期，十分抱歉。不过能借机挽留孟总在家乡多住几天，也是大好事啊。

孟军笑说是好事。心想反正替女儿物色陪读的事也得需要时间，会议延期，正好做这件事。

就给秦欢拨了电话。

在宾馆大门外，孟军与秦欢的"同志"近距离见面。三十七八岁的叶红，一张美人的瓜子脸，皮肤白皙，长发盘在头上，高贵而典雅，下身穿牛仔裤，上身穿一件衬衣。尽显性感。他的身体陡然有了冲动。

当着秦欢的面,他觉得自己是几近无耻了,连忙缩回目光。

秦欢为之介绍:叶红。三中教导处副主任兼语文组组长,市人事局局长夫人。

迎着明亮的朝阳,越野车上路了。渐渐地,道路由宽变窄,由柏油路变土路,汽车也就进入崮山山区。坐在后座上的孟军默默地望着前面驾车的叶红与坐在副驾位的秦欢,自然而然想到人的性取向问题。无论男人女人,改变其性取向的原因很多,也不尽相同,而眼前这两个鲜亮动人的女子,其原因倒是相同的,即被自家"成功"男人当成旧衣服弃之不顾。想想真的让人无话可说。有句话叫"男人是动物",而女人又何尝不是?食色性也,是世人无法摆脱的纠结。比方眼前的秦欢和叶红,当身心空落无奈只能结为"同志"报团取暖,以抵抗人生的寂寞。这么想不由为之怅然,叹了口气。

叶红安静地开着车,秦欢则为孟军充当起导游,向他介绍着沿途的地理与人文。可谓是到哪山唱哪歌,在这闻名于世的"革命摇篮"讲述的自然是发生在这里的战斗故事,这是"老区"的专利,是不可不示人的家珍,尽管已有越来越多的人开始意识到其中的歧义,包括他自己。当越野车驶过一道山垭口,高高的崮山耸立在前方。秦欢又因势利导讲起当年那场尸横遍野、血流成河(对不起,那场面惨烈的程度现代人无法描述,只能套用这句陈词老调来"写真")的崮山攻坚战来。她说有言敌死一千我亡九百,其实崮山之战我方的死伤远超过敌方,战士们是踏着同志们的尸体占领崮山的制高点的。他听着,冷丁记起前年去台湾在孙中山纪念馆前遇上的那个国民党老兵——姚。老兵姚已八十有六,操一口他熟悉的鲁中口音。据导游介绍,老兵姚来这儿,只为向山东来的游客打听一个他当年的"国军兄弟",天天不落，风雨无阻。老兵姚的执着引起他的强烈好奇，便上前与其搭讪，说自己的老家便是山东崮山，老兵姚闻听异常兴奋，抓住他的手摇个不停，询问知不知道有一个叫宗福元的人。他问这宗福元是什么人，姚说是他的国军弟兄。又说在当年的崮山战事中"宗大哥"救了他一命。可一仗打完，失散了，自己随部队一退再退最后退到了台湾，而"宗大哥"没跟上来，留在大陆，不知是死是活。他一直惦记着他，希望在有生之年能找到他，当面感谢他的救命之恩。孟军询问"宗大哥"是怎么救了他的命。老人瞬间流下浑浊的泪，哽咽着诉说起当年，他说据守崮山的是他和"宗大哥"所在部队的任务。军力充足，工事坚固，弹药也足够，按说是守得住的，可那天共军攻得太凶，有句话叫什么来着？对了，前仆后继，就是前面的人倒在机枪扫射下，后面的接着又冲上来。人全疯了。国军也同样死伤惨重，打到日头快落山时，只剩山顶上一个大碉堡。靠一挺重机枪扫射。共军还是一排一排地冲，又一排一排地倒。尸体摞满了山坡。这时候宗大哥的脸涨红得像猪肝，破口大骂呼喊：狗娘养的，仗哪能这么打呀！作孽呀作孽呀！吆着一脚将身前的机枪手踹到一边，自己抱住了机枪，谁都看得见，他把枪口向上高抬起，射出的子弹越过冲锋的共军，落在山下空地上，大伙儿一时呆了，直瞅着共军直起腰来往跟前冲。这时，又听见宗大哥冲伙伴大声呵斥：撤啊！这仗打不赢的，快撤！往山下撤！大伙儿被他喊清醒了，清楚这仗是没法打了，就从山后坡撤了下去，清点人数时发现宗大哥没下来，不晓是死了还是做了俘虏……

崮山战！崮山战！听了老兵姚从"另方面"对发生在家乡的那些战争的讲述，作为当年参战者的后代，他极强烈地受到了震动，战争这个字眼亦由先前的模糊变得清晰起来。最后，他答应老兵姚帮忙打听那"宗大哥"的下落。只是自己并没有兑现所许下的承诺……

孟军慢慢地把目光转向车窗外，层层叠叠的山岭上，深秋里的树叶一片血红。许是心理的缘故，他从透过车窗空隙刮进来的山风里竟闻到一股血腥味，潮潮的，顶鼻子，他的思绪又回到崮山战役上。他记得在一本史料上看到如此记叙：由于外围有二十万国军将战区团团包围，部队攻下崮山很快便放弃了，连夜突围出去。对此他很是惊诧。既知攻下来要撤，那么付出如此惨重代价（子弟兵战死一万三千余），其理据又何在？他曾就此问过父亲，父亲也很惊讶，说你个小子咋有这些怪念头呢？打仗就是为了胜利，为胜利就必须消灭敌人的有生力量。别的，哪能管得那么多？他不由自主深叹一口气，思绪又转到对老兵姚的许诺上，静默了一会儿，他拿出手机拨了邓主任的电话，通了后他向邓询问：要是寻找一个当年在崮山战斗中被俘的国军士兵（他认为那"宗大哥"后来一定是被俘）该如何进行。邓回答说如果确实是被俘，那么当年的军事档案里一定会有记载，应该查得到。又说他可以让档案馆给查一查。孟军向他道了谢。

前面就是王家垭口。叶红开启金口，讲了整个路程中的唯一一句话。当然该讲的话，已提前讲过：她的一个表妹在镇中学当老师，由她帮忙寻找陪读的女生。她说已经物色了几个对象，只等孟总亲自来过目挑选。

学校的格局是一个放大了的四合院，平瓦房，从挂着"王家垭口中学"牌子的大门进去，是大院兼操场，由于空间促狭，只在院中央竖着一座篮架，为充分利用，篮板两面都有篮筐。只是拼接起来的篮板掉了一块，由此变得袖珍。犹同腿上绑沙袋练长跑，孩子从小在这样的球场练打球，今后当会大踏步走进NBA。在大院的四个角落处，分立着四个用水泥垒成的乒乓球台，台面中央横摆着一溜充作球网的红砖。尽管因陋就简却也尽显学校执力提倡的体育精神。只是正值上课时间，操场冷冷清清。

个子不高，完全一副农民模样的校长闻声迎出来，满脸堆笑地与来人逐一握手，还有叶红的那个清秀的表妹王老师。"孟总"一行被引进一间狭窄简陋的校长室，为分配可坐的板凳颇费了些周折，总算坐定。校长首先致欢迎词，讲孟总在他们学校"选才"是对学校的极大信任与鼓励；而后又致保证书，表示学校会当成政治任务把最优秀的学生推荐出来供挑选，保证不给国家丢脸。孟军听着觉得心里挺别扭，心想一件纯私人的事怎么就与政治任务和国家挂起钩来了呢？他看看秦欢又看看叶红，一时竟无语，还是叶红灵动，对校长说我们只是来随便看看，有合适人选最好，没有也无所谓。只因孟总是咱本地人，对家乡有感情，所以才舍近求远跑到咱这儿来。校长拼命点头说，对，对，别看咱乡下孩子见识少，可知道努力学习，具有吃苦耐劳、诚实、艰苦朴素的优秀品质，可以说个个都是宝。孟军尽管觉得校长的卖力推介有些蹩脚，却也知说得靠谱，否则就真的不用像叶红所说"舍近求远"到这穷乡僻壤里来，便说，谢谢校长美意。只是这事得遵从孩子们的意愿，不能……校长打断说孟总你多虑了，免费出国留学，这样的好事到哪里去找，千年难遇哩。孟军笑笑。

校长和表妹王老师想得周到，为避免混乱，在上课时间把候选人叫到校长室参加面试。为公平起见，不将事先拟出的名单排序，让孟军随意唱名，唱到谁叫谁。尽管仍觉得太庄重，孟军还是默许了。他从王老师手里接过名单，眼光由上往下浏览。他发现其中一个与一位名扬国内外的女学者同名，不由引起他的兴趣，张口喊声于丹。王老师闻声跑出门去。

不久，王老师带着一个女生进门，女生站定后先向孟军鞠个躬，道声孟总好，接着又向秦欢和叶红鞠个躬，道声阿姨好。女生对来人的熟知显然事先已做了番"功课",孟军看了这个叫于丹长相一般的乡下女孩一眼,心里便清楚自己要给她打"NO"了,除却长相,个子也过矮,营养不良导致头发干涩,没有光泽,不掺假的黄毛丫头。这么个女孩在未来的几年要和自己的女儿在国外"三同",他接受不了,老婆黄楠那里也通不过。尽管心中已有定论,可他不忍立刻亮出"结果"伤了孩子的自尊心,遂问:家里有什么人呢?答:俺爷俺奶俺妈俺弟。问:那爸爸……答:去世了。他顿了顿,转过话题:你学习怎么样呢?不待回答,一旁的王老师赶紧替她说刚考完中考,于丹全年级第二名。孟军点点头,也就明白人家所以推荐于丹的理由了。

对于丹的"面试"很是影响孟军的心情,他觉得这般居高临下的做法有些不恰当,会伤孩子的自尊心。另外学校的推荐与自己的要求也不合辙。于是便建议改个方式:下课间活动时间,他自己到操场或者教室里物色,看有没有合适人选。校长和王老师互相瞅瞅,只得同意。

下课钟就敲起来,在山间悠扬回响,紧随而来的是学生拥出教室的嘈杂声。孟军就走出校长室,信步于学生中间,目光四顾。院中央那座怪模怪样的篮架下是男生的天地,而女生则分散在四边的水泥球台打乒乓球。孟军走过去,装作欣赏的样子,笑吟吟地看,当然主要是看人。无论在什么地方,美都是眩目的,他很快被一个可用"鹤立鸡群"一词来形容的女生所吸引。简单地说,该女生从形体到相貌俱佳,质朴中尽显妩媚,很像电影《色戒》里扮演什么芝的汤唯。这个按说是可以的了,可几经权衡之后,他同样给这小女生打了"NO"。他晓得如果自己现在的身份是"星探",是选秀节目的导演,那会大获而归,问题却是为女儿选陪读。女儿高高的身条,秀气白净的面庞,很可人。可如果和这个女生站在一起,就相形见绌了。若两人一起出现在美国的校园里,女儿只有给人家当"电灯泡"的份儿。这自是万万不可的。

有言河里没鱼市上见，这里便是市，人市。孟军在"市"上转了几圈，眼光就停留在一个跳绳的女生身上，他的心一动，觉得该女生和自己的女儿相般配，便向站在远处的王老师示下意，王老师心领神会，便向那女生走过去。

于是，孟军就和那个叫李珍的女生会面于校长室。

回到宾馆，孟军立刻给老婆打电话，告诉她陪读的人选已基本敲定。各方面条件都适宜，只是英语差些，也不打紧，出国前把她接到北京上一期补习班，就成。老婆说无论如何我得提前和她见个面，全面考察一下，还得让女儿和她接触接触，看俩人投不投缘。没问题了，再给她办手续。孟军说还是你想得周全。

挂了电话便有电话进来，一听却是叶红，不由打个怔：刚才在外面一起吃了中饭，秦欢喝多了，他坚持先送她回家，念想是认认她的门。而后叶红把自己送到宾馆，刚走，怎么就来电话呢？他问叶红，怎么了呢？

叶红说，孟总你有东西落车上了，要不要给你送过去？他哦哦了两声，当弄清楚并未落下什么东西，叶红的心思便昭然若揭了，只看你愿不愿接招。既已心照不宣，拒之则伤人不浅，何况这瞬间已生出将其占有的欲念。于是就说我这人一向马大哈，你要没走远，就麻烦拐回来吧。叶红说不麻烦。

等叶红的时候，心里却想这送上门的人要是秦欢该有多好。

给叶红开了门，叶红却矜持地站着不进，掌心亮出个打火机，一块钱一个的那种，他心里好笑，演戏应恰到好处，过了就弄巧成拙了。他没有接打火机，一把抓住叶红的手，生生把她拉进门。叶红倒也乖巧，门在身后一响，便把身子软软地向他靠过去。什么叫一步到位，这就是了。

整个过程，孟军有种异常的感受，这可能与知道她是秦欢的"同志"有关。这给了他不同寻常的刺激，边做便想，她和秦欢在一起扮演的是什么角色呢？是 A 还是 B？

事毕，叶红拉被子盖住脸，一副羞于见人的感觉。欲盖弥彰。孟军心里好笑，却没有说出口。

叶红在被子里面说：你一定是晓得我和秦欢的事。

他含糊答：怎么？

叶红说：我背叛了……

他问：背叛了老公？

叶红：不是他。

他问：不是老公，那背叛了谁？

叶红：你心里清楚，装糊涂。

他暗自笑了笑，隔着被子向她做个鬼脸，说这算不上背叛的。不算。

叶红问：不算背叛，那是什么？

他说：还俗，是还俗。

还俗？叶红哈哈笑着抛开被子，又扑到孟军怀里。

孟军任其所为，心里却在想今后与这个"还俗"回来的女人如何渐行渐远。

孟军一直想着"孟老哥"的事，心中不胜烦乱，但真正与其碰面则是三天后安市长从省里回来。安市长临走时特意给他打电话，说既来之则安之，利用这难得的空闲好好休息一下。其实，这也是他崮城之行的本意，却不料竟惹得乱事缠身。首先是要认祖归宗的孟培仁，再就是取秦欢而代之的叶红。这几天，他的主要精力都消耗在这两个人身上。当然，孟培仁方面主要是常德在在忙活做对簿公堂的法律应对。而叶红方面，常是帮不上忙的，需自己亲历亲为。经过与她的第一次，他便清楚自己已经是惹火烧身了。叶的表现确实就像费翔所唱的"就像那冬天里的一把火"，让人招架不住，她上班时得空便打电话，下班就快速赶到他的"总套"，缠绵到很晚才恋恋不舍离去。尽管他有些不适，心思杂乱但还是为之感动。那天，一起吃晚饭，他问她：我想送你件小礼物，想要什么呢？她说不要。他问怎么不要？她说你已经送了。他疑惑：我哪里送了？她就笑，说我说送了就是送了嘛。兀地，他明白了她的所指，心里不由生出一种异样的情愫。

这天傍晚，邓主任来电话，讲安市长今天就回来，捐赠仪式定于明天，风雨无阻。又说老哥找到了，已通知他晚上到宾馆找你，不知你方便不方便。他说方便。

他就给常德在打电话，让他过来一起与"老哥"见面。接着又给叶红打电话，让她下班先不要过来。

可谓万事俱备，只欠东风。

从怯怯的敲门声，孟军知道是"那个人"来了，立刻向坐对面的常德在丢个眼色，常会意地点下头，站起走到门边，抬声问：谁？怎么不按门铃？！

来人似乎没听见，又再次敲门。

常德在就把门打开。

出现在眼前的是个地地道道的老农，五十多岁的模样，苍老憔悴，眼光黯然，脸上绽着不自然的笑，身材矮小，穿一身半旧灰色西装，脚上蹬一双军用胶鞋。如果不是这种不伦不类的穿戴,就完全是鲁迅笔下的老年"闰土"。

常德在盯着这个"不俗之客",并不立刻让他进门,问句:你找谁?

邓、邓主任让俺来,俺来见,见小军兄弟……"那个人"结结巴巴地说。

让他进来吧。孟军从深进去的客厅吆句。

屋里光线暗,"那个人"进门后没发现坐在会客厅沙发上他的"小军兄弟",先是被房间的豪华宽阔吓了一跳,放光的眼里似乎在问:这,这是哪儿?

这时孟军从沙发上站起来,望着一步一步走过来的"那个人",说句:我姓孟。

常德在说:孟总。

又指指沙发说:你坐那儿吧。

"那个人"就提着脚跟一步一步地走到常德在所指的位置,仍站着,用一种热切亲近的眼光注视着已坐下的孟军,问句:你,你是小军兄弟吗?

孟军不冷不热地回句:我是孟军。

常德在说我介绍过了,这是孟总。你坐下吧。

"那个人"终于坐下,眼仍盯着孟军看,不住点头:像,像,真像啊。

孟军看看常德在,常会意地掏出手机,按几下键,放在茶几上。

孟军淡淡道:像,像谁?

"那个人"赶紧说:像咱爹。

混账!孟军在心里说。

他问:你叫什么名字?

"那个人"答:我叫孟培仁。

孟军清楚,他就是培字辈,不知出于什么考虑,当初父亲给他们两兄弟取名字舍去了"培"字。本来,他应该叫孟培军才是。

孟培仁?孟培仁。孟军把玩地念叨着,问:这名字谁给你起的?

"这个,"孟培仁赶紧回答:咱妈,是咱妈。

孟军在心里一哼,想,还咱妈!孟王氏是你妈,不是我妈。

孟培仁神色一下子变黯淡,悲声说:小军兄弟你不知道,咱妈去年三月十五那天过世了,比咱爸过世早五个月零三天。

尽管孟军对孟培仁咱妈咱爸地叫心里极不舒畅,可在心里还是算了算,孟培仁的话,准确无误,可见在这上面是用足心思的。

常德在端着热水瓶为孟军茶杯里续水,后望着孟培仁问:老孟你喝什么?茶?还是咖啡?

孟培仁连忙朝常德在摆手,说:俺不渴,不喝,不喝。

常德在不再让。

孟军呷了一口茶,望着孟培仁问:你是怎么知道我父亲去世的?

孟培仁回答:崮城日报报了。本来想,想去北京送送……可怕找不到地场。

孟军放下杯子,又问:你是怎么知道我来崮城了?

孟培仁回答:也是崮城日报,讲你要来捐赠咱爹的革命文物,咱兄弟一直没见过面,就想趁这个机会……

孟军问:你找了政府?

孟培仁答:嗯。镇领导说是好事,有意义,就报到市里……市领导也很支持,让俺来等着,还管吃管住。

孟军的脸色一点一点变得难看。孟培仁却一点没看出来,还是满脸恭敬,说:小军兄弟,等开完会,你跟俺回家住几天,让乡亲们见见,一定欢喜死了。

孟军心想，他们要是晓得"小军兄弟"今后将成为他们家园的"主人"——大地主兼资本家，不知还能不能"欢喜"得起来。

这时常德在看着孟培仁说：孟总工作忙，参加完捐赠仪式就回北京，所以有些事现在得和你说清楚。

孟培仁望望常德在，又望望孟军，问：啥事呢？

常德在说：我问你，你搞这一套，究竟想咋样？

孟培仁眨巴着眼，小心问：想咋样？

常德在说：不懂我的意思？那我再问，你望风扑影和孟总攀弟兄，到底有什么企图？

孟培仁还没听懂：企图？有啥子企图？

常德在问：家里困难是吧？

孟培仁仍不解：困难……

常德在打断说：孟总也知道你困难，愿意帮帮你，你就说个数吧。

孟培仁张眼问：啥数？

常德在说：钱啊，你想要多少？

孟培仁这遭懂了，却怔住了，良久方嗫嚅道：俺要钱？要钱？

常德在说：是哪，有钱才能过上好日子。

孟军说：老孟，要多少钱就说。

孟培仁摇摇头，说：小军兄弟，俺知道你和大兄弟都了不得，是有钱有势的人，可俺不能要你们的钱……

孟军笑笑：不要紧，不是弟兄也是乡亲，帮你也是应该的。

孟培仁仍然摇头不止，说：小军兄弟，你，你把事想偏了，俺不是冲钱来的……

孟军：那是……？

孟培仁一副要哭的样子，说：俺来崮城找你，是有个想法，不是为自个儿,是为咱妈……

孟军依然为这个人"咱妈""咱妈"地拉近乎耿耿于怀,却也不理会,只问:为啥?

孟培仁用手指抹抹流出的泪,颤声说:小军兄弟,你是不晓得,咱妈苦啊,她知道的是咱爹牺牲了,守着烈属牌过日子,可心里一直装着咱爹……

孟培仁说着把手伸进西服内兜,摸出一张泛黄的相片,擎在手里说:咱爹给咱妈只留下这张相片,是成亲时照的。几十年来,妈一直保存着……

常德在起身取过相片,看了眼,又送到孟军面前,孟军就接过来,端详起来:年代久远的黑白照,一对青年男女并肩而坐。男的穿一身中山装,留老式分头,神采飞扬,单从这眼神孟军便确认是老父无疑。他又注视起老父身旁的女子,知道这就爹的原配孟王氏,模样很标致,笑得甜甜的,因把脸转向夫君,从后脑露出鸭蛋形发髻。不知怎么,看着这张照片,孟军一下子联想到最近看的新版电视剧《苦菜花》,合影上的爹和孟王氏很像电视剧里的马振山和娟子。这一霎他的心弦冷丁被拨动了一下,飞散出一种说不出的情思,不由叹口气,抬眼看着孟培仁说:老孟,你也别难过了,你的心情我能理解,许多事我也是刚知道,心里也挺不好受的。可上辈人已经走了,是恩是怨都没办法了,咱作为晚辈人……老哥,你有什么要求尽管提出来,我会尽力帮你解决的。

孟培仁仔细把相片装进西装口袋里,泪又流出来,说:兄弟,俺是这么想的,妈活着的时候孤单,死了也孤单,作为当儿子的……

孟军:你说。

孟培仁:俺想让爹和妈合葬……

合葬？孟军的心一震，他压根儿没想到这个老孟会提这么个不靠谱的要求。这是完全办不到的，他沉思一会儿说，老孟也许你不知道，我父亲的骨灰保存在八宝山……

孟培仁闻听像吓着了，连连摆摆手说：不，不，俺，俺不是要骨灰，这个，俺想都不敢想的。

孟军在心里思忖，对的，这个他应该晓得完全不现实，可是，除此还有什么可以用来合葬的呢？他头脑里陡地跳出两个字：头发。是的，用头发代替逝者是民间约定俗成的做法，而且他还知道，父亲去世前每次理发，母亲都暗暗把头发收集起来，必然还保留着。他说：老孟，请等一下。说毕他从沙发上站起身，走进健身室，把门关上后给家里拨了手机。

照例是老婆接，他直截了当让她请老母听电话。

从母亲不甚耐烦的声音，他晓得是正在看她百看不厌的电视剧《甄嬛传》，便言简意赅地把事情的大致过节讲给她听，当母亲最后弄清楚是让她分出父亲部分遗发与那个女人合葬，便不由分说予以拒绝，骂道：你个小军从啥时起学会吃里爬外，净办不靠谱的事呢？我对你讲，你想再认个妈我不管，可要想把你爹分出来送人，我绝不答应。说毕，咔嚓挂了电话。

孟军怔了怔，然后回到客厅。

他有些歉意地说：老孟是这样，家里本来保留了我父亲的头发，按说可以……，可是，可是……找不见了。

孟培仁开始认真听，听着听着又慌张起来，说：这个，俺，俺也没敢想，没敢想……

孟军不由疑惑起来，问：那你想？

孟培仁说：俺想要件爹的衣裳。

孟军：衣裳？

孟培仁点着头说：俺就想要父亲一件穿过的衣裳。按照老家的规矩，把衣裳埋进坟里，也算是合葬。这样，咱妈和咱爹就团聚了。妈就称心如意了。

孟军一下一下地点着头，他听明白了，也理解了，便有种如释重负的感觉，长舒了一口气，想若早知道就是这么点事，又何必风声鹤唳费那些心思呢？

而常德在从律师的角度似乎还心存疑窦，追问孟培仁道：你这次来找孟总，单单只为要一件衣裳？

孟培仁点点头：对。

常德在：肯定？

孟培仁：肯定。

常德在说：好。我们相信你，当然……常德在没把话说下去，可孟军晓得他想说的是我们已将你的话记录（录音）在案，想反悔也是没用的。不知怎么，他有些可怜起这位自称老哥的孟培仁来，依仗他的现有身份，本是可以多索取些东西的，只要适度，自己也能给。可他没这样，只要一件衣裳。他觉得常德在从法律出发的"较真"就有些欺凌的味道了，可他也理解常的心思，律师就是拿人钱财替人免灾的角色嘛。常千里迢迢跑来，不就是为这个？

他回了回神，看看孟培仁说：老孟你放心，衣裳可以给。

孟培仁喜出望外，问小军兄弟你同意了？

孟军微微点下头，说没问题。可你想要件什么衣裳呢？单的，还是棉的？

孟培仁赶紧又从口袋里掏出那张合影相片，用热切的眼光盯着看，说要能给件中山装最好不过了。照这相时爹就穿中山装，妈活着时成天拿出来看，嘴里不住地嘟囔：仁啊，看你爹穿这身衣服多体面啊。所以她死后我就一直想：要能有爹的一件中山装陪伴着，她在地下就心满意足了。

孟军默默听着，心里不由泛出些酸楚，他晓得"老哥"的这一要求也不难满足，父亲自军界转到政界后就一直穿中山装，各种面料的中山装多的是，可刚要说老孟给你中山装时，又顿住了，改口道老孟你等一下，说着起身离开客厅，走进健身室了。

常德在晓得，他一定是要与他真正的大哥联络，听听大哥的意见。一件衣裳，哪怕是中山装，都不值什么，可要允了，会不会发生其他意想不到的是非来？孟军有些拿不准。对，是这样，他怕拿不准⋯⋯也许正在这一刻常德在的内心发生了微妙的变化，角色亦由受佣人变为一个旁观者，有言当局者迷，旁观者清，他觉得就这桩事的本来面目而言，发展到这一步也是他始料不及的。孟培仁的要求不应止于一件衣裳。这一点，他清楚，孟军清楚，至于当事人孟培仁清楚不清楚，他就无从猜测了。反正孟培仁放弃了除中山装之外的所有诉求，他觉得假若自己现在是他的代理律师，那他会⋯⋯问题是自己不是这个角色。他望着面前仍然诚惶诚恐的老孟哥，不由摇头叹息一声，小心翼翼说句：老孟哥，无论从哪方面说，孟总都是可以帮帮你的。对他，也真的不算什么⋯⋯

"啊，不用，不用。"孟培仁咧嘴一笑说。

这时，孟军回到客厅。望着孟培仁说：老孟你放心吧，给你中山装。

孟培仁满脸绽笑，说：谢谢小军兄弟了。

孟军说老孟你别客气。等我回北京就立马把衣裳寄给你。

孟培仁点头哈腰告退。走到门口又转回身，望着孟军问：小军兄弟，这次你不回家看看吗？停停又说，回去看看吧。

孟军止步于房门口。望着"老哥"的身影消失在走廊尽头。不知怎么，心情不仅没感到轻松，反倒无端沉重起来。也包括默然而立的常德在。

经一拖再拖之后，捐赠仪式终于开幕了，一个小会用"开幕"这一"隆重"字眼，是因为会开得确实隆重。四大班子一把手悉数出席，电视台、报纸、网络一大帮子记者集聚现场采访。仪程周密一丝不苟：介绍来宾、宣布开幕、奏国歌、向英烈默哀，后安市长讲话，高度赞扬孟老将军为革命为家乡的解放所做出的伟大贡献，以及孟家人将珍贵的革命文物捐献给家乡的无私精神。云云。接着由"孟家人"的代表孟军宣读捐赠物品的清单。大多为在战场上缴获的战利品，计：

南部一四式手枪一支（崮山战役缴获）
九三式望远镜一副（济南战役缴获）
奥林匹亚照相机一部（淮海战役缴获）
军用折刀一把（淮海战役缴获）
炮兵使用的偏差盘（渡江战役缴获）
礼仪佩刀（指挥刀）一把（渡江战役缴获）

另有一些小件战利品，如上有"大福"字样的铜币形护身符、国军上校军衔肩章、纯银鉴花烟盒及上有"国光"字样的白瓷酒壶等。

孟军宣读完毕，全场热烈鼓掌，掌声中，于涛书记将事先印制好的捐赠书颁发给孟军。

捐赠仪式按既定仪程一项一项往下进行，气氛热烈而郑重。只是在进行"兄弟相见"一项时出现了问题：孟家老哥竟不在现场。于涛书记转向邓主任询问，邓赶紧近前向其耳语，书记渐渐点起头来，说这么，那就取消。这期间孟军心里是清楚的：孟老哥孟培仁回家了。

正式的会结束，与各方领导握别后，孟军在秘书长、市文明办李主任以及纪念馆陶馆长一干人陪同下参观纪念馆各展室。在荣誉室里，孟军看到父亲的标准像已悬挂在众多英烈人物照片的阵列里，包括当年指挥崮山战役的高级指挥员如陈毅、粟裕等。父亲照片的位置正对着一扇窗子，那双坚定有神的眼睛如能望出去，就可以看到那乳状的崮山山岭，那里是他建功立勋的战场。孟军甚至觉得，此刻的父亲越过六十多载的时光当能真切地看到千军万马前仆后继冲向山头的情景，其中当包括"孟老哥"自己真正的亲人。这么想时，"孟老哥"如愿以偿后那感激涕零的模样又浮现在眼前，心情顿时沉郁起来。

接下来参观的是战利品陈列室。孟军看到，他们孟家捐赠的物品已摆在陈列架上。这意味着他的家乡行已画上了句号。

尾声

捐赠仪式完毕后，孟军便回到北京。常德在因一个偶然事件留下了：就在捐赠仪式结束的第二天，那个正在山上拍摄战争场面的剧组发生了一次事故，一个十二岁的男孩在奔跑中不慎掉进一口被茅草遮掩的枯井，摔死了。在此事的担责问题上，双方起了争执，孩子家长说孩子是剧组用的群众演员，剧组应对孩子的死负责，而剧组的说法是这个小孩并不在他们聘用之列，他出现在现场只为冒领一份盒饭，剧组没有责任。这事是常德在给镇上王书记打告别电话时得知的，说起来王书记亦表露出对剧组种种劣迹的不满，问常能不能留一留，为孩子家长提供些法律援助。尽管常德在深知"影视人"都不是吃素的主儿，可还是不打蹬地应允了。将此事说与孟军，孟军表示赞成。回京后，孟军本人亦遵守自己的承诺，从父亲尚未来得及处置的衣物中挑选出一件中山装。所谓挑选，一是说父亲的这种样式的衣裳太多太多。从脱下军装到地方，除出席有着装要求的场合，就不差样地穿，可谓情有独钟，再是对要送与"孟大哥"做合葬用的这件，他也有自己的尺度与标准：不要太奢华，布料排除毛料与呢绒，颜色、质地尽量与所见照片（父亲与前妻孟王氏合影）上趋近，如此在"送达"孟王氏身旁时，她才不会感到突兀，才会真正感受到阔别已久的夫君已经归来。就这么孟军经认真挑选，最后选定一件藏青色中山装，随即经"快递"寄出。当然，这事他是瞒着母亲的，他断定若她知道定会做出强烈反应，那就够他受的。于是便多一事不如少一事。

　　再是，崮城那个"崮城礼赞"工程终是没有接，他在心理上接受不了。在为他饯行的宴会上，安市长又向他提及此事，他借故推掉了。弄得安悻悻的，说丢了这工程实在是可惜。一天，他想起秦欢，随手拨了个电话，秦欢告诉他那个"礼赞"大工程已有人接了。他随口问句哪儿的公司？秦欢说省城的，据说老总是省政法委书记的内弟，是通过于涛书记拿到的工程。不久邓主任来电话也谈到这个工程，当是觉得孟军已不在纠葛中，说话便十分直接，他说这些人这么个弄法，就是在给自己挖坑。孟军无言，邓主任又说起受孟军所托之事，也是来电话的主旨，他说档案馆的人已查到那个叫宗福元的国民党老兵。孟军急急问他后来怎样了呢？邓主任说被俘了，随后当了"解放兵"，可他说他的耳朵给炮声震聋了，瞄准的右眼也看不清东西了，无法再上战场打仗。部队只好打发他复原，就回了崮山南面的老家，种地养羊。孟军问他还活着吗？邓主任说让公安的人从内部网上查了查，已没有这宗的信息，说明已经死了。孟军关切问怎么死的？邓主任说这很难讲，可要是按照他的身份推定，恐怕他逃不过三个关口，一是五〇年的镇反，二是六〇年的严重困难，三是六六年的"文化大革命"。孟军点头听着，无语，那边邓主任问：孟总要是一定要知道详细，我让他们再查，应该能弄清楚。孟军说不必。挂了电话，孟军感慨不已，在心里想，要是那老兵姚再联络自己，应作何答呢？想想也就有了决断：依然模糊着吧，这样老兵姚心里还有一线希望，这希望或许会支撑着往下活……

又过了几天，叶红打来电话，说话吞吞吐吐，似有难言之隐。他正忙，催促道叶红有事只管说嘛，叶红说真个不好意思，那件事没帮你办好。他问什么事呢？叶红说"陪读"啊，他问陪读咋？叶红说出了故障，那女生打了退堂鼓。他不由一怔，这是他压根儿没想到的，从内心讲，他一直为能帮助那女孩改变命运而自得，甚至心存崇高，怎么……叶红赶紧解释，说：也不为别的，就是她家里人不接茬，不肯相信这会是真的，说一分钱不花出国留学哪会有这样的便宜事？咳，农村人，见识短。特别是她那个在外面打工的爹，听说这事给闺女下了道死命令：不准去，天上掉不下馅饼，也掉不下金块，这肯定是个……陷阱。塔西佗陷阱。孟军脑子里一下子跳出这个词，先惊了一下，而后无奈地摇头苦笑。

呵，与崮城已无什么瓜葛了，孟军想，如果有的话，就是他心里还惦记着的两位"女同志"，还有亢总那里自己已属意要买的"温马"的后……

鸭舌帽

一

在长途汽车站下了车,车窗外悬了大半天的日头已不知所终,姚高潮立在站前广场向四下望望,城市已开始昏暗,天空像铺了一块脏兮兮的黄布,看了让人晕眩;马路上向同一方向奔跑的车流,在姚眼里犹同村外小河夏季发洪水的浑浊波涛向下游奔泻,而此时他的心情也如眼望汹涌河水那般惊悚惶恐,茫然无措,似乎自己就要被一只无形大手抛入其间,不知将流落何方。而迷蒙中他唯有一点尚且清醒:这里不是久留之地,办完事立刻回乡。这件操蛋事弄得他焦头烂额,早已急不可耐,恨不得插了翅膀寻到这个叫李爱萍的女人,向她告"密",陈说她男人的奸情,让她成为"一个战壕里的战友",与自己并肩作战。

他向侧方移动了几步,在一根造型壮美的电镀灯柱下站住,借头上路灯的黄色光亮拨起了电话,这个号码他费了好大周折弄到并烂熟于心。

哦，电话里说不在服务区。再拨，还说不在服务区。再再拨，仍然说不在服务区。

姚高潮把手垂下，一阵突然袭来的疲惫让他的身子软软靠在路灯杆上，心中无以复加地沮丧。奶奶个猴，啥个叫不在服务区？服务区是个啥意思？他使用手机的时间不长，所知不多，这种情况从未出现过。这五个字让他一头雾水。

出师不利。

姚高潮寻找住处时天已完全黑下了，城市的黑夜以灯火通明为标志，这让他颇为不解，灯就是照明，看得见就成，何苦亮得刺眼。村子没通电那年月，他在油灯下学习，总能按照爹妈的要求，将火苗控制在黄豆粒大小。一盏油灯能点两个月。而在"村村通电"后，家里所有灯泡不差样是五瓦节能，爹还觉得浪费，四下打听有没有瓦数再小的灯泡。

走在明亮的大街上，姚高潮觉得有些晕眩，脚步踉跄地行走在亮着"空调""淋浴""上网"字样广告灯箱的小旅店中间，这些设施的有无他不在意，在意的是住一宿的价钱。

很快，他发现了一个秘密，离大马路愈远的小巷子房价愈便宜。

"大哥，玩玩吧？"

他循声看去，见路旁站着一个描画得像演员样的女孩，眼媚媚地勾着他看。对这情景他倒不犯糊涂，晓得是什么的"干活"。他们镇上就有这路人，以前叫发廊女，现在叫站街女，意思一个样。

"大哥，玩玩吧，不贵的。"女孩热情相邀，粉脸像朵花。

姚高潮的心兀地一跳，下意识地停下脚，眼直愣愣地望望笑盈盈走来的女子。他清楚自己，这码事有生以来没干过，现在也不会破例干一把，可他不清楚怎么竟响应召唤般地停下脚。这时，那女子似乎已看到"商机",快步走过来,扫他一眼说句:大哥,跟着我。说完,拐进一条短街口。他站在原地不动。

"大哥,走啊,快快快",那女孩似乎后脑勺长了眼,转回身向他催促着。

他尴尬地朝她摆摆手。

"乡巴佬!"

分道扬镳后,姚高潮长叹了一口气,倒不是为女孩的骂,这骂多少是自己"赚"来的。他只是觉得疑惑,这骚货眼咋这么毒,自己没放声就认定自己是乡下人?说起来自己也算得一表人才,许多人说像年轻刘德华,况且临行前也做了一番修饰:在镇上理发馆里理了发,找出一套压箱底的灰西服穿上,黑皮鞋上油蹭得锃亮,一切都没差池,如此这般还被人叫乡巴佬?他委实想不通。

经一看二比三砍价,姚高潮终于在一家个体小旅馆住下。他把行李包往地上一放,接着又拨起电话。"不在服务区",字字如钉,朝他的脑门扎,他真的犯愁了。

在小店住了三天,连天打电话还是没人接。他想难道是号码错了吗?不会,号码是从她亲哥那里要到的,错没道理。咋办呢?回去?他不舍弃。再往下等?可等到啥时是个头?犯难间,他想到在这座城里工作的邻村同学杨柳条(正好春节同学聚会讨了他的电话号码),便掏出手机拨了号。通了,当听筒里冒出柳条的声音,他竟激动得嘴唇发抖。

出门时,姚高潮被染一头黄毛的女老板拦住,用诧异的眼光看,问:夜里你出去了?他怔了一下,女老板说值班的老陈看见他开门上了街,过了半个多钟点才回来。听到这里,姚高潮一下子心明如镜,吞吞吐吐,俺,俺有梦游病……女老板将信将疑,态度却缓和些了:

梦游？出去干了什么还记不记得？姚高潮摇摇头。女老板说要这样，晚上得把门上锁，省得出去惹了祸，把她也连带上。姚高潮不吭声，满脸羞愧往外走，女老板追句：回来再交三天押金……他恨恨想：交个屁，今儿个再找不到那娘们儿，就离开这鬼地方。

根据柳条在电话里的指点，倒了两次公交车，接近中午时来到柳条开的五金店。柳条没往里让，直接把他带到附近的一家大排档吃饭。

喝啥酒？柳条问。

都行。他说。

吃啥菜？柳条又问。

都行。他说，对了，有没有人白菜猪肉炖粉条？

你这人。柳条冲他一笑，去点菜了。

他凝视着柳条的背影，突然觉得怪怪的，怪在已完全不像个乡下人，衣着，口音，派头，心中不由生出一丝不解。柳条进城的过程在同学间口口相传，那是三年前，柳条听说自己的妹妹柳枝在城里被一个有家室的老板霸占，怒不可遏，买了把刀，离家进城找那老板替妹妹报仇，可没等靠近，就被公安捉拿，最后还是那老板出面把他"捞"出来。妹妹去拘留所接他出来，一路埋怨，说不该不问青红皂白就要杀人，其实老曹（老板）对她挺好的，除了不能给名分，啥都给。又说人分好坏，有钱人也一样。后来妹妹把他带到老曹给买的房子里，他东看西看，几乎不敢相信自己的眼，问：这屋，这东西，都是你的了？见妹妹点头，他长叹了一口气，说要这样，就过吧，过吧。妹妹没让他回乡，帮他盘下个小五金店，于是就"袜子升套裤"当上小老板。他晓得，同学们说到柳条颇为不屑，其实心里是很羡慕的。自己要是有个好看的妹妹多好啊，这是他此刻的心声。

没有大白菜猪肉炖粉条。柳条回来告知，又说满世界不是只有大白菜猪肉粉条好吃。

对饮了一大杯啤酒。添满后柳条问：怎么舍得丢下老婆一个人进城呢？

姚高潮闷闷地说：我还回去，不在这儿待。

柳条一笑：说来说去还是舍不得。自然了，有个当老师拿工资的老婆，谁还愿意出来，光棍儿呢？

老子现在就是光棍！他冲口而出，愤恨溢于言表。事已至此，他也不想隐瞒什么，遂将老婆背叛自己，与学校一男老师勾搭成奸的事一五一十说了。柳条却不显惊讶。

她是玩真的，还是假的？柳条问。怕他不明白，又问句，她想离婚？还是单纯玩玩？

她要离。他闷闷地说。

离就离，这年头，谁离开谁不能活。

说得轻巧，要是你老婆和你离……

离啊。

姚高潮惊讶地看看柳条，问真这个心思？

柳条从烟盒里抽出一支烟，递给姚高潮，又抽出一支衔在嘴上，姚高潮打着打火机点烟。

两人对着眼深深吸了一口。

接着又干了满满一杯啤酒。

反正我不离。姚高潮一脸悲苦：结婚把家里的钱都花光了，离了，到哪儿弄钱再娶？

到城里来赚呀。柳条说，在这儿干一个月顶在家一整年。

我，来这儿，家里的鱼塘让谁管？

鱼塘，鱼塘，你眼里只有个鱼塘，我看你也快变成塘里的鱼了。

生 存

　　姚高潮掏出自己的烟，从里面抽出两支后又赶紧把烟装进口袋里。柳条不接，摇头说：抽一块五的烟，喝一块五的酒，这日子还过个啥劲呢？

　　姚高潮给自己点上，突然想起什么，问：柳条，啥叫"不在服务区"呢？

　　柳条不明，看着他。

　　他就把给情敌老婆打不通电话的事说了。

　　柳条说，这说明她去的地场没有信号。

　　她，她到哪儿去了呢？他自言自语地问。

　　你想咋？回家？还是在这儿等？

　　他想都没想说：等。

　　临走时，柳条把那半盒云烟丢给了姚高潮，似乎又晓得对方不懂自己的意思，直截了当说句：人前，别掏你那烂烟。姚高潮把烟装了，又瞅了瞅饭桌，柳条高嗓一吆：服务员，打包！

二

　　与柳条分手，姚高潮没直接回住处，来时在公交车上他看到一处"人市"，觉得应该去看看，这么在城里待下去，势必坐吃山空，不如找个活干干，添补添补，能攒几个带回家更好。

　　在"人市"下了车已过晌午，没让雇主领走的"人"仍在等最后的机会，大口大口抽烟，眼珠随来往人群转，一旦发现像雇主的人便赶紧凑过去：有活吗？有活吗？大多数几乎连眼珠都懒得转，他们便退回原处，解嘲地用脚踢踢摆在身前地上写有"瓦工""油工""水暖工"字样的小木板。他知道，自己不属于这类"技工"范畴，便走到一个"强人"样的"力工"面前，问句：小老弟，干力工一天多少钱？强人以教训的口气问：力工是一样的吗？姚高潮问你多少？强人说一天二百，姚高潮有些吃惊，心想吹牛吧，力工二百，那技工还不得三百，四百？城里人的钱就这么好挣？强人似乎看出他的不信任，说我是说要二百，人家再还价。姚高潮心想这还差不多，遂又问，一般多少钱能成交？强人说没定规，好天坏天不一样，上午下午不一样，比方现在有人来找工，五六十块就乖乖跟人家去。姚高潮知道他说的是实情，心想要是明天再找不到李爱萍，就来这靠活。

回到旅馆房间，姚高潮又给"那娘儿们"打电话，还是"不在服务区"，顿时怒从心起，骂句：操你个妈，想躲老子吗？没门！挖地三尺也要找到你。从这一刻，他下定决心：不达目的绝不罢休。不过说到"目的"，他与柳条讲出口的是找到"那娘儿们"结成联盟，共同应对奸夫淫妇，而没讲出口的是若"那娘儿们"不肯配合，就把她干了，把事扯平。

想到这一桩，他全身忽地躁热起来，"那玩意儿"也颤了几颤，似乎向他告示着什么，其实用不着告示，他也晓得此刻最想的是什么，自老婆丁燕不许"上身"，这情状就如潮水阵阵袭来，让他心慌意乱、寝食难安。已经多长时间了？起码半年以上，是个周末，老婆从学校回到家，睡下后，他正欲手到擒来，丁燕却推开了他，说了句让他五雷轰顶的话：咱离婚吧。他半天没回过神来，喏嚅问：咋，咋的啦？丁燕反问：你觉得咱还能过下去吗？他说能，咱过得不是挺好吗？丁燕问你觉得幸福吗？他打个愣，因他不明白她说的幸福是指什么。丁燕叹了口气，说姚高潮你连幸福的概念都没有，可我要寻找自己的幸福,他同样不明白她寻找的幸福是什么。第二天出门去,她就没有再回这个家,住在学校里,打电话不接,去找不见,捎话说再见是在办离婚手续的地方。后来,他从别人嘴里得知她和教语文的曲老师好上了……让他一直想不通的是,自己有什么地方让丁燕不满意,坚决要离婚?

姚高潮被一种狂躁的情绪鼓胀着,像要找个人干仗似的大步来到街上,是三天前进城的时辰,也是寻旅店走过的小街,然而却没有见到那个要和他玩玩的女孩。他冷丁站住脚,一下子明白自己奔出来心里盘算的是哪一桩。

黑下吃了"打包"回来的剩饭,擦擦嘴,又打手机找李爱萍,他一惊,不再是那句"不在服务区",而是关机。他想看样从外地回来了。不再拨,到服务台给黄飞老板交了押金。

熟睡中姚高潮被手机铃声惊醒,他摸起迷迷瞪瞪问句:谁?对方——一轻柔的女声反问句:你是谁?他兀地有些慌,语无伦次说我,我是我。女人轻笑一声,说知道你是你,你给我打电话了?他"啊"了一声,明白是"那娘们",问句你是李爱萍?对方说我是,你——他赶紧回答我是姚高潮。姚高潮?对方念了一声,说我不知道你啊。他说可我知道你,还知道你男人是县一中老师,姓曲,叫曲光芒。对方的声音有些变调,说你知道的事不少,又问你找我有什么事?他说这个,在电话里不好说,我想见你,当面说。叫李爱萍的对方似乎在思索,过了一会儿说不行,这阵子我不方便,有事就在电话里说吧。他也想了想,说行,我先说个大概,让你有个心理准备。我到城里来找你大妹子,是要告诉你一个坏消息,你男人和一个女的胡搞,那女的就是我老婆……叫李爱萍的女人声音平静,这个,我知道的。他惊讶,你知道?知道。他立刻追问:你想咋样?李爱萍说这个,我不知道。他愤愤说：你咋能这么说，你也太懦弱了。李爱萍问你想要咋样呢？他说，这个我早想好了，得当面跟你说。李爱萍说这一阵子我真的不方便，无法见面。他说我等，你方便了咱再见。李爱萍半天没吱声，后问：姚大哥，你家里有什么人呢？他说：我，老婆。李爱萍说老婆已不和你一条心了，实际情况就你一个人。他的心痛了一下：可不是的。李爱萍又问：家里的日子靠什么呢？他说二亩地、一个小鱼塘。李爱萍问一年能收入多少？他说除去使费万八千吧。李爱萍说那还干个啥劲呢？他没应声。李爱萍再问：姚大哥是头一遭进城吗？他说来过，没待下。李爱萍说姚大哥你听我讲，依你眼下的状况，也就没必要回去伺弄庄稼了。他说还有鱼。李爱萍说鱼也一样，市场上的养殖鱼贱成那样也没人瞅一眼，这个，你比谁都清楚的。他没吱声，心想，这女人的腔调与柳条一个样，李爱萍说要乡下比城里好，谁还往城里跑呢？我看你应该留下来，找个工作，干好了，发达了，还愁别的？老婆自己就跑来找你了，那时说不上你还不想要她了呢。这话让他心里很熨帖，从小就听奶奶说过朱买臣马前泼水的故事，覆水难收，那个薄情女人的下场一直让他觉得很解气，而此刻，电话那头尚未见面的李爱萍向他描绘了属于他自己的"马前泼水"情景，差不多让他血脉贲张了，他似乎看到回心转意的老婆苦苦哀求原谅她的过失，当然，最终自己是会原谅她的，只要她痛改前非，就一块好好过日子。可也只是兴奋了片刻，他的心潮便跌落下去，不由叹了口气，说句：我也晓得城里好，可自己除了种地养鱼，别的啥也干不了。李爱萍说刚来时都一样，从头学，从头干。他暗自摇摇头，说两眼一抹黑，从哪儿寻个"头"呢？那边的李爱萍顿了顿说：你打意留下来，我先给你牵个头。他问咋呢？李爱萍说：我给你介绍个能帮上忙的人，她是我的一个好朋友，好姊妹，在一家大饭店当领班，你去找她，她会帮你的忙。

他一时不知作何答，心里倒有些跃跃欲试。李爱萍问咋样呢？他说行。李爱萍没再说话。他问还有啥？李爱萍说还得说谢谢呀，说完在电话那边开心地笑起来。他明白了，觉得很不好意思，这女人打着哈哈给自己上了一课。

而后，李爱萍把她朋友的电话工作地址告诉了姚高潮。

扣了电话，姚高潮怔了半晌，悻悻地，自己的老婆一天和自己说不了几句话，而这个没见面的女人在电话里讲这么久，她对自己摊上的事不在意，倒对他这个两姓旁人热心帮忙，不由得想，这样的女人，曲光芒那小子咋就不知珍惜呢，倒和别人胡搞？而他妈妈这个别人正是自己的老婆，啥事哩？

三

如果在未来的日子里，姚高潮能在这座城市里落根生长并结出硕果，那么今天这个日子便是他一生中的转折点，意义非凡，只是不知到底有没有这个"如果"。

按图索骥。姚高潮在"淮扬楼"饭店大厅见到了李爱萍的好朋友好姊妹李平。第一感觉是城里人：身材苗条，皮肤白皙，眼睛亮且媚，完全卡"好看女人"的标准。好看的李平，这便是他对这个女领班的初始印象。

姚大哥你好你好。普通话字正腔圆，伸出手与他轻轻一握，松开后顺势朝一侧的长沙发一指。

大妹子……

别，别这么叫。李平笑着说，叫李领吧……

李领？

李领班，大伙习惯叫李领，上班时间这样，其他时间叫李平小李都成。

姚高潮"哦"了声。

在这儿彼此称师傅，你块头大，以后我叫你大姚吧。

姚高潮点点头。

会讲普通话吗？李平问。

上学时老师让说，算会了，以后不讲就忘了。姚高潮如实讲。

拾起来，这是家淮扬菜馆，客人多是南方人，听不懂北方方言。

李领你的普通话说得很好。姚高潮由衷说，李爱萍讲得也好。

李平笑笑说：相信你也能，这也不是千难万难的事。

姚高潮点下头，心里想那啥个才是千难万难的事呢？

李平说：我把你的情况向店长讲了，店长让我定，没见面拿不准，一见面，我放心了，没问题。

姚高潮问：你觉得我行？

李平说：我是说，你给我的第一印象不错。

姚高潮心里略有些得意，想：看来自己这一身深灰色西服是穿对了，当然还有脚下的黑皮鞋，人是衣裳马是鞍嘛。

这时一个穿白色工作服的中年男人从前面走过，看见李平扬手打招呼说句：李领，老家来人了？

李平说：赵师傅正要跟你讲，206房的空调坏了，中午前要修好。

好嘞。赵师傅应命而去。

姚高潮心中不免疑惑，这个赵师傅咋像那个"卖货"，一眼就看出自己是从乡下来的呢？不等想出答案，又听李平说：这样吧，今天回去做做准备，明天来上班，对了，你有什么特长没有？他惭愧地摇摇头。李平说没关系，餐饮，除了灶上案上，别的一干就会。他说力气活没问题。李平笑笑说也别打谱老干力气活，人往高处走，水往低处流，要发展，努力努力。李平又笑笑，上下打量了他一下，说明天来别穿西服了，他不解问：不允许？李平说不是不允许，只是……穿套休闲服不挺好的嘛。他仍不明就里。

走出饭店，姚高潮想把这事给李爱萍讲讲，并表示感谢。关机。不久，李爱萍倒把电话打进来。他赶紧向她汇报，说事情很顺利。李爱萍说顺利就好，又说有什么要求只管和李平讲。他说她让我叫李领。李爱萍说你就叫她李领，对了，住的地方……他说我忘问，要不马上给她打电话？李爱萍说不必，据我所知，店里有单身宿舍，新人可临时住住，签了合同再到外面租房住。他问租房很贵吗？李爱萍说有贵有贱，没定规，眼下用不着想这个。他说知道了，谢谢你！只听李爱萍笑。

还有时间，他想去找柳条说说情况，忙音，不打了，就直接去到他的五金店，柳条坐在沙发上大讲电话，好像是遇上纠结事，柳条情绪激烈，声音抬得很高，有人进门，视而不见。

姚高潮悻悻的，站也不是坐也不是，好不容易等到柳条讲完把手机摔在沙发上嚷，你说他妈这是个啥事哩，刚从我这里借走五千块钱，回去说是假币，钱是从银行提的，怎会是假？姚高潮问，是朋友？柳条连连摇头，说朋友我还不这么生气，是亲戚，表弟，宰熟宰到我头上了，这年头就没有能相信的人了。

姚高潮亦问写借条没有？

柳条说写了。

姚高潮说到时叫他还是了。

柳条说还，也是假币，没准早就把假币准备好了呢。

姚高潮说有借条可以打官司……

柳条说官司这么好打？说不上拿不回钱，还得往上打。

接着像赶苍蝇似的挥挥手，算了算了，权当钱叫老鹰叼走了，咳……

柳条总算让座了，也总算想起老同学的事，问他找没找到要找的女人，姚高潮本来就是来讲这事的，就按顺序细细道来，直说到刚才从饭店出来。

挺好挺好，柳条频频点头，我说过应该留下来嘛，这不，人家也持同样观点，可谓英雄所见略同。

姚高潮想你个柳条进城没几天，说话就文绉绉的。他又想起离店时李领对他的提议，不由上下打量柳条一眼，见他上身穿一件浅色条纹体恤，下身穿一条深色制裤，脚蹬一双咖啡色叫不出款式的皮鞋。别说，这么上下一搭配，看着挺不一般。

柳条被看得不自在，问你看啥呢？

姚高潮就把李平对自己的挑剔说了，接着问，穿西服怎么的了呢？

柳条再打量一眼姚高潮，拿腔拿调说怎么的了呢，你没听有种说法叫农村人吃上肉了，城里人又吃菜了；农村人穿西服了，城里人换便装了……

姚高潮明白他的意思，却不服气，说如今公务员不都穿西服吗？

柳条说不假，是穿西服，可人家是量身定做，穿在身上像军装似的熨帖笔挺，你瞄瞄自己这一身，下摆提到腰上，袖子短半截，过时的布料，皱皱巴巴。

姚高潮嘟囔句，从箱子里拿出来，没熨。

柳条抽抽鼻子，说句到家的话，城里人穿西装是自己的，乡下人穿西装是别人的，你说！你这身是不是从城里亲戚那儿接过来的二手货？

姚高潮不吭声了。

换装吧，他告诉自己，就照柳条这身买。

四

上班当天，姚高潮那句颇自信"干力气活没问题"的话便不攻自破，不仅有问题，还大有问题，他的工作是打零杂，哪个环节需要就到哪个环节干。人姚，出去卸车！他就赶紧奔到门外，把采购员老陈从市场拉来的鱼、肉、蔬菜往厨房里搬，不等搬完，面案又有人吆：大姚，去库房搬两袋面！他就去搬面，搬完面回到街上，老陈就毛焦火辣的，嫌他磨洋工，他觉得委屈，忍不住解释几句，老陈又嫌乎他态度不老实，话说得很难听，弄得他脸红一阵白一阵，也不敢再说别的。到了上客时间，是饭店最忙乱的环节——引客，点菜，上茶，变更座位，再就是上菜上酒，多少服务员都打不开点，这种情况下，所有人都把眼光聚在他身上，呼来吆去，弄得他像个陀螺团团转。一挨席散客去，大堂、单间一片杯盘狼藉，又要与服务员一起打扫"战场"。当终于坐下开吃迟到的午饭，浑身有一种散架的感觉，心里膨胀着满满的怨怼，且不晓得是冲着别人还是冲着自己。唯有一条在头脑里渐渐清晰：只怪没有一技之长，哪个都能呼来唤去支使自己，可要想掌握一门技术，也不是件现蒸热卖的事。看来这儿不是能待的地方，还是回家……哦，他轻呼一声，心想：谁说自己没技术？有的，杀鱼。每逢捞鱼季节，都要把鱼拉到集上去卖，有的主顾嫌回去收拾麻烦，就让他把鱼收拾好，一来二去，杀鱼就成了拿手戏。对，和李平讲讲，让自己给灶上杀鱼。正想着，店里传出了争吵声，一雅间的客人因冰镇苦瓜没配蜂蜜出口不逊。也是因为有"底火"，那客人自带了一瓶高档白酒，按店规要付三十元开瓶费，那人舍不得花这份钱，把酒收起，另点了一瓶，火正无处发泄，发现缺蜂蜜的错处。也算吊诡，菜品各家有各家的做法，并没有一定之规，可偏偏这盘不起眼的冰镇苦瓜的点缀小菜，走遍大江南北都不差样地配蜂蜜，像一个师父教出来的，所以，客人借此发难，店里也无言以对，只得连连赔不是。而后这件与姚高潮本无关联的事就有了关联，负责菜案的齐师傅吆他立刻去外面的超市买蜂蜜"救火"。他奔出饭店大门，才转过脑筋，初来乍到，对周围环境不熟悉，不晓齐师傅说的超市在哪里。"鼻子下面有张嘴"这是乡亲们常说的一句话，不是指吃喝，是指打听事情，此刻这句话便对他具有指导意义，他颠着猫步，奔向纷至沓来的各色行人打听超市之所在，在众多人摇头走过后，有一个提菜篮的白发老太将手往前一指，他看见马路斜对面有个店面，拔腿便奔，这时只听"嘎"的一声，一辆面包车在他身前刹住，从驾驶室探出一张怒气冲冲的脸，喝句不要命了！那一刻他似乎失去了知觉，直到听人吆绿灯了，可以过，他才随人流过了马路，进入那家小超市，然而付款时身上没带钱，他简直想哭，平时，只要不是打意要买东西，他是不装钱的，怕丢，丢个十块八块也是一条鱼钱啊。可这个不管是好是坏的习惯这时给了他重重的一击，打得他晕头转向：怎么整呢？要在村里，他就能先把东西拿走，以后再还钱，这里不行。那么是回宿舍拿钱，还是找齐师傅要？往回奔时他的头脑在翻转着，来到了饭店门口答案才有：对，找齐师傅要钱，比回到宿舍省时，可找齐师傅他心里是打怵的,眼下被客人逼在气头上,怎能容得自己出差池?果如他所料,齐见他空手而回,又张嘴要钱,顿时大发雷霆,喝问:你个老小子,知道公私分明啊,把钱先垫上怕耽误生利息啊!他想解释,可齐根本不听,从兜里掏出一张老头票向他掷过去……

客人吃上了苦瓜沾蜂蜜,姚高潮却对天发誓,一辈子不会吃这一口。不过还是难忍疑惑,问面案的小苏,吃苦又怕苦,加上甜物,这是咋吃法?小苏开导说:吃苦瓜不是为吃苦味,是为了撤火,现如今的人烦心事多火气大,就吃苦瓜,可又怕苦,加上蜂蜜,这不就把问题解决了吗?

这算啥狗屁问题呢?姚高潮恨恨地想。须不知,种种"狗屁问题"接踵而来,让他晕头转向。

一个上午没见到李平李领的面,可见了面又能怎么对她讲?干脆说这活干不了,想撤。

好不容易熬到食客酒醉饭饱散去,轮到员工吃饭,已是下午两点多了,大堂里,男一桌女一桌,也有几对男女单独在另桌,姚高潮心想不用说是夫妻档了。这是他在店里吃的头一餐,很在意饭食,发现此时淮扬菜馆一下子变成了鲁菜馆,大锅菜:一盆白菜猪肉粉条、一大盆炖土豆块,外加米饭馒头。姚高潮忍不住咽了下口水,想奶奶个猴,饭食倒是个养人的地场。看样大伙儿都饿了,一上来狼吞虎咽地大吃,等吃得差不多,嘴就省出来放声了。先是那个让姚高潮愤恨不已的齐师傅,说昨晚看了一则新闻,一个孕妇到县城生产,孩子生出来当妈的还没见是啥模样,没了,找不到了,你猜怎么的?是接生的女医生卖给人贩子了。蹊跷新闻天天有,可蹊跷到这种程度就成了天外奇闻,让人"嗞嗞"吐冷气了。

啥个叫近水楼台先得月?这就是了,你想想,偷婴儿还有比接生婆再便当的人了吗？没有。

那是。

这可咋好，医院不敢去，在家里让男人给老婆接生？

让男人干？也不保险，你没听发生过男人背着老婆卖孩子的事？

这可怎么弄啊，怎么弄啊？

姚高潮边吃边听，也感叹于世道的凶险，心里沉沉的。而对自己来说，眼下不是怕孩子被人偷，而是能不能有孩子，老婆坚决离婚，这不明摆着照此下去别想有自己的后了。

大姚，你的小孩多大了呀？声音是从"女桌"发出的，姚高潮没往那边看，心想咋哪壶不开提哪壶呢？嘟囔句：咱没孩子……

你，没结婚？

结了。

那咋的不生？

老婆要离婚。

咦……女人一齐发出叹息声，眼盯着姚高潮看。

离就离，大姚，你要个头有个头，要长相有长相，还怕离婚？话来自"男桌"。

对，离了再找，这年头，男爷们儿不怕离婚。

可不，三条腿的母猪不好找，两条腿的娘们儿有的是。

放屁！放屁！放屁！"女桌"群起而攻之。

不是放屁，是事实，你没见电视征婚节目，参加的百分之八十是女人，说明什么？说明女人剩的多，男人是稀缺物。

你说的是城里，不是乡下。"女桌"反驳。

可不是，在乡下，男人还是不好讨老婆。姚高潮心情很低落，就说自己，连娶进门的老婆都想跑……

五

从饭后到接待晚上那拨客人中间这一段,是员工一天中唯一能松口气的时辰,有人回到宿舍或附近的租房里休息,有的留在大堂里喝茶下棋、打扑克。

姚高潮回到饭店六楼的集体宿舍,已觉身心疲惫,刚想躺下眯一会儿,听有人在走廊里大声吆,大姚,出来跟我走——

五分钟后,姚高潮就坐在采购老陈身旁的副驾位上,车就驶上了马路。老陈四十多岁的年纪,男人长了一双女人的丹凤眼,单看面目,冷丁难辨是男是女。老陈没讲要到哪儿,干啥,不问也不清楚。他忽然觉得搬运这活挺不错,不用技术,来回坐车上看光景挺受用。

上了大马路,老陈的神情有所放松,从驾驶台上摸起一盒烟,发现是空盒,撇一边儿。姚高潮刚想从口袋掏烟,兀地记起柳条对他说的话,便收手。一路无话。老陈一副不与凡人搭腔的神情,一左一右地扭动着方向盘。

穿过几条马路,老陈把车停在一家菜市场门口,带姚高潮进去,采购了晚上用的各种食材,叫姚高潮提溜着,自己甩着大手回到车旁。装上车,姚高潮心一动,快步到一小摊买了两盒云烟(柳条抽的那种),上车后把其中一盒放在老陈身前,老陈看了没吱声,发动车上路。姚高潮打开留下的那盒,从中取出两支,一支递给老陈,一支衔在自己嘴上,然后快速帮老陈点了。

当吐出一口烟,老陈的脸变得开朗和蔼了,不转头地问:哪场人?

姚高潮说了。

哦，山东半岛，老陈笑起来。姚高潮心里犯闷：山东半岛有啥好笑的呢？老陈就说：去年来了一个面案师傅，人家问他家哪里，这人嘴唇厚，吐字不清，说他家在山东半屌……引得大伙儿大笑，后来再有人问，他就只说是山东半……人家说不对呀，还落下一个字嘛，他说落下就落下，不就一个屌吗？

姚高潮苦笑笑，他知道，自从那个老乡名主持人在春节晚会上用家乡话播了天气预报，全国人都学半岛话寻开心。他问老陈是哪里人？老陈说他是鲁中人。他又问孩子多大了？老陈说读大学了。他说这么大了，我看嫂子很年轻。老陈斜他一眼：嫂子？你见过我老婆？他说中午你俩不是一桌吃饭吗？老陈懂了，没吱声，他又说嫂子年轻又好看。老陈笑笑：那，不是我老婆。姚高潮没听懂，又斜了老陈一眼，老陈说：我老婆在老家，没跟来。他问那这个她……老陈干咳了一声，说句这还用问吗？明摆着的嘛！轧伙，相好，情人，小三……这些同义词在姚高潮脑子里渐次掠过，他问：那另外在一桌吃饭的也都是……老陈说对呀。他大为惊讶，觉得不可思议，怎么能这样乱来呢？老陈好像听见了他的心声，说句：这个，以后就慢慢明白了……

说着伸手去摸驾驶台上的香烟。

姚高潮没给他点烟，还怔着，两眼茫然望着往身后退去的街区，一时竟不知身在何处，想：这是哪儿？

傍晚时分李平领班出现在大堂，与一个年轻女服务员说着什么，此时姚高潮正在更换沙发罩布，他觉得须和她谈谈，就等着。不久，李平向他走过来，一边给他搭手，一边说今天总店那边有事，过去了。姚高潮问还有总店？李平说有啊，一个总店三个分店。换完罩布，李平说这阵子还没开始上客，坐坐吧。姚高潮带情绪说：还有人喊我打扫仓库呢。李平说没关系。他问怎么没关系？李平笑笑说李领找你说事啊。就对面坐下，李平说我听说采购老陈向你发火，他就那脾气，别往心里去。他说咱是磨道里的驴，听吆喝，可吆喝来吆喝去该听谁的？李平说这事不难办，有句话叫先来后到，你搬菜，面案又叫你搬面，你就说搬完菜马上搬面，你不该放下菜去搬面，老陈自然不高兴。他想也是这个理，当时自己咋就没想到呢？李平又说我还听说为买蜂蜜，齐师傅也冲你发了火。他说也是我的错？李平轻轻一笑，说这事，齐师傅发火不对，可你也得反思一下。他不服，说我有啥好反思的！李平说你身上要带了钱，不就把蜂蜜买回来了吗？他说我没带钱的习惯。李平说这习惯得改，在家种地可以，在这里不行，说不上啥时就要用钱，一分钱憋倒英雄好汉哪。他想也是的，刚才老陈喊自己去菜市场，若不是临走装了点钱，烟就买不成了。像要证实什么似的，他从口袋掏出个人造革钱夹子，在李平眼前晃晃，李平说快装起。他一下子警醒：这般不是让人以为是在行贿受贿吗？赶紧把钱夹子装回口袋。李平似乎看透他的心机，笑笑说：放心，没人会这么在光天化日之下受贿的。停停又说，我是说现在没有男人把钱装钱夹子里的。他问装哪里？李平说口袋不能装钱？他心里又不痛快了，连怎么装钱都有规矩，这城里还怎么待。这时想起自己要找李平说什么事，便说：我给李爱萍打电话，老关机。李平说她忙，有事你和我说说行了。他顿了顿，说我不适合在这儿干。李平问怎么不合适？他说说不上来，就觉得不适合。李平问：想回家？他点点头，说家里那一摊子事……李平说实在想回去也行，不过得干满试用期，现在辞工不返还保证金。他说我没交保证金啊。李平说我替你交了。他看看李平问：多少？李平说一千块。他不吭声了。他没想到会这样，李平这女人挺仗义的，不声不响替自己交上钱，自己要走，就应该把钱还给李平。可他口袋已差不多空了。

他问：试用期工钱给不给？

李平说：干满给。

他说那就干满吧。又说：能不能给我换个工作？

李平说：店里有规定，新来的人，除非有专门技能，都得从勤杂做起，就像新大学生开学先军训那般，接受锻炼和考验，如果连这一关都过不了，怕永远一事无成。

他听出李平的话隐含的意思，却不服气，反驳说其实我也是有技术的。

李平问啥技术？

他说杀鱼。

李平问，你杀过什么鱼？

他说，鲤鱼，草鱼，鲫鱼……

李平淡然一笑，忘了你是养鱼专业户，不过话说回来，你会杀塘里出产的鱼，不一定会杀咱这里的鱼。

他问，咱这都吃啥鱼？

李平说，不是咱吃，是客人吃。比方白鱼，鳜鱼……

他头一次听说叫这种名字的鱼，问反正都是鱼，还不一样的杀法？

李平说，不一样就是不一样，比方白鱼，又薄又长，南方客人小气，常点半条，就得从中间不差分毫地剖开来，这就需要手腕部分特别给力，眼明手快，手起刀落才能保证鱼切得漂亮。再比方说鳜鱼，要满身打花，那刀工可——不是一天练就的，这个，你到厨房里看看就知道，"术业有专攻"啊。

他似懂非懂地念咕着：术业有专攻……

李平想起什么，问：听说你当着全体面讲老婆要离婚？

他不晓李平问这个是啥意思，面呈警觉。

李平说为什么要讲这个呢？这是你自己的事，个人隐私。干吗要让所有人都知道？

他不吱声，心里却不服：想乡下人从来就不晓隐私这个词，一个人放个屁，满村人都知道，便说乡下人……

李平打断说，别老拿乡下人说事好不好，知不知道，咱这饭店，除了店长和大厨都是乡下人。

他看看李平，不相信地问：你也是乡下人？

李平说是。

他说不像。

李平说不像就对了，像就不对了，进城的人，哪个不是一门心思让自己像城里人，像得越快越好。

李平又说：乡下人像逃荒一样来到城里，今后是好是赖全凭个人造化，怎么干，怎么变，得想想，好好想想。停停又把语气变缓，说大姚你别有意见，李爱萍把你委托给我，我有责任，不然……好了，以后再说吧。

李平说毕抬腿离去，把姚高潮一个人留在那里发怔。他心里很不痛快，想：李爱萍让你帮我个忙，就以为有权教导人吗？城里再好，可咱在这里活动不开筋骨，又有啥法子？能赶鸭子上架？

六

姚高潮再次梦游是来饭店后的第三天。当然他自己并不知道。早晨起来,同宿舍的面案工小宋问:大姚,黑灯瞎火的怎么出去了呢?他一时不明白,说没有呀。小宋说你爬起来开门,把我惊醒了,以为去上厕所,老不见回来,就出去寻,这时看见你从楼梯走上来……

这时他明白过来了,遂如实向小宋说自己犯了梦游症。

小宋说你看见什么了呢?

他摇摇头。

中午吃饭时,姚高潮让李平叫到一张桌一起吃。李平的脸色不太好看,姚高潮就心虚:难不成又做错事了吗?果不其然,李平问他收拾雅间是不是吃了客人的剩菜?他有受责的心理准备,却没想到是这一桩,便没当回事,问句有人向你打小报告了?李平说不管是不是有人打小报告,到底吃了没有呢?他只得承认吃了,却有说辞:几样菜只动了动,丢了太可惜。李平说可惜了也不能吃。他问为什么?李平说没为什么,就是不能吃。他说我看见女服务员……李平打断说女服务员偷吃还有情可原,女人就是女人,男的绝对不能做这等事,怎么和你说呢?这有关尊严,男人的尊严。他不再说什么,其实当时他也犹豫能不能吃,也怕别人看见,可最终……

李平叹了口气,说这也难怪,许多事一开始都是不清楚的,以后注意是了。

他听着心里很不是滋味。

李平又说:等哪天休班,请你出去吃饭。

他抬头看看李平,问:你请?

李平:算我替李爱萍请你吧。

他仍不解,问:李爱萍让你请我?

李平点点头。

他问:她为啥要请我?

李平想想说：她欠你的。

他问：连面都没见，她欠我啥呢？

李平一笑：她男人抢了你老婆啊。

这话一时让他脑子转不过弯来，便说：不错，她男人是抢了我老婆，可，可我老婆也抢了她男人呀！

李平说：这倒是，不过情况是不一样的。

他问咋不一样？

李平说这事你在意，李爱萍不在意。

他问，这么大的事，她咋就不在意呢？

李平的神情黯然下来，要说什么又停住，过会儿说：凡事有个常理，夫妻间，一方移情别恋，说明这婚姻已经死了，死了就没有办法救活过来，分手是最佳选择。

他有些吃惊，问：李爱萍同意和她男人离婚啦？

李平说：应该会同意的。

他有些急：她要同意离婚，那我咋办呢？我还指望……

李平：组成联合阵线？

他说对，可她一妥协，我只有单独作战了。

作战？李平摇摇头。

这时，"男桌"那边突然有人放起高声，所指明确：大姚，你说说，咋起个姚高潮名字呀！

他朝"男桌"看时，听李平悄声说是电工庄胖子，长红鼻头的那个，这人烂，别理他。

他收回眼光，继续吃饭。

那边庄胖子却不想收兵，又发声：大姚，在家你老婆咋喊你？也喊要（姚）高潮？要高潮？

有人在笑,说明听懂了庄胖子的狎昵秽语,他怒从心起,却不知该如何回应,不由看看李平。

李平朝那边吆句:庄师傅,饭堵不住你的嘴啊!

庄胖子油嘴滑舌:报告李领,本人吃饱了,吃饱了。说毕又转向姚高潮:人家要高潮得赶快上劲给高潮,跟不上趟,不和你离婚才怪!

又是一阵笑。

李平问:你得罪过他?

他摇摇头。

李平说:这厮无理,得教训教训他!

咋样呢?他用眼光询问。

把他扔到大街上。

得了将令,他站起身,走到"男桌"前,用手指着庄胖子,压低声音:咱出去!

庄胖子:到哪儿?

他用手指指门外。

庄胖子懂得对方的意思了,却纹丝不动,问:干吗要出去?

别把血溅到别人身上。

庄胖子一惊:你,你想打人?

打的不是人!姚高潮上前一把揪住庄胖子的前胸,把他拖离座位。这时全体怔住,像没看清楚发生了什么事,寂静无声只在一瞬,庄已死狗般被拖出老远。当是认清了形势,他顺势倒在大理石地面上,眼望着姚高潮连连告饶:停停,大姚,停停,大姚。

姚高潮没停手,按李平所要求将他拖到饭店门外,扔下。

店内一阵叫好。

后来他问李平怎么料他庄胖子会服软认输,李平说她清楚,庄是狼心兔子胆的主儿，你战，他就败。后来他就想，李平随时随地教自己人生道理啊，包括治理庄胖子……

七

姚高潮正要给老婆丁燕打电话，却接到一个陌生女人的电话。他是临时起意给丁燕打电话的，尽管她不接他的电话了，可他还抱有幻想，隔一段时间拨一次。这回为寻求同盟者来到城里，还没给她打过，主要是心里发虚。电话铃响起的那一瞬，他竟异想天开，希望来电话的人是丁燕。

你是……他的心乱跳。

大姚，我是薛小英呀。

他啊啊了两声，一时又想不起这个称薛小英的女人是谁。

我，我是面案的小薛师傅呀！对方进一步明确。

啊，小薛师傅，是你呀，找我有事吗？他问。眼前浮现出一张清瘦白净的面庞，在他眼里，也属于"好看的女人"。小薛师傅专做夹肉面饼，对他挺友好，那天"治理"了庄胖子，还朝他竖大拇指。

东西太重，帮帮忙吧，这么晚了，不好意思。小薛师傅向他求助。

行行，他痛快答应，你在哪儿？

几分钟后，他来到饭店侧方一个绿化三角地，小薛师傅身前有两个鼓鼓的编织袋。

小薛师傅说她请陈师傅在菜市场买了些东西，本想自己拿回家，可太重了……

这对他是小菜一碟,二话没说把编织袋一手一个提起来,也不觉得太重,心想女人和男人到底有差别啊。他跟在小薛师傅后面,走出三角地,穿过一条明晃晃的马路后,进入一条昏暗的步行街,他知道这是一个待迁街区,店里不少员工在这儿租房住。

两人脚前脚后,开始都不说话,就像脚夫替人送货那般。小薛师傅放缓脚步,侧转头说:庄胖子要帮我送,死乞白赖的,我不用,烦他。他不作声。小薛师傅:那天你教训得好,他那种人,欺软怕硬,终于遇上个吃生米的了。他问庄是哪里人,小薛师傅说好像黄河边上。他一头雾水,黄河长了去了,从中国西流到中国东,又听小薛师傅说:对了,他那里出枣。他想那是乐陵了,乐陵小枣全国有名。

边说边走,从后面跟上来一对男女,女的叫了声薛姐,男的叫了声大姚,回头一看,是饭店里俩员工,小薛师傅说她买了些东西,拿不动,让大姚帮忙……女的轻轻一笑,男的说大姚体格棒,找他算找对了。两人脚步急,很快就走过去了。小薛师傅说他俩住在前面,他低声问:两口子?小薛师傅说不是。他问不是两口子咋住一块?小薛师傅轻轻一笑,说这个,你赶几步去问他们呀。他自然不能赶上去问,却想起了陈师傅那一对以及吃饭看见的一对对"露水夫妻",心想这些人咋的就明目张胆地胡轧伙呢?他不由想起自己老婆和她的姘头曲老师,心想他们在学校里也是这般无所顾忌地明铺热盖吧。他的心揪了一下。

到了。小薛师傅在一间平房前站住。里外都简陋。毕竟是女人住,屋里收拾得很整洁。床单平整,被子方方正正。床对面是一张半新五斗橱,上面摆了台电视机和一个白色物件。只听小薛师傅说坐坐吧。他说不坐了,太晚了,小薛师傅你早点歇着。小薛师傅笑起来,映着灯光眼亮亮的,说别一口一个小薛师傅好不好?他问那咋叫呢?小薛师傅说你坐下，咱论论。

在一个方凳上坐下，小薛师傅就开始"论"了，问你哪年的？他答：八四。小薛师傅一笑，说我八一，好哪，女大三，抱金砖。他想说啥呢乱七八糟的，却记得那年媒人上门给他提亲，说女方大三岁，他妈喜得合不拢嘴，说女大三抱金砖。这事就成了。小薛师傅说：你比我小，以后就叫我薛姐吧，你块头大，我还叫你大姚，行不。他说行。小薛师傅得寸进尺，说现在就叫声薛姐我听听。他听话地喊了声薛姐。不料，这一声薛姐让小薛师傅兴奋不已，一下子站起身，说姐给你洗桃子吃，撩开门帘到厨房里去了。

听着哗哗的水声，他站起身，像寻找答案般踱到五斗橱前，这时才看清白色物件原来是一个被翻转过去的相框。他犹豫了一下，还是翻过来看了看，是合家欢，薛姐和一个留光头的男人并排坐，中间有一个同样留光头的四五岁男孩。他一时木讷迟钝，又听水龙头的水声停止了，便赶紧将相框再翻过去。

吃了一个桃子，他便离开了薛姐的小屋。

姚高潮回到六楼宿舍，见小宋还没睡，趴在被窝上看一本医书。这些天，小宋像突然对医术有了兴趣，得空便看，如醉如痴。抬眼见他进来，略显惊讶，问你不是去小薛师傅那里去了吗？咋又回来了？他心想就奇了怪了，这事没声没张，也就一会儿工夫，咋的就传到他的耳朵里了？他没好气说：我不回来能咋？小宋笑笑，说你个大姚，真是不解风情，这么晚了，人家让你去家里，心思不是明摆着的吗？他问啥心思？小宋说这还用问，你呀，我看要么上头有病，要么下头有病，反正不怎么健全。他明白小宋的意思，说我哪儿也没病，只知道不能干伤天害理的事，人家三口之家，过得和和美美（他从合照上确实看出了"和和美美"），硬插一杠子……小宋不住摇头，说，行了行了，你高尚，可高个三年五载，就晓得高尚是件不容易的事了。那玩意儿要闲上……他突然想起什么，问：那你呢？小宋说：我和你们不一样，和女友虽然不在一块，可正筹备结婚，当然不能胡来。他知道小宋的一些情况，女友是中学同学，眼下在烟台打工，只等结婚便迁过来。他问今年能结婚吗？小宋说那得看经济状况如何了。他又问买房吗？小宋把书往床上一丢，攒钱，叹了口气，说，每回打女友的电话，都会先听到潘美辰的"我想有个家"，咳，女人就是女人，我不能让她失望。

　　他同情地点点头说，攒够钱也不容易呀。小宋顿了顿，抬头盯着头上的节能灯，说不是有句话叫光明在前吗？只要心里装着大目标，总能开山辟路……开山辟路？他问山在哪儿？路在哪儿？小宋不语。他看看反扣在床上的医书，似有所悟，问：你想现学热卖，当江湖骗子行医赚钱？小宋连忙否认，咱不能干那缺德事，再说有心行骗也得有点道行才成。他打破砂锅问到底，那你到底想出啥赚钱的法子呢？小宋迟疑了许久，又像怕被人听到般压低声音：对你讲，我正从事第二职业，当试药员。他头一回听说有这职业，问啥叫试药员？小宋说药厂研制出新药，临床前先给健康人吃，看有没有副作用。他十分惊讶：乱吃药？你疯了！小宋摇头说我没疯，很正常，发展是硬道理嘛，要向前开拓顾不了那么多，小宋把眼睛从节能灯上移开，看着他，说其实也没啥可怕的，我已经吃一个多月了，化验结果正常，也没觉出有啥不舒服。他问干这个能挣多少钱？小宋狡狯地笑笑，说：这属于商业机密，人家不让说，咳，反正比挣工资高多了，否则……

　　向死而生。睡下后，他脑子里跳出这几个字。着实为小宋担忧。

八

中午接到柳条电话，问他吃饭了没有，他说没有，客人散了才能吃。柳条说客人散了你就过来，咱俩一块吃。他问有事吗？柳条说对。

换了饭店，不是上回那家大排档。店不算大，却雅致整洁，柳条提前定了一个小单间。进去后姚高潮拿眼四处扫扫：这儿是不是多花钱？柳条说有最低消费，我不用，和老板熟。他说要多花钱就到大厅里，柳条说在这儿说话方便。他心想柳条这么郑重其事看来有事。

话头还是先说到姚高潮的现状及何去何从。他告诉柳条，那个李爱萍把他荐到淮扬楼已半个多月，一直未见面，那个李领倒是对他负责，只是样样挑剔，说他这不是那也不是。柳条笑，说这就对了，不丢掉一身庄户毛病怎能在这里立足。他说我也没打算在这里立足。柳条说先别急着下结论，往前走着看，不过，你要是信得过老同学，不妨听听我的建议：树挪死，人挪活，一辈子"三亩地一头牛，老婆孩子热炕头"，这是老辈人的生活理想，现在什么时代了，还抱着这一套，可悲不可悲？可笑不可笑？他不服气，说各人情况不同。柳条说你的情况不就是要离婚，你不舍弃，老同学，要有更高的人生目标啊！

正说着，服务员端上菜，柳条问咱喝白的？姚高潮连忙摆手，说不行，喝高了又会招李领批。柳条笑笑说，一口一个李领，李领漂亮吗？他说挺漂亮。柳条又笑。

喝啤酒。姚高潮给自己定的量是一瓶。说反正没人，"吹"得了。说着，抓起瓶子往嘴上对，被柳条吃住，说干吗哪，没人，服务员不是人？见了多不雅，会从心里瞧不起。他悻悻地把瓶离嘴，往杯里倒。

碰了一下杯，干了。柳条言归正传，说找他是为妹妹柳枝的事。柳枝怀孕了，去医院照了照，是男孩，孩他爹曹总只有一个女儿，就想让柳枝把孩子生下来，为曹家延续香火。

这，这是喜事呀。他由衷说，来，为柳枝干一杯。

柳条踌躇了一下，还是干了，抹抹嘴说，只是后面的事挺复杂的。

他问：复杂啥？曹总和老婆离婚……

柳条挥手打断：复杂就复杂在不能离婚嘛。

他懂了。心想不和老婆离婚，又想白捡个儿子，这事的确不好解决。自言自语：这事可咋办呢？

柳条说，倒也不是没有办法，曹总已做通了老婆的工作，同意收养一个儿子，下一步，就"定向"收养柳枝生下的孩子。

"定向"？咋个"定向"法？他问，生下来就抱进曹总家？

当然不行，柳条说，正式领养孩子国家有法律规定，很复杂，只能想办法钻法律的空子。

他侧耳倾听，柳条清清嗓说，事情要朝这一方向发展，首先柳枝要有一个男友，"认"柳枝肚子里的这个孩子，然后一起到医院生下来，然后俩人一齐失踪，然后孩子就到了社会福利院，只要成了社会福利院的无主孩子，曹总就有把握把孩子收养到手，当然要花钱，方方面面，包括那个名义上的男友……

这事倒真是复杂呀。他心里在想。

热菜一个一个上，他叫不上名堂，却觉得都高档，加上柳条一杯接一杯敬酒，也敬得他有些诧异。他抬眼望着柳条，试探着问：柳条，你让我来……

柳条说咱是老同学，就不虚言假语说见外话，今天让你来是想和你商量,你来做柳枝的假男友。

我,我有老婆呀!他提醒说。

你那也算有老婆?柳条也提醒他。

没离婚就是我老婆。

对,可别忘了,人家要和你离,早不承认是你老婆了。

他哑口,心想揭人不揭短,打人不打脸,你个柳条也太不给人面子了。

柳条说:我奉劝老同学不要执迷不悟,赶紧把婚离了吧,轻轻松松演这个"角",这样赚钱的机会打着灯笼也难找,这些……柳条握起只拳朝他晃晃。十万?他略为有些吃惊,但没问出口。

中不中?柳条问。

他摇了摇头。总体上他觉得自己不能干这种"他妈妈"的事。

柳条叹息一声。

他心里突然有种没来由的烦闷,想尿,就出来上卫生间,回来经过大厅时,见一把椅子的后背上挂着一顶帽子,是鸭舌帽,他晓得是客人落下的,抬眼见周围没人注意,便不当回事地拿起扣在自己头上,摇摇晃晃进了房间。

先生,你,你走错门了!柳条望着他,一脸的错愕。

柳条,你咋啦?他同样错愕。

哦,奶奶个猴,奶奶个猴,柳条认出这个戴帽子的人是谁,解嘲说,你他妈从哪儿弄个帽子,一下子走相了,简直认不出来了。太酷了!太酷了!

他把帽子摘下。

柳条说,别摘别摘,说着替姚高潮把帽子戴上,端详着说:你知道我想起谁了吗?阿宝,唱陕北民歌的那个阿宝,平常他头上缠白毛巾，是不折不扣的羊倌，可一戴上鸭舌帽，人就全变了，像影视明星，也像黑社会老大。

他苦笑笑，把帽子摘下，揉巴揉巴装进裤袋。然后向柳条告辞，说要误了下午上班，又要挨李领的批。

九

挨李平的批倒不是因为上班迟到（确实迟了十分钟），而是……

李平板着脸：储物间进水了，泡了很多东西，水是从员工洗手间进去的，有人说你打扫完卫生间急着走，忘了关水龙头，是不是这样？

他想了想，说：关了。

李平：你记准了？

撒谎是王八。

李平说，用不着起誓。这儿不兴这个，不是你的责任，否认就行了，但要咬住，稍一含糊，人家就不相信了，记住了？

他点点头。

李平又说我和店长已商量好了，你从明天开始不再做勤杂，传菜。

他知道传菜这活计比勤杂轻松得多，也不用听从别人驱使，便说谢谢李领。

李平说我让薛姐带你一两天，她熟，人也挺好的。

为啥让薛姐带？莫非……他不无疑虑地寻思。

姚高潮回到宿舍时小宋已在，正甜言蜜语打电话，这是小宋在宿舍里的常态之一，另一项就是大翻医药大典，也如往常，见姚高潮回来便匆匆收电话,说:我见李领找你,是不是为水龙头跑水的事?

他点点头。

小宋问,急着往外跑,疏忽了?

他说我关了水龙头,不是我的事。

小宋问真这样?

他说真不是我的责任,我发誓……

小宋说要这样,就是庄胖子诬告。

庄胖子?

小宋说庄说他亲眼看见你忘了关水龙头……等等,等等,这里有一个逻辑问题,既然他看见你离开洗手间时水龙头哗哗流水,为什么不赶紧关了,而等到淹了储物间再讲出来,讲不通嘛。

显而易见是庄胖子故意制造事端,发泄对他的愤恨,便说那天我让他在大伙儿面前出了丑……

小宋说怕不光是这一件。

他问那还有啥?

小宋看看他,还有……薛姐呀……

薛姐……他也看着小宋。

小宋说,你来得晚,不晓得,庄胖子一直缠着薛姐,薛姐不应。

他问:他家里没老婆?

不等小宋回答,他便意识到问得多余,陈师傅(还有其他人)家里也有老婆,不照样……他记起有句"老革命遇到新问题"的话,心想,看来他们进城打工的也遇到了新问题,可用这种方法解决,合适吗?他把自己的疑惑说给小宋听,询问他的看法。

小宋寻思了一下,说这事还真他妈不好说,肯定不对,可……有句话叫存在的就是合理的,看来只能这么往上靠了,像咱店里一对一对的"轧伙",各有各的老婆和男人,可一年也就见个一面两面,有和没有又有什么两样?个顶个饿狼似的,所以也就……庄胖子是没人稀罕他,就死乞白赖犯邪劲,他是发觉薛姐对你有意,就羡慕嫉妒恨。

他突然有所警惕,盯着小宋说:他不晓得薛姐让我帮她送东西的,怎么……

小宋说:怕是让他盯了梢,薛姐晚上下班,他经常跟在后头,这个,店里的人都知道的。

是吗?他有些后怕,要是那晚真留在薛姐家……

小宋似乎看透他的心思,笑笑说,也用不着担心,咱店里那么多"轧伙"夫妻,他不也是看着干瞪眼吗?

他突然想到另一个问题,问:他们公开一块吃,一块住,干吗不躲避躲避呢?

小宋说:手打鼻子眼前过,躲避得了吗?与其装模作样地偷鸡摸狗,还不如光明正大算了,这样才不累。

他无语。他对许多事情都无语。

小宋又说:知道庄胖子这德行,以后防着点就是了,哎,你今天到哪儿去了呢?

他就把柳条找他的事原原本本告诉了小宋。

小宋摇头说:啥事都难不倒有钱人啊。

十

经薛姐用心"传帮带",他几天工夫便适应了新工作,只是直接与客人打交道，需小心谨慎，周到得体。那句"客人永远是上帝"的话，反过来就是服务员永远是孙子。须不知孙子也不是好当的，遇上难伺候，特别是喝高了的客人，稍有差池就招一通"狗屁呲"，再冤枉也只能承受，顶多像阿Q那般在心里骂句"孙子熊老子"了事。薛姐经得多，性子也绵，遇事总能化干戈为玉帛。比如把客人引进房间，出来时就会提示他，"那女的不是盏省油的灯"，"那个男的面不善"；再比如要是客人自带酒水，一开始就要告知须付开瓶费，若客人提出抗议，不与他争辩，反正最后是在吧台结账，客人发火也发不到咱身上，还说不上醉醺醺早把这事忘到九霄云外。还有，对一些更为微妙的事体要应对得当，比如要小间的男女，男老女嫩，多为偷情，如年龄相当，就难说什么关系，或夫妻或相好或一般朋友。对前者，做好服务后就退到门外，再进须先敲门；对后者则可随便些，客人要是觉得你碍事，会自己提要求。

习以为常，备而无患，但也并不绝对，许多情况会猝不及防出现在前面。比方那天中午进小间的一对情侣即如此。

中午面案吃紧，薛姐被叫了过去，姚高潮自觉已能单独应对。自然是先点菜，他站在这对男女身后，等着记菜名，因光线较暗，又背对客人，唯听声音，男人说你看看想吃什么，只管点。女的说我哪会点，头一遭吃淮扬菜。男的说正因为没吃过才让你来品尝，保准吃了还想吃。女的嬉笑说你要做广告啊，男的也笑。后说你不点，我就全权代理了啊。便一样一样点了菜，四凉六热。姚高潮心想，两个人点这么多，够浪费的。

将客人引进小单间，他才看清是一对年龄相当的男女（难断是夫妻还是"轧伙"）：男的很健壮，也很喜相，穿一件灰体恤；女的面庞很白，眉眼细长，也属好看的女人。落座后，男的拿出一个袖珍茶筒，说：泡一壶茶，饭店的茶没法喝。

茶端上来，给斟到杯子里。男问女喝什么酒，女说下午有课，不能喝。男的很惋惜，说这算咋回事，下次在没课的时候聚。又说：一杯果汁，一扎啤。

取果汁和扎啤的时候，他起码清楚两点：这一对肯定不是夫妻，女的是名教师。不知怎的，这一瞬间想到自己那个当老师的老婆，心里顿生反感。

也许是神情恍惚，当把四样凉菜摆上桌竟忘了报菜名，正欲转身出去只听男客人一呼：报菜名啊！他立刻回过神儿，报告：水晶肴肉、盐水鸭、风干鸡、雪菜笋丝。

名堂不小呀，女客人两眼亮亮说。

真名堂还在后头哩。男客人有些得意：什么都有学问，舌尖上的学问最要紧，民以食为天嘛。说开来，中餐菜肴有四大风味八大菜系说，人们常说的鲁菜是宫廷菜，粤菜是商贾菜，淮扬菜是文人菜……

所以你们写文章的人都喜欢淮扬菜了。

男客人脸上荡开得意的笑。说也算是吧。他端起杯子向女人举举：人生得意须尽欢，莫使酒杯空对月……来，我们干杯。

上热菜后，他大部分时间是站在门外，这属于不打扰客人的"潜规则"范畴；另外，他也实不愿听那个"写文章"的男人对女人酸溜溜的卖弄。自己不是文人，可文人见过几个，他村子后面有一座山，山上有一座据说是明朝建的小寺，不时有城里的文人来朝拜（他们的说法是采风），村支书先请吃一顿"农家宴"，然后带上山。他们迎着山风意气风发，大发感慨：多么美的地方啊，蓝天白云，山清水秀，神仙待的地方，真想留下来呀。当然没一个人留下来，靠写文章好不容易写出个城市户口本，哪舍得丢弃呢？这也能理解，可你不能嘲弄乡下人啊，好像庄稼人住在乡下赚大便宜似的。

当然这都是一闪而过的念想，要不是后面发生了一件让自己抓狂的事，当会很快忘记这对一餐吃了八百多块的偷情男女。

是在那之后的第三天，还是第四天？他记不准，反正那时已开始"独立"工作，中午，又来了一对要小单间的男女，这样的一幕每天都在上演，不稀奇，可不稀奇的事让他看出了稀奇：他认出那女人正是那天和"写文章"男人一起的女教师，那男的他也认识，却不是那个"写文章"的作家。这"另一个"男人也是那天出现在饭店，在教师、作家情侣双双离去后，这人找到了他，询问刚走的一对都点了什么菜，他很觉奇怪，问这个没来由。而这时李平教导的那句"顾客永远没有错"的话起了作用，便如实讲了，那男人记下来便匆匆离开。而今天这个男人与女教师结了伴，就弄得他云里雾里，像发生在谍战片里的事。顺着这个开头"看"下去，后面的情节就更让他目瞪口呆，这男人先让女教师进了房间，自己去点菜，点的与上回一样不差。进屋后冲女教师笑笑，说老婆今天一是品尝张处一再宣扬的淮扬菜，二是纪念咱们结婚十五周年。他的心豁然开朗：俩人是夫妻啊。女教师说等祺祺旅游回来一块多好，就是不听，固执！男人又笑笑，说要的就是二人世界嘛。边说边从包里拿出一瓶葡萄酒，他说先生按规定要付开瓶费的。男人翻他一眼说：我说过不付了吗？他赶紧道歉，一边开瓶一边想：一个叫老婆戴了绿帽子的人，还这么大脾气。刚想到这里，便不由与自己挂了钩：你他妈姚高潮有啥资格嘲笑人家，你不同样被人戴了绿帽子吗？心情顿时低落。

悬念早早解开，老夫老妻下馆子，再平常不过的事，可他心里还是有一个疑团：这个当丈夫的分明是知道老婆与人胡搞，且跟踪而来，不当场揭穿，反倒另寻日子在同一场合请老婆吃同样的菜，这当间有啥个"弯弯绕"？真是看在眼里，不明白在心里。

开席了。当四个与上回相同的凉菜摆上桌，男人微笑着与女人碰杯。接下来夫妻间话并不多，说的也自是家常话，爷爷奶奶这个，姥姥姥爷那个，当然稍多些的还是那个外出未归的"宝宝"。把上高中的孩子叫着宝宝，他觉得有些可笑。

头道热菜是大煮干丝。他报了菜名。女教师现出新奇而有兴味的神情，先品尝，说句不错。

再上的是水晶虾仁。女教师夹了颗油津津的虾仁送进嘴里：嗯，不错，不错。用的是电视上主持人品尝美食时惯用的腔调。

第三道是清炖蟹粉。女教师看看似乎迟疑了一下，不过还是吃了口。

男人望着问，怎么样？

女教师声音勉强，也不错。

红烧狮子头。他报。

也就在这一刻，女教师似乎意会到什么，眉头一皱，脸色一丝一丝变得难看，放下筷子，把酒杯往前一推，凝神不动。

吃啊，此狮子头非彼狮子头也。男人说着夹了口送进嘴里。

作为局外人的他此时方明白了这男人如此这般之用心，是告知这女人她所作所为他是清楚的。心想这男人真是有心机啊，至于这样做是完全的精神凌辱，还是善意提醒促其改邪归正，他自是无法猜测了。而这件发生在自己眼皮子底下的事，实实在在是让他大开眼界。原来世界上的许多事都是有玄机的，包括夫妻关系。他知道如果这类事发生在他们乡下，处理起来那是很直截了当的，要么以武力（包括后期的法律）解决问题，要么以一方忍气吞声为代价保全这个家，就像自己现在的所作所为。他的心隐痛。

当事人心照不宣，却又不动声色，僵持着。而他，自是继续着自己的"角色"，上菜报名：油焖笋、芦蒿炒干丝……当把最后一道松鼠鳜鱼端来，满脸灰白的女教师腾地从座位上起身，扫了男人一眼，说句好样的，好样的！随之甩手而去……

事后，他觉得自己像看了一场戏，倾向上，他完全站在那"男主角"一边，"女主角"狼狈逃窜让他生出一种隐隐的快意。

他没料到的是"戏"还有下半场。

当客人渐渐散去，员工准备用餐，李平神色异常地找到了他，先问了一下刚才小间饭局的情况，然后告知：那女的又返回来，大发脾气，指责饭店丧失职业道德，说要与刚才的服务生理论。他听了顿时火冒头顶：妈的，这个世道，做了见不得人的事却能大大方方地摆上桌面。后面李平所说的让他道歉认错的话一句也没有听进耳。

走进大堂时，那女教师已被人安抚在沙发上，一副怒火填膺的样子，从侧面看过去，他蓦然发现她那前留刘海烫个反翘小波浪的发式与自己老婆的发式竟无二致，这种发式看上去给人纯真的感觉。这一发现让他的愤懑无端升级——装什么装！长久以来所经受的屈辱一下子涌向心头，他一步一步走过去，瞪着她，抬声发问：你，你说，我做了啥个需要向你赔礼道歉？

女教师先是一怔，不自觉地站起身来，一时语诘，当回过神来，厉色重新挂在脸上，质问做了啥事难道不清楚？他说我不清楚。女教师：你暴露别人的隐私！啥个隐私？菜名。菜名是隐私？女教师蛮横：就是就是。这一刻，他觉得站在面前的女人分明是自己的老婆，那冷冷的神情，那逼人的口气，他再也压不住心中的愤恨与怒火，高声痛斥：你以为你是谁？你有多么了不起？还不是两条腿支了个屎肚子！凭着好好的日子不过，走歪门邪道，对你讲人做缺德事是要受到报应的,若不改过自新,早晚要倒大霉……

女人完全给骂傻了,后捂着脸奔出酒店,像只斗败了的鸡。

这一幕就发生在李平与众员工面前,姚高潮对女顾客的斥责令所有人瞠目结舌,事情本不该这个样子的,可大姚生生改变了惯常的店客应对模式,孙子成了老子。大姚让人们感到陌生,当然,也有人(包括李平)担心那女人不会善罢甘休,会卷土重来报一箭之仇,却没有,还好,那女人再没有露头。于是,就有人发出感慨:看来蔫人也不是好惹的呀。也许只有姚高潮自己心里清楚,这女人只是他的一个出气筒,她劈腿与自己没有一毛钱关系,她当了丁燕的替罪羊,吐出一口久积于心的恶气,无比畅快。

十一

立了秋,一早一晚凉快了许多。热的时候,客人留恋于饭店免费的空调,拖到很晚才走。现在好了,客人酒醉饭饱之后或回家或进行别的休闲项目,如喊一喊、蒸一蒸。如此,饭店也能提前下班了。自薛姐回到面案,姚高潮与她接触就少了,偶尔在走廊或大堂相遇,薛姐都会对他甜甜一笑,笑中含有一种在他看来有不同寻常的意味儿。平心而论,薛姐是一个各方面都不错的女人,店里许多男员工都对她"惦记"着,至于自己,那晚从薛姐家回去,小宋咬定了薛姐对他有意思,后来自己一直想这事。在老婆丁燕出轨的前提下,自己就是和薛姐好了,也没啥了不起,这是一方面;另一方面,要是薛姐真存那个心,自己不响应,对她也是很大的伤害,他感到不安。

这天下班他没急着回宿舍，此时小宋一定会趴在被窝上给小对象打电话，他不想破坏人家的甜甜蜜蜜。走到大堂，发现沙发没人坐，便径直过去坐下来，凝了一下神，从口袋里掏出手机，拨了李爱萍的号码。他觉得已快干够一个月的试用期，何去何从他感到迷茫，得从李爱萍那里讨个说法，当初就是冲她来的，而她把自己荐给了李平，一直不肯露面，无论如何要找到她。

关机，再打，还是关机。他发着怔，一怒之下，拨了老婆的电话。这遭通了，响了许久也不接……心想这娘儿们是铁了心不弹自己这根"弦"了，他断是想不通，一个女人怎么就能这么铁石心肠？有一回问她为什么不给他一点机会，她回答得挺"学问"：给你机会就是不给真爱机会。他问你说的真爱到底是什么？她说你不懂告诉你也不懂。他问真不真爱不是还得过日子？过日子不就是一个锅里抡勺子，一个炕上滚个子？她咧咧嘴，十分罕见地露出笑模样，讽刺说：唯吃饭困觉是你这般男人的最高人生境界。他无话可说，只在心里不服：奶奶个猴，你倒是说说那个曲老师的人生最高境界是什么？是不吃不喝躺在炕上甜言蜜语单把鸡巴闲起来当摆设？

大姚，给谁打电话呀？

他抬头看看，是薛姐朝自己走来，他赶紧站起来，讪讪地笑着，将手机收起。

肯定是给老婆打电话了，薛姐也笑眯眯，讲完了吗？

她不接。他如实说。

不接？

嗯。

薛姐支招，给她发短信。

不会。

学学嘛，也不是三篇文章两篇诗的，一学就会的。薛姐说。停停又说，要不，我教教你？

他摇摇头，我一笨人，一时半会儿学不会。

薛姐想想说：要有急事，我帮你发。

没想到薛姐会提这种提议，一时犹豫不决。

薛姐笑笑说：要没怕别人知道的隐私，也没啥要紧，有事说事嘛。

见薛姐真心想帮他，便把手机递给了薛姐。

薛姐说：你看着我操作，等发出这条短信，你就会了，以后自己你把想说的意思讲讲，我拟出来，再让你过目。

他想了想说：也没啥，就是希望她能回心转意嘛。

薛姐不再言声，低头拟短信，拟好后让他看，上写：亲爱的老婆，分别这么久，很是想念，热望你能回心转意，从今往后咱好好过日子。你的高潮。

看过他竟然红了脸，连连说，不行不行。

薛姐问哪儿不行？

他说：一前一后不行，太……

薛姐意会，笑说：总是你求人家呀，说点好听的哄哄。

他不语。

薛姐说这么发吧。

他点了下头。薛姐就按了键。

等了很久，也不见回复。薛姐叹口气说句：油盐不进，怕是没戏了。

他心中的羞愧、沮丧无以复加。

与薛姐分手碰上了下班往外走的老陈。这段时间老陈很是友好，有次还借钱给他救急，也不催着要。都知道老陈办采购有"外快"，可谁也不觉得有什么不可以。老陈问要不要一块出去转转？他问去哪儿？老陈说找地吃夜宵去。他不解，刚吃了饭还吃夜宵？老陈意味深长笑笑，说你个大姚，是真不懂啊还是装不懂？走吧走吧。

　　出了饭店，沿一条繁华马路前行，路两边的各式建筑灯火辉煌，中间车道如流火，构成一幅绚丽旖旎的景象。进城虽说时间不短，可很少迈出店门，特别是晚上，他没有真正观赏过都市的夜景，此刻置身其中，他感到五光十色的光束，如同万箭穿身，疏通了全身瘀滞已久的经络。他长长吁出口气。是啊，都市和乡村完全不是一回事的，只说这夜晚，在家乡，当日头落山晚霞消退，山峦、道路、田地和房屋便完全沉没到无边无际的黑暗中，一切像死去，人也一样。

　　便道上行人如梭，他怕走失般紧跟老陈身后，从一个路口右拐，又走了一会儿，来到一个街区小公园，林木遮挡了灯光，环境有些昏暗。他不由心生疑窦，问老陈咋带他到这儿来呢？老陈说来吃夜宵啊。夜宵？老陈说往树下看看。哦，他看到了，是一些人三三两两在树底下走动，看不清面目，从身姿形体上能辨出是女人，他问，什么人？老陈，良家妇女。良家妇女？老陈说对，又说良家妇女不容易的，别讨价还价呀。讨价还价？他脑子里噼啪一声响，晓到老陈说的吃夜宵就是找……顿时六神无主，他自知这码事从没涉足，那玩意儿像洗净了的萝卜干干净净，不能说不想，特别是老婆不许近身后，曾赌气来一把，现在这码事不声不响降到面前，他一阵发蒙，惶然不知所以。站在一旁的老陈坏笑着给他打气：阿米儿，冲！他仍犹豫着，老陈拍拍他的肩调笑说：老弟，别搞错了，这不是干坏事，是帮姐妹们的忙，做好事，姐妹家里正等米下锅哩。他想想也是，话糙理不糙，家里有吃有喝的，谁会出来干这个？老陈似乎打定主意要拉他"下水"，继续鼓动：走，跟着我，爷们儿点，看上哪个就递上一支烟……

　　话没说完，老陈的手机响了，老陈"啊啊"着回应。他心里打个怔，想当不是老陈的女人从老家打来的？那女人神算，不早不晚，在自家男人要打别的女人"炮"时先打过来一横炮。是李领。扣了电话老陈说。

李领？他一惊，啥事？老陈嘟囔：这个庄胖子！净添乱。

老陈告诉他，庄胖子叫派出所扣了，要饭店去人把他领回，李领说店长不在，她也有事，叫我去一趟。

为啥扣了？

黑下到小区偷女人的内衣内裤，闻味儿，下作。

一路上，老陈仍耿耿于怀，不断数落着庄胖子的斑斑劣迹。说庄是在派出所挂了号的人物，有回找小姐给了假币，让人家举报，罚了五千块。

小姐举报？他吃惊问。

小姐不举报别人怎么知道？结果小姐自己也受了处罚。老陈说。

不上算，他说。

不吃包子只为争口气，人有时候就是为口气。老陈说。停停又下一结论：所以不能欺人太甚。

快到派出所时，见一辆闪着红灯鸣着警笛的警车开来，到门口停下，跳下车的警察从车上往下驱赶人犯，看模样都是农村人，他不由心里一紧，想犯啥法了呢？懵懵懂懂跟在后面进派出所，无形中与犯人混成一块。只听警察厉声喝道：面向墙壁，蹲下，抱头！人犯乖乖就范听命。你，还有你，那警察扬起手里的电棍在他们眼前一晃，蹲下，抱头！他不晓警察是冲着谁，四下看看，警察上前一把抓住他的脖领，正要把他往犯人堆里推时，老陈从外面进来，见状张嘴解释，说误会了误会了，不是一伙儿的。那警察投去不信任的一瞥，仍不肯松手，这时另一个警察用脚踢踢蹲在地上的一个人犯的屁股，吆，你转过来看看是不是一伙儿的？那人犯转过来看了眼，点下头。警察问是不是？人犯说是。姚高潮又气又急，一时竟开不得口，情急之下，老陈倒有了招数，快速给李平拨了手机，三言两语说明情况，然后把手机递给警察，说我们饭店领导要同你讲话。警察皱皱眉头，还是接了，不耐烦地"嗯嗯啊啊"，那边怎么说听不见，可这边警察的口气和缓下来，说句那是误会了。说罢，一边把手机还给老陈，一边向揪姚高潮脖领的警察摆摆手，姚高潮得到了解脱，怨恨地向诬他的人犯质问：咱无冤无仇你凭啥诬陷我？！嫌疑人眨巴眨巴眼不答。那警察叱句：你说，为什么要咬他！那人犯嘟囔：俺寻思，一份罪，多一个人担，能轻些……警察忍不住咧嘴笑了，骂句你他妈真会寻思啊，有这么多弯弯心眼，还用得着犯法铤而走险吗？！

于一场虚惊之后，老陈和姚高潮领回了也不营"铤而走险"的庄胖子。

回到宿舍，姚高潮心绪难平，嘟囔差点让老鳖咬了。小宋问怎么了，他就说了刚才这一段。小宋说我看警察也是装糊涂，多抓人出政绩嘛。好了，抽根烟压压惊吧，说着撂给他半盒中华烟。哪儿来的？小宋说是客人落在桌上的。他说谢谢。小宋说谢啥呢，白捡的。又说我发现你老哥越来越有修养了。他摇摇头，迫不及待抽出根点上，深深吸了一口，存在胸膛很久，才缓缓吐出来，感叹说好烟孬烟就是不一样啊，小宋跟句应该说有钱没钱就是不一样。他说，大实话，谁不知道。小宋说这倒是，都知道钱的重要性，看电视上报的案子，杀人，抢劫，盗窃，诈骗，拐卖孩子，哪桩不是为钱财。还有打官司，朋友和朋友打，亲戚和亲戚打，兄弟和兄弟打，孩子和爹妈打，真是大水冲了龙王庙，一家人不认一家人，同样是为钱财房产、遗产什么的。想想，这个世界真让人寒，活着一点意思没有，可也不能不活，活着又想活好，想活好只能想法弄钱，这就成了怪圈，现在人都在这个怪圈里转呀转，直到转晕转疯狂。姚高潮边抽烟边听，虽赞同却不免在心里嘀咕：这家伙建造幸福新生活连命都不惜，咋又突然悲观起来了呢？他附和句不管咋的该活还得活呀。小宋说可不是。停停问句：大姚，上回你说老乡让你当假爹那事，你决定不干了吗？他说对。小宋又问，不后悔？他说不后悔。小宋说大姚，我想和你商量一下，你要真不干，就把这事让给我，行不行？他看着小宋，问这个能让？小宋说能，反正是顶缸，是谁没啥两样。他想想也对，刚要点头，又觉不对，说小宋你是快结婚的人，做这等事不是坑你对象吗？小宋连连摇头，说我哪是坑她，是为她好。有了首付，把房买了把她早早接过来，再说我已经跟她说了，她不但没反对，还让我抓紧落实。他看看小宋的神情，不像在说谎，再想想把这事促成也算是帮了柳枝的忙，遂点下了头，说哪天我把你的情况对人家说说，听听人家的意见。小宋说自然要听人家的意见，又说这事真成了，就……小宋做出点钱的手势。他说咱俩不来这个。小宋说哪能，这是规矩。

第二天，他给柳条打电话，问顶缸的事解决了没有。柳条说没。他说店里有一个人挺合适，随之把小宋的情况加以介绍，柳条听听说还可以，但这事得坐下来细说，最终还得曹总首肯，就等我电话吧。

看来柳条那边也急，很快便回了电话，说曹总同意见见，让他把"那个人"带到约定饭店。

小宋替自己和姚高潮编了个理由，向李平请了假，于中午前离开赶赴曹总的宴。路上，姚高潮难掩心中之疑，问小宋怎么很少见店长的面，小宋说近些时间店长一直靠在总店的扩建上，他是淮扬楼公司焦老板的亲弟弟，打虎亲兄弟，所以要紧的事情得担起来，再说店里有李领打理，足可放心。他说我看大伙儿都听李领的。小宋说李领有能力，人也不错，听说不久会提拔为副店长。他点着头，又问：李领吃住在店里，她没有家吗？小宋说这个还真不晓得，她这人嘴严，很少对别人讲自己的事情。他不由记起李平批评自己随便泄露隐私的事，遂不再作声。

是一家粤菜馆。坐下后方知曹总本人没到场，柳条解释说曹总很忙，他妹妹身子不方便，所以……这事由公司法律顾问冯律师全权代理。冯律师是一个精干的中年人，还带了一个女助手——清秀苗条的小管律师。

冯律师就位以主人的身份说：其实我是很喜欢淮扬菜的，考虑到你们来自淮扬楼，所以今天请你们吃粤菜，淮扬菜别有风味，粤菜同样别有风味。姚高潮点头称是，心里却想在淮扬楼快一个月了，除了偷吃了一口还挨了李领的批，哪里吃过啥个"别有风味"的淮扬菜？不过能尝尝被那个酸文人称为商贾菜的粤菜也挺受用的。

上过茶，冯律师言归正传，说：按商界不成文规矩，喝了酒说话是不算数的，所以我们先把事情谈定，然后一醉方休。

柳条道：就是，就是。

姚高潮、小宋点点头。

冯律师呷口茶，抽张餐纸擦擦嘴唇，又咳一声，给人的感觉是要隆重开讲了。他说：我先总体上说说这件事，坦率地说从法律层面上看，发生在曹总与柳小姐身上的事人们会有说辞，于道德层面也确乎如此，我要说的是：一、这事发生在曹总身上应该具有某种合理性与必然性；二、曹总对这件事的处理是令人称颂的。先说一，曹总的妻子生不了儿子，对于像曹总这样家大业大的家族企业来说，这是难以接受的，后继无人嘛，要在旧社会，可以娶妾解决，二房解决不了，可以三房甚至四房，可现在是新社会，此路不通。今天现成的办法是离婚另娶，但曹总是有情有义的人，不忍背弃糟糠之妻，事实上曹总一度断了求子的心念，一心培养女儿在未来接班，然而世界上的许多事不以人的意志为转移，正这时曹总邂逅了柳经理进城打工的妹妹，也就是柳枝小姐。两人曾是校友，一起在老家完小读书，当然了，曹总是高年级，柳枝小姐是低年级，不夸张说，柳枝小姐从小就是个美人坯子，人见人爱，自然也包括曹总在内了。当时他自然不敢有非分之想，而柳枝小姐的倩影却一直印在脑海里，伴随着半生行走江湖，多年后再聚首，这是真正的缘分，缘分加爱情是无可抵挡的，反过来再从总体上说曹总为了责任不与妻子离婚，为了爱情与柳枝小姐走到一起，两全其美，足以证明曹总是一名当下社会难觅的优秀精英，作为律师与曹总的朋友，我完全被曹总的人格魅力所征服，心悦诚服地愿意为他做事。我说得没错吧，柳经理？

柳条频频点头，说冯律师是曹总非常信任依赖的铁哥们儿。

冯律师说：对，我们是铁哥们儿。相信这件事圆满解决后，大家都会成为铁哥们儿。

姚高潮和小宋只有点头的份儿。

务完"虚"，开始对实际的"合作"条款进行拟定，达成一条，小管律师在手提电脑上形成文字。而这时姚高潮走神了，不是因为事不关己，而是冯律师所讲曹总与柳枝的爱情勾起了自己对往事的回忆：他在读初中时倒真是喜欢上同班一个叫曹美娥（也姓曹）的女生，可以说无时无刻不在想着曹美娥，觉得今生如能将曹美娥娶到手就是世上最幸福的人。最终没能成为最幸福的人原因很多，最重要的是家里穷，人穷志短，没勇气向曹美娥表白。毕业后，他关注着曹美娥的情况。后来听说她进城了，再后来又听说和一个城里人结了，这才渐断念想。而曹与柳枝的事深深触动了他的心：同样是农村出身的曹总，只因为发达了有钱了,就能理直气壮地寻找柳枝变旧爱为新爱,要换成自己碰上曹美娥,她会答应跟自己好吗?不会,不会,连跟自己成了亲的丁燕都要离开,又何况别的女人?有句话叫钱能解决的问题就不是问题,真是不假。那天,大堂里的电视播放一部电视剧,名叫《爱的秘方》,当时想,爱情就是爱情,能有啥秘方,现在想来是有秘方的,就是钱啊。这一刹那,他晓悟到李爱萍(包括领班李平)力促自己留在城里的用意所在了。

饭前草拟了一份"合作"协议。小管律师用电脑成文,又在酒店商务中心打印出来,只等曹总过目后双方签字生效。

粤菜的口味偏甜,姚高潮却吃出了苦涩的味道。

十二

很快,发生了一桩对姚高潮影响至深的事,也让他始料不及,早晨起床发现枕边的手机不见了,找了几圈没找到,问小宋,小宋说没见,把自己的手机递过去,说振振。他拨了自己的手机号码,响了一阵铃,一个女人接听,他惊了一跳:你,你是谁?女人:我是谁?你可真好记性啊。说毕扣了电话,他赶紧再拨过去,已关机。他擎着手机,自言自语,怪哩,怪哩。小宋帮忙分析,想想,昨晚回来打过电话没有?他说给我爹打过,让他往鱼塘里放水,再呢?再就睡了。小宋说这逻辑上说不通。

一上午,脑子里尽装着这事,问号一个接一个:这个女人是谁?认识的还是不认识的?手机咋到她手里了?她会昧下?那破手机根本不值钱，值当的？

员工开饭时，他到吧台用座机拨了手机号码，通了，同一时间他听到饭厅里响起振铃，见一女员工在接听，啊，薛姐！他几乎喊出声来，赶紧扣死电话。

吃饭时，他不敢向薛姐那边看，只反复在心里嘀咕：怎么是薛姐？薛姐她……

饭后是员工短暂休息时间，人陆续从餐厅散去，这时他听到吧台小孙呼喊：有丢手机的到吧台来领。他奔过去，却已不见薛姐的踪影。

他急于见到薛姐，赶紧把事情弄清楚，可想想又觉得不妥，如能当面说事，薛姐也不会让吧台转。他踱到一僻静处拨了薛姐的手机，关机。他心里一阵委屈，想怎么满世界的女人都不接自己的电话呢？丁燕、李爱萍，又加了个薛小英。烦闷了一阵子，又心想不是可以发短信吗？这一招正是薛姐所教。

他很快拟了一条：薛姐，到底是咋回事呢？我不明白。

薛姐很快回了：咋回事，我更不明白。

你不明白啥呢？

不明白黑下闯进我家，天亮就不记得了。

我去你家了？

没去手机自己跑到我家了？

他打个愣怔，眼盯着机屏像要把字倒过来看，而后脑里轰的一声响，连连在心里叫：该死！该死！真该死。

他快拟快发：薛姐，实在对不起，我不是有意的，是这么回事，我，我梦游……

你说啥呢？

我梦游。

薛姐再没回。

真摊上大事了,春晚小品里的一句台词响在耳畔。他反复想:只去了薛姐家一遭,黑下咋就摸去了呢?去了又怎样了呢?干了些啥?这个自己不清楚,薛姐她是清楚的……

下班回到宿舍,他把这件糟乱事如实讲给小宋听,让小宋帮他理头绪,拿个章程。小宋听了半晌不说话,后问:你真的什么也记不住了?

他苦着脸说可不?

小宋颇觉新奇,问:游出去,知不知道到了哪里,又干了些啥?

他摇摇头,说糟糕就糟糕在这里。

小宋问:这病是怎么得上的呢?

他说:我不晓得别人,只晓得自己是遗传。从老辈一代一代往下传。

小宋觉得不可思议。

他说:有些事情说起来像滑稽剧。有一年,对了,就是饿肚子那年月,要过年了,家里把留在囤子底下的一点点麦子磨了面,可第二天发现白面没了,哪儿也找不着了,还怀疑是邻居偷去了,去问,人家说黑下听见俺家有闹腾声,便趴在墙头看,看见一家人在忙活着做饭,还分工合作:俺婆婆在锅上烙白面饼,俺爷爷灶下烧火,把风箱拉得呱呱响,我爹小,管着去厢房拿柴草……

小宋急不可耐问:是真的?

他说是真的。

小宋问:一块把饭做吃了,一家人都不知道?

他说可不是的。

小宋险些笑岔了气。

他无奈地摇着头说:想想对老祖先一肚子意见,啥田产没给子孙留下，单留下这么一个丢人现眼的怪病。

小宋说要是游出去惹是生非就有麻烦了。

他说可不是。有一年，我大伯半夜偷人家的苞米穗子，天亮让人发现，好揍一顿。日怪，这一揍倒把他这病给揍好了，再没犯。

小宋惊讶地问：真的？

他说可不是真的。

小宋忽然想起什么，说对了，前几天看早报，上面说有人的头脑受了重伤，一下子变得聪明起来，原来不会做的事会做了，也许道理就在这里。

他拍了一下手说：你再发现我往外游就揍我一顿，争取把病揍好。

小宋哈哈大笑，说行啊，揍。到时候，你可别说我侵犯人权。

他苦笑笑，说没事，谁叫咱得了个欠揍的病呢。

十三

这晚姚高潮负责的雅间没上客，就有了空闲，想到外面买盒烟，走到大堂见小陶从一个雅间急急奔出，问他见没见李领，他说没见，咋啦？小陶说上回那伙刁客找碴儿来了，说毕又去别处寻李平。小陶说的事他是清楚的，完全是刁客无理，喝高了，牛皮烘烘，要店长去敬酒，而那天店长去了总店，领班李平去敬了一杯酒。不想这伙人又要求李平陪全程，李平婉拒离开，这伙人就认为不给面子，骂骂咧咧走了，临出门丢句话：走着瞧。他想这伙人就为寻事而来。他不放心李平，就没去买烟，等在那儿。不一会儿，李平随着小陶径直进了闹事客人的雅间，他想跟进去，又觉不妥，仍站在那里。过会儿小陶出来了，他赶紧拦住问情况，小陶说那伙人说菜里吃出了苍蝇，王八蛋，肯定是自己带来的。他相信小陶所说，因这种事时有发生，要想找店家的麻烦，这招最损也最便利，而店家却有口难辩。恼恨间，他突然想到曾听过的一个应对此"招"的"反招"，同时一种英雄救美的豪迈令他义无反顾，他大步进到雅间，扫了一眼寻事客人，问句苍蝇在哪里？客人先怔了一下，其中一个胖客指指桌上那盘油浸芥菜，说句掌眼，其实不用掌眼他也看见了在菜茎上卧着一只苍蝇，货真价实，他走过去俯身盯着盘子看看，又伸手捏起苍蝇瞄瞄，说这哪是苍蝇啊，是炒糊了的葱花嘛，说着，一抬手，把"葱花"丢进了嘴里。这当儿，所有人一下子目瞪口呆，辨不清片刻间发生了什么事，那个让他"掌眼"的胖客脸上的表情更是瞬息万变，随时会爆发，最终却出人意料地咧嘴笑了，解嘲说看差了，是葱花，误会了误会了，哈哈哈……

哈哈哈……

走出雅间，李平脸上也绽出笑意，柔声说句：谢谢你大姚，你行了，真的行了。

他明白，李平是说自己进步了。她的夸奖让他欣慰。

十四

淮扬楼迎来了十年店庆，恰这时姚高潮的试用期满。对于走与留，他还没打定主意。原因嘛，一是与丁燕的事悬而未决，再是与那个李爱萍一直没见上面。由于事情捆绑在一起，她的态度关乎自己下一步棋，必须向她讨个说法，而这时李平对他倒没有什么建议，一副悉听尊便的样子，他觉得有些反常，心中不免有些失落。

十年一大庆。淮扬楼公司尤为重视，停业一天，为了让员工玩得尽兴，包下一高档娱乐城。又要求员工着装整洁，注意仪表，以展"淮扬楼人"风采。在小宋的怂恿下，姚高潮戴上了那顶捡来的鸭舌帽，当来到乘车集合点——饭店大门口，所有人都扭头看他，大夸其酷，他不免有些得意。

后面的事情则具有某种传奇性：在娱乐城布置舞台时，姚高潮与另外几个男员工被指派去抬一架钢琴，完事往台下走，发现一个衣着光鲜、派头十足的男人盯着他看，看得他有些慌，刚想快步离开却被那男人喊住：你，你，你过来。

他停下脚，迟疑着，后一步一步走到那人跟前，这时李平从不远处走过来，对他说这是公司焦总。他向焦总鞠个躬道声焦总好。焦总面带笑容，仍上上下下打量个不停，说：好，好，气宇不凡、虎虎生威啊。又转向李平问：他到公司多久了？李平说一个月。焦总点点头，又问姚高潮文化程度，他说高中。焦总笑说比我高啊，有什么特长？李平抢先说，最大的特长是对工作认真负责，接着将不久前那桩"葱花"事件讲了，焦总大悦，说这就不单是认真负责，而是对公司的无比忠诚啊，难得难得。想想又问，身上有没有点功夫？他如实相秉，说曾跟小学体育老师学过螳螂拳，不过上中学就断了。焦总频频点头，后转向李平笑说这遭我要挖你墙角了，这个人，我要了。李平笑而不语。焦总又说明天就叫他到总公司，找我。李平对他说：老板提携……他赶紧接口，说多谢焦总的关怀。焦总亲切地抬手给他整整帽子，又拍拍他的肩。

焦总离去，他一时间竟觉得有些晕眩。不由想这是不是梦游？他暗自掐掐腿，疼。

李平的眉眼都在笑，说句：淮扬楼店庆志喜，对你，也是一喜啊。

他心里想到"咸鱼翻身"这个词，问自己：命运改变只在一瞬间？

姚高潮被公司任命为"清障"队队长，属中层，可谓平步青云。而对于私营公司，这种破格升迁无须走程序，只凭老板一句话，没有什么可大惊小怪的。

后来姚高潮知道，淮扬楼股份有限公司是一家综合公司，除经营传统淮扬菜馆，还有房地产、食品、药品及汽车出租等，街上跑的"华民"出租车便是公司所经营。他自己所在的清障队隶属于"淮扬楼"总店。总店要在旁边进行扩建，规划、设计、拆迁一揽子事体都已完成，只等择日开工，正这时，城中村的坐地户节外生枝，说被拆的毕家祠堂没给了应有的补偿，祠堂为族产，家家有份，原先只顾自家的补偿，把共有的族产忽略了，要求补偿此项，由于利益共享，全体坐地户同仇敌忾，以决一死战的姿态与公司抗争，不能说没有道理，但鉴于合同已签，再给一份补偿公司不情愿，故没有答应，在此情况下，坐地户为增加取胜砝码，欲在原址重建祠堂。公司意识到事态的严峻，一旦建成，既成事实，事情就复杂化，故专门成立了"清障"队来应对。姚高潮来前，已有一个姓常的副队长和十余名从各店"征"来的青壮员工，在这里据守工地，不允许任何人近前。

事情僵持着，剑拔弩张。而对于新任队长姚高潮，心里虽忐忑，却澎湃着"天降大任于斯人"的豪迈情怀，特别是清障队的商务面包车一早一晚接送（总店暂时腾不出宿舍），坐在车上他端的有一种贴地面飞的感觉。

十五

这天午后，姚高潮正在停于工地边上的面包车里休息，小宋打来了电话，说他的对象小马从烟台来了，他明白小宋的意思，前些天为此曾铺垫过，对他讲小马要来了，到时就撵"佃户"（赶跑）。他没表态，不想已事到临头，他说小宋我……而不等他把话说全乎，小宋已替他拿了章程，说姚哥我掏心窝子跟你讲，薛姐这人真不错，你走后不时向我打听你的情况，不是一般的惦记，当然你别误会我为让你倒地方才这么说，不是，我还没这么自私，我是说薛姐对你有心，你也该有意才是，投桃报李嘛，你说上回去她家，她提前把全家福照片翻过去，用意就很清楚嘛……

他一直听着想着，后说句小宋我知道了，扣了电话，心想，就是小马不来，怕自己也是按捺不住的……

站在暗影里等薛姐下班回家，等待中姚高潮的心一直在咚咚敲鼓，拿不准薛姐今番会怎样？是像小宋分析的那样吗？当然这很大程度取决于上回"游"到她家所发生的状况，上了薛姐的身是一回事，没上又是一回事，这个薛是清楚的，而自己则完全糊涂。总之，他的心忐忑不安。

奇异的是这一刻竟然想到老婆丁燕——那个执意弃他而去的女人，怅怅的有一种说不出来的滋味。

薛姐的身影出现在视野中，昏暗中迈着急促而轻快的脚步走来，在门前站下,开了门,闪身进去,门从身后关了。

他像要攒足力气般凝神片刻,然后一步一步迈到薛姐屋门前,像怕吓着薛姐似的用指关节轻轻敲敲门。

谁呀?薛姐的声音透出警觉。

我,大姚,姚高潮啊。他全方位回答,只怕里面的人对不上号。

屋里静默了许久方出声:你来干吗,是不是又梦游了?

没,没,这遭是真的。急切中词不达意。

没梦游,你来做啥?

来,来找你……

门开了,灯光从薛姐身后射出来,刺得他眯起眼,也就在这一刻,他像被魔鬼附身,抢先一步,不由分说将薛姐搂抱住,拥进门去紧箍着不松。

关门,关门,薛姐说。

门是用脚后跟蹬上的,接着把薛姐抱起,走前几步放在床上。

你疯了,疯了,薛姐张眼看着他低声说,半卧在床上不动。

而紧要关头,他却停摆了,木桩般立在床前不动。

久了,忘了,不会了……他嗫嚅着,眼里闪动着怯懦的光。

大姚,啥个忘了,不会了?薛姐弄不懂他胡乱八糟的话。

就是干……干事嘛。

薛姐眨巴眨巴眼,扑哧笑了,说这个呀,乱讲,我对你说,你没忘,你会,行着哩。

你,你咋知道?

就知道,薛姐面呈得意,我不知道谁知道。

即使再愚笨,他也能听出几分,心想:一定是上回来和她把事做了,一切顺利,才得到薛姐的肯定。

他妈这事就是这样：觉得行就行，觉得不行就不行。接下来，姚高潮以实际行动验证了薛姐的话并非妄语，干柴烈火，烧得噼噼啪啪，说起来，薛姐也算是个幽默有趣的人，"忙活"中不忘逗他：要，要……他已被胜利冲昏头脑：要啥？快说要啥？薛姐变了声：要，要高潮呀！他赶紧说：我在嘛，在嘛……我永远和你在一起。

当是这句话勾起了薛姐的心事，完事后抽泣起来，姚高潮有些慌，搂着她问：咋的啦？不是好好的吗？

好，好个啥，薛姐从他怀里挣脱，依旧哭泣：挺着，挺着，到头来还是……呜呜呜，俺对不起孩他爹呀……

他无言以对，心也顿时沉重起来，小宋曾对他讲过薛姐的家庭，她男人是瓦工，在小孩出生那年到城里打工，没过多久便发生工伤，腿残了，回去了，换成薛姐出来挣钱养家……

我，我不好……他检讨说。

你以为你是个好人吗？坏着哩。

对不起，对不起。他低声说，坐起身。

你，你想咋？薛姐停住哭，问。

我走……

你敢！薛姐打他一下，随后把他拉到自己怀里，叹口气说，咱这号人，贱得连"对不起"都没资格说啊……

他的心里一阵酸楚。想薛姐是个心情如水的女人，可是……也就在这一刻，他油然生出与丁燕分手的念头，尽管他清楚薛姐不会离婚抛夫弃子。

十六

工地上的事态一直僵持着,公司与坐地户像在进行一场"顶牛"比赛,谁都不肯退缩。同时双方也都清楚,僵持只是暂时的,随着工期的临近,一场血腥大较量迫在眉睫。

公司给出的底线是绝不能让对方把祠堂盖起来,须日夜严密监视。姚高潮就把人员两班倒,他与常副队长一人带一班,据守工地。如同激战前的沉寂,起初对方没太大动静,只是派人特工样远远向工地窥望,过了些时日,开始向工地边搬运建筑材料,意图不言自明。情况报与公司,公司进一步明示:绝不退缩,他们盖我们拆,绝不能让他们的目的得逞。一时间气氛紧张,人心惶惶,不晓后面有什么事情发生……

这天,姚高潮当班,接到小宋的未婚妻小马的电话,屏着哭声说小宋的眼突然模糊了看不清东西了,刚把他送进医院。他说我马上去。

赶到医院,医生已做过诊断,"好看的"小马正扶着小宋往外走,他迎面走来,小宋果然看不见他,他帮着把小宋扶到走廊的一张长椅上坐下。已成"睁眼瞎"的小宋满脸沮丧口吐悲声"姚哥,我完了"。他不知该怎么安慰他,对于一个到这般田地的人,任何安慰都是徒劳的。他只是问小马医生怎么说。小马说病因不明,需要做CT。他问啥时做?小马说等通知。他说先住上院吧。小马说医生说没床位。他问啥时候能住上?小马说等通知。他愤愤说,急病是不能拖的呀!小宋就让小马直接到住院处问问情况，小马说好，小马的脚步声刚一消失，小宋哭了起来，说趁小马不在，我同你讲，我猜到眼是怎么回事的。他问怎么回事？小宋说吃药吃的。他问你不是说没有问题吗？小宋说开始是在一家医院吃药，后来想多赚点钱，又在另外两家吃，一定是混合吃，吃出事来了，聪明反被聪明误，我自己完蛋了，还坑了小马。他说你先别胡思乱想，等医生的结论。小宋悲切地说我心里清楚，等不等结论都一样。

姚高潮用自己坐来的面包车送小宋回宿舍。路上，小宋突然变得絮叨起来，说路遥知马力，日久见人心，姚哥咱虽然认识不久，可我断定你是个好人，好人就有好报，这不，你刚来一个月就有了机会，就上位，我断定你会越来越好的。姚哥，努力啊！为我们这样的人争气。

他心里一酸，险些流下泪。

他给李平打了电话，讲了小宋的情况。车子到饭店门口，李平已带人等在那里，一齐把小宋送进宿舍。临走李平安慰小宋，说他是淮扬楼的员工，单位会为他负责的。还关照小马好好照顾小宋。小马连连点头。

回到大堂，李平把姚高潮叫到沙发坐下，这里是与李平头遭见面的地场，虽只一个多月时间，他却有隔世之感。他本以为李平会问他和薛姐的事（她应该知道），可不是，她问他近来的情况，他讲了讲，她沉思了片刻，说句好自为之，最要紧的是别惹出是非。他点头称是。李平又转话题，说当初你一来就找李爱萍，到现在也没见上，还想不想见了？他想了想，说不用了。李平说原先那么急着见，怎么又不愿见了。他说原先是原先，现在是现在。李平问现在怎么？他说我已经给丁燕发了短信，同意离婚，这事就和李爱萍没了关系。李平点点头说对你讲，李爱萍已经与曲老师离婚了。他惊讶地看看李平，问啥时候？李平说就在你刚来的时候。他"啊"了声。说她讲不方便见我，原来是忙这事。停停又说：她这人心眼好啊，自己倒霉时还帮我，还有你，我得好好谢谢你俩。李平笑笑说彼此彼此，你也帮了我嘛。他问我帮你啥了？李平说吃"葱花"呀。这一说，他倒是记起来了，说这算啥呀。李平说怎么不算？化解了一场危机呀，否则那伙人还不知要闹到啥地步。他连连摇头，说这真的不算啥，庄稼人吃饭，哪盆菜都不敢保证没苍蝇，眼不见为净罢了。李平说可你是明知是什么而吃了的呀，单为这事我就得请你，哪天到总店要个包间，吃淮扬菜，正儿八经品品滋味。他不由想到刚来时偷吃客人剩菜李平训他的那一幕，不由红了脸。他说要请也必须我来请，李爱萍也一起，没有你俩，就没有我的今天。李平眼里闪着亮亮的光彩，问句：要是李爱萍和我只请一个，你会请谁呢？他打个怔，没想到李平会问这么个怪问题，一时竟不知该怎么回答。

想好了就给我打电话。李平盈盈笑着站起身。

难道？望着李平渐远的背影，他似乎意……

十七

醒来时薛姐已离家。临近中秋，面案日夜兼程制作月饼，以大赚一把。薛姐就是不折不扣地早出晚归了。不过再怎么忙，两人的"那"事并没闲下来，薛姐有些"贪"，恰恰使姚高潮得到一种在丁燕那里没有得到的异样感受，像庄稼人遇到了好地，愈发下力耕种，"活路"亦渐入佳境，只是都清楚再怎么也是"苟且"，总有种难言的哀伤……

刚起床接到小宋的电话，听声音似有些故作轻松，说虽然医生无法断定病因（他自己坚信是药的事），但已明确表示医治无方，只能静养以观其变，这样他就不能在这座自己和小马都十分喜欢的城市继续待下了，要回烟台老家。姚高潮听得眼有些湿。小宋又再次表示了对他的感谢，特别对那桩"充当人父"的事，说姚哥给了他这么好的赚钱机会，无法得到是自己没这个福分哪。他又劝说姚哥把这事"接"回去，自己干，说现在满世界的人都变着法儿弄不义之财，咱不偷不抢，无非给人当一回爹，委实算不上什么啊。他的心不由一动，觉得这块"肉"不吃有点可惜。他问句小宋你回去打算怎样生活？小宋说我和小马商量了，学盲文，学推拿按摩，学成租一个门头干，不是有句话叫老天爷饿不死没眼的老鸦嘛。他听得又一阵心酸，试探问句：小马同意？小宋说她同意，本来我让她离开我，可她坚决不同意，你知道吗？姚哥，老天爷把小马给了我是我这辈子最大的福，我别无他求。他连连称是，说我能和小马讲几句话吗？小宋说当然可以。不一会儿小马的声音就响在耳畔：姚哥，小宋一直都非常感谢你，也包括我。这年头人和人不亲，可你对我们……没说的。他连忙说没有没有，我没帮什么忙，也没这个能力，不过，以后要是有用得着我的地方，就来电话。小马说一定一定。他静默了一会儿，然后像寻求证实又像为她鼓劲问句：小马，小宋说你对他不离不弃……小马打断了他，说姚哥我知道你想说什么，这么说吧，以前不是有句口号叫"我为人人，人人为我"么，现在这口号作废了，我把它改改，叫"小宋为我，我为小宋"，小宋是个好人，遇上他也是我的福分啊……

他一边咀嚼着薛姐给他留在锅里的饭菜，一边回味着刚才小马说的一番话，别样滋味在心头。

这时手机响了，是面包车司机赵勇，声音透着急躁：姚队，打你手机一直占线,我正往你家赶,一会儿就到。他的心跳了一下,意识到工地发生了情况,果然被赵勇后面的话所证实:晚上下雨,咱们的人撤了,早晨去一看,新祠堂拔地四五尺高了。他一惊,赶紧问常副队长呢?他值班啊。赵勇说常队拉肚子,去医院了,"上面"叫你赶快去处理。

他愣了半晌,头脑却异常清醒:是福不是祸,是祸躲不过。担心的事情终于来到面前,且知凶多吉少,上面叫自己去处理,这没说的,自己是"清障"队队长,完全是分内的事。问题不在这里,在于上面给出的底线是绝不允许这个"非法"建筑物的存在,强拆不商量,而对方既然盖了,绝不会眼看着你拆,双方势必发生强烈冲突甚至斗殴。无论城乡,此类冲突导致的死伤案件层出不穷,前有车后有辙,后果不堪设想。想到这儿,他不由打个寒噤。

但这事自己能回避吗?他无须多想便暗自摇了摇头,遇事当缩头乌龟,无论怎么说都是不可以的,连自己都瞧不起,何况老板待自己不薄,有知遇之恩,自古便有"养兵千日,用兵一时"一说,而自己也想望能抓住一切机会……说到底风险与机遇并存。他想起那回把小宋当试药员的事告诉了柳条,柳条竟持赞赏的态度,说人啊,一旦心里有了大目标,就像打开了潘多拉魔盒,也便身不由己了。他想,此刻的自己是否也是这个样子……

这时赵勇赶到,一进屋便催命似的吆:姚队,火速,火速……上头说……

上头?他略略一怔,上头是谁?老板?店长?

不晓得,反正是公司领导传话。

他问咋讲?

赵勇说就是事关重大,绝不能手软,一定给他们个颜色看看。

颜色？他似乎看到一片血红。

他说小赵你到外面等一下，我处理一下。

他先给薛姐打电话，刚要按键又住手，扣了。想想从口袋掏出门钥匙放在桌上，再想想，又从口袋掏出一摞大票，这是刚拿到的工资及奖金，他一直想送薛姐件礼物，而此去生死未卜，也许不再有见面机会，让她自己选一样买吧。他走到床边，将钱悉数压在薛姐的枕头底下，后大步出门，大有壮士一去不复返之状。

面包车载着他在清晨的街道上奔跑。日头还未从高楼后面升起，道路通畅。赵勇侧目看看他，说姚队你戴鸭舌帽平添了七分威武啊。他没吱声，赵勇又说：我们那里把这叫前进帽，戴的人都不一般。他还没吱声。小赵又侧目看看他，说姚队你这人不错，够哥们儿，我对你讲，动起手来，你别往前靠，战场上当官的都在指挥所指挥，过会儿咱这车就是指挥所……他感激地看看赵勇，可他心里清楚，自己是"姚队"，无论在哪儿"指挥"，出了事都是逃不了干系的。他长长叹了一口气。

许是为了缓和一下气氛，赵勇打开了车上的音响，立时一苍凉沙哑的男声从音箱溢出，他有一搭无一搭地听着，倏地觉得心被碰撞了一下，问谁？刀郎。

…………
  世界总是那么多变，
  总是把握不住一点两点，
  理想仿佛在逃，
  你驾着两腿奔跑。

> 谁曾在乎我,
> 寂寥,孤独,落寞
> 谁曾放手执着,
> 这世界充满诱惑
> 呵,和梦不一样,这是我真正所想
> 哦,天堂原来你就在身旁……

甚是不谐,这一瞬,姚高潮的面前竟跳出一个女人的倩影,哦,不是薛姐,也不是李平,更不是丁燕,而是那个曾占据他少年心的纯美女生曹美娥……

苹　果

　　五六年春,我从老家完小转到烟台解放路小学就读,婆婆(祖母)对此耿耿于怀,眼见在镇反中政府"排"(枪毙)了那么多城镇人,她给吓掉了魂儿,宁肯自己的晚辈一世从土里刨食,过穷日子,也不愿他们进城"吃香喝辣",末了落个性命不保。只是我和大哥都不听她的话,"出外",先后走出小村。现在看,婆婆所担心的并没在我俩身上成为现实,没被"排",还活着。当然,我俩这一"个案"并不说明什么,在后来漫长岁月里许许多多人死于非命,足以印证婆婆的担忧并非空穴来风。我的逃脱实不足为凭。

　　换了天地,在面临大海的解放路小学读了一个学期,夏天考入了背靠青山的烟台一中。已记不得当年考试状况,也不记得成绩如何,可我记得心情很好,自豪而骄傲。当时烟台有四所中学,在市民中流传这样几句顺口溜:一中的冬青,二中的片松,三中的无花果,四中的大粪坑。说的是校园外观,在教学质量上,一中也是名列前茅,凡是进入一中的学生，都想当然以为自己会有一个美好的前程，包括我这个刚从乡下进城的学生。现在想来，那时候的城乡不像现在横着一条难以逾越的鸿沟。只说我爹"闯关东"到大连，一放下铺盖卷就成了城里人。我呢，经过在解放路小学的半年过渡，进入中学便成了一个不折不扣的城市生，往日的痕迹荡然无存，包括口音、穿着、发型，也包括那个"地龙"外号。只是新同学给起的"油葫芦"新外号令我很不爽。

中午，老师和学生都在食堂吃"伙食券"（饭票），老师、学生分属两个食堂。不知怎的，有个黑胖老师不去教工食堂却在我们食堂吃。知根知底的人说这是教导主任任劳老师。说法很多，有说他孩子多，生活困难，吃学生饭一月能省好几块钱；有说在这儿吃饭是为监管学生方便。

不久，后面的说法便得到证实，他一边吃饭，一边"眼观六路耳听八方"，见有大声喧哗，便端着碗过去。说来也奇，他简直就像根"消声棒"，往那儿一站立刻鸦雀无声。

有一回改善生活，馒头，炸黄花鱼。那是我有生头一回吃炸鱼，吃得心满意足。走出食堂，听到校园喇叭通知：请就完餐的同学立刻回到食堂来，有重要事情。我们惊讶，心想刚刚吃了好饭，难道还有比这更重要的事情？返回食堂看见任劳主任像块黑石头似的立着，一动不动，脸板得吓人。他开口训，说现在生活好了，但不能忘本，要节约，反对浪费。他又讲了一个故事，说有一户财主十分奢侈，吃包子不吃夹（尖），丢弃掉。一日让邻居看见了，捡起来，晒干保管好。不久来了灾年，人人饿肚子，财主家也同样，这时邻居把收集起来的包子夹还给了他，救了他一家人的命。从此——说起来这个"教人方"流传很广，不新鲜，细细琢磨，也有许多不真实处：就算财主口刁，不吃的东西可以喂鸡喂猪嘛,再说了,都晓得那些土财主,积攒起的那点家产,无不是省吃俭用从嘴巴里抠出来的,有谁舍得如此暴殄天物呢?所以同学们对任主任的故事不以为然,这个耳朵进,那个耳朵出,反倒被他越说越激动的表情给吸引住了。他拧着眉头,眼光闪闪逼人,指着饭桌上的一堆鱼头,道:要是鱼天上有灵,看到自己这样被人对待,那是死不瞑目的!我们想笑又不敢笑,拼命憋着。只觉得这个敢"造句"的主任很搞笑。

讲实话,那天跟别人挨训,很冤,鱼头我全吃了,这么好的吃食怎舍得白白丢掉呢?在老家,村里常来鱼贩卖鱼,我们家从未买过。有回爷爷下湾捞麻,抓了几条泥鳅。婆婆把鱼放在碗里,上面淋点油、酱,和地瓜一块放锅里蒸。这当是我这辈子头一回吃,只吃得回味无穷。

有句话叫歪打正着,不承想这桩由任劳主任引发的"鱼头事件"却为我呈现出一种人生走向,就是说后来立志写起了小说,应与这桩事有关。

事情是这样的:为了让学生树立节约精神,任劳主任给学生布置了一道作文题《幸福生活得之不易》。我灵机一动,就把小时候吃泥鳅那段事"添油加醋"地写出来了。不料得到班主任(教语文的)冯锡铭老师的表扬,还当成"范文"让我在班上念,直弄得我热血沸腾、想入非非,觉得自己是个当作家的料。而在私下里,冯老师也是对我另眼看待,不断鼓励我,说我行,还找书给我看。其中的《唐璜》《上尉的女儿》及《普希金抒情诗集》后来被我带到军营里,在"文化大革命"的年月里,这几本书成为我和战友们爱不释手的"地下读物"。

其实那时候冯老师已经是校园里的名人,他写诗,不断在《烟台日报》上发表。他在班上说任主任也爱好文学,也发表过作品,因用的是笔名，所以大家对不上号。当时我想，发作品不让别人知道，不成了那句"锦衣夜行"的话吗？在我心目中，任劳主任很怪，很神秘。

城里的学校不放秋假，但要"学农助农"，拉队伍到附近农村帮老百姓收庄稼。我们一中由任劳主任带队，浩浩荡荡开到南郊一个小村。开始让我们刨地瓜花生，城市学生不懂要领，一镢头下去，愣把好好的地瓜拦腰截断，刨花生嘛，偷偷拔了往嘴里塞，弄得人家很不高兴，后来就让我们往地里送粪。这活计又脏又累，让人吃不消。同学们纷纷抱怨。我们班外号"大嘴"的于相金怪声怪气地说"助农"主要是学农，成天叫咱推车送粪能学个啥？另一个叫赫金亭的同学说：老巴子（农民）不让咱刨地瓜花生，是怕咱们偷吃。我问赫金亭你吃了没有？他满不在乎地说：吃了又怎么样？他们自己还吃哪。我说人家是吃自己的，咱们是吃人家的。赫金亭说共产主义，你的是我的，我的也是我的，分那么清干啥？

原计划三天，校部为在"助农"上超过其他学校，临时决定再延长两天，带队的任主任不同意，理由是不能影响教学进度，但校部不认可，坚持做出的决定。任主任一怒将队伍拉回学校。我们欢欣鼓舞，高呼乌拉，却不晓任主任把校领导给得罪了。高校长（兼书记）私下里阴阳怪气说：这个任劳还真"各色"哩。后来晓得，任主任的"各色"在教育系统是出了名的。

我们断断续续从冯老师嘴里知道任主任"各色"标签的由来：他的家是昆嵛山下的上夼村，那里在抗日时期与解放战争时期都是"革命根据地"，任劳的爹是村干部，打小日本打老蒋都立过功。任劳有一个双胞胎哥哥，叫任民。日本人投降从北海乘船撤走那年，两兄弟从抗日中学一齐毕了业，又一齐参加了工作。任劳在学校当老师，大哥被县武工队选去，当了一名"地工"，往来于解放区与敌占区之间传递情报。因工作性质，家人很少能见到他，而一年之后爆出成了叛徒的惊天新闻：是个雨天，任民在县城一家饭铺等线人，不知怎的"线人"一直没出现，他只得回山，在出城时被敌人抓获。后来的情况就和电影电视上一样，不同的是这位叫任民的"地工"没能经受住敌人的酷刑逼供，变节了，说出了所知的秘密。他自知罪过深重，不敢回，留在敌人那里。而后事情竟向另一方面发展：敌人断定县武装不知道任民叛变的事，便没按任民提供的情报抓人，也将任民放了，条件是今后为他们工作，提供情报。不然——任民自然晓得"不然"后面是什么，只得答应下来，回到了队伍，潜藏起来。开始确实瞒过了部队领导，并依照任民带回来的"情报"制定下一步行动方案。后因"行动"出现纰漏，造成重大损失，方怀疑起这份情报，又从"情报"怀疑任民，立刻将他控制，令其交代问题。任民知道瞒不过去，便如实交代了自己叛变投敌的行为。如果当时上级能想到这件事尚可兹利用，也就不会立即将任民处决。人死了，才意识到操之过急，失掉一个将任民打造成一个双料间谍的机会。当然事后诸葛也于事无补，只有遗憾的份儿。

  冯老师说到这里也是感慨万分。又说总算是还有高人，高人总能想到常人想不到的。一位见过任劳老师的首长道出他的想法：鉴于敌人尚不知晓任民已死，可让其弟弟做他的"替身"，潜回去。听的人也觉得可行。俩兄弟站一块儿，连爹妈都难辨，何况两姓旁人。将计划报于上级，上级也同意，指出要严加保密。然而对于当事人任劳，这新"身份"就不单纯是能不能保住密，而是凶险万分。一旦踏上路程，当视为不归。

  冯老师不愧是语文老师，知道故事该怎样讲、怎样开头、怎样叙事又怎样结尾，当然还要"点题"。他说任劳主任的"各色"在于：

他接受了上级赋予的任务，却又提出了自己的条件——这条件"各色"得不能再"各色"。

他到底提了啥条件呢？我们问。

冯老师说，他说他哥儿俩从小怕疼，叫小虫子咬一口都哭半天。做"地工"难免让敌人抓住，不讲敌人肯定要动刑，他说自己是挨不过去的。哥哥的昨天就是自己的明天。

当听到这里，我震惊了，这是自己从来没有想到的问题，当烧红了的烙铁贴上胸膛，吱吱冒青烟，单凭信仰就能通过这一关？就算精神挺住了，肉体会不会败下阵？

后来？

他提出代替哥哥可以，但不要把重要秘密让他知道，也不要把"线人"的情况告诉他。就是说他只管传递情报，对"内容""相关人"一概不知，这样即使被捕，受刑也没得秘密讲，既不会给党造成损害，自己也不会被"锄奸"。

那么，上级答应没答应他的要求呢？

答应了。

后来他被敌人抓住了？

这倒没有。上级从工作需要出发不得不答应他的要求，但也对他存了戒心，把他当成随时会变节的人，不让他接触重要机密，也不把重大任务派给他。敌营的情况知多少算多少。你别说还真传递过几回重要情报，为部队歼敌做出贡献。只是仗很快打完了，整个胶东解放，他又教起了学。因为有这段革命历史，当干部了。

后来？

冯老师一笑，后来？不就在咱一中当教导主任？

再后来，我，我是说我，当我胡编"故事"又看了许多胡编的谍战片,我就不自觉回忆起任劳主任,心想他经历的事要是弄出个电影电视剧来,会多么"各色"又发人深省啊。

总而言之,知道了任劳主任这段"奇特"经历之后,我们更对他另眼相看了,他断不是个常人,就算够不上英雄也是条好汉。我们不时议论起:

你们说,任主任向上级提出的条件合理不合理?

合理的。

我不这么认为,干革命应该无条件。

明知道自己扛不过酷刑,倒不如把丑话说在前面,这样对革命对个人都有利。

还没受刑,咋就知道自己一定受不过?

我没受过刑,也知道自己受不过。我怕疼,你不怕?

怕?怕的是孬种。

这么讲,是因为烙铁还没烙在你身上。

嘻嘻,反正吹大牛不上税。起哄的永远是大嘴。

…………

不知咋的,我倒渐渐喜欢上了这个不着调的大嘴,大嘴没爹,不是没爹,是死了爹。妈在鱼市场割对虾头,挣钱养活他和上小学四年级的弟弟,生活很困难。大嘴常常连铅笔橡皮都买不起,我家开文具店,时不时接济他,他也投桃报李,他对我继母讲买虾头找他妈。我继母也不客气,过几天就让我去鱼市场买虾头,虾头(虾肉出口)五分钱一斤,便宜,煮汤做打卤面很鲜美。多少年后,我的女儿挑食连整只大虾面都不吃,我就想起在烟台那年月,想起大嘴。都说男人嘴大吃四方,女人嘴大吃谷糠。这话在大嘴那里不"贴",他没有福气"吃四方",初中毕业在一家铁工厂当钳工,一辈子没离烟台一步。

不过,上学时期的大嘴倒是"吃四方"的,他在学校四周乱窜,寻觅一些可吃的东西——地上的山托盘(草莓)、树上的无花果、山楂。有一次,他从外面回来,兴冲冲问想不想吃苹果,我们不信任地看着他,等下文。大嘴卖关子,不讲,只说放了学别回家,带你们吃苹果,管够。

我们——我、赫金亭、王世忠、隋强,当然还有向导大嘴,出了后校门,开始爬山,这时我们已晓得大嘴的动向——到果园偷苹果,也没觉得有什么不对,只觉得没信心。平时我们常结伴进山,一次也没看到苹果树,连杏、梨也没有,只见过栗子树。种栗子的是一个有点神经的老人,扯着嗓子喊山:张立功种栗蓬,蒸饽饽吃。喊是这么喊,可也明白他的栗面饽饽指望不上(若干年后在一家自助餐厅吃过,还真的可口)。

到现在我也叫不上位于烟台东部那座山的名字,当时大家叫南山。有话望山跑死马,山看上去不高,可就是爬不到顶,累得上气不接下气,我们几次要打退堂鼓,可经不住大嘴的一再鼓惑,说翻过山有苹果园,钻进去谁都发现不了,吃多少都没有关系。苹果像明灯在眼前闪耀,引导着我们向更高处进发。

终于踏上山顶,眼前豁然开朗,与阴冷潮湿的北坡相比,南坡阳光明媚,空气清新。而让我们欢欣鼓舞的是那一大片结满果的苹果树,我们顾不上别的,一头钻进去,大吃特吃。

对我而言,没将偷苹果与"劣迹"挂上钩,孔乙己说偷书不算偷,一个小孩子在树上摘几个果子吃,也不觉得是算偷,没当一回事,大伙儿还合计着再来第二回第三回,要不是因为与任劳主任扯上边儿,这码事也就永远失落在忘川中。

在饱餐苹果的第二天，中午在食堂吃饭，任主任虎着脸走进去，开口就说：有人去南山偷吃老乡的苹果。边说边把手里的一个纸包展开，放在饭桌上，跟句，空口无凭，苹果核为证。

饭厅里顿时鸦雀无声，眼光一齐盯着桌上的"物证"。我悄悄看看身旁的大嘴，他头不抬眼不睁，该咋吃还咋吃，像这事与他无关。我看大嘴，倒不是怪他把我们领上歪道，而是后悔不该把苹果核乱扔，这才被果农发现，并以此为证告到学校。

干这种事不光彩，要认识到错误。任主任态度有些和缓地说，希望干这事的同学饭后到教导处找我。

意想不到的是任主任并没在这事上大做文章，说句继续吃饭吧，便去碗柜拿了碗筷去窗口打饭。

从饭厅出来我们凑成块，赫金亭先埋怨大嘴不该出馊主意，惹来事端，王世忠附和，也怪罪大嘴。大嘴有口难辩，垂头丧气。隋强说光埋怨没有用，问题是我们下一步怎么办，挺着，还是去教导处认错挨批？我说主任没点名，说明他并不知道谁干的。赫金亭说油葫芦说得对，主任有苹果核为证，只能证明有人吃了苹果，却不能证明别的什么，苹果核又不会说话。隋强摇摇头，说：你不晓得任主任是什么人吗？他干过"地工"，"地工"就是特务，特务手段高明，无所不能。我问，你的意思，任主任能查出是谁干的？隋强说对。王世忠拼着哭声说这下完了，叫人知道是小偷，多丢人啊。赫金亭说丢人是小事，说不上要开除学籍呢。隋强说所以无论如何不能去自首。我说对，不能去，再说主任说希望犯错的人去教导处，希望这字眼说明什么？是自愿。大嘴把眼也瞪大了，说油葫芦分析得对，主任暗示可以放犯错的人一马。赫金亭说要不等几天，看看任主任是否追查下去，再说。

任主任没再追查这件事，我们松了口气。虚惊了一场，我们对任主任很是增添了几分亲近感，每逢他倒背着手挺胸腆肚迎面走来，我们便齐行注目礼，恭恭敬敬呼声：任主任好。直到有一天——

哎，你们发现没有，好几天没见到任主任的面了。那天隋强从食堂出来说。

噢，对呀。大家恍然大悟。果然好多天没见到任主任了。

在学校这个大家庭里，除了开大会，校领导平时是不大露面的，而任劳主任，不仅能见着，还天天见，且一个锅里摸勺子。在我们心目中，他就像将师生维系起来的家长，是一个特殊的存在。

大家纷纷猜测任劳主任出了什么事。不久，便传出消息：任劳犯错误了，停职，在家里写检查。

具体情况还是由冯锡铭老师透露给我们的。冯老师一直和任主任走得近，私下称其为良师益友，能说清楚任主任的事，非冯老师莫属。

任劳主任被停职检查是立场不稳，替敌人鸣冤叫屈。这个敌人是他的前任许家驹主任。许主任在"镇反"中被定为历史反革命，判刑入狱。他前脚走，任后脚来。按说是井水不犯河水，不搭界，谁也想不到不搭界的事就是搭上了：在任劳上任后不久，许主任的老婆来学校替男人喊冤，校领导避而不见，她就找到教导处，任也晓得这事不归自己管，也不能管，可经不住许主任老婆哭哭啼啼，硬着头皮听。听着听着，他听出这里面确实有冤情，开始同情起许主任，答应向上级反映情况，且说到做到，写了份材料，呈报给教育局……

应该说，对于少不更事的我们，对冯老师讲的这些事情弄不大明白，唯有一点清楚：任主任有麻烦了。停职检查就是证明。

时光匆匆，上课下课，放假开学，就在我们快把任主任淡忘的时候，他又出现在校园里，这时已转过年来，是五七年的春季。见到他，我们当然很高兴，迎面碰上还像以前那般行注目礼，喊主任好。他亦一如既往地笑笑。他似乎没有多大变化，还是那派头：黑着脸，背着手走路，腰板挺得笔直。可谓"倒驴不倒架"。

主任职务给撸了，还留在教导处，没有具体工作，让他回来是参加运动，大鸣大放。运动已进行一段时间了，成效不大。干部和教师不肯提意见，说一切都好着哩，提不出什么来。这当然不行。工作组想起了"赋闲"在家的任劳，觉得这种时候得让他出场，放上两炮，运动就健康发展了。据说开始他也有所顾虑，憋着，后经不住领导再三动员，终于开口了，没提别的，重新把许主任的冤情讲了出来，并举一反三，认为镇反运动存在重大问题，遍地冤魂。他说历朝历代打下江山的都要大赦天下，不应该反其道而行之。

任主任的发言登在第二天的《烟台日报》上。

上报纸，在我们眼里是件十分了不起的事情，我们为任主任感到骄傲，别人前怕狼，后怕虎，他却勇往直前，一骑绝尘，为运动做出贡献。

只是这种情况没持续多久，风向变了，鸣放结束，转为打右派。任劳主任成为学校头一个右派分子。极右。

若干年后，我关注这段历史并开始写《中国一九五七》这本书，应该说任劳主任起了催化剂作用。他的自杀让我震惊，让我恐惧，深深地留在记忆里。

开始是拘禁。这消息倒不是来自冯老师，而是大嘴。大嘴是学生中间的消息灵通人士。他一脸惊吓地把我们拉到一起。说任主任关禁闭了，关在学校卫生室的病房里。我们一下子蒙了。我去年冬天患肠炎发高烧曾在那间病房住过，那狭窄阴暗的房间确实有些像牢房。为打发无聊，我让隋强去校图书馆借了几本小说，一边读一边从上面抄录形容词。而此时任主任正关在那里，他的情况怎样呢？我不由想到他有当"地工"的经历，他要逃应该是不成问题的。也只是一念，便否定了。我断定他是不会逃的。我问大嘴难道打了右派就要关禁闭？大嘴说倒不是。我问为啥单单关任主任？大嘴说上级认为他有自杀倾向，所以……我不由倒抽一口冷气，觉得上级如此判断不是没来由的，任劳主任本来便是个"各色"的人啊。

任劳自杀的消息是来自贴满校园的大字报——

是早晨，我们一踏进校门，便发现气氛异常，最显眼的就是贴得到处都是的大字报。

内容千篇一律：打倒自绝于人民的极右分子、叛徒、历史反革命分子任劳！这三顶帽子扣在他已没有知觉的尸体上。

到现在我也不清楚令他执意走向死地这中间有什么过节。客观地说，我们学生置身事外，除了亲眼见到的大字报，别的都是道听途说。有一年回烟台曾想去询问冯老师，赫金亭摇头叹息，说冯老师早就有了精神障碍，完全失忆。据说冯老师到山上为任劳主任收尸后，就开始不正常起来，恍恍惚惚，自言自语，再也教不了学，退职回到家。

我唯一能较真的是：任劳主任自杀地点是南山山坡的苹果园（选在这里也是个谜），是用手术刀割破了大腿根上的动脉。想想如此也有如此的道理，在他当教导主任之前曾教过生物课，人体之构造功能烂熟于心，晓得从这处下手只需刀尖轻轻一碰，血便会喷涌而出，事半功倍。他这种选择抑或还有另外一种考量：创面小，不会太痛，这对自知"痛阈"值低的他也是不可忽略之处。

没在现场，我和我的同学没能见到任劳主任最后的容颜，但可以凭借"合理想象"：透过果树繁茂枝叶的日光斑斑驳驳落在地上。我们的老师，前教导主任任劳，衣着整齐，发型板正，平卧在一棵苹果树下，过多的失血并未让他的黑脸变白，只是平日惯于蹙起的眉头得以舒展，这就让他一向不苟言笑的面容变得亲和起来。他默默躺在那里，任风吹起的树叶、草屑从脸上及胸前掠过，亦不予理会，安详依旧，静默无声，像一个疲惫的人进入深度睡眠。在他的身旁，散落着从树上掉下未熟的青苹果……